Karin Spieker

Im Alt singt jemand falsch

Karin Spieker

Im Alt singt jemand falsch

Roman

PIPER

Mehr über unsere Autoren und Bücher:
www.piper.de

ISBN 978-3-492-50305-1

Redaktion: Theresa Schmidt-Dendorf
Covergestaltung: Alexa Kim »A&K Buchcover«
Covermotiv: PNGTree
Printed in Germany

Kapitel 1

»Wer sich nicht sicher ist, hält sich bitte erst mal zurück!«

Ein strenger Blick aus eisblauen Augen blitzte über den Konzertflügel und traf die ersten beiden Sitzreihen des Alts. Wenn Dr. Wilhelm Heinrich einen Missklang witterte, ging er der Ursache gnadenlos auf den Grund.

Im Alt wurde es mucksmäuschenstill. Nichts raschelte mehr, niemand tuschelte.

Obwohl Maja den Blick fest in ihre Noten heftete, spürte sie, wie alle Frauen um sie herum fünf Zentimeter kleiner wurden. Nur Regina, die neben Maja saß, drückte den Rücken durch. Bestimmt nickte sie Wilhelm zu und hatte ihre Mundwinkel missbilligend nach unten gezogen. Ja, das habe ich auch gehört, sollte dieses Nicken heißen. Ich selbst habe selbstverständlich richtig gesungen, aber leider haben die Idiotinnen um mich herum keinen Funken musikalisches Talent!

Konnte diese blöde Streberin nicht ein einziges Mal solidarisch sein? Maja verdrehte innerlich die Augen.

»Bitte noch einmal! Den gesamten Refrain, tutti. Diesmal sauber, wenn es geht.«

Dieses ständige *Bitte* könnte er sich auch sparen, dachte Maja. Er meint doch sowieso *keine Widerrede.*

Wilhelm hob die Arme und der Chor setzte brav ein. Maja sang so leise, dass sie sich selbst nicht mehr hörte, und dem Gesamtklang nach zu urteilen, gab es im Alt etliche, die es genauso machten. Nur Regina jubilierte selbstzufrieden und leider absolut lupenrein: »Thank you for the music«. Ja, sie konnte singen. Aber musste sie das bei jeder Gelegenheit raushängen lassen?

Komischerweise ließ Wilhelm den Alt nach diesem Durchgang erst mal in Ruhe. »Ganz gut«, kommentierte er den Refrain und nickte knapp in Reginas Richtung. »Wir werden das in der nächsten Probe perfektionieren.«

Maja hätte am liebsten gestöhnt. Das Wort »perfektionieren« kam in ihrem Wortschatz nicht vor. Sie ließ fünfe lieber gerade sein, schon allein, weil ihr meist auch gar nichts anderes übrig blieb. Selbst wenn sie sich mörderisch anstrengte: »Perfekt« schien in allen Bereichen ihres Lebens grundsätzlich außerhalb ihrer Reichweite zu liegen.

»Wir machen mit ›Africa‹ weiter«, verkündetet Wilhelm. Er spielte am Flügel die ersten Takte des Songs und wartete darauf, dass der Chor sich bereit machte.

»Jetzt wird der Tenor gequält«, raunte Diana Maja zu, während alle um sie herum hektisch ihre Chormappen durchwühlten. In Dianas und Reginas Mappen fanden sich lauter ordentlich gestapelte, glatte Notenblätter. Aus Majas Mappe fielen ein zusammengeknülltes Kaugummipapier und eine Haarspange. Sämtliche Notenblätter hatten Falten, einige Blätter waren so stark geknickt, dass sie sich kaum noch glatt streichen ließen. Als Maja endlich ihre »Africa«-Noten fand, stellte sie fest, dass Kaffeeflecken das Titelblatt zierten. Wie peinlich!

»Was hast du denn damit angestellt?«, fragte Regina spitz und deutete auf die braunen Ränder.

»Ich wollte mir mit Textmarker meine Stimme markieren, damit ich nicht mehr aus Versehen den Tenor mitlese«, flüsterte Maja. »Deshalb lagen die Noten ein paar Tage in der Küche.«

»Aber du hast nichts markiert«, stellte Regina fest.

»Nein, es kam irgendwie immer was dazwischen.«

»Aha.«

Maja wurde rot. Regina gab ihr grundsätzlich das Gefühl, eine hoffnungslose Chaotin zu sein. Regina konnte alles, wusste alles und sah noch dazu immer aus, wie aus dem Ei gepellt. Sie war unter Edeltraut Buschkempers Leitung die unangefochtene Königin des Alts gewesen und hatte immer alle Soli gesungen.

Maja nahm an, dass Reginas Talent auch Dr. Wilhelm Heinrich längst aufgefallen war. Zumindest kassierte Regina auffällig oft ein zufriedenes Nicken von ihm.

Neuerdings setzte sie sich leider ständig neben Diana und Maja, weil ihre langjährige Sitznachbarin Isabell weggezogen war. Maja fühlte sich dadurch irgendwie kontrolliert. Andererseits: Sollte Regina doch sitzen, wo sie wollte. Majas entspannte Chorabende waren sowieso dahin, seit Dr. Wilhelm Heinrich den Chor übernommen hatte. Der Donnerstagabend, der immer der Lichtblick der Woche gewesen war, war neuerdings anstrengender als jeder Arbeitstag.

»Die Männerstimmen bitte. Takt neun«, forderte Wilhelm und gab den Tenören und Bässen die richtigen Töne.

Maja atmete leise auf und lehnte sich zurück. Diana hatte Recht, jetzt würde erst mal der Tenor gequält, die Frauen hatten Pause.

Eigentlich mochte Maja »Africa«, so wie sie fast alle Lieder mochte, die im Moment geprobt wurden. Und als der neue Chorleiter, Dr. Wilhelm Heinrich, in seiner ersten Probe verkündet hatte, sie würden auf ein »Back to the 80s«-Konzert hinarbeiten, hatte das nach Spaß und guter Laune geklungen. Der Jubel war groß gewesen. Aber inzwischen war die Stimmung deutlich erlahmt. Denn Wilhelm hatte dem Chor schnell klargemacht, dass es unter seiner Ägide nicht primär um Spaß ging, sondern darum, dass man in den Proben musikalische Ziele erreichte. Er ließ den Chor wieder und wieder die gleichen Takte singen, winkte ab, sobald etwas gut saß, und forderte ununterbrochen absolute Konzentration von allen. Schon wenn man in einer Arbeitsphase aus Versehen mit den Noten raschelte, brachte einem das grundsätzlich einen dieser strengen, eisblauen Blicke ein.

Sicher, er war ein fantastischer Musiker, spielte unglaublich gut Klavier und es hieß, dass ihm in Sachen Dirigat an dieser Uni niemand das Wasser reichen konnte. Aber auf all diese Eigenschaften legte Maja herzlich wenig Wert. Sie hatte keine musikalische Ausbildung genossen, sondern liebte vor allem das Gemeinschaftsgefühl, dass ihr das Singen im Unichor schon seit über acht Jahren vermittelte.

Edeltraut Buschkemper hatte den Chor mit mütterlicher Milde geleitet, man sollte mit einem breiten Lächeln aus den Proben gehen. Falsche Atmer oder unpräzise S-Absprachen hatten sie nie gestört.

»Maja? Wir warten!«, unterbrach Wilhelms Stimme ihre Erinnerungen an Edeltraut. Alle um Maja herum hatten ihre Notenblätter bereits gezückt. Mist, was hatte Wilhelm gerade gesagt? Hilflos blickte Maja zu Diana.

»Takt neun, tutti«, zischte Regina laut genug, dass Wilhelm es hören musste. Klugscheißerin! Regina war natürlich ganz begeistert von Wilhelm und wurde es nicht müde zu betonen, dass sie sich jetzt endlich mal gefordert fühlte. Maja konnte es nicht mehr hören.

Aber jetzt hob sie ihre Noten, lächelte Wilhelm halb verkrampft und halb entschuldigend an und atmete auf sein Handzeichen hin mit den anderen ein.

Nach vier Takten verzog Wilhelm den Mund und brach den Gesang ab.

»Leute, ihr klingt, als wäre euch das völlig neu – wir haben das beim letzten Mal doch sehr gründlich geprobt, besonders in den Männerstimmen. Wo ist das Problem!« Die Frage klang nicht wie eine Frage, sondern wie ein Vorwurf.

»Können wir den Tenor einfach noch mal machen?«, rief Tristan, der in der Mitte der ersten Reihe saß, fröhlich. »Ich war letzte Woche nicht da. Ich glaube, ich hab gerade im Bass mitgesungen.« Maja atmete tief ein und musste unwillkürlich lächeln. Möglichst unauffällig schielte sie durch die Reihen vor ihr zu Tristan. Und sie wurde nicht enttäuscht: Er sah mal wieder göttlich aus. In Jeans, T-Shirt und Lederjacke thronte er breitbeinig auf seinem Stuhl. Der Osterurlaub in Thailand hatte seinen halblangen, braunen Haaren ein paar sonnenblonde Strähnen hinzugefügt und seine sonst eher helle Haut schimmerte goldbraun, was seine Lachfalten auf eine sehr attraktive Art betonte.

Er sah aus wie ein Filmstar, fand Maja. Wie der Hauptdarsteller in einer romantischen Hollywood-Komödie. Leicht schräg stehende, braune Augen, wunderschöne, geschwungene Lippen, ein markantes Kinn … Gegen ihn konnten all die kleinen Studenten, die um ihn herum saßen, einpacken. Gegen Tristan von Birkhain waren alle Tenöre und Bässe im Unichor unscheinbare Milchbubis.

Alle Jahre wieder, genauer gesagt, immer, wenn Maja gerade Single war, brach ihre Schwärmerei für Tristan aus. Und diesmal hatte es sie besonders schlimm erwischt. Ihr entfuhr sogar ein leiser Seufzer, wenn sie daran dachte, was Tristan wohl alles mit seinen starken Händen …

Diana sah überrascht in die gleiche Richtung wie ihre Freundin und knuffte Maja in die Seite.

»Ungezogenes Mädchen«, wisperte sie in Majas Ohr. »Bist du dafür nicht zu alt?«

»Blödsinn«, wisperte Maja und rieb sich die Flanke, »für so ein Törtchen wird man nie zu alt, oder?«

Maja und Diana kicherten, was Regina veranlasste, wieder einmal ihr berühmtes »Pssssst!« abzusondern.

»Machen wir also alle Stimmen noch einmal einzeln.« Wilhelms Kiefer wirkte so angespannt, dass man jeden Moment erwartete, ihn mit den Zähnen knirschen zu hören. »Ich weise an dieser Stelle noch mal darauf hin, dass mir regelmäßige Teilnahme sehr wichtig ist. Wer öfter als drei Mal fehlt, singt das Konzert nicht mit. Behaltet das bitte im Hinterkopf.«

Wilhelm probte die Stelle nacheinander noch mal im Bass, Tenor, Alt und Sopran und ließ den Chor das Ganze schließlich ein zweites Mal tutti – also mit allen Stimmen – singen.

Diesmal war er zufrieden. »Schön gemacht«, lobte er. »Genau so will ich es haben!«

»Und ich dachte schon, ›ganz gut‹ wäre das höchste Lob, das du zu vergeben hast«, rief Tristan. Der ganze Chor lachte. Und Maja lachte so begeistert, dass es ihr einen weiteren Schubs von Diana eintrug.

Wundersamerweise lachte sogar Wilhelm mit. »Wartet nur ab.

Wenn ihr endlich mal genau das umsetzt, was ich vorgebe, hab ich noch ganz andere Lobeshymnen auf Lager.«

»Raffiniert«, rief Lissi aus dem Sopran und plinkerte süß mit den Augen. »Und jetzt erwartest du wohl von uns, diesen fantastischen Lobeshymnen hinterherzuhecheln?«

»Ganz genau«, sagte Wilhelm grinsend.

»Was für ein Pädagoge!«, säuselte Lissi und wieder lachten alle.

Ob Lissi wirklich so dachte? Maja bezweifelte es. Denn Lissi war mit Edeltraut ganz dicke gewesen, sie hatte jahrelang bei der ehemaligen Chorleiterin Gesangsunterricht genommen. Edeltraut hatte Lissi daher bei fast jedem Chorkonzert ein Solo singen lassen. Wilhelm hingegen kannte bislang noch nicht einmal Lissis Namen. In der letzten Probe hatte er sie mit »Lassie« angesprochen. Lissi hatte stocksauer ausgesehen und Diana, die ruhige, gleichmütige Diana, war vor Lachen fast vom Stuhl gefallen.

»Für heute lassen wir es gut sein mit ›Africa‹«, sagte Wilhelm. »Wir beenden die Probe gleich mit ›Time After Time‹, aber bevor ihr jetzt alle anfangt zu quatschen und nach euren Noten zu suchen, möchte ich etwas Organisatorisches ansprechen.«

»Hast du dir endlich überlegt, was wir zum Konzert anziehen sollen?«, platzte Lissi heraus. »Ich bin ja nach wie vor dafür, dass alle Frauen sich die Haare aufdrehen, dann sieht es aus wie Dauerwellen. Dazu blauer Lidschatten und Aerobic-Klamotten. Schweißbänder, Bodys, alles in Neonfarben, und …«

Das klang ja gruselig! Maja fing Dianas befremdeten Blick auf und schüttelte sich demonstrativ.

Zum Glück schritt Wilhelm bereits ein. »Stopp!« Er hielt abwehrend seine Hand in Lissis Richtung. »Darüber sprechen wir frühestens beim Probentag im Juli. Bis zum Konzert haben wir noch drei Monate Zeit, die Diskussion über Klamotten fangen wir nicht jetzt schon an.«

Maja war sich sicher, dass es in Lissi jetzt brodelte. Derart abgewürgt zu werden, noch dazu vor versammelter Mannschaft, war sicher nicht nach ihrem Geschmack.

»Wenn eine Probe vergeht, ohne dass Lissi die Chorkleidung

erwähnt, hab ich immer Angst, im falschen Chor oder einem Paralleluniversum gelandet zu sein«, raunte Diana in Majas Ohr.

Maja lachte auf. Diana lästerte nicht oft, aber Lissi hatte sie gefressen. Wahrscheinlich lag das daran, dass die beiden Frauen kaum gegensätzlicher hätten sein können. Lissi war ein winziges, zartes Persönchen mit hoher Stimme und sorgsam bemalten Puppengesicht. Sie war stets nach den neuesten Trends gekleidet und studierte Grundschullehramt.

Diana hingegen unterrichtete Mathe und Physik am städtischen Gymnasium. Sie war scharfsinnig, humorvoll und ganz und gar uneitel. Ihre Haare schnitt sie sich vor dem Spiegel selbst und ihre praktische, bequeme Kleidung trug sie grundsätzlich so lange, bis sie auseinanderfiel. Manchmal sah sie allerdings derart abgerissen aus, dass Maja ihr am liebsten auf eigene Kosten etwas Neues gekauft oder wenigstens ihre Haare gekämmt hätte.

Maja lag irgendwo zwischen diesen beiden Extremen. Wenn sie ehrlich war, hätte sie lieber wie Lissi als wie Diana ausgesehen. Obwohl sie seit ihrer Jugend mit Make-up experimentierte, konnte sie immer noch keinen geraden Lidstrich ziehen, weshalb sie sich meist mit Wimperntusche zufriedengab und nur zu hohen Anlässen ihren Lidschatten hervorkramte. Sie bemühte sich um modische Kleidung und kaufte sich von Zeit zu Zeit auch ausgefallenere Kleidungsstücke, aber vor dem heimischen Spiegel wusste sie nie, wie sie diese Schätze kombinieren sollte, daher lief sie dann doch meist in Jeans, T-Shirt und Sneakers herum.

»Aerobic-Klamotten und Neonfarben ziehe ich nur über meine Leiche an!«, raunte Maja Diana zu. »Wenn's nach mir geht, bleiben wir einfach bei schwarz.«

»Ruhe bitte!«, forderte Wilhelm und sah schon wieder in Majas Richtung. Musste der Blödmann denn jeden gewisperten Satz mitkriegen? Als Edeltraut noch da gewesen war, hatte man quatschen dürfen, so viel man wollte.

Maja biss sich auf die Lippe. Warum fiel sie nur immer wieder auf, obwohl sie sich doch eigentlich gern im Hintergrund hielt?

»Ich möchte, wie gesagt, etwas mit euch besprechen. Ich habe euch jetzt in vier Proben erlebt und ich habe mir ein erstes Bild von diesem Chor machen können. Die gute Nachricht zuerst: Hier ist viel Potenzial versammelt. Der Chor hat insgesamt ein gutes Niveau, ich bin mir sicher, dass wir bis zum Sommerkonzert noch viel miteinander erreichen können. Allerdings gibt es da einige, bei denen ich mir nicht ganz sicher bin, ob sie richtig sitzen. Ich habe deshalb beschlossen, dass ich euch nach und nach vorsingen lasse, damit ich euch besser einschätzen kann.«

Ein Aufstöhnen ging durch den Raum und innerhalb von Sekunden war das Stimmengewirr ohrenbetäubend.

»Vorsingen? Echt jetzt?«, moserte Theresa, die im Sopran immer neben Lissi saß.

»Muss das sein?«, hörte man Christian aus dem Tenor murren.

»Alle einzeln?«, wollte der Peter aus dem Bass wissen.

»Kein Problem«, sagte Regina laut und legte ruhig die Hände ineinander.

»Fuck!«, rutschte es Maja heraus, was im allgemeinen Tumult unterging.

Wilhelm hob die Hände. »Beruhigt euch, Leute! Und vor allem: keine Angst! Ich möchte einfach nur genau wissen, womit ich arbeite. Die meisten von euch sind hier im Chor goldrichtig! Eventuell werden einzelne Sängerinnen und Sänger nach dem Vorsingen die Stimme wechseln, es gibt in allen vier Stimmen ein paar Missklänge, die sich dadurch sicher beseitigen lassen. Ich denke eigentlich, dass wir niemanden nach Hause schicken müssen, aber versprechen kann ich es euch natürlich nicht.«

Wieder erhob sich Stimmengewirr, das von Reginas klarer Stimme durchschnitten wurde. »Müssen wir für das Vorsingen etwas vorbereiten?«, fragte sie. »Ein Lied? Eine Arie? Begleitest du uns am Klavier?«

Wilhelm schüttelte den Kopf. »Nichts dergleichen, keine Sorge.«

Als ob Regina sich deswegen Sorgen machen würde! Liebend gern würde sie Wilhelm ihre ausgebildete Altstimme präsentieren, vermutete Maja.

Wilhelm sprach weiter. »Das Vorsingen wird ganz schnell

gehen. Und niemand außer mir hört euch zu. Ihr singt ein paar kleine Einsingübungen, eine Passage aus einem der Lieder, die wir gerade proben, und das war's dann auch schon.«

Maja spürte, wie ihr Herzschlag beschleunigte. Sie sang gerne im Chor, sie liebte es, in einem Klangteppich zu stehen, die Schwingungen der Sängerinnen rund um sich herum zu spüren und sich als Teil eines Ganzen zu fühlen. Aber sie hatte absolut kein Vertrauen zu ihren persönlichen musikalischen Fähigkeiten!

In den Chorproben, umhüllt von anderen Sängerinnen, fühlte sich Maja sicher. Hier fiel es nicht auf, dass ihre Singstimme dünn und oft brüchig klang. Aber alleine sang Maja nur, wenn sie unbedingt für den Chor üben musste. Freiwillig nie. Nicht unter der Dusche, nicht beim Putzen, nicht in ihrem etwas verschrammten, in die Jahre gekommenen roten VW-Polo und schon mal gar nicht einfach so. Und nie, nie, nie wäre es ihr eingefallen, sich um ein Solo zu bewerben!

Hoffentlich würde Wilhelm ihr nicht ein anderes Hobby empfehlen, wenn er ihr dürftiges Singstimmchen hörte!

»Ich möchte nächste Woche mit den Bässen anfangen, danach kommen Tenor, Alt und zum Schluss der Sopran dran. Das Vorsingen findet jeweils nach der Probe statt, ich rufe euch dann einzeln rein.«

»Eine Audienz unter vier Augen? Ich freue mich schon«, hauchte Birgit mit ihrer Raucherinnenstimme lasziv. Sie war mit vierundvierzig Jahren die Älteste im Chor und gleichzeitig die mit den höchsten Absätzen, den kürzesten Kleidern und dem offensichtlichsten Solariumteint. Seit Jahren arbeitete sie im Sekretariat der Uni. Birgit war in der Uni bekannt wie ein bunter Hund – und ein echtes Herzchen!

Die besorgten Gesichter der Chorsängerinnen und -sänger entspannten sich und einige Lacher wurden laut.

»Och Birgit«, meldete sich Tristan zu Wort, »ich dachte, das, was wir hätten, wäre exklusiv?«

»Tut mir leid, Kleiner, eine Frau wie ich hat immer mehrere Eisen im Feuer.«

»Ich bin dir also nur für die Proben gut genug, ja?« Tristan tat empört. »Du brichst mir das Herz!«

Jetzt lachte der ganze Chor. Sogar Maja musste lachen, auch wenn Wilhelms Ankündigung sie schwer getroffen hatte. Tristan war einfach ungeheuer charmant. Na, wenn sie ehrlich war, fand sie Tristan natürlich in erster Linie ungeheuer heiß, aber dass er auch noch Humor hatte, machte ihn nahezu unwiderstehlich. Zufällig fing er ihren Blick auf und zwinkerte ihr zu. Ertappt wandte Maja sich ab.

Sie wusste, dass ihre Schwärmerei für Tristan einer siebenundzwanzigjährigen Frau unwürdig war. Es war wie damals in der sechsten Klasse, als sie einen Großteil des Unterrichts damit verbracht hatte, den süßesten Jungen der Klasse anzustarren und sich zu fragen, wie sich küssen wohl anfühlte. Inzwischen wusste sie zwar längst, wie sich küssen anfühlte, aber trotzdem war es fast wie früher: Sie verbrachte einen Großteil der Chorproben damit, Tristan von Birkhain heimlich anzustarren und sich zu fragen, wie sich Sex mit ihm wohl anfühlte. Dumme Maja! Daraus würde sowieso nie etwas werden, sie spielte nicht in seiner Liga. Punkt.

Die Probe ging weiter und die allgemeine Heiterkeit ebbte ab. Maja arbeitete so gut wie möglich mit und versuchte, weder an Sex mit Tristan noch an das bevorstehende Vorsingen zu denken, was ihr selten gelang. Allein die Vorstellung, sich vor Wilhelm mit dem Eisgesicht stellen zu müssen und zu singen …

Brrrr! Ob es half, wenn sie sich beim Vorsingen einfach krank stellte?

Kapitel 2

Nach der Probe gingen Diana, Maja, Birgit und Peter ins »Pilsbefall«, eine urgemütliche, wenn auch etwas in die Jahre gekommene Kneipe, die direkt gegenüber der Uni lag. Schlaff ließ Maja sich auf die abgewetzte Holzbank fallen. Endlich stand sie nicht mehr auf dem Prüfstand.

»Mann, hab ich einen Durst«, verkündete Peter, nachdem die Getränke gebracht worden waren. Er setzte seinen Bierkrug an die Lippen und leerte ihn in einem Zug fast um die Hälfte.

Diana sah ihm verwundert zu. »Seit wann säufst du wie ein Pferd?«, erkundigte sie sich.

Peter lächelte entschuldigend. »Ich hatte heute kein Wasser dabei, hab im Büro nur Kaffee getrunken. Ich bin vollkommen ausgetrocknet.«

»Dann hättest du dir besser kein Bier bestellen sollen«, fand Diana.

»Stimmt. Aber nun ist es zu spät für Reue«, sagte Peter und setzte den Krug ein weiteres Mal an die Lippen.

»Recht so.« Birgit nippte an ihrem Rotwein.

»Heute ist keiner von den anderen da, oder?« Maja sah sich suchend um.

»Nö«, antwortete Peter, »Hier sind mal wieder nur wir. Die alten, abgehalfterten Singles.« Er klang ein klein wenig bitter, fand Maja.

»Hör mal, Peter-Schätzelein, Diana und Maja sind noch ein paar Jährchen von uns entfernt«, mahnte Birgit, »wenn du die jetzt alt und abgehalftert nennst, wollen die irgendwann nichts mehr mit uns zu tun haben. Die beiden sind sogar noch jünger als

Tristan von Knackarsch. Wenn auch ein paar Jährchen reifer, das muss ich zugeben.«

Alle lachten. Der Altersunterschied in ihrer Gruppe war regelmäßig Anlass für Blödeleien. – Peter war acht Jahre, Birgit sogar gut sechzehn Jahre älter als Maja und Diana.

Bei ihrem ersten gemeinsamen Chorwochenende hatten Diana und Maja Birgit und Peter kennen und schätzen gelernt, denn damals waren sie aufgrund einer totalen Fehlplanung gemeinsam in einem Viererzimmer gelandet. Nach dem ersten Schock hatten sie überraschend viel gelacht und sich erstaunlich viel zu sagen gehabt. Inzwischen, viele Proben und Chorfahrten später, waren sie alle gute Freunde und der gemeinsame Plausch nach den Proben hatte sich fest etabliert.

Manchmal traf ihr kleines Grüppchen im Pilsbefall auch auf andere Chormitglieder, aber das passierte eher selten. Die meisten jüngeren Sängerinnen und Sänger bevorzugten die schicken Bars in der Innenstadt, wenn sie nach der Probe noch etwas trinken gingen.

»Wir hätten eigentlich auch mal Wilhelm fragen können, ob er uns begleitet«, sagte Diana nachdenklich. »Er ist relativ neu in der Stadt, oder? Und er ist noch kein bisschen in der Chorgemeinschaft angekommen.«

»Wenn er sich in den Proben mal ein bisschen lockerer machen würde, könnte er das vielleicht ändern.« Maja guckte böse. »Was soll denn immer dieser strenge Blick? Er behandelt uns, als wären wir seine Angestellten. Oder seine dummen, kleinen Schüler. Mit Edeltraut hatten wir viel mehr Spaß. Aber das ist jetzt sowieso egal, wenn ich erst vorgesungen habe, fliege ich aus dem Chor und muss mich nie mehr mit Dr. Wilhelm Heinrich herumschlagen.« Sie biss sich frustriert auf die Unterlippe.

Diana und Birgit stöhnten laut auf.

»Fängst du wieder damit an?«, fragte Diana. »Wie oft soll ich dir noch sagen, dass du fast immer sauber singst? Leise, ja, das schon, aber fast immer sauber. Regina würde dich niemals neben sich dulden, wenn du schief singen würdest. Wisst ihr noch im letzten Semester? Da hat sich die arme, kleine Sabrina immer neben sie gesetzt und Regina hat die ganze Probe beleidigt ausgesehen und sich das eine Ohr zugehalten und sich so seltsam weggedreht. Es war zum Schießen!« Diana lachte, aber Maja war nicht zum Lachen zumute.

»Ich weiß, dass ich einigermaßen richtig singe. Aber meine Stimme klingt furchtbar! Und der blöde Wilhelm hat bestimmt die kritischsten Ohren der Stadt. Hilfe!« Maja bedeckte ihr Gesicht mit beiden Händen.

Diana murmelte entnervt. »Wenn du dich unbedingt niedermachen willst …«

Birgit tätschelte Majas Hand. »Du wirst es überleben, Herzchen«, tröstete sie. »Dauert ja nicht lange. Lust habe ich auch nicht auf dieses Vorsingen, das kann ich euch flüstern. Wahrscheinlich steckt er mich danach zu euch in den Alt, mein Sopran ist längst nicht mehr das, was er mal war.«

»Und ihr?« Maja musterte Dianas und Peters Gesichter. »Euch lässt das Ganze völlig kalt, oder?« Die beiden Angesprochenen zuckten die Schultern.

Peter sagte: »Ehrlich gesagt mache ich mir um andere Dinge mehr Sorgen. Zum Beispiel darum, wie ich die Geburtstagsfeier meiner Mutter am übernächsten Sonntag überstehen soll. Ich kann es kaum noch ertragen, wenn mich meine Tanten wieder fragen, wann ich denn endlich ein paar Enkelkinder liefere.« Peter schnaubte wütend. »Irgendwann antworte ich mal ehrlich auf diese bescheuerten Fragen. Was meint ihr, wie so eine Kaffeerunde reagieren würde, wenn ich einfach mal brüllen würde: ›Ich will ja, aber ich finde ums Verrecken keine Frau?‹«

»Gute Idee, probier das aus und sag mir, wie's war«, forderte Diana amüsiert.

»Soll ich dich zum Geburtstag deiner Mutter begleiten und deine Freundin spielen?«, bot Maja an.

Warum musste so ein knuddeliger, witziger, kluger Mann wie Peter als ewiger Single durchs Leben gehen? Hatte denn heutzutage niemand mehr einen Blick für innere Werte? Sahen denn alle nur die überflüssigen Pfunde und das etwas zu runde Gesicht, wenn sie sich mit Peter unterhielten? Andererseits, räumte Maja vor sich selbst ein, dachte auch sie selbst lieber über Sex mit Tristan als über Sex mit Peter nach. Die Welt war gemein!

»Nee, lass mal.« Peter winkte ab. »Kein Mensch nimmt mir ab, dass ich eine derart hübsche Freundin habe.«

»Dann nimm halt mich mit«, sagte Diana. »Mich hält garantiert keiner für zu hübsch. Im Gegenteil, ich lasse dich richtig gut aussehen, wenn du mich an deinen Arm hängst.« Peter und Diana lachten in bestem Einvernehmen. Die beiden waren wirklich gut befreundet, gingen regelmäßig zusammen ins Kino oder Theater und suchten dort nach den düstersten, gern gesellschaftskritischen Stoffen, über die sie bis spät in die Nacht zu diskutieren pflegten.

»Ist das dein Ernst, würdest du mitkommen?«, fragte Peter hoffnungsvoll, als sie sich wieder beruhigt hatten.

Diana nickte. »Klar, warum nicht. Aber danach hab ich einen bei dir gut. Vielleicht buche ich dich demnächst mal für einen Gegeneinsatz.«

»Jederzeit.« Peter lehnte sich zufrieden zurück. »Und jetzt, wo wir mein Leben aufgeräumt haben, können wir uns wieder den Problemen anderer Leute widmen. Zum Beispiel deinen, Maja. Geht's inzwischen besser im Job oder ist immer noch die Hälfte deines Teams krank?«

»Die sind bestimmt nicht krank, die lassen sich vom Hausarzt Sonderurlaub geben«, mischte sich Birgit ein. »Weil das Wetter gerade so herrlich ist. Tolle Erfindung, eigentlich. Wenn's mal Stress gibt, lässt man sich einfach krankschreiben und wird dafür auch noch bedauert. Sollte ich auch mal nutzen, statt treudoof und pflichtbewusst jeden Tag zur Arbeit zu rennen! Wenn ich's recht bedenke – in letzter Zeit habe ich ziemlich oft Rückenschmerzen.« Birgit griff sich mit gespielt wehleidiger Miene ins Kreuz. »Und irgendwie bin ich auch so oft müde und wer weiß, ob mit meiner Psyche alles in Ordnung ist ...«

»Na, na«, wiegelte Maja ab. »Von den sechs, die in letzter Zeit krankgeschrieben waren, steht bei mir nur eine einzige unter Sonderurlaub-Verdacht. Die anderen haben echte Probleme. Eine Magen-Darm-Grippe, einen Schlaganfall und eine Knie-OP kann man wohl kaum als Faulenzerei bezeichnen. Und ein Bandscheibenvorfall kann brutal wehtun. Die chronische Sehnenscheidenentzündung meiner Kollegin ist auch fies. Sie arbeitet sogar ständig, obwohl sie Schmerzen hat, und wir anderen schicken sie dann nach Hause. Nur über eine Kollegin ärgere ich mich wirklich! Sie leidet angeblich unter Migräneanfällen und wenn sie krankgeschrieben ist, wird sie dauernd beim Shoppen gesichtet.«

»Das geht natürlich gar nicht!«, stimmte Diana zu. »Die mit der Migräne, ist das die, die sich immer so brutal über eure Kunden äußert? Diese Ilona?«

»Genau die. Ilona. Sie schwafelt immer herum, ihre Kunden hätten alle die falsche Einstellung zum Leben und würden bloß den Arsch nicht hochkriegen. Sie verhängt gern mal Sanktionen, wenn jemand nicht genug Bewerbungen geschrieben hat, sie findet, man muss die Drückeberger hart anfassen. Außerdem habe ich schon zwei Mal erlebt, dass sie in größeren Runden vertrauliche Details über ihre Kunden ausgeplaudert hat, weil sie sie so amüsant fand.« Maja hatte sich richtig in Rage geredet.

Diana nickte. »Man kann's verstehen!«

Peter schüttelte den Kopf. »Ich finde es nach wie vor total zynisch, dass ihr die armen Schweine, die regelmäßig bei euch antanzen müssen, ›Kunden‹ nennt.«

»Ich mag es so«, entgegnete Maja etwas ruhiger. »Es klingt einigermaßen respektvoll. Wie sollten wir sie sonst nennen? ›Unsere Arbeitslosen‹?«

»Oder ›eure Hartzis‹«, schlug Diana vor. »Nein, das ginge gar nicht!«

Eigentlich mochte Maja ihre Arbeit im Jobcenter. Manchmal – viel zu selten zwar, aber immerhin – hatte sie die Chance, das Leben eines Menschen deutlich zum Besseren zu wenden, indem sie ihm einen Job vermittelte, der zu ihm passte. Oder indem sie durchsetzte, dass einer Kundin eine dringend benötigte Weiterbildung finanziert wurde. Die Freude, die sie auf den Gesichtern solcher Kunden las, wenn diese nach jahrelanger Arbeitslosigkeit wieder eine Chance für sich sahen, machte in Majas Augen viel Stress wett.

Seit einigen Wochen war der Arbeitsalltag extrem anstrengend, weil sie immer wieder Fälle ihrer krankgeschriebenen Kollegen übernehmen musste. Deshalb ärgerte sie sich umso mehr über die unterirdische Arbeitshaltung ihrer shoppingverrückten Kollegin, die ihre Kunden längst aufgegeben hatte und es daher absolut legitim fand, sich so wenig wie möglich um deren Belange zu kümmern.

Maja führte beide Hände zu ihrem verspannten Nacken und drückte die Finger auf die Muskelstränge, die am stärksten schmerzten. Normalerweise sorgten die Donnerstagabende für zuverlässige Ablenkung vom Jobstress. Aber dank Dr. Wilhelm Heinrich und seinen überzogenen Anforderungen konnte Maja jetzt nicht mal mehr in den Chorproben abschalten.

»Ich kenne Ilona zwar nicht, aber nach allem, was ich über sie weiß, mag ich sie nicht«, bemerkte Diana. Peter und Birgit nickten zustimmend.

»Naja, im Moment kommt sie wenigstens zur Arbeit. Und Inges Magen-Darm-Grippe hat sich auch erledigt, deren Fälle habe ich also nicht mehr auf dem Schreibtisch«, sagte Maja und knetete weiter. »Dass man sich ab und zu mal über eine Kollegin ärgert, ist wohl normal, oder?«

»Ist es. Besonders, wenn sie wirklich so unverschämt sind. Ich ärgere mich allerdings eher selten über Kollegen. Ich ärgere mich die meiste Zeit über meinen Chef«, brummte Peter, der als Softwareentwickler arbeitete. »Ehrlich, es ist unmöglich, dem irgendetwas Recht zu machen.«

»Armer Peter.« Birgit stricht ihm mütterlich über den Rücken. »Aber wir haben alle unser Päckchen zu tragen. Mich nerven die Studis, die grundsätzlich nicht die richtigen Unterlagen dabeihaben, wenn sie das Sekretariat betreten, Diana nerven die Schüler, die ihre Fächer hassen …«

»Mich nerven vor allem die Mädchen, die extrem clever sind und sich trotzdem meinem Unterricht verweigern, weil es so uncool ist, Physik zu mögen«, warf Diana ein.

»Und unseren Dr. Wilhelm nerven wahrscheinlich die Chorsängerinnen, die ständig dazwischenquatschen. Besonders, wenn diese Chorsängerinnen extrem untalentiert sind, so wie ich«, sagte Maja. Sie brach ihre Massage ab und warf den Oberkörper theatralisch stöhnend auf die Tischplatte. Prompt kippte ihre Kirschschorle um, die sich auf ihre Beine und den Fußboden ergoss. »Huch!«, quiekte sie.

Ein dreistimmiges Stöhnen erklang um sie herum.

»Ich hole einen Lappen.« Peter sprang auf und ging zur Theke.

»Und ich schüttele dich bei Gelegenheit mal kräftig durch!« Diana schnitt Maja eine komisch-verzweifelte Grimasse.

Maja war sich nicht sicher, ob Diana das auf die umgekippte Schorle oder auf ihre Chorkomplexe bezog. Vermutlich auf beides.

Kapitel 3

Am Samstag versammelte sich Majas ganze Familie regelmäßig auf dem nahe der Stadt gelegenen Campingplatz »Zum Waldsee«. Als Maja sich am späten Nachmittag dem Wohnwagen ihrer Eltern näherte, empfing sie lautes Stimmengewirr. Wenn alle Müllers zusammenkamen, bevölkerten acht Erwachsene und zwei Kinder die Parzelle. Maja liebte diese unkomplizierten Versammlungen, bei denen immer lebhaft geplaudert und viel gelacht wurde.

Ihre Eltern hatten schon seit über zwanzig Jahren eine Dauercamping-Parzelle direkt am Wasser gemietet. In ihrer Kindheit hatten Maja und ihre vier Geschwister alle Ferien und fast alle Sommerwochenenden hier verbracht. Mehr war nicht drin gewesen. Majas Eltern hatte nie viel Geld gehabt, obwohl beide Eltern immer gearbeitet hatten. Ihr Vater war oft bis spät in den Abend in seinem Beruf als Gas- und Wasserinstallateur auf Baustellen unterwegs gewesen. Und Majas Mutter hatte neben der Betreuung der Kinder in zahlreichen Minijobs geschuftet.

Für Urlaub, Markenklamotten und teure Hobbys hatte es bei Familie Müller trotzdem nie gereicht. Aber da sie in einer recht bescheidenen Mietwohnung mitten in der Stadt lebten, hatten sich Majas Eltern irgendwann wenigstens die Parzelle am See leisten können.

Jahrelang hatte dort ein riesiger Wohnwagen gestanden, den Rita und Bernd billig gekauft hatten, als das letzte ihrer fünf Kinder, Majas kleine Schwester Heidi, gerade auf die Welt gekommen war.

Dieser Wohnwagen war von Anfang an so baufällig gewesen, dass man ihn nicht mehr durch die Gegend ziehen konnte, aber er hatte mit seinen zwei Etagenbetten und einem Doppelbett Platz für die ganze Familie Müller geboten – natürlich nur, wenn Majas ältester Bruder auf dem Klappbett im Vorzelt schlief. Majas Vater hatte fast jedes Wochenende an dem Wohnwagen herumgeschraubt. Am Ende wurde das Ungetüm von Wohnwagen nur noch von stabilem Klebeband und Holzbrettern zusammengehalten.

Erst vor fünf Jahren hatten sich Rita und Bernd einen lang gehegten Traum erfüllt: Sie hatten einen nagelneuen Wohnwagen gekauft, der sich problemlos vom Fleck bewegen ließ. Seitdem waren die beiden, sooft sie konnten, mit dem Wohnwagen unterwegs.

Sehr zur Begeisterung ihrer Kinder und Enkel kehrten sie aber immer wieder zu ihrer festen Parzelle an den Waldsee zurück und bauten dort das geräumige Vorzelt auf.

Majas Eltern und Geschwister saßen bereits um den großen Tisch im geöffneten Vorzelt herum. Majas ältester Bruder Axel und seine Frau Sabrina standen neben dem Vorzelt am Grill und entzündeten die Kohle. Ihre Brut paddelte in einem orangefarbenen Schlauchboot in Ufernähe auf dem See herum. Larissa und Lennart winkten fröhlich kreischend, als sie Maja sahen.

Maja verteilte zunächst ein paar Umarmungen an die fröhliche Tischrunde – an ihre Eltern, ihre kleinen Brüder Tim und Ole und an Heidi, die trotz ihrer zweiundzwanzig Jahre das ewige Küken der Familie war.

Dann gesellte sie sich zu Axel und Sabrina an den Grill. »Hallo ihr beiden«, grüßte sie. »Ist das nicht gefährlich, wenn die Kurzen alleine auf dem See herumpaddeln? Lennart kann doch noch nicht schwimmen.«

Sabrina warf Axel einen säuerlichen Blick zu. »Mein Reden«, fauchte sie. »Aber dein Bruder ist der Meinung, dass ich die Kinder in Watte packe. Ich sage dazu lieber nichts mehr.«

»Liebe Güte«, stöhnte Axel, »ich hab den beiden gesagt, dass sie nicht zu weit rauspaddeln dürfen. Sie sind keine Babys mehr, Sabrina. Larissa ist in der Schule! Wir sehen die beiden doch von hier aus. Und glaub mir, wenn einer von ihnen ins Wasser plumpst, bin ich schneller im See, als man ›Helikoptereltern‹ sagen kann!«

»Ja dann …«, sagte Maja schwach. Sie würde den Teufel tun und sich in eine Diskussion zwischen Axel und Sabrina einmischen! Das hatte sie schon öfter mehr oder weniger freiwillig getan und es hatte meistens damit geendet, dass hinterher beide sauer auf sie waren.

Lieber wandte Maja dem Grill den Rücken zu und setzte sich zu den anderen an den Tisch. Der Platz neben Heidi war noch frei, also ließ Maja sich dort nieder.

»Willst du?«, fragte ihr Vater zur Begrüßung und hielt Maja eine Flasche Bier hin, die er aus der Kühlbox hinter sich gefischt hatte. Seine silbergrauen, kurzen Locken standen fröhlich zu Berge, bekleidet war er lediglich mit Shorts und Badeschlappen.

Neben ihm saß Majas Mutter, ebenfalls barfuß und in Shorts und schnitt Tomaten und Mozzarella. Sie hatte den gleichen sonnengebräunten, von tiefen Lachfalten durchzogenen Teint wie ihr Mann, aber ihre silberblonden Haare waren glatt und wurden, seit Maja denken konnte, zu einem praktischen Kurzhaarschnitt gestutzt. Immerhin trug Rita heute ein knallbunt gestreiftes T-Shirt und nicht nur ihr Bikinioberteil. Manchmal, eigentlich sogar ziemlich oft, fand Maja, dass ihre Eltern sich ruhig etwas spießiger geben dürften.

Maja lehnte das angebotene Bier ab und ließ sich neben ihrer Mutter nieder.

»Schön, dass du doch so früh hier bist.« Rita Müller freute sich sichtlich. »Wir dachten schon, wir müssten ohne dich anfangen.«

»Ich hatte noch so viel zu erledigen«, entschuldigte sich Maja. »Einkaufen, saugen, bügeln … Unter der Woche stapelt sich bei mir alles.«

»Du arbeitest zu viel, mein Schatz«, fand Majas Mutter. »Es muss nicht immer alles hundertprozentig sein, weißt du?« Sie sah ihre Älteste liebevoll und durchaus auch ein wenig stolz an. »Das

Leben wird nicht schlechter, wenn auch mal was herumliegt. Im Gegenteil, ein bisschen Chaos macht eine Wohnung doch erst gemütlich.«

»Mama, bei mir liegt eigentlich immer jede Menge Zeug herum. Meine Wohnung ist alles andere als makellos!«

»Aber sicher doch.« Rita Müller lächelte verschmitzt. »Ich glaube dir kein Wort. Du bist eben unsere Korrekte.«

Irgendwie war Maja die Rolle der Ordentlichen in der Familie zugefallen, seitdem ihre Eltern sie kurz nach dem Einzug in die erste eigene Wohnung besucht hatten. Nach dem Studium war sie mit sehr wenigen Habseligkeiten aus einem elf Quadratmeter großen WG-Zimmer in eine knapp fünfzig Quadratmeter große Zwei-Zimmer-Wohnung gezogen. Die neue Wohnung war ihr picobello geputzt und frisch renoviert übergeben worden. Alles, was Maja besaß, passte anfangs in den fest eingebauten Wandschrank.

Majas Eltern waren von der leeren, tipptopp aufgeräumten Wohnung sehr beeindruckt gewesen. »Von wem hat sie das bloß?«, fragten sie einander immer wieder und klangen sowohl stolz als auch ein klein wenig befremdet.

Seitdem war es mit dem Zustand von Majas Wohnung stetig bergab gegangen – oft hatte sie morgens sogar Schwierigkeiten, zwei zueinander passende Socken zu finde. Aber Rita und Bernd Müller glaubten immer noch, dass ihre älteste Tochter eine Art Ordnungsgenie war. Und kein Besuch bei Maja konnte sie vom Gegenteil überzeugen.

»Kann ich dir was helfen, Mama?«, fragte Maja.

»Nein, danke, es ist schon fast alles erledigt. Ihr Jungs deckt jetzt mal den Tisch, ja?« Sie warf ihren beiden jüngeren Söhnen einen strengen Blick zu, als rechnete sie mit Widerstand. Die angesprochenen »Jungs« nickten gutmütig.

»Klar, kein Problem«, sagte Tim.

»Die Frauen kochen, die Männer grillen, die Kinder decken den Tisch«, amüsierte sich Majas kleine Schwester Heidi. »Spielen wir heute Fünfzigerjahre?«

»Und das kleinste Kind guckt den anderen beim Arbeiten zu und klopft kluge Sprüche, was Heidi?« Ole strubbelte ihr über die sorgfältig gelegten, langen, dunklen Locken.

»Ey, spinnst du?«, explodierte Heidi und schlug seine Hand weg. »Ich will nachher noch mit Ina in die Stadt. Ich hab ewig für meine Haare gebraucht. Blödmann!«

»Jetzt stell dich doch nicht so an, du Diva. Als ob irgendwem auffallen würde, ob du deine Haare geföhnt hast oder nicht!«

»Männer sehen so was nicht«, pflichtete Tim seinem Bruder bei. »Und wenn du in diesen Klamotten losgehst, bist du sowieso so gut wie unsichtbar.«

Ole und Tim lachten. Die beiden waren schon immer wie Pech und Schwefel gewesen, sie lebten sogar gemeinsam in einer WG, weil sie sich so gut verstanden.

»Natürlich ziehe ich mich noch um, ihr Dödel«, fauchte Heidi, »Aber was will ich denn in Kleidchen und High Heels auf dem Campingplatz?«

»Ich dachte, du wolltest mit diesem T-Shirt-Sack darüber hinwegtäuschen, dass du schon ewig nicht mehr im Fitnessstudio warst.« Majas Bruder Tim arbeitete als Personal Trainer im größten Fitnessstudio der Stadt. Er hatte seiner ganzen Familie verbilligte Jahresmitgliedschaften aufgezwungen und achtete peinlich genau darauf, dass diese auch genutzt wurden.

»Jetzt lasst mal eure Schwester in Ruhe!«, forderte Mutter Müller scharf. Wenn Rita etwas wollte, duldete sie keine Widerrede. Mit dem Tomatenmesser zeigte sie drohend in Richtung ihrer Söhne. »Bewegt eure Hintern in den Wohnwagen und deckt endlich den Tisch! Abmarsch!«

Eine halbe Stunde später war Ruhe im Vorzelt eingekehrt. Die Kinder waren wieder sicher an Land, Heidi und Ole hatten ihren Streit beigelegt und endlich mampften alle einträchtig Würstchen und Salat. Wie immer hatte es über den Salat auf Oles und Tims Teller eine kleine Diskussion gegeben, wie immer hatte Mutter Müller diese Diskussion mit den Worten »Ihr braucht Vitamine!«

beendet und einfach je einen Löffel Salat auf die Teller ihrer jüngeren Söhne geklatscht.

Auf den benachbarten Parzellen saßen zufriedene Camper ebenfalls vor ihrem Abendessen. Von Zeit zu Zeit, wenn wieder mal ein Kronkorken auf der abwaschbaren Tischdecke landete und einem zufällig der Blick eines Nachbarn begegnete, prostete man sich freundlich zu. Man kannte sich schließlich schon seit einer halben Ewigkeit. Und auch wenn die meisten Dauercamper hier auf Ruhe und Ordnung pochten, hatten sie schon so oft mit Bernds Hilfsbereitschaft und Ritas Herzlichkeit Bekanntschaft gemacht, dass sie das Ehepaar trotz ihrer überaus lebhaften Großfamilie schätzten.

Maja genoss die laue Sommerabendluft, die Anwesenheit ihrer ganzen Familie und ihr Essen. Es war gut, dass sie heute mal ganz unter sich waren. Da musste man den Tisch nicht hübsch decken, Rita und Bernd konnten ihre bequemen Shorts und Crocs anlassen und alle konnten nach Herzenslust durcheinanderquatschen und laut lachen.

Natürlich gab es viele alte Freunde, deren Anwesenheit beim Familiengrillen kaum auffiel. Und auch neue Leute waren bei Rita und Bernd stets willkommen. Aber nur, wenn sie »passten«. Wenn sie sich am See sofort ihrer Schuhe entledigten und ein Bier entkorkten zum Beispiel. Oder wenn sie ihre eigenen Fische angelten oder über Autos und Fußball Bescheid wussten.

Aber wehe, ein anstrengender oder anspruchsvoller Gast brach in das tiefenentspannte Campingplatzleben der Familie Müller ein! Jemand, der zu makellos gekleidet war und den Stuhl abwischte, bevor er sich setzte. Oder jemand, der nach einer Serviette, einem Klecks Dijon-Senf oder einem Glas Rotwein fragte.

Kurz: Wehe, wenn sich jemand auf der Parzelle blicken ließ, der vom Campen wenig hielt und kaum einen Hehl daraus machte! Über solche Gäste schimpften Rita und Bernd im Nachhinein wie die Rohrspatzen. »Schnösel!«, war dann das vernichtende Urteil, dass die beiden einstimmig fällten.

»Schnösel!«, hatten sie auch Majas Ex Karsten genannt, an den Maja leider mehr als fünf Jahre ihres Lebens verschwendet hatte. Vielleicht stimmte es, vielleicht war Karsten ein Schnösel. Fest stand, dass er vollkommen anders aufgewachsen war als Maja.

Karstens Familie wohnte in einer riesigen Altbauvilla in der Südstadt. Seine Mutter spielte Tennis, war Vorsitzende eines Buchclubs und spielte Geige in einem Streichquartett.

Sein Vater trug gebügelte Polohemden und spielte ebenfalls Tennis. Er entstammte einer Arztfamilie und führte eine radiologische Praxis, die Karstens älterer Bruder übernehmen würde.

Die Familie beschäftigte eine Putzfrau und einen Gärtner. Karsten selbst hatte – unter anderem in Japan und den USA – BWL studiert und führte schon mit zweiunddreißig Jahren eine fünfzehn Mann starke Abteilung.

Als Maja ihn damals auf der Party einer Studienkollegin kennengelernt hatte, war sie unglaublich beeindruckt gewesen, sowohl von ihm als auch von seiner Lebensgeschichte. Dass sich jemand wie Karsten für sie interessierte und den ganzen Abend neben ihr sitzen blieb, war ihr wie ein kleines Wunder vorgekommen. Dass so jemand am Ende des Abends auch noch mit ihr ausgehen wollte, erst recht.

Maja hatte bei diesen ersten Dates staunend zugehört, wenn Karsten von seinem abwechslungsreichen Beruf und seinen Auslandsaufenthalten erzählte.

Weil sie selbst im Vergleich wenig Aufregendes aus ihrem Leben zu erzählen hatte, ließ sie ihn die meiste Zeit reden und gab sich unkompliziert und amüsant. Sooft sie konnte, brachte sie ihn zum Lachen, was ihr erstaunlich gut gelang.

»Du bist das liebste und süßeste Mädchen der Welt«, hauchte Karsten, bevor er sie zum ersten Mal küsste. Diana hatte dieses Kompliment schrecklich gefunden, als Maja ihr damals davon erzählt hatte.

Es dauerte nicht lange und Karsten und sie waren unzertrennlich. Niemand staunte darüber mehr als Maja! Sie trafen gemeinsam seine Freunde und gingen am Wochenende mit dem Katamaran von Karstens Familie segeln. Eine Weile war Maja im siebten Himmel!

Leider konnte man sich kaum jemanden vorstellen, der weniger zu Majas Familie gepasst hätte. Da konnte Karsten noch so oft behaupten, Majas Familie wäre »unnachahmlich charmant« und das Campingplatzleben »so bunt«. Maja wusste, dass er sich bei den Familiengrillabenden insgeheim fühlte, als wäre er in die Fänge von Aliens geraten.

Auch Maja war sich nicht mehr ganz sicher gewesen, ob Karsten zu ihr passte, nachdem der erste Hormonrausch abgeebbt war. Es gab zu viele Dinge, die sie in seiner Gegenwart auf einmal anders machte. Diana bemängelte ein ums andere Mal: »Du benimmst dich bei ihm so kulleräugig!«

Trotzdem schaffte es Maja nicht, einen Schlussstrich zu ziehen. Zu schwer wog die Angst, vielleicht nie wieder einen derart tollen Hecht an Land ziehen zu können.

Wenn Maja ehrlich war, war sie fast froh, als die Beziehung vor einem guten Jahr dann endlich von seiner Seite aus scheiterte, weil Karsten sich in seine Kollegin verliebt hatte. Eine Entscheidung war ihr abgenommen worden.

So fremd, wie Karsten in ihrer Welt gewirkt hatte, so fremd hatte sie sich auch in seiner gefühlt. Wenn seine Eltern sie einluden, hatte sie immer Angst, etwas falsch zu machen, denn in seiner Familie schienen völlig andere Regeln zu gelten als in ihrer. War sie richtig angezogen? Waren die Schuhe sauber? War der Blumenstrauß zu groß oder zu klein oder zu kitschig? Begrüßte sie alle Anwesenden in der korrekten Reihenfolge? Benahm sie sich beim Essen adäquat? Sagte oder tat sie irgendetwas, mit dem sie sich als Tochter von Nicht-Akademikern outete?

Majas Vater rülpste laut und riss sie damit aus ihren Gedanken. »Benimm dich doch wenigstens vor den Kindern, Bernd«, tadelte Majas Mutter.

»Was raus muss, muss eben raus«, antwortete Majas Vater. »Sei nicht so verspannt, Rita.«

»Opa hat gerü-hülpst! Opa hat gerü-hülpst!«, sang die kleine Larissa begeistert und nach kurzer Zeit stieg Lennart in ihren Singsang ein.

Der Opa lächelte nur, aber Sabrina brachte die beiden mit einem lauten »Schluss jetzt!« zum Schweigen.

Maja kicherte in sich hinein. Gut, dass Karsten Vergangenheit war. Und gut, dass Leute seines Schlages sich nur selten hierher verirrten.

Nach dem Essen räumte Majas Vater den Tisch ab und Tim und Ole wurden zum Spülen ins Waschhaus geschickt. Larissa und Lennart wollten die beiden begleiten, sie durften die Spülmittelflasche und das Geschirrhandtuch tragen.

Maja, Heidi und ihre Mutter brachen zu einem kleinen Spaziergang auf. Schon nach wenigen Schritten auf dem schmalen Uferweg verließen sie den Campingplatz und seine Geräuschkulisse durch ein kleines Törchen und gingen kurz darauf in friedlicher Stille am bewaldeten Seeufer entlang.

Rita blieb stehen atmete tief ein. »Ich finde es immer noch herrlich hier«, sagte sie. »Die Waldluft, der See, die Ruhe ... Wunderschön!«

»Naja.« Heidi sah sich um. Ihre Miene drückte Desinteresse aus. »Ja. Es ist schon schön hier. Aber ich an eurer Stelle wäre das Ganze allmählich leid. Diese ewige Camperei. Wollt ihr nie irgendwohin fliegen? Mal in einem schicken Hotel absteigen? Die Welt sehen?«

Rita zuckte die Schultern. »Man sieht auch eine Menge, wenn man mit dem Wohnwagen durch die Gegend fährt. Aber natürlich würde ich gern auch mal wegfliegen. Wollte ich schon immer. Einmal in einem Hotel in der Karibik sein! Oder in Florida!« Ritas Gesicht nahm einen sehnsüchtigen Ausdruck an. »Gisela und Hans-Peter waren Ostern in Florida! Die haben so schöne Fotos mitgebracht!«

»Aber wir sind doch alle groß«, sagte Heidi. »Ihr könnt Urlaub machen, wo ihr wollt, oder nicht?«

»Theoretisch schon.« Rita lächelte wehmütig. »Wenn wir zufällig eine Kiste voll Gold finden würden. Unsere Ersparnisse sind nicht besonders üppig und das bisschen, was wir haben, soll bis ins hohe Alter reichen. Deshalb müssen wir uns leider entscheiden: eine Dauercampingparzelle am See, die wir fast jedes Wochenende mit der ganzen Familie benutzen, und dazu immer mal ein Urlaub mit dem Wohnwagen – oder eine teure Flugreise alle paar Jahre. Da fällt die Entscheidung leicht, nicht?«

»Wenn du es sagst …« Heidi wirkte nicht überzeugt.

»Ich bin immer gerne hier«, warf Maja hastig ein. »Schließlich ist das hier so etwas wie unser zweites Zuhause.« Heidi sollte lieber mal den Mund halten, dachte sie. Dass luxuriöse Fernreisen etwas anderes waren als ein Wohnwagenurlaub, wusste ihre Mutter auch, ohne dass Heidi sie mit der Nase darauf stieß!

Aber Rita Müller war nicht im Mindesten verletzt, sie winkte gelassen ab. »Ich weiß schon, dass eure Generation andere Vorstellungen vom perfekten Urlaub hat, ihr müsst mir nichts vormachen. Wir sind damals, als wir nur Axel hatten, mit zwei kaputten Luftmatratzen, einem Zelt und unserem klapprigen Golf ans Mittelmeer gedüst und fanden das unheimlich aufregend und exotisch. Das kann sich heute keiner mehr vorstellen.« Sie lachte fröhlich.

Maja verzog das Gesicht. »Ich glaube, für einen reinen Zelturlaub wäre ich zu verweichlicht.«

»Na, du kannst dir schließlich auch etwas anderes leisten«, sagte Rita, »du verdienst ja so gut!« Ein wenig Stolz schwang in ihrer Stimme mit.

Das ließ Maja einfach mal so stehen. In ihrem Bekanntenkreis hatte sie keinesfalls das Gefühl, als Jobcenter-Mitarbeiterin zu den Großverdienern zu gehören, aber ihrer Mutter gegenüber wäre es ihr arrogant vorgekommen, das zuzugeben.

Die untergehende Sonne tauchte Wald und See in ein wunderbar weiches, warmes Licht. Maja steuerte die nächstgelegene Bank an und ließ sich dort nieder, Rita und Heidi setzten sich neben sie. Eine Weile schwiegen die drei Frauen und beobachteten eine Entenfamilie, die auf dem ansonsten spiegelglatten See herumpaddelte.

»Und jetzt erzählt mal, ihr Mädchen – was gibt es Neues bei euch?« Rita sah erwartungsvoll zwischen ihren beiden Töchtern hin und her. »Was macht die Männerwelt? Was macht der Chor, Maja?«

Maja verzog das Gesicht. Weder über die Männerwelt noch über den Chor wollte sie jetzt sprechen, beide Themen waren geeignet, ihr gründlich die Laune zu verderben. »Nichts, alles ist wie immer«, behauptete sie schwach.

»Ha! Und warum guckst du dann so düster?« Heidis Blick bohrte sich tief in Majas Augen.

»Du solltest Polizistin werden, nicht Lehrerin«, murrte Maja. »Niemand verhört Menschen so gnadenlos wie du.«

Heidi war geschmeichelt. »Ich denke, dass es auch als Lehrerin ganz nützlich ist, wenn man Lügner durchschaut«, sagte sie. »Also, was ist los, was läuft schief?«

Maja verzog das Gesicht noch ein bisschen mehr. Heidi würde nicht lockerlassen. Besser, sie warf den beiden ein paar Brosamen hin und erzählte von ihren Problemen im Chor. Denn von ihren jüngsten Männerproblemen würde sie ihrer Mutter nie und nimmer erzählen! Weder von ihrer affigen Schwärmerei für Tristan von Birkhain noch von ihrer soeben beendeten Affäre mit dem Arschloch Arne, der ihr erst nachdem sie drei Mal miteinander im Bett gewesen waren gebeichtet hatte, dass er eine Ehefrau und zwei kleine Kinder hatte. Reizend! Natürlich hatte Maja tief empört und schwer verletzt sofort einen Schlussstrich unter die Sache gezogen, aber ihre Mutter würde trotzdem ausflippen, wenn sie die Geschichte je erfuhr.

»Ich fliege demnächst aus dem Chor«, behauptete Maja also.

»Was? Warum denn das?« Rita setzte sich sofort wieder gerade auf. Ihre Augen sprühten vor Empörung. »Ist es wegen diesem unsympathischen neuen Chorleiter? Seid ihr aneinander geraten?«

Maja musste lachen. »Du kennst ihn doch gar nicht.«

»Du hast mir genug von ihm erzählt. Der ist doch persönlichkeitsgestört, dieser Pedant. Den hat man viel zu früh vom Töpfchen geholt!«

»Mama! Was sind denn das für abenteuerliche Ferndiagnosen! Er hat dir doch gar nichts getan.«

»Aber dir?« Heidi blitzte neugierig zu Maja herüber.

»Noch nicht«, sagte Maja düster. »Aber er will alle Chorsänger einzeln vorsingen lassen. Und dann – weiß ich wirklich nicht, ob er mich im Chor behält. Er hat gesagt: ›Die meisten von euch sind hier im Chor goldrichtig.‹ *Die meisten*! Nicht alle! Und dann hat er noch was von Missklängen in allen Stimmen gesagt. Ich wette, ich bin so ein Missklang. Ich wäre am Boden zerstört, wenn ich nicht mehr dabei sein dürfte, ehrlich!«

»Ich dachte, du kannst singen?« Heidi legte den Kopf schief. »Du bist doch im Chor, seit ich denken kann.«

»Natürlich kann sie singen«, bestimmte Rita. »Wunderschön sogar.«

Maja fragte sich, woher ihre Mutter das wissen wollte. Gehört hatte sie es sicher noch nie, Maja sang nicht vor ihrer Familie. Oder überhaupt vor irgendwem. Sie sang nur, wenn sie sich in einem Meer aus anderen Stimmen verstecken konnte.

»Es ist ja nicht so, dass ich überhaupt nicht singen kann«, gab sie zu. »Im Chor sitze ich immer zwischen Regina und Diana, die singen beide super, da kann ich mich hemmungslos dranhängen und dann klappt es einigermaßen. Aber wenn ich zu Hause irgendwas aus dem Chor übe, kriege ich es meistens nicht hin. Und ein einziges Mal habe ich mich selbst aufgenommen – meine Stimme klingt grausam. Dünn und heiser. Glaubt mir, das will kein Mensch hören. Und Dr. Wilhelm Heinrich schon mal gar nicht.«

»So ein Unsinn, das kann ich nicht glauben.« Rita schüttelte energisch den Kopf. »Jeder kann singen. Und jemand, der eine so schöne Seele hat wie du, kann es erst recht!«

»Mama glaubt grundsätzlich, dass wir alles können.« Maja grinste. Heidi grinste ebenfalls. »Klar. Wenn's nach Mama geht, sind wir Göttinnen: unglaublich klug, stark und wahnsinnig hübsch. Stimmt's Mama?«

»Aber ja, das seid ihr. Zarte, wunderschöne Göttinnen. Früher hätte ich für eure großen, dunklen Augen glatt einen Mord begangen.«

»Und für unsere krausen Haare und unsere Adlernasen wohl auch?«, neckte Heidi.

»Ich finde eure Nasen aristokratisch«, behauptete ihre Mutter. »Gerade eure Nasen machen euch bildhübsch!«

»Mhm. Klar«, sagte Maja ironisch.

»Ich glaube immer noch, dass eine unserer Vorfahrinnen eine heimliche Affäre mit einem Griechen hatte«, witzelte Heidi. »Anders kann man sich Majas und mein Äußeres bei zwei so stupsnasigen Eltern nicht erklären.«

»Wer weiß.« Rita wiegte nachdenklich den Kopf. »Meine Mutter war eine ziemlich wilde Hilde, die hatte Feuer unter der Haube. Ob die immer so brav zu Hause gesessen hat, wenn mein Vater unterwegs war …«

Heidi und Maja lachten und Rita stimmte ein.

Danach wandte sich Heidi wieder an Maja. »Falls – ich betone *falls* – du recht hast und du wirklich nicht singen kannst: Wie willst du dann verhindern, dass dieser neue Chorleiter dich rausschmeißt? Tust du dir dieses Vorsingen überhaupt an?«

Maja schnitt eine Grimasse. »Weiß nicht. Ich denke schon, dass ich es versuchen muss. Ich hänge sehr an meinem Chor, ich kann nicht kampflos aufgeben. Ich werde einfach superleise singen und hoffen, dass Leute, die so wie ich schon seit Jahren dabei sind, nicht mal eben so rausgeschmissen werden.«

»Das ist dein Plan? Es einfach versuchen, mehr fällt dir nicht ein?«, rief Heidi. »Da wäre ich aber einfallsreicher!«

»Ach ja? Und was würdest du bitte tun?« Manchmal ging Heidi Maja gehörig auf den Wecker. Dank ihrem überbordenden Selbstbewusstsein nahm ihre kleine Schwester kaum etwas in ihrem Leben je als Hürde wahr.

»Hm.« Heidi sah konzentriert in die Ferne. »Spontan würde ich sagen: Du solltest erstens beim Vorsingen auf jeden Fall ein mega-heißes Outfit anziehen. Und dann solltest du flirten, was das Zeug hält. Der Gedanke an Sex setzt bekanntlich das männliche Urteilsvermögen schachmatt.«

»Flirten? Mit diesem Eisblock? Was Besseres fällt dir nicht ein?

Wenn ich ein mega-heißes Outfit anziehen würde, würde der das nicht mal merken, der interessiert sich nur für Rhythmen und Töne.«

»Außerdem hat sie es überhaupt nicht nötig, zu so billigen Methoden zu greifen«, ergänzte Rita.

Heidi ignorierte sie und streckte zwei Finger in die Luft: »Du könntest zweitens zum Vorsingen Schokolade mitbringen und ihm wie zufällig ein Stück anbieten – bei den meisten Männern, die ich kenne, funktioniert Schokolade ganz hervorragend als Bestechung, wenn man etwas von ihnen will.«

»Das gefällt mir«, ließ Rita vernehmen.

»Heiße Outfits und Schokolade?«, fragte Maja kopfschüttelnd, »liest du eigentlich immer noch die Bravo Girl, Heidi?«

Heidi winkte ab. »Schon lange nicht mehr. Ich sehe auch nicht, was meine Vorschläge mit der Bravo Girl zu tun haben sollen. Sex und Schokolade funktionieren bei Männern aller Altersstufen, da kannst du dir sicher sein.«

»Wenn du es sagst …«, murrte Maja wenig überzeugt.

Heidi hob einen dritten Finger. »Und als Drittes könntest du dir überlegen, was du dem Chor außer deiner Stimme noch zu bieten hast. Ein Chorleiter braucht Leute, die sich engagieren, oder nicht? Also könntest du dich fragen, was du in Zukunft für die Chorgemeinschaft leisten kannst.«

Maja sah ihre Schwester verblüfft an. »Na, das klingt endlich mal sinnvoll«, sagte sie. »Du bist ja doch nicht so dumm, wie ich dachte.«

Heidi flippte beleidigt ihre lange Mähne hinter die Schulter. »Dass große Schwestern einen aber auch immer unterschätzen müssen …«

»Ich entschuldige mich«, sagte Maja. »Deine letzte Idee ist wirklich gut! Diese Sache mit dem Engagement – damit könnte ich vielleicht punkten. Ich habe sogar schon eine Idee: Ich denke, ich schlage in der nächsten Probe einen Stammtisch im Pilsbefall vor. Darüber habe ich schon öfter nachgedacht. Ich könnte die offizielle Stammtisch-Ansprechpartnerin werden, den Chor einladen, den Tisch reservieren, vielleicht in Zukunft auch Essen vorbestellen … Peter, Birgit, Diana und ich gehen nach dem Chor immer was trinken, da nehme ich gern den ganzen Chor mit, wenn mir das hilft.«

»Das klingt doch nach einer schönen Lösung für dein Problem, meine Süße«, freute sich Rita.

Heidi war nicht so begeistert. »Das kommt ganz darauf an«, sagte sie und wiegte zweifelnd den Kopf. »Wenn du Glück hast, reicht es, laut zu plärren: ›Wer kommt noch mit auf ein Bier‹. Aber wenn du Pech hast und du wirklich richtig scheiße singst, musst du meiner Meinung nach viel härtere Geschütze auffahren!«

Kapitel 4

»Du willst diese Kneipenrunde doch nur organisieren, damit du dich mal so richtig ausführlich an Tristan ranschmeißen kannst, oder?«

Diana war auf einen Plausch vorbeigekommen, lag jetzt quer auf Majas Bett und beobachtete ihre Freundin dabei, wie sie verzweifelt versuchte, einen Berg gewaschener Wäsche in den schon völlig überfüllten Kleiderschrank zu quetschen.

»Als ob ich bei dem auch nur den Hauch einer Chance hätte!«

»Keine Ahnung, so was kann ich nicht einschätzen. Aber dich kann ich einschätzen. Du stellst dir vor, eng neben ihm auf der Eckbank zu sitzen und seinen Oberschenkel an deinem zu spüren, was?«

»Ich hätte dir meinen Romanversuch damals nicht zeigen dürfen! Meine Fantasien haben sich seit meinem vierzehnten Lebensjahr erheblich gewandelt.«

»Aha, erzähl doch mal.« Diana grinste. »Stellst du dir heutzutage vielleicht vor, dass er etwas anderes an deinen Oberschenkel presst?«

»Wie geschmacklos. So etwas kannst du dir gern vorstellen, ich bin romantischer veranlagt«, behauptete Maja, obwohl sie ziemlich oft an Sex mit Tristan dachte, wenn sie ehrlich war. Unter der Dusche zum Beispiel. Oder in den Chorproben. Dort pflegte sie sich in allen Farben auszumalen, was Tristan mit ihr anstellen würde, wenn sie ihn endlich davon überzeugt hätte, dass sie seine absolute Traumfrau war.

»Hallo? Maja? Du kannst diese T-Shirts nicht mehr da reinstopfen, der Schrank platzt jetzt schon aus allen Nähten. Wenn du den Stapel noch dazu packst, geht die Tür nicht mehr zu. Wie wär's mal mit Ausmisten? So viele Klamotten braucht doch kein Mensch!«

»Du nicht, das weiß ich.«

Diana hatte erst kürzlich ihre Besitztümer radikal reduziert und zwei Drittel ihrer Habe verschenkt. Seitdem passten ihre Küchenutensilien und sämtliche Vorräte in zwei Küchenunterschränke und sämtliche Kleidungsstücke fanden locker in einer Kommode mit drei Schubladen ihren Platz. »So extrem wie ich musst du ja nicht reduzieren, aber ein paar Klamotten weniger ...«

»Mache ich mal. Bei Gelegenheit.« Maja legte den T-Shirt-Stapel auf den kleinen Sessel, der neben dem Kleiderschrank stand, und schloss die Schranktüren. Der Bezugsstoff des Sessels war kaum noch zu erkennen, über der Rückenlehne lagen bereits vier Kleider, die vielleicht gewaschen werden mussten und vielleicht auch nicht, und unter dem eben abgelegten T-Shirt-Stapel befanden sich ein paar einzelne Socken, deren Existenz Majas Ordnungssinn überforderte. In die Sockenschublade zwischen all die Sockenpaare gehörten sie nicht, so viel war klar, aber wohin gehörten sie dann? Hatten andere, ordentlichere Leute eine Einzelne-Socken-Schublade?

»Du weißt, dass ich überhaupt nicht pingelig bin, aber sogar ich würde hier entweder mal aufräumen oder einfach keinen mehr ins Schlafzimmer lassen«, kommentierte Diana Majas Wäscheablage. »Ich frage mich, was meine Mutter zu deinem Kleiderschrank sagen würde. Oder Regina.« Diana lachte. »Ob die direkt einen Herzinfarkt kriegen würde?«

»Mir egal. Die würde ich nie in meine Wohnung lassen. Im Übrigen würde Regina auch in deiner Wohnung in hysterisches Putzen ausbrechen. Bei mir gibt es wenigstens kein dreckiges, stinkiges Geschirr in der Spüle.«

»Klar, weil du so selten kochst. Aber dein Frühstücksgeschirr stapelt sich oft tagelang in der Küche.«

»So schlimm, wie du tust, kann ich gar nicht sein. In meiner Familie gelte ich als ›die Ordentliche‹.«

Diana wieherte los. »Ach, hör schon auf, wir wissen doch beide, wie dieser Mythos entstanden ist.«

Wie ärgerlich, dass sie Diana nichts vormachen konnte! Maja nickte widerwillig. »Aber auch wenn es nur ein Mythos ist, genieße ich es irgendwie, dass meine Mutter bei jeder Gelegenheit meinen Ordnungssinn lobt!«

Diana schmunzelte. »Immerhin bist du ordentlicher als der Rest deiner Familie.«

»... was keine große Kunst ist!«, ergänzte Maja.

Wenn Maja daran dachte, wie die Wohnung ihrer Eltern früher ausgesehen hatte, schämte sie sich immer noch. Sogar vor Diana.

Als alle fünf Kinder noch zu Hause gewohnt hatten, war das Heim der Familie Müller für all die Kinder, ihre Sachen und ihre Spielkameraden viel zu klein gewesen. Es gab viel zu wenig Stauraum und viel zu wenig Wohnfläche für alle Familienmitglieder und ihre Sachen. Infolgedessen lag immer und überall etwas herum: Auf allen freien Oberflächen stapelten sich die Besitztümer der Müllers und sogar die Fußböden waren meist mit Spielzeug und Kinderkleidung bedeckt.

Zum regelmäßigen Aufräumen und Putzen fehlte ihren Eltern die Zeit. Oder vielleicht auch der Wille. Majas Mutter sagte immer: »Uns war wichtig, dass ihr saubere Klamotten anhattet, dass gesundes Essen auf den Tisch kam und dass ihr immer eure Zähne geputzt habt. Für die Wohnung blieb da keine Energie mehr.« Wenn die Eltern mal nicht gearbeitet hatten, hatten sie sich lieber um ihre Kinder gekümmert und waren mit ihnen ins Grüne gefahren als aufzuräumen. Oder sie hatten Freunde getroffen.

Nur wenn Gäste kamen – die Sorte »anspruchsvolle« Gäste, die auch auf dem Campingplatz nicht gern gesehen war – wurde hektisch alles, was herumlag, aus dem Weg geräumt. Und zwar irgendwohin. In den nächstbesten Schrank. Oder in ein Regal, eine Schublade, eine Kiste, in der sich gerade ein Plätzchen fand.

Die Folge war, dass niemand in der Familie Müller je wusste, wo sich irgendein Gegenstand befand. Es herrschte pures Chaos in allen Schränken. Brauchte man etwas – Geschenkpapier, einen Kugelschreiber oder eine Aspirin – musste man zunächst auf Schatzsuche gehen. Und wenn es dringend war, musste die ganze Familie mithelfen. Maja mochte sich kaum vorstellen, wie viel Lebenszeit in der Familie Müller schon damit verschwendet worden war, nach verkramten Dingen zu suchen.

Als kleines Kind hatte ihr die Schatzsucherei manchmal sogar Spaß gemacht. Damals hatte sie die Unordnung in der Wohnung für normal gehalten und wenn ihr Papa rief: »Kinder, ich brauche meinen zweiten Turnschuh! Wenn ihr ihn in fünf Minuten findet, spendiere ich allen nachher ein Eis!«, dann hatte sie sich mit ihren Geschwistern auf die Suche gemacht und das toll und lustig gefunden.

Sie fand es normal, dass sie morgens lange nach einem Paar sauberer Socken suchen musste und dass sie dieses Paar oftmals an den unmöglichsten Orten fand. Zum Beispiel unter einem Berg von Zeitschriften und Briefen in einem Wäschekorb, der auf den Garderobenschrank gestellt worden war. Oder gemeinsam mit ein paar Unterhosen, einigen Handtüchern, Malstiften und diversen Konserven in einem Küchenschrank. Die Suche konnte so lange dauern, dass Maja darüber zu spät zur Schule kam. Aber in bereits getragenen oder gar löchrigen Socken hätte Mutter Müller ihre Kinder garantiert nicht aus dem Haus gelassen. So gern sie fünfe auch gerade sein ließ, sie achtete streng darauf, dass ihre Kinder ordentlich aussahen, wenn sie das Haus verließen!

Genau so normal wie die morgendliche Sockensuche fand Maja es, dass nicht immer alle Lebensmittel im Haus waren, die man benötigte. Bis heute mochte sie Müsli mit Orangen- oder Apfelsaft ganz gern.

Erst auf dem Gymnasium ging Maja auf, dass ihre Familie ein klein wenig anders war als andere Familien. Besonders durch ihre Freundschaft mit Diana lernte sie eine ganz andere Art von Zuhause kennen: Diana lebte allein mit ihren Eltern in einem großen, gepflegten Haus mit Garten. Im Haus herrschte meist Totenstille, alle Fußböden waren makellos sauber, im Schuhschrank standen nur Schuhe und sonst nichts, und der Kühlschrank war nicht klein und vollgestopft, sondern geräumig und modern und alle Lebensmittel darin waren hygienisch verpackt und absolut genießbar. Maja kam es vor wie das Paradies.

Je älter Maja wurde, desto peinlicher wurde ihr die kleine, unordentliche Wohnung, in der sie lebte, und desto bewusster vermied sie es, Freundinnen mit nach Hause zu nehmen. »Bei uns nerven meine kleine Geschwister«, begründete sie ihre Abwehrhaltung.

Und auch über die Urlaube im Wohnwagen am See sprach sie irgendwann nicht mehr. Sie war gern dort und verbrachte Zeit mit ihrer Familie. Aber man konnte nicht von Ferien auf einer Dauercamper-Parzelle in einem uralten Wohnwagen erzählen, die nur eine gute halbe Stunde Fahrzeit entfernt lag, wenn alle anderen von Traumurlauben im Ausland schwärmten.

»Sollen wir ins Wohnzimmer gehen?« Diana riss Maja aus ihren Gedanken. »Oder willst du noch länger auf deinen Kleiderschrank starren?«, fragte sie belustigt.

Erst jetzt merkte Maja, dass sie seit geraumer Zeit mit leeren Händen herumstand. »Entschuldige«, sagte sie, »ich war irgendwie weggetreten.«

Die beiden Frauen zogen ins Wohnzimmer um, wo sie es sich mit einer Tasse Kaffee auf dem großen, grauen Ecksofa gemütlich machten.

Maja nahm einen Schluck aus ihrer Tasse. »Weißt du, was ich mich manchmal frage? Du lebst allein, ich lebe allein und trotzdem sehen unsere Wohnungen immer total abgerissen aus. Wie machen andere Leute das nur? Eltern von zwei, drei oder vier Kindern? Ich kriege mein eigenes Leben kaum organisiert, wie sollte ich auch noch die Dinge eines anderen Wesens regeln?«

»Wahrscheinlich wächst man da nach und nach rein«, sagte Diana.

»Vielleicht.« Maja verzog das Gesicht. »Aber die meiste Zeit glaube ich ehrlich gesagt, dass ich besser keine Kinder bekommen sollte. Ich bin einfach zu unstrukturiert.«

»Dann bist du eben etwas unstrukturiert, na und?« Diana ließ ihren Blick im Raum umherschweifen. »Tu dich doch einfach mit einem Kerl zusammen, der den Haushalt schmeißt und liebend gern Listen schreibt. Kindererziehung hat wenig mit Sauberkeit und Ordnung zu tun, finde ich. Denk doch an deine Eltern, die waren toll!«

»Ja, meine Eltern waren schon toll. Lustig und liebevoll. Aber manchmal habe ich mir trotzdem ein anderes Zuhause gewünscht. Ein Aufgeräumtes. Weißt du nicht mehr, wie schwer das für mich war, jeden Tag mit den richtigen Schulsachen anzurücken? Deine Eltern haben dir damals Ablagefächer für jedes Schulfach gekauft und die Fächer sogar richtig beschriftet. Meine Eltern haben meine Schulhefte aus Versehen in die Küchenschublade oder in die Bastelkiste geräumt, wenn ich nicht aufgepasst habe.«

»Na und? Dann kaufst du deinen Kindern eben auch Ablagefächer.«

»Ich sehe mich schon Kaffee über die Packliste für die Skifreizeit kippen. Oder ich kippe den Kaffee gleich über die Hausarbeit, die meine Tochter mit Mühe angefertigt hat und eigentlich am nächsten Tag abgeben will.«

»Schwarzseherin.«

Maja schüttelte den Kopf. »Ehrlich, im Moment würde ich mir nicht zutrauen, ein Kind großzuziehen. Ich meine, ich mag Kinder. Ich bin super darin, Spaß mit ihnen zu haben. Aber ob ich sie richtig erziehen könnte? Was, wenn ich mein Kind aus Versehen ohne Schuhe in den Kindergarten schicke? Oder, noch schlimmer, was, wenn ich mein Baby irgendwo verlieren würde? Ich lasse ständig Sachen irgendwo liegen, ich könnte mein Baby in einem Café vergessen.«

Diana lachte. »Das würdest du nie und nimmer. Babys sind keine Regenschirme, die sind viel lauter und liegen nie leise unter dem Tisch herum. Außerdem steht die Entscheidung gerade doch gar nicht an, bei keiner von uns beiden. Wenn eine von uns wieder eine Beziehung hat und wenn das bei mir zufällig auch noch eine Beziehung mit einem Mann ist, der unbedingt Kinder will, können wir das gern wieder diskutieren.«

»Falls deine nächste große Liebe wieder eine Frau sein sollte: Würdest du mit einer Freundin keine Kinder großziehen wollen?«

Diana nahm einen Schluck Tee und stieß nachdenklich Luft aus. »Doch. Im Prinzip würde das nichts ändern. Aber wenn ich am Ende bei einer Frau lande und die will unbedingt ein Baby, kann sie es ja kriegen und ich bin fein raus.«

»Egal. So wie unsere letzten Beziehungen gelaufen sind, werden wir sowieso allein sterben.«

Diana zog einen Mundwinkel in Höhe. »Wie kommst du nur darauf? Ein Typ, der seine Frau betrügt und es seiner Geliebten nicht einmal sagt, und eine blöde Schlampe, die nach dreizehn Monaten Beziehung feststellt, dass ihr ›körperliche Attraktivität irgendwie doch wichtig ist‹ – da haben wir doch beide eine Meisterleistung vollbracht, als wir diese edlen Charaktere aufgespürt haben.«

»Gut, dass du es mit Humor sehen kannst.«

»Geht so. Ich weiß, dass ich nicht toll aussehe. Und es stört mich normalerweise nicht die Bohne. Ich mag mich. Ich bin sehr zufrieden mit dem, was ich erreicht habe und mit dem, was ich bewirken kann. Ich habe keine Lust, Energie auf mein Äußeres zu verschwenden. Ich werde mir die Haare weiterhin selbst schneiden und ich hatte zu keinem Zeitpunkt meines Lebens Ambitionen, ›Germany's next Topmodel‹ zu werden und meine Tage im Bikini vor einer Kamera zu verbringen. Aber …« Diana biss sich auf die Unterlippe.

»Aber es tut weh, wenn sich jemand, den man liebt, als oberflächlich entpuppt«, ergänzte Maja.

»Ja. Und wenn alles, was man ist und kann, alles, was einen ausmacht, nicht genug ist.«

Maja ballte die Fäuste. Sie war immer noch stocksauer, wenn sie daran dachte, wie Diana verletzt worden war. »Sie ist eine blöde Kuh!«, stieß Maja inbrünstig hervor.

»Ja, nicht wahr?« Diana lächelte schwach. »Und du bist gerade drauf und dran, die nächste Meisterleistung zu vollbringen. Tristan von Birkhain … Mein Arschloch-Detektor schlägt Alarm, wenn ich seinen Namen ausspreche. Seit wir ihn kennen, hatte er unzählige Affären und nur mit dieser Susanne war er zwei Jahre zusammen. Eine einzige feste Freundin! In all den Jahren! Dabei ist der Mann schon zweiunddreißig! Du weißt, dass ich dich immer unterstütze, aber ich bin mir nicht sicher, ob ich dir in dieser Hinsicht Glück wünschen soll. Der Typ knallt doch alles, was ihm vor die Flinte kommt!«

»Die *Flinte?*« Maja prustete los. »So nennen wir es jetzt?«

Diana blieb gelassen. »Nenn es, wie du willst. Ich sage dir, mein Arschloch-Detektor hat immer recht.«

»Und wenn schon. Ich habe sowieso keine Chance bei ihm. Die Erfahrung zeigt, dass Tristan seine Frauen größer und weit glamouröser mag. Wahrscheinlich braucht mein Hirn diese kleine Schwärmerei nur, um endlich Arne, diesen Mistkerl, zu vergessen.«

»Ich wäre mir da nicht so sicher, meine Liebe. Weder was deine nicht vorhandenen Chancen, noch was deine nicht vorhandenen Absichten betrifft.«

An diese Worte musste Maja denken, als sie am darauffolgenden Donnerstag vor der Probe bereits zum zweiten Mal Tristans Blick auffing und schon wieder diesen eindeutig freudigen Schauer im ganzen Körper spürte. Tristan war eben erst angekommen, er unterhielt sich mit Lars und Uwe und ließ seine Blicke immer wieder durch den Raum schweifen. Während Maja ihre Noten hervorholte und ihre Tasche unter dem Stuhl verstaute, beobachtete sie ihn verstohlen und hoffte, dass sich ihre Blicke ein weiteres Mal begegnen würden.

Hatte sie wirklich keine Chancen bei ihm? Und hatte sie wirklich keine ernsthaften Absichten? Nein, beide Male nein, beschloss sie energisch. Es lag einfach nur an Tristans überwältigendem Charisma. Mit Tristan wirkte jeder noch so flüchtige Blickkontakt wie ein kleiner Flirt. Immer lag ein sekundenkurzes Strahlen, ein verschwörerisches Funkeln in seinen Augen. So etwas löste eben Freudenschauer in Frauen aus, das war eine ganz natürliche Reaktion.

Beruhigt straffte Maja die Schultern.

Dr. Wilhelm Heinrich – in Gedanken nannte Maja ihn weiterhin so, obwohl sie ihn längst alle duzten – war noch nicht da, die Probe fing erst in zehn Minuten an, dementsprechend schwirrte der Probenraum vor Stimmen und Gelächter. Fleißige Hände hatten bereits das Klavier in die Mitte des großen Seminarraums geschoben und gut fünfzig Stühle in einem Halbkreis darum arrangiert.

Neben Maja waren noch etliche Stühle frei, auch Regina und Diana waren noch nicht da.

Maja riss sich schweren Herzens von Tristans Anblick los und schlenderte hinüber in den Sopran. Dort ließ sie sich auf dem freien Stuhl neben Birgit nieder und wartete darauf, dass diese mit dem Nachziehen ihres Lippenstiftes fertig wurde. Vor ihnen am Flügel stand Lissi und unterhielt sich mit ihrer Freundin Theresa. Birgit nannte die beiden gern »die Läster-Schwestern«. Den Wortfetzen nach, die Maja aufschnappte, ging es um den unmöglichen Wilhelm, der sich immer noch nicht zu den Soli im Sommerkonzert geäußert hatte, obwohl Lissi doch allmählich mit ihrer Gesangslehrerin die nächsten Monate planen musste.

Reine Wichtigtuerei, dachte Maja. Sie tut ja so, als wäre sie eine Berufssängerin und müsste eine Reihe von Auftritten terminieren! Dabei geht es doch nur um ein, zwei kleine Soloparts in einem Laienchor, also bitte.

»Na, Schätzelein, bist du auch schon da? Wie kommt's?«, erkundigte sich Birgit. Sie klappte ihren Taschenspiegel zu und verstaute den Lippenstift in einem Seitenfach ihrer Notentasche. »Hast du dir endlich eine Uhr gekauft? Oder treibt dich die Angst vor unserem Chorleiter so früh her?«

»Volltreffer! Es ist die reine Angst. Ich denke, dass ich ihn bis zum Vorsingen so wenig wie möglich verärgern sollte. Ich hab mir im Büro extra zwei Wecker gestellt, damit ich pünktlich hier bin – im Smartphone und im PC.«

»Welch ungewohnte Umsicht.« Birgit lachte.

Lissi unterbrach ihr Gespräch mit Theresa und beugte sich zu Birgit und Maja herunter. »Wie seht ihr das«, fragte sie, »findet ihr es in Ordnung, wenn Wilhelm jede Probe überzieht? Ich meine, die Proben sind bis Viertel vor neun angesetzt, das ist die Zeit, die sich jeder hier nimmt. Ich finde es *absolut* nicht in Ordnung, wenn plötzlich jedes Mal bis neun geprobt wird. Man hat doch noch andere Termine. Jemand sollte das wirklich mal ansprechen. Birgit?«

Birgit gähnte hinter vorgehaltener Hand. »Also ich hab um neun eigentlich nie Termine, aus dem Alter bin ich raus. Mich stört es überhaupt nicht, wenn Wilhelm mal länger macht. Schließlich sitze ich hier, weil ich gerne singe.«

»Ich singe auch gern!«, beeilte sich Lissi zu sagen. »Aber man möchte doch Planungssicherheit!«

»Wenn es dich stört, musst du es ansprechen«, sagte Birgit freundlich.

»Überhaupt finde ich, dass er ein bisschen mehr auf uns alle eingehen könnte«, nörgelte Lissi und setzte sich auf den Stuhl neben Maja. »Ich meine, er stellt sich da vorn hin und zieht sein Ding durch, ohne zu fragen, was wir so für Vorstellungen haben. Bislang hat er noch nicht ein Mal gefragt, ob jemand von uns Ideen für das Konzert hat, dabei könnte ich da eine Menge beitragen.«

»Was denn zum Beispiel?«, fragte Maja eher höflich als interessiert.

»Wir könnten bei einigen Liedern tolle Choreografien einstudieren und ich denke, die Moderationen sollten aus dem Chor kommen, ich traue Wilhelm offen gestanden nicht zu, dass er unterhaltsam ein Konzert moderiert.«

»So, so. Und an wen denkst du da konkret?«, fragte Birgit zuckersüß. Lissi errötete leicht.

»An jeden, der möchte, natürlich«, behauptete sie.

Maja entwich ein leiser Lacher. Wäre Lissi ein kleines bisschen netter gewesen, wären ihre schlecht getarnten Versuche, sich ins

Rampenlicht zu drängeln, vielleicht sogar niedlich gewesen. Aber da Lissi nun einmal Lissi war, fand Maja ihren Geltungsdrang nur anstrengend.

»Lauter hübsche Damen und keine davon besucht mal den Tenor«, erklang eine vertraute Männerstimme hinter ihnen.

»Hallo Tristan!«, hauchte Maja.

Schon hatte er sich zwischen Maja und Lissi gehockt und je einen Arm um die Schultern der beiden Frauen geschlungen. Der Duft seines Aftershaves sorgte dafür, dass Majas Knie augenblicklich weich wurden. Gut, dass sie saß!

»Überlegt ihr auch gerade, ob die Studentinnen immer jünger werden oder ihr am Ende doch älter?«

»Warum?«, fragte Lissi, »ist eine Neue da?«

»Klar. Guck mal. Die Kleine, Dunkelhaarige in der letzten Reihe. Nichts gegen jüngere Frauen, aber die sieht aus wie sechzehn, oder?«

Maja folgte seiner Blickrichtung. Stimmt, dort in der letzten Reihe ließ sich gerade schüchtern eine Neue nieder. »Wenn sie hier studiert, wird sie mindestens achtzehn sein«, sagte Maja.

»Sehr hübsch«, fand Lissi. »Sag nicht, dass dich so ein Gesicht kalt lässt, Tristan!«

»Uninteressant«, winkte Tristan ab. »Kinder in dem Alter haben einen völlig anderen kulturellen Background als wir. Was hab ich von einer Begleitung, die meine Anspielungen und Witze nicht versteht und die die Nase rümpft, wann immer ich Musik auflege?«

Maja freute sich. Tristan stand also eher auf gleichaltrige Frauen! Er konnte also gar kein so großes Arschloch sein, wie Diana es ihm gern unterstellte.

»Du hast so Recht, Tristan«, Lissi senkte verschwörerisch die Stimme. »Nichts gegen Erstsemester, die müssen auch irgendwo singen, aber ich finde diese Kinder hier im Chor entsetzlich anstrengend. Unter zwanzig sind sie noch so laut und undiszipliniert!« Lissi musste gerade reden! Sie war doch selbst erst dreiundzwanzig und eindeutig eine der lautesten und anstrengendsten Figuren hier im Chor! Fanden zumindest Maja und Diana.

»Meine Damen und Herren, wir starten!«, durchschnitt Wilhelms kräftiger Bass plötzlich das allgemeine Stimmengewirr. Maja hatte ihn gar nicht kommen sehen. Überrascht stellte sie fest, dass inzwischen fast alle Stühle gefüllt waren.

»Ich muss wohl rüber in den Alt«, murmelte Maja bedauernd und schon zog sich der warme Arm um ihre Schultern zurück und Tristan trat einen Schritt zurück.

»Wir sehen uns später, Ladys«, verabschiedete er sich.

»Bis später, Tristan«, säuselten Maja und Lissi wie aus einem Munde.

Synchronsäuseln mit Lissi, dachte Maja beschämt, während sie hinüber in den Alt ging. Wie tief will ich eigentlich noch sinken?

Kurz darauf saßen alle Sängerinnen und Sänger auf ihren Plätzen.

»Guten Abend, die Herrschaften«, eröffnete Wilhelm die Probe. »Schön, dass ihr heute einigermaßen pünktlich und vollständig erschienen seid. Meine Herren im Bass, denkt daran, nach der Probe nicht wegzulaufen, ihr seid heute mit vorsingen dran.« Ein kleines Raunen erhob sich in den Männerstimmen, Wilhelm ignorierte es. »Bitte alle aufstehen, wir singen uns ein«, verkündete er und begleitete die Aufforderung mit einer schwungvollen Armbewegung. Während sie sich reckten und streckten und dabei klangvoll gähnten, betrat Diana leise den Seminarraum und schlich hinter der letzten Reihe her zu ihrem Platz neben Maja.

»Hey, du bist ja heute vor mir da! Pünktlich zum Einsingen«, raunte Diana ihrer Freundin zu. »Glückwunsch!«

»Pst!«, machte Regina prompt, obwohl das Flüstern wirklich nicht störte. Schließlich wurde gerade weder gesungen noch irgendetwas erklärt, im Raum erklang lediglich lautes Gähnen.

Diana und Maja sahen einander an und verdrehten die Augen. Maja war sich sicher, dass ihnen beiden gerade der gleiche Gedanke durch den Kopf schoss, nämlich »blöde Streberin!«. Auf Diana war Verlass.

Kein Wunder: Sie waren beste Freundinnen seit der fünften Klasse und hatten jahrelang jede freie Minute miteinander verbracht. Erst als Diana die elfte Klasse übersprungen hatte und Maja nicht, waren sie gezwungen, auch getrennt lebensfähig zu werden. Aber ihre enge Freundschaft hatte die Oberstufe und das Studium hindurch gehalten und bestand jetzt, nach einigen Jahren im Berufsleben, immer noch.

Daran hatte sicher auch der Unichor seinen Anteil, der dafür sorgte, dass Maja und Diana seit ihrer Studienzeit mindestens zwei Stunden pro Woche nebeneinander saßen. Hier trafen sie sich und sangen. Egal, wie viel Stress im Beruf herrschte, egal, wie viel privat gerade anlag.

»Jetzt spielt mal Kuhherde«, ordnete Wilhelm an. »Das Gras hier im Probenraum schmeckt hervorragend und ihr käut es wieder und wieder und wieder ...« Er demonstrierte, wie er sich eine kauende Kuh vorstellte.

Vereinzelt wurde gekichert, aber trotzdem führten alle brav die gewünschten gemütlichen Kaubewegungen aus.

»Und während ihr kaut, summt ihr ›Hmmmm‹, weil's so gut schmeckt«.

»Hmmmm!«, erklang es vielstimmig.

»Und jetzt habe ihr genug gefressen, jetzt wird es Zeit für ein Konzert. Ihr macht ›Muuuuh!‹«

»Muuuuh!«, machte der Chor. Spätestens jetzt zeigte sich auf allen Gesichtern ein kleines Lächeln, sogar auf Lissis. Zum hundertsten Mal fragte Maja sich, warum Wilhelm beim Einsingen so locker und amüsant sein konnte, in den Chorproben dann aber wie jemand wirkte, der zum Lachen in den Keller ging.

Wilhelm ließ den Chor noch etliche Male in verschiedenen Tonhöhen »Muuuh!« sagen, danach waren die ersten Töne auf »Dubidubidubidubidu« dran.

Wenn der ganze Chor beim Einsingen unbefangen sang, fühlte Maja sich am wohlsten. In einer kräftigen Geräuschkulisse traute auch sie sich, stimmlich mal richtig Gas zu geben.

»Im Alt bitte etwas sanfter«, forderte Wilhelm prompt. Nicht nur Maja verstummte erschrocken. In der nächsten Phrase war außer Regina und Diana keine Altistin mehr zu hören. Wilhelm lachte. »Ich nehme alles zurück. Sanfter heißt nicht, dass ihr schweigen sollt. Im Alt bitte wieder etwas kräftiger.«

Aber Majas gute Laune war schon verflogen. Sie wusste, dass sie für den Rest der Probe auf lautere Töne verzichten würde.

Als das Einsingen beinahe beendet war und der Chor sich gerade in schwindelerregende Tonhöhen hinaufarbeitete, ging die Tür zum Probenraum abermals auf. Eine gepflegte Hosenanzugträgerin in Pumps marschierte schnurstracks durch die Männerstimmen hindurch zu Wilhelm ans Klavier. Ihr dunkler, akkurat geschnittener Pagenkopf saß perfekt und sie trug außer rotem Lippenstift kein Make-up. Maja fand sie nicht wirklich hübsch, aber irgendwie beeindruckend attraktiv.

Die Frau begrüßte Wilhelm mit einer angedeuteten Umarmung und zwei Luftküsschen rechts und links der Gesichter. Maja hätte am liebsten laut herausgelacht, so hölzern führte Wilhelm dieses Ritual aus. Die Geste passte überhaupt nicht zu ihm!

Die Dunkelhaarige blieb neben ihm am Klavier stehen und Wilhelm ließ den Chor noch zwei weitere Phrasen singen.

»Danke!«, rief er danach, »ihr könnt euch wieder setzen. Diese Dame hier«, er legte den Arm um die Schultern der Dunkelhaarigen, »ist Miriam Althoff, eine liebe, neue Kollegin von mir. Sie möchte ein paar Wochen lang bei uns im Chor hospitieren, sie vertieft gerade ihre Kenntnisse in Ensembleleitung. Lucy, würdest du vielleicht deinen Platz für Miriam räumen, damit sie direkt hier bei mir sitzen kann?«

In Lissis Miene zeichnete sich Mordlust ab. »Lissi. Mein Name ist Lissi«, sagte sie sehr akzentuiert. »Von Elisabeth.«

»Entschuldige. Lissi also.« Wilhelms Mundwinkel zuckte kaum wahrnehmbar. Hatte er das etwa extra gemacht? »Ich werde es mir merken. Also – kannst du dich woanders hinsetzen, bitte?«

»Natürlich«, sagte Lissi und räumte Notenmappe, Bleistift und Wasserflasche in ihre große Tasche.

»Vielen Dank, Lucy«, zwitscherte Miriam, während Lissi ihre Sachen zusammenräumte, »Wirklich nett von dir, dass du deinen Platz für mich freimachst.«

Maja presste hastig die Hand vor den Mund. Sie guckte Diana jetzt besser nicht an, sonst würde sie garantiert vor Lachen platzen.

»Kein Problem!«, stieß Lissi hervor. Es klang wie: »Du kannst mich mal!« Aufrechten Hauptes wanderte sie mit ihrer Chortasche zu einem freien Stuhl in der dritten Reihe und ließ sich dort nieder.

»Das wird sie den beiden nicht so bald verzeihen«, raunte Maja Diana grinsend zu und Diana nickte.

Regina lehnte sich zu Maja herüber. »Das kann er doch nicht machen«, wisperte sie. »Das ändert doch den ganzen Chorklang, wenn er Lissi in die letzte Reihe setzt.«

Maja zuckte die Schultern. »Ich glaube nicht, dass ich da einen Unterschied höre«, wisperte sie, »er wird wohl wissen, was er tut.«

Wilhelm klatschte in die Hände. »Legen wir los. Wir haben viel zu tun, Leute, es geht los mit ›Thank You for the Music‹. Wir starten mit dem Refrain, der Bass beginnt. Bitte diesmal sauber, meine Lieben, und schön im Bogen denken.«

Kapitel 5

Nach der Probe saßen Maja, Diana und Birgit gemütlich im Pilsbefall zusammen. Maja wartete nervös auf erste Infos über das Vorsingen, aber Peter kam erst dazu, als sie schon ihr zweites Getränk bestellt hatten.

»Und?«, wollte Maja als Erstes wissen. »Wie war das Vorsingen? Musstet ihr lange singen? War es schwierig? Hat er geschimpft? Hat er jemanden rausgeschmissen?«

»Ruhig, Brauner. Lass mich erst mal ankommen.« Peter setzte sich. »Rausgeschmissen hat er niemanden. Er wäre auch schön blöd, schließlich hat er nur sieben Bässe. Aber er hat Timo gebeten, vielleicht mal Gesangsunterricht zu nehmen, weil der angeblich oft unsauber intoniert und uns andere Bässe damit irritiert. Timo will darüber nachdenken. Er sagt, für ihn klang es so, als hätte er sowieso keine Wahl, wenn er im Chor bleiben will.«

»Oh Gott, bestimmt sagt er mir auch, dass ich unsauber singe. Und dass Gesangsunterricht bei meinem Stimmchen keinen Sinn hat«, jammerte Maja.

Birgit schüttelte den Kopf. »Muss so was denn sein? Na und, dann singt Timo eben mal unsauber. Wir sind doch alle keine Profis!«

Diana verdrehte die Augen. Sie wandte sich an Peter und fragte: »Was musstet ihr denn nun machen?«

»Ich musste ein paar gehaltene Töne singen, dann einmal rauf, einmal runter und die Basslinie aus dem Take-on-me-Refrain. War schnell vorbei und hat gar nicht wehgetan.«

»Hat er irgendwas dazu gesagt? Zu deiner Stimme?«, führte Maja ihr Verhör weiter.

»Schon.« Peter konnte ein stolzes Lächeln nicht ganz unterdrücken. »Er hat mich gefragt, ob ich schon mal Unterricht hatte und sich über meine ungewöhnliche Tiefe gefreut.«

»Das ist doch was!«, fand Birgit. »Aber bei dir hätte ich auch nichts anderes erwartet. Du kannst wirklich singen!«

»Danke!« Peter freute sich sichtlich über das Kompliment.

Maja fühlte sich kein bisschen besser nach diesem Bericht. Dass das Vorsingen für Peter kein Problem gewesen war, bedeutete gar nichts. Peter war einer der fähigsten Sänger im Chor, er machte seit dem Kindergarten Musik und war nicht nur gesanglich ein Ass, sondern konnte auch super Klavier spielen. Sie selbst dagegen …

»Jetzt hast du gar nichts von deinen Stammtisch-Plänen verlauten lassen, Maja«, lenkte Diana sie ab.

»Passte nicht«, murmelte Maja. »Wilhelm war spät dran, dann kam diese Miriam und später ging es nicht mehr. Soll ich etwa den großen Dr. Wilhelm Heinrich bei seiner konzentrierten Probenarbeit stören und ›Hey, wer kommt in Zukunft nach der Probe mit ins Pilsbefall‹ blöken? Wohl kaum. Damit würde ich mich bei Wilhelm eher unbeliebt als beliebt machen.«

»Wie wahr«, nickte Diana.

»Wie fandet ihr es heute?«, wollte Birgit wissen.

»Meinst du den Zickenkrieg oder die eigentliche Probe?«, fragte Diana. »Den Zickenkrieg fand ich urkomisch, die Probe offen gestanden hervorragend. Diese Miriam ist mir zwar nicht unbedingt sympathisch, aber sie singt fantastisch, das tut dem Sopran sehr gut. Und Wilhelm ist zwar ekelhaft perfektionistisch, aber er weiß, was er tut. Ich hätte nie gedacht, dass ich mal Gänsehaut kriegen könnte, wenn ich ein Abba-Lied singe, aber es ist heute passiert. Wenn Wilhelm dafür sorgt, dass wir irgendwann alles mit so viel Leidenschaft singen wie den Refrain von ›Thank You for the Music‹, muss ich ihm doch mal die Füße küssen.«

Maja nickte. »Ja, ich fand es auch unglaublich, wie intensiv sich der Refrain plötzlich angefühlt hat. Aber trotzdem wünsche ich mir Edeltraut zurück. Wilhelm guckt mich ständig an, als würde ich totalen Mist singen.«

Birgit winkte ab. »Das bildest du dir nur ein, er guckt alle im Chor so an. Wir sind durch Edeltraut daran gewöhnt, dass eine Chorleiterin vorwiegend in ihre Noten guckt, Klavier spielt und mit Lob nur so um sich schmeißt.«

»Kennt einer von euch diese Miriam?«, fragte Peter. »Ist sie Dozentin im Fachbereich Musik?«

»Nie gesehen, nie gehört«, sagte Diana. Birgit schüttelte ebenfalls den Kopf.

Maja zückte ihr Smartphone. »Miriam Althoff heißt sie, oder?« Die anderen murmelten zustimmend. »Ja, hier ist sie. Dr. Miriam Althoff. Fachbereich Musik. Steht hier als ›künstlerische Lehrende Gesang‹. Kein Wunder, dass sie so gut singt! Gut, dass die nicht im Alt sitzt, ich hätte noch mehr Hemmungen, als ich ohnehin schon habe.«

Diana stöhnte laut. »Maja, hör endlich auf damit, bitte, bitte, bitte.«

Birgit schmunzelte und sagte: »Tristan hat diese Miriam die ganze Zeit sehr interessiert angestarrt – vielleicht fehlt ihm so eine toughe Frau noch in der Trophäensammlung. Sie strahlt ja auch nun wirklich etwas Ungewöhnliches aus.«

Maja empfand einen kleinen Stich.

»Mein Typ ist die gar nicht«, meldete Peter. »Die ist so aufgedonnert und irgendwie makellos, das macht mir Angst. Ich mag es lieber, wenn Frauen gemütlich und ein bisschen zerknüllt rüberkommen, so wie Diana.«

»Danke, Dicker«, murmelte Diana gutmütig. »Ich gehe doch mal schwer davon aus, dass das ein Kompliment war.«

Peter nickte. »Klar! Frauen wie du oder Maja sind einfach sympathisch. Ihr denkt nicht ständig über euer Äußeres nach. Euch ist es egal, wenn ihr mal wieder mit abstehenden Haaren oder Kaffeeflecken auf dem T-Shirt rumlauft. Und das mag ich an euch, damit kann ich mich identifizieren.«

Maja sah auf ihr hellblaues Top hinunter. Tatsächlich. Über

die gesamte Frontseite zog sich eine Spur aus Kaffeeflecken. »So ein Mist!«, fluchte sie laut. Das musste schon heute Morgen beim Frühstück passiert sein, seitdem hatte sie keinen Kaffee mehr getrunken. Dann war sie so den ganzen Tag im Büro herumgelaufen, na prima. Und Tristan hatte sie vor der Probe nur deshalb so oft angesehen, weil er sich gefragt hatte, wie eine erwachsene Frau mit derart versifften Klamotten rumlaufen konnte. Wunderbar.

»Ist doch niedlich«, beruhigte Peter sie.

»Für niedlich bin ich ungefähr zwanzig Jahre zu alt!«, fauchte Maja.

Peter hob die Hände. »Entschuldige, ich wollte dir nicht zu nahe treten.«

Maja seufzte. »Schon gut. Ich gehe mal zur Toilette und gucke, ob man die Flecken rausreiben kann. Dann sehe ich wenigstens in den letzten Stunden dieses Tages manierlich aus.«

In der Damentoilette sah Maja entsetzt in den Spiegel. Die Kaffeeflecken auf ihrem Top waren nicht das einzige Problem. Viel schlimmer war ihr Augen-Make-up, das sich am rechten Auge verselbstständigt hatte und eine gruselige, graue Spur unter den Wimpern bildete. Sie sah aus wie ein ungepflegter Zombie. »Fehlt noch ein Loch in der Hose«, murmelte sie ihrem Spiegelbild zu. Wenigstens ihre Haare fielen tadellos. Bei überschulterlangen, dunklen Kringellocken konnte auch eigentlich nichts schiefgehen.

Maja zog einige Tücher aus dem Handtuch-Spender, feuchtete sie unter dem Wasserhahn an und entfernte zunächst die verlaufene Schminke. Schon besser, dachte sie. Dann widmete sie sich den peinlichen Kaffeeflecken.

Innerhalb kürzester Zeit hatte sie zweierlei erreicht: Ihr Top war klatschnass und von lauter kleinen, weißen Papier-Krümelchen bedeckt.

Plötzlich musste Maja laut lachen. Das war mal wieder typisch!

So fand Diana sie vor, die summend den Waschraum betrat. »Soll ich die Männer mit den weißen Jacken holen?«, fragte sie trocken. »Warum stehst du pudelnass vorm Spiegel und lachst hysterisch?«

»Weil ich mir so ausgesprochen blöd vorkomme. Eben hatte ich nur ein paar kleine, blasse Flecken auf dem Latz und jetzt … Schau mich an!« Maja lachte wieder. »Viel besser, oder? Nasses Shirt mit Handtuchmatsch! Na, Müller bleibt eben Müller.«

»Und was soll das bitte heißen?«

»Ich bin eben als bunte, leicht verrückte Ente geboren und werde nie ein eleganter Schwan, das soll es heißen.«

»Pff… Wer will schon ein Schwan sein?« Diana strich sich die glatten, braunen Haare mit beiden Händen aus dem runden Gesicht, wobei sie ihrem Spiegelbild kaum einen Blick gönnte. »Und was machst du jetzt? Blöd, dass es hier keinen Föhn zum Händetrocknen gibt …«

»Allerdings.« Maja stöhnte. »Aber heulen ist wohl zwecklos. Ich gehe einfach so zurück an den Tisch, lasse Peters und Birgits Spott, so gut es geht, an mir abprallen und hoffe, dass der Stoff schnell trocknet und man die Kügelchen dann einfach abklopfen kann.«

»Viel Glück dabei, ich bringe mal mein Bier weg.« Diana nickte knapp in Richtung Toilettentür. »Bis gleich.«

Maja verließ die Damentoilette und ging durch den kleinen braungefliesten und ebenso braungestrichenen Flur zur Treppe. Gedankenverloren erklomm sie die Stufen und begegnete am oberen Ende der Treppe leider dem letzten Menschen, dem sie in ihrem Zustand begegnen wollte.

»Maja! Was hast du denn gemacht?«, grölte Tristan.

Maja verschränkte die Arme und ging einfach weiter. »Flecken entfernt«, sagte sie knapp. »Hat nicht geklappt.«

Tristan wieherte los. »Die Flecken hat man doch kaum gesehen! Jetzt siehst du aus wie das Matschmonster.«

Aha. Er *hatte* sie also gesehen. War ja eigentlich klar.

Maja ging noch einen Schritt schneller. Auf keinen Fall sollte Tristan ihre traurige Erscheinung ausführlich betrachten können. »Bis später«, murmelte sie knapp über ihre Schulter. Sein Kichern hallte noch in ihren Ohren, als sie sich wieder an ihrem Tisch niederließ.

»Herzchen, wie siehst du denn aus?«, fragte Birgit.

»Ich möchte nicht darüber reden. Ich lasse es einfach trocknen und denke an etwas anderes.«

Birgit und Peter lachten und kehrten zu ihrem Gespräch über die jüngsten Triumphe ihrer Lieblings-Fußballmannschaften zurück. Maja hörte nur halbherzig zu, trank einige Schlucke von ihrer Kirschschorle und beruhigte sich allmählich.

»Ich bin eben an der Treppe fast in Tristan gerannt. Mit wem ist er denn hier?«, fragte Diana, die gerade an den Tisch zurückkehrte. Maja horchte auf. Das würde sie auch brennend interessieren!

Birgit antwortete: »Mit Lissi und Theresa. Sitzen hinten in der Nische. Haben nicht mal gefragt, ob sie sich zu uns setzen sollen.«

Peter schüttelte sich unbehaglich. »Die diskutieren sicher die Chorkleidung.«

Diana lachte laut. »Oder sie planen Lissis nächstes Musikvideo. Habt ihr in letzter Zeit mal wieder bei YouTube geguckt? Inzwischen hat sie fünf Videos hochgeladen, die typischen Jodelhymnen, alle unterlegt mit kitschigen Landschaftsaufnahmen in schwarzweiß. Das neueste Schmankerl ist ›Let it go‹.«

Peter lachte mit. »Danke, nein. Mir hat ›My heart will go on‹ bereits gereicht. Wenn man da den Hall rausnehmen würde, bliebe nichts übrig.«

»Unter Lissis Halleluja-Version hat immerhin jemand geschrieben: solide gesungen!«, erzählte Diana kopfschüttelnd. »Und das Video hatte schon 375 Klicks. Erstaunlich.«

»Na, du hast es ja offensichtlich auch angeklickt«, sagte Birgit.

»Ich konnte es einfach nicht lassen«, gab Diana beschämt zu.

»Macht doch nichts. Wenn es einen Unfall gegeben hat, guckt man ja auch hin«, tröstete Peter grinsend.

Maja verzog den Mund. »Ich bin jedenfalls froh, dass sie unter sich bleiben wollen«, sagte sie. »Die drei sind ungefähr die letzten Menschen auf Erden, denen ich mit einem nassen Top voller Papierbrei gegenübersitzen möchte.«

Wenig später kam Tristan aus dem Keller zurück und marschierte grußlos an ihrem Tisch vorbei zu seinen Begleiterinnen. Maja versuchte halbherzig, sich an den Gesprächen ihrer Freunde zu beteiligen, aber irgendwie hatte ihr die Begegnung mit Tristan die Laune verdorben.

Als die Kellnerin die Bestellungen für die nächste Runde aufnahm, griff sie spontan nach ihrem Portemonnaie. »Wisst ihr was?«, sagte sie, »ich glaube, ich lasse es für heute gut sein. Es ist ganz schön kalt in diesen nassen Klamotten und ich hab morgen einen harten Tag vor mir. Also seid mir nicht böse, aber ich möchte nach Hause.«

»Schon gut«, brummte Peter. »Wenn du endlich weg bist, kann Diana uns erzählen, was du da im Waschraum eigentlich getrieben hast. Und Diana und ich können unseren Auftritt am Sonntag bei Mamas Geburtstag planen.«

»Macht ihr mal.« Maja wickelte sich fest in ihre Jacke und fand die Wärme wirklich sehr angenehm und auch ein bisschen tröstlich. Auf einmal freute sie sich unbändig auf ihr kuscheliges Bett. »Diana, wir telefonieren. Viel Spaß euch Turteltäubchen am Sonntag«, verabschiedete sie sich.

Ohne noch einen Blick in Tristans, Lissis und Theresas Richtung zu werfen, verließ sie die Bar.

»Das ist ja mal wieder so typisch für dich!« Inge, Majas Lieblingskollegin, stand neben Maja in der Teeküche und rührte einen Teelöffel Zucker in ihren Kaffee. »Ich hätte die Kaffeeflecken einfach drin gelassen. Ist doch klar, dass man mit nassen Papierhandtüchern mehr Schaden als Nutzen anrichtet.«

»*Dir* ist das vielleicht klar. Ich bin einfach hoffnungslos in allen Haushaltsfragen. Komisch, dass ich bei der Arbeit überhaupt irgendwas geregelt kriege.«

»Das eine hat doch mit dem anderen nichts zu tun. Ich finde sogar, dass du hier im Job eine Menge geregelt kriegst. Kaum jemand macht so viele Termine wie du und erreicht so viel für seine Kunden. Dein Schreibtisch sieht zwar mega-chaotisch aus, aber du hast die Dinge doch trotzdem im Griff, also was soll's?«

»Ich weiß ja, dass ich meinen Job ganz gut mache, aber manchmal wäre ich einfach gern ein bisschen souveräner. Perfekter. Du weißt schon, blitzblankes Büro, blitzblankes Erscheinungsbild, blitzblanke Wohnung. Jemand, den die Leute auf Anhieb ernst nehmen. Jemand, der immer … ich weiß nicht … frisches, gewaschenes Obst im Kühlschrank hat. Jemand, der in einer Teambesprechung ein makelloses Notizbuch hervorzieht und dann in sauberer Schönschrift und total übersichtlich die wichtigsten Punkte darin festhält, statt mit Bleistift sinnloses Zeug auf einen Schmierzettel zu krickeln und die Hälfte wieder durchzustreichen.«

Inge lachte so schallend, dass die Tasse, die sie in der Hand hielt, ein klein wenig überschwappte. »Warum in aller Welt willst du so jemand sein? Das klingt beängstigend!«

Maja verzog den Mund. »Weil ich mir ständig wie ein Trottel vorkomme. Wer außer mir läuft denn bitte Ende zwanzig noch mit Flecken auf dem Shirt herum? Niemand. In meinem Alter haben manche schon einen Mann und Kinder und ein Eigenheim mit Garten und das alles haben sie bestens im Griff. Hattest du doch auch, oder nicht? Ich fühle mich die meiste Zeit, als hätte ich gar nichts im Griff. Mich nicht, meine Wohnung nicht und mein Liebesleben schon mal gar nicht.«

Inge seufzte mitfühlend. »Ich bitte dich. Niemand hat alles im Griff. Unter der Oberfläche brodelt es bei jedem. Es ist leider gerade in Mode, dass jeder sich und sein Leben nach außen absolut mega-geil zu finden hat. Du bist nur ehrlicher als alle anderen. Und übrigens: Hättest du mich mit siebenundzwanzig gefragt, ob ich irgendwas im Griff habe, hätte ich dich vermutlich niedergeschlagen. Da waren beide Kinder noch klein und extrem nervig und der blöde Haushalt hat mich hoffnungslos überfordert.«

»Danke, Inge, das tröstet mich ein bisschen. Aber trotzdem kann ich nicht ewig so weitermachen. Ich will ja kein anderer

Mensch werden, aber es wäre toll, wenn ich allmählich mal lernen würde, wenigstens in bestimmten Situationen seriös aufzutreten.«

»Wenn du meinst …« Inge sah auf die Uhr. »Mist, ich muss zurück ins Büro, eigentlich hat mein Kundengespräch vor drei Minuten angefangen.«

»Klar, viel Spaß.«

»Werde ich haben. Eine unheimlich nette Kundin! Aber leider eine, die ich nicht mehr vermitteln kann. Sie ist schon sechzig und hat unendlich viele Zipperlein. Die kommt nur noch zum Plaudern.«

Auch Maja beeilte sich, zurück ins Büro zu kommen. Ihr nächstes Kundengespräch fand zwar erst in einer knappen halben Stunde statt, aber da sie immer noch eine kranke Kollegin vertrat – Marias Bandscheibenvorfall musste jetzt doch operiert werden und sie würde noch wochenlang fehlen – lag trotzdem genug Arbeit auf dem Tisch. Wenigstens war Inge endlich wieder gesund und die beiden chronisch kranken Kolleginnen – Stefanie mit ihrer Sehnenscheidenentzündung und Ilona mit ihrer Migräne – saßen diese Woche auch an ihren Schreibtischen. Nachdem Maja in den letzten Wochen vor lauter Stress manchmal fast ihre arbeitslosen Kunden beneidet hatte, war das Arbeitspensum jetzt wieder auf ein erträgliches Maß geschrumpft.

Maja beantwortete zügig einige E-Mails, bevor sie sich kurz über ihren nächsten Termin informierte. Es handelte sich um eine von Marias neuen Kundinnen: Regina Riese, zweiunddreißig Jahre alt, drei Kinder, sieben Jahre aus dem Beruf, Industriekauffrau, wollte möglichst in ihrem alten Beruf arbeiten, hatte erst vor kurzem einen Antrag auf Arbeitslosengeld gestellt.

Moment mal. Regina Riese? Das war doch Regina, oder? Regina aus dem Chor. Regina, die Makellose. Regina, die Organisierte, Konzentrierte, Disziplinierte. Regina, die Supersängerin, die alle anderen kritisch beäugte. Und die suchte einen Job? Und sie, Maja, sollte ihr dabei helfen?

Auf gar keinen Fall!

Erstens war Regina eine viel zu enge Bekannte und Bekannte

beriet man eigentlich nicht, und zweitens sah Majas Büro mal wieder verheerend aus. Sie würde den Termin an eine Kollegin abgeben, und zwar schnell.

Hastig rief Maja die Kalender ihrer Kollegen auf. Nur – die hatten fast alle Kunden da, Inge musste nach der Plaudertaschen-Kundin zu einem Arbeitgeber, zwei andere Kolleginnen waren auf einer Fortbildung … Blieb nur noch Ilona. Ausgerechnet Ilona. Maja biss sich auf die Lippe. Regina war nicht gerade ihre beste Freundin, aber wollte sie ihr deshalb jede Chance auf Hilfe nehmen? Ilona würde gar nichts unternehmen. Sie würde sich Reginas Probleme gleichgültig anhören und dann einfach fordern, dass Regina Bewerbungen schreiben sollte. Das allein würde nicht reichen.

Nein. Ehe Maja Regina zu Ilona schickte, erledigte sie das Beratungsgespräch dann doch lieber selbst. Das hieß, dass sie noch genau sechs Minuten hatte, um ihr Büro auf Vordermann zu bringen. »Mist!«, fluchte Maja laut. »Mist! Mist! Mist!« Sie sprang wie von der Tarantel gestochen auf und begann, hektisch Sachen zusammenzuraffen.

In Windeseile öffnete sie sämtliche Türen ihres Aktenschrankes und stellte fest, dass nur in drei Fächern noch ein wenig Luft war, alle anderen waren bis zur Oberkante mit einem Wust aus Papier vollgestopft. Sie musste wirklich mal ausmisten! Maja griff sich einen Stapel Flyer und einige Ausdrucke, schob sie zu einem Stapel zusammen und stopfte das Ganze in das erste Fach. Sehr gut, die Tür ließ sich noch schließen. Ihre Kaffeetasse, die halb gegessene Kekspackung, die leere Kekspackung und der Regenschirm wanderten ins nächste Fach. Ha, der Ordner passte auch noch mit rein. Gut so. Blieben die Bürste, die Ü-Ei-Figuren, das leere Bonbonglas, die Handcreme, weitere Flyer und einige Akten. Weg damit ins dritte Fach.

Was jetzt? Auf der Fensterbank lagen noch eine zerknüllte Strickjacke und ein Halstuch von letzter Woche, als es erst so kalt und nachmittags dann so warm gewesen war. Das passte beides in Majas große Handtasche. Und die Autos, die überall auf dem

Fußboden verstreut waren? Die hatte Maja mal angeschafft, damit die Kinder von Kunden etwas zu spielen hatten, wenn sie ausnahmsweise dabei waren. Gab es dafür nicht eine Spielzeugtonne irgendwo in der Ecke? Dort, hinter der Tür. Aber – ach verdammt, die war voller Altpapier. Und nun? Wohin mit den Autos? Maja hielt in jeder Hand je fünf Mini-PKW und drehte sich in ihrem Büro um die eigene Achse. Ihr Blick fiel auf den Sommer-Trenchcoat, der neben der Tür am Haken hing. Der hatte doch große Taschen? Na bitte!

Büro in Ordnung und noch drei Minuten bis zum Termin, das sollte ihr mal jemand nachmachen. Einer plötzlichen Eingebung folgend zog Maja zu guter Letzt noch ihr Tuch aus der Handtasche und wischte damit ein paar Mal über die staubige Schreibtischplatte und den Monitor.

Besser. Viel, viel besser.

Geübte Augen würden zwar sicher noch Dreck sehen, wo Maja ihn nicht einmal vermutete, aber zumindest hatte sie getan, was sie tun konnte.

Die Uhr von Majas PC sprang von 13:59 auf 14:00 und etwa fünf Sekunden später klopfte es drei Mal laut an die Tür. Pünktlich auf die Sekunde. Im Grunde hatte Maja nichts anderes erwarte. Sie räusperte sich und rief: »Herein!«.

Die Tür öffnete sich und Regina betrat den Raum. Auf den ersten Blick sah Maja, dass Regina sich für diesen Termin ungeheure Mühe gegeben hatte. Sie sah aus, als ginge sie zu einem Vorstellungsgespräch. Ihre schulterlangen, hellbraunen Haare waren sorgsam geföhnt, ihr grauer Hosenanzug und ihre weiße Bluse waren makellos sauber und knitterfrei. Maja fand, dass sie einschüchternder aussah denn je.

Als Regina Maja hinter dem Schreibtisch erblickte, stutzte sie. »Ach! Du?«

»Ja, ich. Ich habe eben genauso verblüfft geguckt wie du jetzt, als ich gemerkt habe, dass du meine nächste Kundin bist.« Maja lachte verlegen. »Normalerweise wärst du ja bei meiner Kollegin

Maria gelandet, aber ich vertrete sie gerade. Weißt du, wir haben im Moment echt viel um die Ohren, weil alle Kollegen ewig krankgeschrieben waren, du glaubst nicht, was hier los war! Es gab einen Bandscheibenvorfall und eine Magen-Darm-Grippe und einen Schlaganfall und eine …« Maja spürte, dass sie mal wieder quasselte. Wieso sollte es Regina interessieren, welche Krankheiten das Jobcenter-Team gerade heimgesucht hatten?

Maja holte tief Luft und zwang sich, ihr Redetempo zu verlangsamen. »Also – langer Rede kurzer Sinn: Ich habe gerade viel zu tun und mich deshalb viel zu spät mit deiner Akte beschäftigt. Wenn ich rechtzeitig gemerkt hätte, dass ich dich kenne, hätte ich eine Kollegin gebeten, den Termin zu übernehmen.«

»Schon in Ordnung. Darf ich mich setzen?«, wollte Regina wissen. Sie wirkte völlig entspannt und war wie immer ganz Herrin der Lage. Majas Nervosität verstärkte sich

»Natürlich. Klar. Nimm Platz.« Maja wies mit einer Handbewegung, die routiniert und souverän wirken sollte, auf den Besucherstuhl vor dem Schreibtisch.

Regina zog den angebotenen Stuhl unter dem Schreibtisch hervor und klopfte einige Male auf die Sitzfläche, vermutlich, um zu vermeiden, dass auch nur ein einziges Staubkorn ihre graue Hose verunzieren könnte. Schließlich ließ sie sich nieder und faltete die tadellos gepflegten Hände in ihrem Schoß. »Du arbeitest also hier im Jobcenter«, stellte sie fest. »Machst du das schon lange?«

»Ja, ich bin direkt nach dem Studium hier gelandet.«

»Und macht es dir Spaß?«

»Wenn meine Kunden mitarbeiten und ich etwas für sie erreichen kann.«

»Da bin ich gespannt, ob ich eine dieser Kundinnen werde.« Regina lächelte.

Maja erwiderte das Lächeln unsicher. »Naja, wie gesagt, eigentlich bist du gar nicht meine Kundin. Die Frage ist, ob wir dieses Beratungsgespräch heute überhaupt durchziehen sollten. Möchtest du nicht lieber auf einen Termin bei einer Kollegin warten?«

»Wenn es dir nichts ausmacht, würde ich mich gern von dir

beraten lassen. Schließlich kennen wir uns, da fühlt man sich doch gleich wohler. Außerdem bin ich jetzt sowieso schon mal hier …«

Innerlich seufzte Maja. Aus dieser Nummer kam sie wohl nicht raus. »Gut. Dann übernehme ich den Termin heute und gebe dich danach an eine nette Kollegin ab.« Sie rang sich ein Lächeln ab.

Regina nickte zufrieden. »Prima.«

Maja räusperte sich. Sie fühlte sich fast wie in einer Prüfungssituation. Als wäre die perfekte Regina gekommen, um zu testen, ob sie ihren Job beherrschte. »Dann erzähl doch mal, was du dir so vorstellst«, bat Maja.

Regina räusperte sich und sagte: »Ich will – ich muss! – nach meiner Babypause zurück in den Job. Mein Mann und ich haben uns gerade getrennt. Er behauptet, dass er mir keinen Unterhalt zahlen kann. Angeblich hat er nicht genügend Aufträge. Als Selbstständiger kann er sich leider mühelos arm rechnen. Ich habe also Hartz IV beantragt, was bleibt mir anderes übrig? Aber das soll ganz sicher kein Dauerzustand werden! Meine Jüngste ist zwar erst achtzehn Monate alt, aber ich kenne eine tolle Tagesmutter, und ich drehe durch, wenn ich weiter nur mit den Kindern zu Hause hocke, jeden Groschen dreimal umdrehe und die größte Leistung des Tages ein Blech mit gelungenen Bananen-Dinkelmuffins ist!«

»Okay.« Maja starrte Regina mit offenem Mund an. Sie war verblüfft über den Frust, der in Reginas Stimme lag. Irgendwie hatte sie immer automatisch angenommen, dass jemand, der so durch und durch korrekt auftrat wie Regina, auch ein makelloses Leben führen musste. Falsch gedacht, wie es aussah. »Was ist denn mit deiner alten Stelle?«, wollte Maja wissen.

»Die Firma gibt es nicht mehr, der Chef hat nie mit Geld umgehen können.«

»Schade. Und was stellst du dir jetzt vor?«

»Eine Stelle, die mir und meinen Kindern ein vernünftiges Leben ermöglicht«, sagte Regina unumwunden. »Und es wäre schön, wenn ich mir weiterhin ein paar wenige Extras leisten könnte. Zum Beispiel die Babysitterin, die die Kinder während der Chorproben hütet.«

Wieder erwischte Maja sich dabei, wie ihre Kinnlade vor Staunen offenstand. Sie war es gewöhnt, dass Kunden ihr ihr Herz ausschütteten und von ihren intimsten Problemen erzählten. Wenn Menschen keine Arbeit fanden, war der Grund dafür zwar manchmal durchaus pure Faulheit, oft aber steckten traurige Geschichten hinter der Arbeitslosigkeit, die man als Jobcenter-Mitarbeiterin natürlich berücksichtigen musste, wenn man die Kunden vernünftig fördern und fordern wollte. Maja hatte sich schon unzählige Schicksalsberichte angehört, aber dass Regina plötzlich hier im Büro saß und mit ruhig im Schoß gefalteten Händen einfach ihr Innerstes nach außen kehrte, erschütterte sie.

Es dauerte einen Moment, bis Maja begriff, dass es jetzt an ihr war, Reginas Worte zu kommentieren. Aber was sagte man in so einer Situation? Sollte sie sich professionell geben oder jetzt die mitfühlende Freundin mimen? *Regina* gegenüber?

»Tut mir leid, dass deine Situation gerade so angespannt ist«, sagte sie. Ihre Worte fühlten sich falsch an. Regina war keine gewöhnliche Kundin, sie war eine langjährige Chorkollegin! Maja gab sich einen Ruck. »Wenn ich irgendetwas für dich tun kann, sag Bescheid. Und ich meine nicht nur hier im Jobcenter, sondern auch sonst. Wenn du jemanden brauchst, bei dem du Probleme abladen kannst, oder falls du mal Hilfe mit den Kindern brauchst oder was weiß ich – frag mich einfach, okay?«

»Danke. Es ist lieb, dass du das anbietest.« Regina nickte. »Ich hätte da sogar direkt was. Wenn ich einen skrupellosen Irren suche, der meinem Mann die Seele aus dem Leib prügelt und ihm anschließend den Schwanz abschneidet – könntest du mir da helfen?« Ihr Mundwinkel zuckte.

»Sicher.« Majas Mundwinkel zuckte ebenfalls. »Warte mal, ich hab da eine entsprechende Broschüre …« Sie stand auf und öffnete wahllos eine Tür an ihrem Aktenschrank. Eine Lawine aus Papier stürzte ihr entgegen und innerhalb von Sekundenbruchteilen stand Maja knöcheltief in einem Sammelsurium aus wichtigen Dokumenten und Altpapier. »Ups«, sagte sie erschrocken.

»So viele Schwanzabschneider-Broschüren«, sagte Regina trocken. »Da hab ich ja freie Auswahl.«

Maja sah sie an und auf einmal brachen beide Frauen in haltloses, lautstarkes Gelächter aus.

»Ich fasse es nicht, dass du *Schwanzabschneider* sagst!«, quietschte Maja.

»Und ich fasse es nicht, wie viel Papier du in diesen Schrank gestopft hast«, gackerte Regina. Sie wischte sich mit den Fingerknöcheln ein paar Lachtränen aus den Augenwinkeln. »Herrlich!«

Maja beruhigte sich allmählich, klaubte vorsichtig die Papierstapel von ihren Füßen und ging zurück an ihren Schreibtisch. »Immerhin kannst du das Ganze mit Humor nehmen, das finde ich bewundernswert.«

»Ich finde bewundernswert, dass du immer noch nicht gefragt hast, was genau sich mein Holder geleistet hat.«

Maja zuckte die Schultern. »Wenn du es mir erzählen willst, wirst du es mir erzählen, oder?«

»Er hat seit fast fünf Monaten eine Affäre.« Regina sammelte sich kurz. »Wir haben eine achtzehn Monate alte Tochter und zwei weitere Kinder und er hat eine Affäre. Er ist vor drei Monaten ausgezogen und hat mich und die Kinder allein gelassen.«

»Mistkerl.«

»Und ich soll daran schuld sein. Weil ich mich zu viel mit den Kindern und zu wenig mit ihm beschäftige. Und weil es im Bett nicht mehr jede Nacht rundgeht.«

»Mistkerl.«

»Und er ist nicht bereit, sich von ihr oder auch endgültig von mir zu trennen, er muss sich jetzt ausprobieren und sehen, was genau er vom Leben erwartet. Er hat sich von mir in die Position eines Familienvaters drängen lassen und weiß noch nicht, ob er diese Rolle für die nächsten Jahre annehmen kann.«

»So ein Scheißkerl!«

»Allerdings. Und er bittet mich, ihm jetzt den Raum zu geben, den er benötigt.« Regina lachte schon wieder auf. Diesmal klang es nicht fröhlich, sondern bitter. »Und eins kann ich dir sagen – den

Raum gebe ich ihm gern. Aber die Tür zurück zu mir habe ich dreimal abgeschlossen und den Schlüssel weggeschmissen!«

»Ich kann nicht fassen, dass irgendein Mann so unfassbar egoistisch sein kann! Und dann auch noch *dein* Mann!« Maja konnte nur mitfühlend den Kopf schütteln.

»Glaub mir, das kann ich noch viel weniger fassen als du. Es hat mir komplett den Boden unter den Füßen weggezogen, ich schwebe quasi im luftleeren Raum.«

»Aber man merkt dir nichts an. Gar nichts!«, sagte Maja etwas fassungslos. »Wie kannst du so ruhig und gelassen rüberkommen, wenn deine Welt gerade auseinanderbricht?«

»Übung macht den Meister.« Regina zuckte die Schultern. »Ich kann mir einen Zusammenbruch nicht leisten, ich muss mich schon der Kinder wegen zusammenreißen. Und ich muss stark sein und die Nerven behalten, wenn ich mir ein eigenes Leben mit den Kindern aufbauen will. Ich hab das Gefühl, wenn ich einmal anfange zu heulen, werde ich nie mehr damit aufhören. Also fange ich nicht an. Ich bin nicht zu bewundern, ich habe schlichtweg keine Wahl.«

»Puh. Ich glaube nicht, dass ich das schaffen würde. Ich war schon den Tränen nahe, als ich am Donnerstag nach der Probe festgestellt habe, dass mein Shirt voller Kaffeeflecken war.«

»Ach Quatsch, so schlimm sah es gar nicht aus, die Flecken waren ganz blass.«

Maja hätte am liebsten geflucht. Hatte eigentlich *jeder* die blöden Flecken gesehen? Und warum hatte sie denn keiner darauf hingewiesen, dass sie total bekleckert herumlief? Wenn ihr rechtzeitig jemand Bescheid gesagt hätte, hätte sie ihr Shirt schon im Büro reinigen können und … Moment mal, rief Maja sich in Gedanken zur Ordnung, hier geht es nicht um dich und deine lächerlichen Probleme, hier hat jemand ganz andere Sorgen!

Sie lehnte sich über ihren Schreibtisch in Reginas Richtung und lächelte so zuversichtlich, wie es ihr nur möglich war. »Ich verspreche dir, ich werde tun, was ich kann, um dir bei der Jobsuche zu helfen«, sagte sie feierlich. »Und sollte ich in der nächsten Zeit einen skrupellosen Irren kennenlernen, werde ich ihm auf jeden Fall deine Nummer geben!«

»Ich danke dir«, hauchte Regina.

Kapitel 6

Nach Feierabend wieder zurück in den eigenen vier Wänden merkte Maja, dass sie dringend Ordnung in ihren Haushalt bringen musste. Der Kühlschrank war mal wieder übervoll, enthielt aber nahezu nichts Essbares mehr. Auf dem Küchenfußboden lagen so viele Krümel, dass man allmählich Angst vor Ungeziefer haben musste. Und die einzige Jeans, in der Maja ihren Hintern richtig gern mochte, musste unbedingt noch gewaschen werden, weil sie die am morgigen Abend zu einer Party tragen wollte.

So viel zu tun, dabei war sie nach der Arbeit immer völlig platt! Seit sie ihre Wohnung betreten hatte, was vor etwa einer Viertelstunde passiert sein musste, lümmelte Maja nahezu reglos auf ihrem großen Sofa herum und konnte sich zu nichts aufraffen. Nicht mal dazu, sich eine Tasse Tee zu kochen. Oder ihre Sneakers endlich auszuziehen.

Sie hielt lediglich ihr Smartphone in der Hand, tat so, als würde sie Nachrichten lesen und dachte hauptsächlich darüber nach, welche unterschiedlichen Dimensionen die Wendung »es herrscht Chaos in meinem Leben« haben konnte. War sie, Maja, mit ihrem chronischen materiellen Chaos besser dran als Regina mit ihrem emotionalen Chaos? Einerseits ja, was machte schon ein bisschen Chaos in den Schränken. Andererseits: Für Regina bestand Hoffnung, dass sie mit ihrem Chaos mittelfristig fertig werden würde. Für sie selbst hingegen …

Das Gespräch mit Regina hatte Maja den Rest des Tages nachgehangen. Sie musste bescheuert gewesen sein, weil sie jahrelang neben Regina im Chor gesessen hatte und vor lauter Eifersucht auf ihre musikalischen Fähigkeiten nie gemerkt hatte, wie gut Regina auf der menschlichen Ebene eigentlich zu ihr passte. Maja kam es vor, als hätte sie sich heute zum ersten Mal mit der wahren Regina unterhalten. Und die gefiel ihr!

Warum betrog jemand eine Frau, die so viel Format hatte? Die so klug und witzig und warmherzig war und sowohl sich selbst als auch ihre drei Kinder fest im Griff hatte? Reginas Mann musste wahnsinnig sein!

Sie hatten noch lange Reginas nächste Schritte besprochen. Die Bewerbungsunterlagen analysiert, ihre Fähigkeiten im Bewerberprofil erfasst, über mögliche Tätigkeitsfelder gesprochen, Weiterbildungen ins Auge gefasst und natürlich die obligatorische Eingliederungsvereinbarung abgeschlossen.

Regina hatte Majas Büro hochzufrieden verlassen. »Ich fühle mich besser, danke«, hatte sie zum Abschied gesagt. »Zumindest ist jetzt wieder Land in Sicht. Schön, dass ich an dich und nicht an deine Kollegin geraten bin! Und am Donnerstag in der Probe …«

»… tun wir so, als hätte dieses Gespräch nie stattgefunden, ist doch klar!«, hatte Maja ergänzt. »Und ich bin auch froh, dass du an mich geraten bist.«

Sie hatten einander die Hand geschüttelt und sich angelächelt – mit neu gewonnenem Respekt und vor allem mit neuer Sympathie füreinander.

In Majas Tagträumereien hinein klingelte das Telefon. Es gab nicht viele Leute, die Maja über das Festnetz anriefen, um diese Zeit tippte Maja auf ihre Mutter oder ihre kleine Schwester. Mühsam rappelte sie sich auf und torkelte zu dem Telefon auf der Fensterbank. Sie hatte richtig gelegen, *Heidi* leuchtete es ihr auf dem Display entgegen.

»Hola!«, meldete sie sich, und »Hola!«, sagte auch Heidi. Die Schwestern begrüßten sich seit ihrem gemeinsamen Mallorca-Urlaub vor fünf Jahren immer auf Spanisch. Maja fand das lustig.

»Du bist ja schon zu Hause«, freute sich Heidi.

»Gerade reingekommen«, gähnte Maja. Sie schlurfte mit dem Telefon zurück zum Sofa und ließ sich darauf fallen. »Hab noch jede Menge zu tun, aber ich kann mich nicht aufraffen. Gibt es was Bestimmtes?«

»Nö. Bin eben aus der Uni gekommen. Ich warte auf einen Anruf und ich werde irre, wenn ich mich nicht ablenke.«

»Wessen Anruf? Irgendein Typ? Kenne ich ihn?«

»Nee, ich hab ihn am Samstag auf 'ner Party kennengelernt. Wir haben erst Speichel getauscht, dann unsere Telefonnummern, er wollte sich melden, hat er bisher nicht. Das Übliche.«

Maja verdrehte heimlich die Augen. Das war in der Tat das Übliche, Heidi lernte fast jedes Wochenende irgendwen kennen.

»Und was ist mit dir?«, wollte Heidi wissen. »Bist du mit deinem Chor-Problem inzwischen weitergekommen? Was hat euer Chorleiter zu deiner Stammtisch-Idee gesagt?«

»Die bin ich gar nicht losgeworden. Ich war abgelenkt. Bei uns im Sopran sitzt seit der letzten Probe Wonder Woman und es war sehr lustig mitanzusehen, wie die Diven darauf reagiert haben. Besonders Prinzessin Lissi.«

»Hast du denn mal in eurer Stammkneipe angerufen und gefragt, ob die euch regelmäßig Plätze freihalten würden? Immerhin seid ihr eine Riesen-Truppe!«

Maja schlug sich lautlos gegen die Stirn. »Äh ... natürlich. Machen die gern.« Hatte sie natürlich nicht. Aber sie hatte absolut keine Lust, das ihrer kleinen Schwester auf die Nase zu binden. Das war also noch etwas, was sie heute erledigen musste. Oje, die Liste wurde immer länger. Vielleicht sollte sie sich allmählich doch an die Arbeit machen. »Du, Heidi, ich fahre Sonntag an den See, kommst du auch? Dann lass uns dort weiterquatschen, ich hab noch viel zu tun und Diana und ich wollen nachher in den Biergarten.«

»Kein Problem, ich bin da.«

»Super! Bis dann also, Heidi.«

»Bis Sonntag!«

Susi, die Wirtin des Pilsbefalls, hatte überhaupt nichts dagegen, regelmäßig den großen Tisch für den Chor freizuhalten. »So voll ist es donnerstags ja sowieso nie«, meinte sie.

Maja fiel ein kleiner Stein vom Herzen. Schließlich wollte – musste! – sie vor Wilhelm als wichtige Figur im sozialen Gefüge des Chors glänzen. Da sollte sie wenigstens eine simple Tischreservierung hinbekommen!

Leider merkte Maja in der kommenden Woche, dass Reginas Besuch, so positiv er sich auch auf ihr gegenseitiges Verhältnis ausgewirkt haben mochte, einige unerwünschte Nebenwirkungen nach sich gezogen hatte. Majas Büro sah zwar seitdem super aus – ordentlich und übersichtlich – aber unter der aufgeräumten Oberfläche wütete das Chaos schlimmer denn je.

Dadurch, dass Maja alle herumliegenden Gegenstände und Papiere einfach wild in ihre Schränke gestopft hatte, fand sie jetzt überhaupt nichts mehr. Nada.

Das hatte in den letzten Tagen zu einigen peinlichen Szenen geführt, weil Maja mehrfach gezwungen gewesen war, vor den Augen ihrer Kolleginnen ihren übervollen Schrank zu öffnen und stundenlang Papierstapel zu durchwühlen, wobei Ü-Ei-Figürchen, Bonbonpapiere oder Bleistiftstummel aus den Papierstapeln kullerten.

Inzwischen hatte Maja beschlossen, ganz, ganz bald eine große Entrümpelungs- und Sortieraktion in ihrem Büro zu starten. So konnte es nicht weitergehen!

Auch in ihrer Wohnung war die geplante Putz- und Aufräumaktion am Wochenende ausgeblieben. Es war einfach zu viel los gewesen. Immerhin hatte Maja es geschafft, eine Maschine Wäsche zu waschen und endlich einkaufen zu gehen.

»Aber heute ist Donnerstag und allmählich sieht man die Fliesen vor lauter Krümeln nicht mehr«, sagte Diana, während sie sich in Majas Küche einen Tee kochte und interessiert den Boden musterte. »Man kann auch wochentags einen Staubsauger betätigen, weißt du?«

Peinlich berührt folgte Maja ihrem Blick. »Ich weiß, ich weiß. Aber ich war einfach sehr beschäftigt. Montag musste ich mich vom Wochenende erholen.«

»Vom Wochenende erholen?«, fragte Diana spöttisch. »Was hast du denn angestellt?«

»Samstag war ich mit Inge unterwegs, abends hat Nicole ihren Geburtstag gefeiert und am Sonntag war ich am See.«

»Wer ist denn noch mal Nicole?«

»Meine Studienkollegin. Die blonde, witzige.«

»Ach ja. War es denn nett?«

»Auf der Party? Durchaus. Ich hab viele alte Bekannte getroffen und bin ewig geblieben.«

»Dein Wochenende war also schwer verplant. Ich sehe ein, dass du Montag mal eine Pause brauchtest.« Diana grinste.

»Danke!« Maja grinste ebenfalls. »Und am Dienstag habe ich ewig gearbeitet und gestern bin ich endlich mal wieder im Fitnessstudio gewesen.«

»Respekt!« Diana gähnte herzhaft. Sie war nach ihrem wöchentlichen Einkauf im Bio-Markt spontan bei Maja hereingeschneit, um mit ihr gemeinsam zur Chor-Probe zu fahren. »Ins Fitnessstudio kriegen mich keine zehn Pferde. Wie ein Schwein schwitzen und bis zur Erschöpfung herumturnen? Never ever. Warum tust du dir das an?«

Maja drückte sich lange vor einer Antwort. Jeder Aufwand, den sie für ihr Äußeres trieb, war ihr vor Diana peinlich. »Um fit zu bleiben, denke ich«, behauptete sie schließlich. »Power-Yoga soll ja sehr gut für Körper und Geist sein. Außerdem werde ich von meinem Bruder gezwungen.«

Diana lachte. »Gezwungen, ja? Ich glaube dir kein Wort. Du träumst von einem Körper, der einem Hochglanz-Werbeplakat entspricht – kein Gramm Fett, dafür aber jede Menge ›definierte Muskeln‹, stimmt's?«

Maja fühlte sich ertappt. »Ich passe einfach gern in Größe 36«, sagte sie etwas kläglich. »Ist das ein Verbrechen?«

»Nö. Solange du realistische Vorstellungen hast und dir klar ist, dass dein Aussehen nicht bestimmt, wer du bist.«

»Tut es nicht«, sagte Maja, ohne sich dessen so sicher zu sein. Wieder einmal fragte sie sich, ob Diana zu beneiden war, weil sie es schaffte, selbstbewusst an ihre inneren Werte zu glauben – oder ob Diana ihr Äußeres nur deshalb so demonstrativ ignorierte, weil es ihr im Grunde nicht gefiel.

»Willst du Kekse zum Tee?«, lenkte Maja ab. »Ich hab sogar noch ein paar von diesen Vollkornkeksen da, die isst außer dir niemand.«

»Klar, immer«, freute sich Diana.

Maja nahm die halb leer gegessene Packung mit den Vollkornkeksen für Diana und eine volle Packung Schokokekse für sich selbst aus dem Schrank und ließ sich wieder neben Diana nieder. Vorsichtig fegte sie mit dem Handrücken einige Krümel vom Tisch.

»War am Sonntag wieder Vollversammlung am See?«, erkundigte sich Diana und fischte einen Keks aus der Packung.

»Nein, Heidi war zwar da, aber meine Brüder hatten alle was anderes vor. War auch mal ganz schön, so konnten Mama, Heidi und ich entspannen. Wir lagen den halben Tag im Liegestuhl in der Sonne und haben Zeitschriften gelesen. Und zum Abendessen haben wir einfach nur einen Topf Nudeln gekocht.«

»Und dein Papa?«

»Der war die meiste Zeit im Camperheim, es lief irgendein Fußballspiel, da konnte er doch wohl schlecht draußen mit uns Frauen herumhängen.« Maja lächelte liebevoll.

Diana seufzte. »Ich beneide dich, ehrlich. Wenn du deine Eltern besuchst, ist das immer, als würdest du in den Urlaub fahren. Wenn ich meine Mutter besuche, trinken wir meistens nur irgendwo Kaffee. Ich meine, ich mag sie und ich besuche sie ganz gern, aber bei euch ist einfach immer was los. Und eure Parzelle am See ist ein Traum!«

»Komm doch mal wieder mit, meine Familie freut sich«, bot Maja an. »Und ich mich auch. Aber pack dir ein paar Tofuschnitzel ein, veganes Grillgut ist auf dem Campingplatz Mangelware.«

»Ich würde es nie wagen, ohne Proviant deine Familie zu besuchen«, versicherte Diana, »auch wenn deine Brüder mich immer angucken, als ob ich irre wäre, wenn ich meine Extrawürste aus der Kühltasche ziehe.«

»Sie halten dich nicht für irre. Sie haben nur Angst, du könntest sie zwingen, deine Tofuprodukte zu probieren. Tim und Ole essen nur dann Lebensmittel pflanzlicher Herkunft, wenn sie von meiner Mutter dazu verdonnert werden.«

»Ich weiß. Vermutlich werden die beiden in der Blüte ihrer Jahre von einem Herzinfarkt dahingerafft.« Diana nahm noch einen Keks. »Und was ist bei Heidi so los? Die hab ich ewig nicht gesehen. Wie geht es ihr?«

»Heidi ist weiterhin eine echte Streber-Studentin und sie hat immer alles voll im Griff. Bis auf die Männer, da setzt sie komischerweise eine Bekanntschaft nach der anderen in den Sand, weil sie immer so furchtbar cool und desinteressiert tut.«

»Sie kann ja in ihrem zarten Alter auch noch nicht *alles* richtig machen.« Diana lächelte milde. »Wenn der Richtige kommt, wird sie ihn schon nicht gehen lassen.«

»Der *Richtige*? Hallo Kleinmädchenfantasie! Ich wusste gar nicht, dass du an solch romantischen Klischees hängst.«

»Ist denn Tristan etwa nicht *der Richtige* für dich?«, konterte Diana und plinkerte ironisch mit ihren Wimpern.

Maja musste lachen. Diese Pose passte so gar nicht zu Dianas robuster Gestalt und ihrem eher nüchternen Wesen.

Als die beiden Frauen sich wieder beruhigt hatten, erkundigte sich Maja: »Wie war es am Sonntag eigentlich bei Peters Mutter? Du hast noch gar nichts erzählt.«

Diana zuckte die Schultern. »Nett war es. Überraschend nett. Peters Mutter ist genauso herzlich wie Peter. Sie schien sich echt zu freuen, dass ich dabei war, ich hatte fast ein schlechtes Gewissen, weil Peter und ich ihr etwas vorgespielt haben.«

»Es war doch zu ihrem Besten. Jetzt ist sie glücklich, weil sie denkt, dass ihr Sohn eine nette Freundin wie dich hat. Wer war denn noch so da?«

»Verwandtschaft. Jede Menge Onkel und Tanten und Cousins und Cousinen … Ungefähr zwanzig Leute, schätze ich. Peters Mutter hat im Restaurant gefeiert. Sehr leckeres Essen!«

»Ach, Abendessen gab es auch noch?«

»Mittagessen und Kaffee. Und danach hat Peter mich nach Hause gebracht.«

»Na, klingt doch okay«, sagte Maja. Sie hatte gerade ihren Keks in zwei Hälften geteilt und leckte jetzt genüsslich die Schokocreme ab. »Du hast Peter einen Gefallen getan und einen netten Tag gehabt, eine schöne Win-Win-Situation.«

»Hm«, machte Diana und fragte: »Sollten wir uns nicht mal aufraffen und zum Chor fahren? Wenn du Wert darauf legst, pünktlich zu kommen, wird es Zeit.«

Maja schluckte den Rest-Keks hinunter und sprang auf. »Auf jeden Fall! Ich muss nur noch schnell meine Sachen packen. Und ein anderes Shirt anziehen und zur Toilette. Und vielleicht meine Haare …« Sie fasste in ihre dunklen Locken und zog ein nachdenkliches Gesicht.

»Maja? Du hast noch genau drei Minuten«, sagte Diana kopfschüttelnd. »Also beschränk dich auf das Wesentliche, ja?«

Maja nickte. »Aber klar!«

Natürlich waren sie dann doch zu spät dran.

Um Punkt sieben Uhr fuhr Diana ihren Wagen in eine Parklücke und stellte den Motor aus. Hektisch rafften beide Frauen ihre Jacken und Taschen an sich und joggten dann im Eiltempo über den Parkplatz zum Haupteingang der Universität. Diana war durch kein Argument dazu zu bewegen, die Treppe statt des Fahrstuhls zu nehmen. »Ich fahre zwar Fahrrad statt Auto und esse kein Fleisch, aber ab dem fünften Stockwerk ziehe ich eine Grenze«, sagte sie trotzig. »Bei der Hitze bräuchte ich eine Dusche, bis ich oben bin.«

»Das kommt davon, wenn man nie ins Fitnessstudio geht«, frotzelte Maja.

Und so warteten sie ewig vor den Aufzügen und stürzten erst um acht nach sieben in den Probenraum.

»Puh, er ist noch nicht da«, seufzte Maja erleichtert. Sie drängelte sich, begleitet von »Hallo«- und »Hi«-Rufen, zwischen Trauben von quatschenden Chormitgliedern zu Regina durch. Diana folgte ihr.

»Maja, Diana! Ich dachte schon, ihr wärt krank«, strahlte Regina. »Schön, dass ihr da seid!«

Während Maja ihre Jacke über den Stuhl hängte und ihre Noten aus der Tasche holte, beugte sich Diana zu ihr herüber und wisperte: »Was ist denn mit Regina heute los? Wir sind acht Minuten zu spät – da hätte ich eher mit einem Tadel als mit einer netten Begrüßung gerechnet. Ob sie endlich mal ordentlich flachgelegt worden ist?«

»Sei nicht fies«, wisperte Maja. »Sie war einfach nur nett.«

Diana blickte irritiert zu ihr und setzte gerade zu einer zweifellos ironischen Erwiderung an, als Dr. Wilhelm Heinrich mit seiner Kollegin Miriam den Raum betrat.

Wie von selbst verstummten alle Gespräche und es wurde beinahe still im Raum.

Miriam sah wieder sensationell aus! Sie zog alle Blicke auf sich, männliche wie weibliche, interessierte und faszinierte und durchaus auch ein paar neidische. Leider klebten auch Tristans Augen begeistert an Miriam. »Was für eine Frau!«, stand ihm deutlich ins Gesicht geschrieben.

Maja konnte es ihm nicht verübeln, sie war selbst fasziniert von Miriams extravaganter Erscheinung. Zu einer schmalen, schwarzen Lederhose trug sie hohe, schwarze Stiefeletten, dazu eine knallrote Bluse, die über und über mit riesigen Rüschen besetzt war. Ihr exakt aufgetragener Lippenstift leuchtete in der Farbe ihrer Bluse und ihr dunkler Pagenkopf glänzte edel.

Zielstrebig ging Miriam auf »ihren« Platz im Sopran direkt am Flügel zu und ließ sich dann mit einer eleganten Bewegung nieder.

Wilhelm lächelte ihr zu, während er seine Notentasche abstellte.

Man konnte sich Miriam und Wilhelm ohne Mühe als erfolgreiches Musikerpaar vorstellen, dachte Maja – er im akkuraten, teuren Smoking am Flügel sitzend, sie im aufregenden Abendkleid am Mikro stehend. Bestimmt sang sie toll und niemals falsch und kannte Lampenfieber nur vom Hörensagen.

Wilhelm begann ohne Umschweife mit der Probe. Er begrüßte alle freundlich und kündigte an, dass nach der Probe das Vorsingen für die Tenöre stattfinden würde. Dann forderte er alle mit einer Armbewegung zum Aufstehen auf.

Maja hob nervös den Arm. Nächste Woche wäre der Alt fällig. Wenn sie noch rechtzeitig einen Bonus bei Wilhelm einheimsen wollte, musste sie endlich ihre Stammtisch-Idee vorbringen.

Wilhelms Augen hefteten sich auf sie. Lag Ungeduld darin? Nein, das bildete sie sich bestimmt nur ein. »Ja, Maja? Hast du noch eine Frage zum Vorsingen?«, fragte er.

»Nein, nein«, murmelte Maja nervös. »Ich frage mich höchstens, wie man sich vor dem Vorsingen drücken kann.« Der ganze Chor lachte und Tristan zeigte ihr einen erhobenen Daumen. So ermutigt sprach Maja weiter: »Ich möchte dem Chor etwas vorschlagen. Nämlich einen Stammtisch. Einige von uns treffen sich manchmal nach der Probe im Pilsbefall gegenüber. Ich fände es schön, wenn sich mehr von euch anschließen würden. Mit der Wirtin habe ich schon telefoniert, sie würde uns sehr gern jeden Donnerstag den großen Tisch freihalten.«

Miriams rote Lippen formten ein Lächeln. Sie sagte laut und klar: »Was für eine schöne Idee!«

»Ja, Maja, in der Tat«, schloss Wilhelm sich an. »Ein Chor-Stammtisch wäre sicher eine Bereicherung. Wie sehen das die anderen?«

Zustimmendes Gemurmel erhob sich. Tristan rief laut: »Ich bin dabei. Aber nur, wenn ich Maja betrunken machen und ihr ihre dunkelsten Geheimnisse entlocken darf.«

Der Chor lachte wieder und Maja kicherte geschmeichelt. Es klang sogar in ihren eigenen Ohren etwas dümmlich.

»Theresa und ich gehen sowieso gleich mit Tristan ins Pilsbefall«, rief Lissi.

Was sollte das nun wieder? Wollte Lissi damit bekunden, dass sie und Theresa auch dabei waren? Oder wollte sie alle wissen lassen, dass Tristan nicht wegen Maja, sondern wegen Lissi am Stammtisch teilnehmen würde? Egal, beschloss Maja und unterdrückte einen Anflug von Eifersucht. Tristan würde da sein, das war alles, was zählte.

»Gut, du siehst Maja, mit deinem Vorschlag rennst du offene Türen ein. Wann starten wir? Heute nach der Probe?« Wilhelm sah richtig animiert aus. Fast konnte man meinen, er hätte schon lange auf einen solchen Vorschlag gewartet.

»Klar, gern. Der große Tisch wartet auf uns.«

»Prima, ich freue mich.« Wilhelm nickte ihr zu und Maja stellte verwundert fest, dass tatsächlich so etwas wie Wärme in diesen kühlen blauen Augen liegen konnte.

In den folgenden neunzig Minuten ließ Majas Konzentration schwer zu wünschen übrig.

Während Wilhelm den Refrain von »What a Feeling« in winzige Phrasen zerhackte und jeden einzelnen Ton zur Perfektion polierte, gönnte sich Maja genau die Schulmädchenfantasien, mit denen Diana sie aufgezogen hatte. »Gleich gehe ich mit Tristan was trinken. Gleich gehe ich mit Tristan was trinken«, flüsterte es ununterbrochen in ihrem Kopf. Genüsslich träumte sie von Tristans muskulösen, warmen Oberschenkel an ihrem eigenen und von Tristans frischem, maskulinem Parfum in ihrer Nase.

Maja sah öfter zum Tenor herüber als in ihre Noten. Schon zwei Mal hatte Tristan sie dabei erwischt und beide Male ein strahlendes und ein klein wenig anzügliches Lächeln auf sie abgefeuert.

»Maja?«, Wilhelm stand auf einmal vor ihr. »Wenn ich sage: ›Der Alt bitte‹, dann meine ich *alle* Altistinnen.«

Lissi kicherte blöd.

Majas Gesicht glühte in Sekundenschnelle. »Entschuldigung.« Hastig versenkte sie ihr Gesicht in ihren Noten.

»Bitte konzentriert euch auch dann, wenn ihr nicht dran seid«, sagte Wilhelm an den ganzen Chor gewandt. »Bei diesem Stück gilt das meiste von dem, was ich sage, für alle Stimmen. Und jetzt bitte der Alt.«

»What a feeling«, legten alle Altistinnen in ungewöhnliche satter Lautstärke los und auch Maja schmetterte mit. Endlich mal ein einfaches Lied! Endlich mal eine bequeme Stimmlage!

Wilhelm winkte nach wenigen Takten ab.

»So. Und hier hören wir sehr schön, warum es sich eben gelohnt hätte, bei den anderen Stimmen zuzuhören, statt Löcher in die Luft zu starren«, sagte er und klang überhaupt nicht mehr nett oder gar warm, sondern eher ungehalten. »Wir haben eben mit den Männerstimmen lang und breit geklärt, wie wichtig es bei diesem Stück ist, exakt zu phrasieren und die Pausen einzuhalten. Selbstverständlich gilt das auch für den Alt! Euch muss klar sein, dass eine einzige unkonzentrierte Stimme reicht, um so eine Pause kaputt zu singen!«

Ein kühler Blick musterte die Altistinnen der Reihe nach und wenn sich Maja nicht täuschte, blieb er an ihr etwas länger hängen. Schon wieder spürte sie, wie ihr Gesicht glühte. Schuldig! Eindeutig!

Nach diesem kleinen Vorfall konzentrierte sich Maja endlich einigermaßen aufs Singen. Aber Freude kam bei ihr nicht mehr auf. Zu groß war die Angst davor, sich ein weiteres Mal zu blamieren, zu angespannt war die Atmosphäre, die Wilhelm erzeugte.

Kapitel 7

»Hast du Edeltraut heute auch so vermisst wie ich?«, wollte Diana nach der Probe passenderweise von Maja wissen. Sie schlenderten in einer kleinen Gruppe von Sängerinnen und Sängern die Treppen hinunter zum Ausgang. »Ich meine, es klingt nicht schlecht, wenn nur Miriam, Regina, Tristan und Peter singen, weil sich alle anderen nicht trauen. Ist zumindest sehr sauber. Aber warum wir anderen Vierzig oder Fünfzig bei der Probe dabei sein müssen, erschließt sich mir nicht.«

Maja und Diana lachten. Hinter ihnen wurde mitgelacht. Und sogar Regina, die mit Birgit vor den beiden Freundinnen herging, lachte.

»Er ist manchmal ein bisschen übergenau«, gab sie zu. »Aber die Ergebnisse sind schon toll, oder nicht? Wenn ausnahmsweise mal alle im Chor mitziehen, sitze ich mit Gänsehaut in der Probe. Ehrlich.«

»Ich sitze auch mit Gänsehaut in der Probe, aber bei mir wird die durch reine Panik ausgelöst«, witzelte Maja.

»Bei mir auch.« Eva, die erst seit Kurzem dabei war und in den Proben meistens hinter Maja saß, kicherte. »Na, mal gucken, vielleicht will Wilhelm uns ja nur jetzt, am Anfang, zeigen, wo der Hammer hängt. Übrigens: gute Idee, das mit dem Stammtisch, Maja!«

»Danke!« Maja strahlte. »Ich hätte nicht gedacht, dass so viele mitkommen. Von den Tenören wollen auch noch einige nachkommen, wenn sie das Vorsingen überstanden haben.«

»Wilhelm und Miriam kommen auch«, mischte sich Birgit ein. »Ich hab eben gehört, wie sie darüber gesprochen haben.«

»Wenn's sein muss«, murrte Maja. »Als Chorleiter meint er wohl, dabei sein zu müssen.«

Wenig später saßen vierzehn Chormitglieder um den großen Tisch im Pilsbefall herum. Maja hatte sich bewusst an den Rand der Gruppe gesetzt. Auch wenn sie es nie zugegeben hätte, hoffte sie, dass Tristan gleich nachkommen und zufällig neben ihr auf dem freien Stuhl landen würde.

Susi hatte den Chor mehr als freundlich empfangen. Klar, sie hoffte auf regelmäßige Einnahmen und auf neue Gäste. Sie bediente die Runde höchstpersönlich und ging auf jeden Sonderwunsch ein. Lissi zum Beispiel bestellte allen Ernstes »Wasser mit einem Hauch Zitrone und Süßstoff, bitte eiskalt« – was Peter mit einem dröhnenden »Oha, wir hauen heute wohl auf die Pauke, was?« kommentierte.

Man war sich einig, dass ein fester Stammtisch nach der Probe eine gute Idee war und stieß, als die Getränke kamen, gemeinsam auf Maja an.

»Den Chor gibt es doch schon seit einer Ewigkeit – seid ihr denn nie zusammen was trinken gegangen?«, wollte Eva wissen.

»Doch klar«, antwortete Birgit, »zu besonderen Anlässen. Nach Konzerten zum Beispiel. Aber eben nicht regelmäßig nach den Proben. Es gibt natürlich etliche Kleingruppen im Chor, die öfter mal zusammen losziehen. Maja, Diana, Peter und ich zum Beispiel. Aber es finden sich selten so viele zusammen wie heute.«

»Immer, wenn wir das in der Vergangenheit spontan versucht haben, gab es endlose Diskussionen, wohin man gehen und was man essen könnte«, ergänzte Diana. »Und am Ende war dann in dem ausdiskutierten Etablissement kein großer Tisch frei und man hat doch wieder in Kleingruppen herumgesessen. Ich find's gut, wenn diese ewigen Diskussionen jetzt wegfallen!«

Als Wilhelm und Miriam mit Tristan und zwei weiteren Tenören die Kneipe betraten, waren die Gespräche in vollem Gange. Die meisten am Tisch kannten sich schon ewig. Und obwohl längst nicht alle im Chor auf einer Wellenlänge schwammen, war man vertraut miteinander. Man empfand für seine Chorkolleginnen und -kollegen so ähnlich wie für die weitläufige Verwandtschaft, dachte Maja oft. Man liebte nicht unbedingt alle, aber irgendwie war man mit allen verbunden.

Und Wilhelm und Miriam, die sich leider gerade gegenüber von Maja niederließen, waren in diesem Bild wohl die frisch Eingeheirateten, die erst mal nur auf dem Papier dazugehörten.

Nur Tristan passte nicht in dieses Bild, denn Majas Gefühle für ihn waren alles andere als verwandtschaftlich! Er hatte gerade am anderen Tischende mit Lissi geschäkert und kam jetzt auf Maja zu.

»Wusste ich's doch, dass du mir einen Platz freihältst!«, stellte er fest, während er auf dem freien Stuhl neben Maja Platz nahm und seinen Arm um ihre Schultern legte. »Gib es zu, du hast auf mich gewartet.«

Wie ärgerlich, seine Worte trafen genau ins Schwarze. Wilhelm und Miriam äugten neugierig zu ihr herüber.

»Tristan, hallo. Ich hatte ganz vergessen, dass du auch noch kommen wolltest«, behauptete Maja. »Wie war dein Vorsingen? Darfst du im Tenor bleiben oder musst du demnächst in den Bass wechseln?«

»Er ist definitiv richtig im Tenor«, sagte Miriam. »Er hat eine wunderbare Höhe!«

Wilhelm nickte zustimmend. »Aber er könnte in den Proben weniger quatschen und sich dafür etwas besser konzentrieren.«

»Das konnte er noch nie, darum hat ihn schon deine Vorgängerin immer gebeten«, erzählte Maja und grinste.

Diana mischte sich ein. »Wollt ihr meine Theorie dazu hören? Tristan ist Zahnarzt, er muss den ganzen Tag wahnsinnig seriös tun, deshalb lässt er nach Feierabend seinem Spieltrieb freien Lauf.«

»Ich sitze hier, ich kann euch hören«, beschwerte sich Tristan. »Ich komme mir vor wie ein Schüler beim Elternsprechtag, wenn ihr so über mich sprecht.« Er schob in gespieltem Schmollen seine Unterlippe vor.

Diana lachte. »Wenn du so guckst, siehst du auch aus wie ein Schüler beim Elternsprechtag«, sagte sie. »Da können die Haare an deinen Schläfen noch so grau sein.«

Tristan grinste. »Das nehme ich als Kompliment. Und übrigens: So wahnsinnig seriös muss ich in meiner Praxis gar nicht tun. Meine Patienten mögen es, dass sie bei einer Zahnbehandlung auch mal lachen dürfen. Hab ich in einer Bewertung über mich gelesen.«

»Also mein Zahnarzt ist ein durch und durch sachlicher Typ. Ich halte es sogar für möglich, dass er nie lacht«, sagte Wilhelm.

Du musst gerade reden, dachte Maja, du bist auch nicht gerade ein Sonnenschein!

»Ich schätze, dass einem das Lachen irgendwann vergeht, wenn man ständig mit Leuten umgeht, die Angst vor einem haben«, überlegte Miriam.

»Hört auf, ständig ›Zahnarzt‹ zu sagen, ich hab nächste Woche einen Termin«, bat Diana. »Nur zur Kontrolle, aber wer weiß …«

»Deine Angst ist berechtigt.« Tristan nickte sehr ernsthaft. »Auch wenn du keine Beschwerden hast, können sich grauenvolle Dinge im Untergrund abspielen. Neulich zum Beispiel kam ein Patient mit einer eitrigen Parodontitis, der …«

»Igitt!« Miriam hob abwehrend die Hände.

»Tristan! Bitte!«, jaulte Diana.

»Na gut«, meinte Tristan. »Wenn niemand hören möchte, wie ich aus dem Nähkästchen plaudere …«

So blödelten sie eine ganze Weile herum und erstaunlicherweise beteiligten sich auch Miriam und Wilhelm fleißig an den Blödeleien. Tristans Arm lag die ganze Zeit warm und fest auf Majas Schultern. Insgeheim vermutete Maja, dass er seinen Arm lediglich dort vergessen hatte. Aber für Miriam und Wilhelm musste es aussehen, als wären sie und Tristan ein Paar. Ein durchaus angenehmer Gedanke.

Erst als Susi das Essen brachte, nahm Tristan den Arm herunter. »Das wird hier sonst schwierig, Prinzessin«, sagte er bedauernd.

»Klar«, sagte Maja. Innerlich schüttelte sie den Kopf über sich selbst. Man könnte meinen, sie hätte heute Abend ihre Zunge verschluckt.

Die Karte des Pilsbefalls bot neben typischer Kneipenkost ungewöhnlich viele vegetarische Gerichte, weil Susi, die Wirtin, Vegetarierin war: Das obligatorische Schnitzel mit Pommes Frites wurde auch als Soja-Variante angeboten, es gab einen Hackfleisch-Nudel- und zwei verschiedene Gemüseaufläufe, außerdem sowohl normale Frikadellen als auch Grünkernfrikadellen und einen köstlichen indischen Linseneintopf mit Fladenbrot, den Diana und Maja fast jede Woche bestellten.

Die Chormitglieder schienen mit ihrem Essen zufrieden zu sein. Am Tisch war es ruhig geworden, von Zeit zu Zeit machte jemand genüsslich »Hmm« oder murmelte »Lecker!«.

Nur Lissi ließ ihren gemischten Salat zurückgehen, weil sie eine welke Blattspitze darin entdeckt hatte. Susi verhielt sich unglaublich professionell, fand Maja, sie zuckte nicht mal mit der Wimper, sondern entschuldigte sich freundlich, nahm den Salat wieder mit und brachte wenig später einen Neuen, an dem Lissi zum Glück nichts auszusetzen hatte.

Maja war die Szene peinlich. Da sie den heutigen Abend eingefädelt und den Tisch bestellt hatte, fühlte sie sich für Lissis Allüren verantwortlich. Na, wenigstens hatte sie außer Lissi auch siebzehn unkomplizierte zahlende Gäste angeschleppt, das machte es hoffentlich wieder wett.

»Sehr lecker, dieses Schnitzel«, riss Wilhelm sie aus ihren Gedanken und legte sein Besteck zur Seite. »Ich sage es noch mal, Maja: danke für deine Initiative!«

»War keine große Arbeit.« Maja gab sich bescheiden. »Ich freue mich selbst, wenn wir so eine Runde wie diese hier öfter zusammenkriegen.«

Mission accomplished!, dachte sie, wenn er mir heute so dankbar ist, bittet er mich nächste Woche bestimmt nicht, mir ein neues Hobby zu suchen.

Eine gute Stunde später leerte sich der große Tisch allmählich.

Auch Wilhelm und Miriam hatten bereits gezahlt und waren verschwunden. Gemeinsam verschwunden, das war allen am Tisch aufgefallen und man hatte ausführlich darüber spekuliert, wie die Beziehung zwischen Miriam und Wilhelm denn nun wirklich geartet war. Im Grunde glaubte niemand, dass die beiden nur Kollegen waren.

Maja war das alles ziemlich egal. Sie war ganz auf Tristan konzentriert. Weder beachtete sie die bösen Blicke, die Lissi ihr von Zeit zu Zeit zuwarf, noch die besorgten Blicke, die Diana in ihre Richtung sandte.

Wie sollte sie auch, wo doch Tristan der Göttliche in regelmäßigen Abständen seinen Daumen an ihrem Nacken auf und ab bewegte und seine Hand ansonsten in ihrem Haar ruhen ließ. Im Gegensatz zu Maja war er total entspannt. Er unterhielt sich locker mit Diana, Birgit und Peter und klopfte einen lustigen Spruch nach dem anderen. Manchmal versuchte er, Lissi und Theresa am anderen Tischende miteinzubeziehen, aber die beiden führten heute Abend ihr eigenes, höchst wichtiges Gespräch.

Maja sagte nur noch das Allernötigste, sie hatte irgendwie die Kontrolle über ihren Verstand verloren. Mit Tristans Knie an ihrem Knie und seiner Hand in ihrem Nacken hatte sich eine Art Stromkreislauf geschlossen. Sie genoss nur noch Tristans Nähe und die prickelnde Vorfreude auf die Dinge, die der Abend vielleicht noch bringen würde.

So war Maja kein bisschen traurig, als Birgit vorschlug, es für heute gut sein zu lassen und alle am Tisch ihr zustimmten. Susi brachte die Rechnung und kassierte reihum die Zeche. Theresa und Lissi zahlten als Erste. Sie verließen den Tisch mit einem flüchtigen Gruß in die Runde.

»Ich lade dich ein, Prinzessin«, sagte Tristan leise, während er sein Portemonnaie aus der Hosentasche fischte. »Du hast es dir heute verdient.« Er sah ihr tief in die Augen.

Maja war selig. In wenigen Minuten würde sie endlich in seinen Armen liegen. Wer hätte gedacht, dass ihre Fantasien so bald schon wahr werden würden?

»Mist!«, fluchte Diana laut. Die Stimme ihrer Freundin holte Maja zurück in die Realität. »Maja, ich muss wohl heute bei dir schlafen. Ich habe meinen Schlüssel vergessen!« Sie kramte in ihrer Notentasche herum und runzelte die Stirn. »So was Blödes. Der Ersatzschlüssel ist bei meinen Eltern, den kann ich frühestens morgen nach der Arbeit holen.«

»Was?« Maja plumpste mit einem Ruck von ihrer rosa Wolke herunter, als sie begriff, was Diana gerade gesagt hatte. Ausgerechnet jetzt musste Diana ihren Schlüssel verlieren?! »Guck doch noch mal genau nach«, bat Maja. Vielleicht ließ sich der Abend ja noch retten.

Diana wühlte noch einmal ausführlich in ihrer Tasche herum. »Nein, nichts zu machen.« Sie schüttelte den Kopf. »Ich erinnere mich sogar noch, er liegt auf meinem Küchentisch. Ich wollte ihn die ganze Zeit in die Tasche packen, aber dann rief meine Mutter an und ich habe noch beim Rausgehen mit ihr telefoniert und den blöden Schlüssel vergessen. Wie dumm! Ich muss wirklich bei dir schlafen, Maja.«

»Äh … Okay.« Maja starrte ihre Freundin ziemlich perplex an. Kurz überlegte sie, ob sie Diana einfach ihre Schlüssel geben und mit Tristan von dannen ziehen sollte. Aber das wäre wohl doch zu egoistisch.

»Super, danke!« Diana strahlte sie arglos an.

Tristan lehnte er sich so nah zum Maja herüber, dass die Wärme seiner Haut auf sie abstrahlte und ein paar seiner Haarsträhnen ihr Gesicht kitzelten. »Sehr schade«, raunte er mit ungewöhnlich tiefer Stimme. »Ich hatte eigentlich gedacht, wir beide würden uns noch einen schönen Abend machen.«

Seine Worte aktivierten ohne Umschweife Majas Lustzentrum. Himmel, musste er so unwiderstehlich riechen? Und mussten seine Augen so anzüglich funkeln?

»Das hatte ich auch gedacht«, hauchte Maja so leise, dass nur er es hören konnte. Sie hätte vor Frust und Verlangen schreien können. Aber wenn Diana ihren Schlüssel verloren hatte und Hilfe brauchte, war es natürlich selbstverständlich, dass sie bei Maja übernachtete. Auch wenn Maja ganz andere Pläne gehabt hatte.

Aus der Traum. Sie konnte nur hoffen, dass sie diese Chance noch einmal bekommen würde und dass Diana ihr Opfer zu schätzen wusste. Tristan hatte sich wieder von ihr weggeneigt und Maja kämpfte sich zurück in die Normalität. »Hoffentlich stört es dich nicht, dass Heidi schon zwei Mal in meiner Gästebettwäsche geschlafen hat«, sagte sie laut zu Diana.

»Nö, stört mich nicht.« Diana lächelte. »So lange da kein mir unbekannter, stinkender Kerl dringelegen hat …« Sie schlüpfte in ihre Jacke. »Wollen wir dann?«

»Moment«, bat Maja kläglich. »Es haben ja noch nicht mal alle gezahlt.« Sie wollte sich nicht von Tristan und seinem herrlichen Knie und seinem Geruch und seiner warmen Hand lösen. Sie wollte einfach nicht!

»Geh nur«, sagte Tristan. Er zog seine Hand weg und klopfte ihr kurz aufs Bein. »Wir beide …«, er machte eine bedeutungsvolle Pause, »… reden ein anderes Mal, nicht wahr? Ich hab ja deine Nummer, Engelchen.«

Bei dem eindeutig schwülen Blick, der diese Worte begleitete, machte etwas in Majas Bauch einen Hüpfer.

»Okay, Tristan«, brachte sie mühsam hervor.

Maja verabschiedete sich von allen mit einer kurzen Umarmung, die bei Tristan sehr viel intensiver ausfiel als bei den anderen. Dann zog Diana sie energisch hinaus.

»Hast du den Verstand verloren?«, wollte Diana wissen, als sie sich einige Schritte vom Pilsbefall entfernt hatten. »Was hat sich denn da drinnen gerade abgespielt? Prinzessin hier, Prinzessin da. Und du immer: ›Okay, Tristan. Danke, Tristan.‹« Sie äffte Majas schwaches Stimmchen von eben übertrieben nach. »Seit wann benimmst du dich wie ein erbsenhirniges Püppchen? Und lässt dich auch so behandeln?«

»Es war schlimm, oder? Das ist mir leider auch aufgefallen.«

»Naja. Nicht gerade deine intellektuelle Sternstunde«, sagte Diana schon wieder versöhnlicher.

Maja rang die Hände. »Ich weiß. Aber was soll ich machen? Seit einiger Zeit rutscht mein Hirn irgendwie talwärts, sobald Tristan in der Nähe ist. Es war alles in Ordnung, so lange wir anderweitig liiert waren. Ich bin nie auf die Idee gekommen, dass Tristan ernsthaft interessant für mich sein könnte. Aber im Moment sind wir beide Single und auf einmal flirtet er ständig mit mir und ich kann an nichts anderes mehr denken. Er ist nun mal verboten hübsch, oder nicht?«

»Durchaus«, nickte Diana verständnisvoll. »Das kann ich nicht leugnen.«

Maja nickte ebenfalls. »Soll ich dir ein Geheimnis verraten? Wenn du nicht ausgerechnet heute deinen Schlüssel verloren hättest, wäre ich mit Tristan nach Hause gegangen.«

Diana schaute bei dieser Eröffnung grimmig und sagte: »Ach ja? Und soll ich dir ein Geheimnis verraten? Ich habe meinen Schlüssel überhaupt nicht verloren.« Sie griff in ihre Jackentasche, zog ihr Schlüsselbund daraus hervor und hielt es ihrer Freundin vor die Nase. »Tada!«

»Diana!«, rief Maja empört.

»Maja!«, sagte Diana trocken.

»Du hast das extra gemacht?«

»Jupp. Die Situation war eindeutig, du wirktest wie unter Drogen, ich fand, jemand müsste dich vor dir selbst retten. Und wer hätte dieser jemand sein sollen, wenn nicht ich?«

»Soll ich mich jetzt etwa bei dir bedanken?«

»Später vielleicht.« Diana lächelte knapp. »Aber erst mal entschuldige ich mich in aller Form für mein Verhalten. Mir fiel einfach nichts anderes ein. Noch erwischst du die anderen übrigens. Du kannst einfach zurückgehen und Tristan sagen, dass mein Schlüssel doch wieder aufgetaucht ist. Aber vorher überleg doch bitte, ob ein One-Night-Stand mit unserem Profi-Aufreißer wirklich das ist, was du gerade willst und brauchst. Denn wenn du es ihm derart leicht machst, wird es bei einem One-Night-Stand bleiben, das weißt du genauso gut wie ich.«

»Ach, du hast ja recht …«, jammerte Maja. »Aber es fühlt sich an, als wäre ich hungrig und du hättest mir das riesige Stück Buttercremetorte weggenommen, weil es zu viele Kalorien hat. Dabei lag es schon auf meinem Teller.«

Diana legte ihr die Hand auf die Schulter und sagte feierlich: »So etwas Gemeines würde ich nie tun! Ich würde nie meiner Freundin – oder irgendjemandem – ein Stück Torte wegnehmen!«

Die Frauen lachten.

»Also«, fragte Diana. »Was machst du jetzt?«

Maja seufzte. »Ich gehe ganz brav nach Hause, lege mich in mein Bett und versuche mich davon zu überzeugen, dass ich dir eigentlich dankbar sein muss.«

»Recht so.«

»Und dann träume ich davon, dass ich diejenige bin, die den chronischen Herzensbrecher endlich zähmt. Indem ich ihm zuhöre und ihn verstehe. Und indem ich ihm in langen Gesprächen klarmache, dass er eine Beziehung mit einer Seelenverwandten und kein hübsches Betthäschen braucht.«

»Was diese romantischen Komödien in Frauenköpfen anrichten!« Diana schüttelte lachend den Kopf. »Naja. So lange du dir das nicht im echten Leben einredest – Träume dürfen ja durchaus auch mal unrealistisch sein.«

Unrealistisch. War es wirklich so unrealistisch, sich eine Beziehung mit Tristan vorzustellen?

Kapitel 8

Seit geraumer Zeit starrte Maja auf das Display ihres Handys. Eigentlich sollte sie lieber auf ihren Monitor starren und einen Bericht schreiben, aber seit ihr Handy vor etwa fünf Minuten gebrummt hatte, war daran nicht mehr zu denken.

Du und ich. Cocktails. Samstag um halb neun in der Bar Racuda. Was sagst du?

Ja, was sagte sie?

Eigentlich war sie nach ihrem gestrigen Gespräch mit Diana schon fast bereit gewesen, sich Tristan aus dem Kopf zu schlagen. »Never fuck the company« – das galt sicher nicht nur für Affären mit Arbeitskollegen, sondern auch für Affären mit Chorkollegen, oder?

Und Samstagabend hatte Maja sowieso keine Zeit.

Eigentlich.

Ihre Mutter hatte die ganze Familie zum Essen eingeladen, weil es angeblich etwas zu feiern gab. Maja rechnete nicht mit allzu großen Enthüllungen. Bei Rita Müller konnte »etwas zu feiern« schon eine frisch gestrichene Küchenwand oder ein besonders lukratives Sonderangebot sein. Sie liebte es einfach, ihre Familie zu versammeln, und jeder Anlass war ihr dafür recht.

Sicher würde sie wieder kochen. Maja rechnete mit Kartoffeln, einem steinharten Schweinebraten und einer zerkochten Gemüsebeilage. Ihre Mutter würde auf alles irrsinnig stolz sein, ihre Söhne würden sie in den höchsten Tönen loben und Maja und Heidi würden ein Pokerface aufsetzen und so wenig wie möglich von dem Essen des Grauens zu sich nehmen. Ihre Mutter war eine Seele von Mensch, dachte Maja, aber das Kochen sollte sie doch lieber anderen Leuten überlassen.

Maja überlegte. Welchem Abendprogramm sollte sie am Samstag den Vorzug geben?

Auf der einen Seite standen ein ungenießbares Essen, eine vollgestopfte Wohnung und irgendeine Neuigkeit, die sie ebenso gut später von Heidi erfahren könnte.

Auf der anderen Seite stand ein Date mit Tristan von Birkhain.

Denn es handelte sich doch um ein Date, oder nicht? Wenn auch um die Spar-Variante eines Dates. »Cocktails um halb neun« war nicht »Abendessen um sieben«. Vermutlich wollte Tristan ein, zwei Alkoholeinheiten mit ihr konsumieren und danach … Tja. Allzu viel Fantasie war hier nicht gefragt.

Aber vielleicht tat sie Tristan auch unrecht. Vielleicht hatte er vorher einfach keine Zeit, vielleicht war ihm gar nicht klar, welchen Eindruck er bei Maja erweckte. Vielleicht …

Ein Klopfen an der Tür unterbrach Majas Gedanken. »Herein!«, rief sie etwas widerwillig.

Die Tür öffnete sich und Inge steckte ihren Kopf in Majas Büro. »Hast du gerade Zeit?«

»Klar.« Schweren Herzens legte Maja ihr Smartphone zur Seite.

Inge trat ein. »Ich hab nämlich zwei Anliegen. Ein Privates und ein Berufliches.« Sie ließ sich auf dem Besucherstuhl vor Majas Schreibtisch nieder und strich mit der flachen Hand über die Tischplatte. »Immer noch so wahnsinnig ordentlich hier«, lobte sie.

»Das täuscht.« Maja zog eine Grimasse. »Hinter jeder dieser Schranktüren verbirgt sich leider weiterhin ein unvorstellbares Durcheinander.«

»Ich dachte, du hättest das längst durchsortiert?«

»Ja, ich wollte mir eigentlich einen Nachmittag dafür freihalten, aber dann lag doch zu viel an. Vielleicht schaffe ich es Anfang der Woche endlich.«

»Darf ich einen Blick in deine Schränke werfen und mich an dem Anblick ergötzen? Danach geht es mir immer gut, dann fühle ich mich ordentlich und strukturiert.«

Maja winkte Richtung Schrankwand. »Bitte, bitte, wenn es dir hilft …«

Inge stand auf. Sie öffnete die Schranktür, die ihr am nächsten war, betrachtete kurz das dicht gepackte Chaos darin und murmelte beinahe ehrfürchtig: »Wow! Das reicht mir schon, mein Tag ist gerettet.«

»Freut mich. Was wolltest du noch mal hier?«, fragte Maja.

»Ach ja.« Inge setzte sich wieder. »Ich wollte dich zu meinem Geburtstag einladen. Samstag in zwei Wochen. Nachmittags bei mir zu Hause, nur unsere liebsten Freunde. Außer dir kommt keiner von den Kollegen, also häng das Ganze nicht an die große Glocke.«

Maja lächelte etwas abwesend. »Nur deine liebsten Freunde? Jetzt fühle ich mich geschmeichelt.«

Inge lächelte zurück. »Das darfst du auch. Und? Bist du dabei? Ich muss dich allerdings warnen, du wirst von alten Leuten wie mir und von Familien mit kleinen Kindern umgeben sein. Wahrscheinlich bist du von den Erwachsenen die jüngste. Und es wird eher ein lautes, unorganisiertes Zusammensein als eine Party.«

»Das macht gar nichts, ich komme sehr gern.«

»Super!« Inge strahlte. »Näheres schreibe ich dir dann.«

»Tu das. Und was wolltest du noch loswerden?« Maja schielte nach ihrem Smartphone. Hoffentlich war Inge bald fertig. Eigentlich wollte sie gerade lieber über Tristan nachdenken, als mit Inge zu quatschen.

»Ach ja. Eigentlich bin ich gekommen, weil ich eine Idee für eine deiner Kundinnen habe. Für die, die ich übernehmen soll. Du hast mir doch von der Frau erzählt, deren Mann sie verlassen hat? Die mit den drei Kindern und der langen Familienpause? Ich glaube, für die habe ich eine Idee.«

Maja horchte auf. »Für Regina? Lass hören.«

Inge nickte zufrieden. »Eben hat mich der nette Herr Stratmann von der Druckerei Stratmann angerufen. Der hat doch damals meine Frau Müller eingestellt, obwohl sie ihre beiden Eltern pflegen musste und deshalb nicht immer zu normalen Zeiten im Büro sein konnte. Sie hatte es damals wahnsinnig schwer, etwas zu finden! Erinnerst du dich?«

»Ach ja. Natürlich erinnere ich mich.«

»Jedenfalls hat er ihr damals eine wahnsinnig großzügige Gleitzeitregelung angeboten und Herr Stratmann und Frau Müller haben viele Jahre lang sehr glücklich zusammengearbeitet.«

»Das beweist mal wieder, dass es sich für Arbeitgeber lohnen kann, auf die Bedürfnisse ihrer Mitarbeiter Rücksicht zu nehmen.« Maja lächelte.

»Genau.« Inge beugte sich verschwörerisch vor. »Und nun geht Frau Müller im Winter in Rente und Herr Stratmann hat mich eben angerufen und gefragt, ob ich eine würdige Nachfolgerin für sie empfehlen kann. Was glaubst du – wäre das etwas für deine Bekannte?«

»Klar, das klingt toll! Ist die Stellenanzeige schon online?«

»Nein, das ist ja das Schöne, es wird gar keine geben. Herr Stratmann hat keine Lust, eine Stellenanzeige zu schalten, er wird sonst wieder von Bewerbern überrannt. Anscheinend glaubt jeder, dass er im kaufmännischen Bereich arbeiten kann. Deshalb spart Herr Stratmann sich die Arbeit mit einem Berg von unfähigen Bewerbern und vertraut lieber erst mal meinem Urteil.«

»Wow! Ein Arbeitgeber, der Verständnis dafür hat, dass es ein Leben außerhalb des Jobs gibt – das wäre super für Regina mit ihren drei Kindern!« Jetzt freute Maja sich ehrlich.

»Wir schicken sie auf jeden Fall zum Vorstellungsgespräch, oder?«, fragte Inge.

»Auf jeden Fall!« Maja strahlte. »Die Bewerbungsunterlagen habe ich im System hinterlegt. Regina wird begeistert sein, wenn sie davon hört!«

Inge sagte: »Hoffentlich klappt es. Die Geschichte hat mir keine Ruhe gelassen. Ich kenne die Frau zwar nicht, aber sie tut mir irrsinnig leid. Drei kleine Kinder und dann geht ihr blöder

Mann fremd. Unglaublich! Warum können sich manche Männer nicht zusammenreißen?« Kopfschüttelnd stand sie auf. »So, Maja, ich muss dann mal weitermachen, wir sehen uns in der Mittagspause, oder?«

»Genau.« Maja nickte. »Bis später, Inge. Ich freue mich!«

Als die Tür hinter ihrer Kollegin ins Schloss gefallen war, lächelte Maja breit. Wie schön, dass eine Lösung für Reginas Probleme in Sicht war! Und so schnell! Maja drückte beide Daumen und schickte ein kleines Stoßgebet gen Himmel. Regina sollte die Stelle bekommen, sie wäre so glücklich darüber.

Danach wandte sich Maja immer noch lächelnd wieder ihrem Smartphone zu und las Tristans Nachricht ein weiteres Mal. Sie wusste ganz genau, warum sie Inge nichts von Tristan erzählt hatte, obwohl sie ihr doch sonst immer alles erzählte. Tristans Nachricht sprach eine deutliche Sprache und Inge hätte sie garantiert vor einem Typen wie ihm gewarnt, genau wie Diana es immer tat.

Aber Maja wollte jetzt nicht mehr gewarnt werden. Sie wollte einfach nur mit Tristan Cocktails trinken und nicht über die Konsequenzen nachdenken.

Bin dabei, tippte sie.

Maja war zehn Minuten zu früh an der »Bar Racuda«. Durch die riesigen Fenster sah sie, dass die Bar schon jetzt, um zwanzig nach acht, aus allen Nähten platzte. Aber von Tristan war noch keine Spur zu sehen.

Was stimmt nicht mit mir?, fragte sich Maja, ich komme grundsätzlich überall zu spät, aber ausgerechnet, wenn ich mit Tristan verabredet bin und total gleichgültig wirken will, bin ich überpünktlich. Sie überlegte, ob sie sich allein in die volle Bar stürzen oder lieber noch eine Runde um den Block gehen sollte.

Der einsetzende Nieselregen nahm ihr die Entscheidung ab. Maja betrat die Bar und wurde von dem Türsteher kommentarlos durchgewinkt. Ein lautes, warmes, parfumgetränktes Meer von

Nachtschwärmern empfing sie und basslastige Musik dröhnte aus den Lautsprechern. Auf den ersten Blick sah Maja, dass alle Tische und sogar alle Stehtische besetzt waren. Selbst zwischen den Stehtischen standen Leute herum und tranken Cocktails. Hoffentlich wollte Tristan nicht hierbleiben! Irgendwie hatte Maja sich etwas mehr Privatsphäre für ihr Date erhofft.

Weil sie nicht in ihrer Jacke herumstehen und warten wollte, drängelte Maja sich zunächst zur Garderobe durch und quetschte sich dann zwischen zwei Männer an die Theke, um sich ein Bier zu bestellen. Die Cocktails hier fand sie maßlos überteuert, es kam gar nicht in Frage, für ein paar Milliliter süßer Plörre einen Betrag auf den Tisch zu legen, der den meisten ihrer Kunden für einen ganzen Tag zur Verfügung stand. Außerdem mochte sie Cocktails nicht einmal besonders.

Kaum stand das Bier vor Maja – erstaunlich schnell, übrigens, wenn man bedachte, wie voll die Bar war – sprach der Kerl rechts neben ihr sie an. »Bist du allein hier?«, erkundigte er sich.

»Ja, aber ich bin verabredet«, antwortete Maja.

Hatte sie Lust, sich mit dem Typen zu unterhalten? Eigentlich nicht, aber es würde sicher gut aussehen, wenn Tristan sie im Gespräch mit einem attraktiven Unbekannten antraf.

»Ich bin mit meinem Kumpel hier.« Der Typ wies auf einen Dunkelhaarigen neben sich, der im Gespräch mit einer Blondine war und ihnen den Rücken zuwandte.

»Aha.« Maja nahm einen Schluck von ihrem Bier.

Er streckte ihr die Hand hin. »Ich bin der Thomas.«

Maja schüttelte die angebotene Hand. »Hallo Thomas. Ich bin Maja.«

»Hallo Maja. Schön, dich kennenzulernen.«

Dieser Thomas sah aus wie ein Banker. Dunkle Stoffhose, ordentlich gebügeltes Hemd, teure Uhr. Maja nahm noch einen Schluck Bier. Hoffentlich kam Tristan bald.

»Warum trinkst du Bier?«, fragte Thomas und wies auf ihr Glas. »Du weißt schon, dass es hier die besten Cocktails der Stadt gibt?«

»Mag sein, aber ich bin nicht so der Cocktail-Typ …«, sagte Maja lustlos.

»Ich liebe Cocktails. Besonders so richtig süße, sahnige wie diesen hier. Hmmm…« Er zog an seinem Strohhalm und sah dabei so glücklich aus, dass Maja doch lachen musste.

»Dann bist du hier ja richtig«, stellte sie fest.

Thomas nickte. Er musterte Maja nachdenklich von oben bis unten. »Schöne Augen, schickes Top«, stellte er fest. »Und deine Haare sind toll.«

Irgendwie klang es nicht wie ein Kompliment, sondern wie eine Wertung. Als hätte er soeben ihre Vorzüge identifiziert und sich darauf basierend ein Urteil gebildet. Maja fand das frech.

»Und was dich betrifft – deine Schuhe sind ganz nett«, revanchierte sie sich. Stimmte nicht, sie wollte ihn nur ärgern.

»Meine Schuhe?« Thomas sah verblüfft Richtung Boden, wobei ihm die breite Thekenkante die Sicht versperrte. Schließlich ging ihm auf, dass Maja ihn nur geneckt hatte und er hob den Blick wieder. »Witzig«, sagte er, ohne zu lächeln.

Maja war heilfroh, dass ihr in diesem Moment Tristan von hinten auf die Schulter tippte.

»Prinzessin!«, rief er begeistert, als sie sich umdrehte, und schon zog er sie in seine Arme. »Wartest du schon lange?«

Wie nett von ihm, dass er sich Sorgen machte! »Hallo Tristan, nein, ich bin erst vor ein paar Minuten gekommen.« Begeistert schmiegte Maja ihre Wange gegen Tristans muskulöse Brust und genoss den Cocktail aus Glückshormonen, der ihren Körper leicht werden ließ und ihren Mund zu einem breiten Lächeln formte.

»Tolles Top! Du solltest öfter trägerlose Sachen tragen« Tristan hielt sie ein Stück von sich weg und musterte sie mit funkelnden Augen.

»Danke.« Da war sie wieder, diese merkwürdige Kleinmädchen-Stimme. Maja räusperte sich. »Das ist mein Lieblingstop«, setzte sie etwas tiefer und kräftiger hinterher. »Ich trage es ständig.« Eine glatte Lüge. Das Top war nagelneu.

Tristan sah sich um und legte Maja eine Hand auf den Rücken. »Lass uns hier verschwinden«, sagte er. »Ich weiß nicht, was ich mir gedacht habe, als ich diesen Laden vorgeschlagen hab. Hier sind viel zu viele Menschen.«

Erleichtert stellte Maja ihr halb leeres Bierglas auf dem Tresen vor Thomas ab. »Ich verabschiede mich, wir suchen uns ein ruhigeres Plätzchen«, teilte sie ihm strahlend mit.

Thomas sah sie kaum an. »Na dann …«

Wenig später standen Maja und Tristan Hand in Hand auf der Straße vor der Bar Racuda. Es war ein milder Abend, Maja zog ihre Jacke nicht an, sondern legte sie über ihren Arm.

»Kanntest du den Typen eben?«, wollte Tristan wissen und warf durch die Scheibe einen Blick zurück zur Bar.

»Nein, gar nicht. Wir haben uns nur kurz unterhalten.«

»Gut so«, sagte Tristan. »Der sitzt nämlich fast jeden Abend da an der Theke und gabelt eine Frau nach der anderen auf. Jemand sollte die Weiber allmählich vor ihm warnen.«

Maja konnte sich ein Lachen nicht verkneifen. Trotz ihrer rosa Brille und obwohl sie sich von all den Glückshormonen in ihrem Körper ganz schwindelig fühlte, entging ihr die Ironie in Tristans Aussage nicht. Schließlich war auch er jemand, vor dem man sie gewarnt hatte. So oft und intensiv übrigens, dass sie niemandem erzählt hatte, dass sie sich heute mit ihm traf.

Diana und ihrer Familie gegenüber hatte sie behauptete, dass sie den heutigen Abend mit einer Wärmflasche auf dem Wohnzimmersofa verbringen und früh schlafen gehen wollte, weil sie unter fiesen Bauchschmerzen litt.

»Und was machen wir beiden Hübschen jetzt?«, erkundigte sich Tristan mit diesem gewissen Funkeln in den Augen. Er lehnte sich näher zu ihr herüber und strich ihr mit warmen Fingern eine Haarsträhne aus dem Gesicht. »Gehen wir irgendwo hin, wo wir uns in Ruhe unterhalten können?«

»Gern«, wisperte Maja. Bilder von Tristan und ihr in einer gemütlichen, kleinen Bar erschienen vor ihrem inneren Auge. Sie würden lachen und reden, es gäbe Kerzenlicht und leise Musik und Maja würde ein, zwei Drinks lang in diese Funkelaugen blicken können, bevor sie …

»Sehr gut«, hauchte Tristan und senkte seine Lippen auf ihre. Und einfach so, von einem Moment auf den anderen war Maja am Ziel ihrer Träume. Tristan von Birkhain stand tatsächlich mit ihr auf der Straße und küsste sie!

Maja blieb kaum Zeit, sich über den plötzlichen Überfall zu wundern, denn schon vertiefte Tristan den Kuss und zog sie entschieden näher zu sich heran. Maja konzentrierte sich vollkommen überwältigt nur noch auf Tristans kundige Lippen und Tristans Zunge, ihr Verstand quittierte endgültig seinen Dienst, ihre Beine verwandelten sich in weich gekochte Spaghetti, ihre Jacke glitt einfach von ihrem Arm auf den Boden. Sicherheitshalber streckte Maja die Hände aus und hielt sich an Tristans starken Oberarmen fest. Wunderbar muskulös. Sie seufzte leise. Sie hatte so lange von diesem Kuss geträumt – und sie hatte sich wahrlich nicht zu viel davon versprochen!

Ziemlich plötzlich löste sich Tristan von ihr und sah ihr tief in die Augen. »Und? Gehen wir zu mir?«

»Wie bitte?«, leicht benebelt sah Maja ihn an. Hatte sie ihn richtig verstanden? Wollte er etwa jetzt schon … Nach nur einem Kuss?

»Ich wohne um die Ecke und im Kühlschrank liegt eine gute Flasche Weißwein«, sagte Tristan. »Was meinst du?« Siegessicher strahlte er sie an.

Die rosa Seifenblase, in der Maja gerade noch geschwebt war, platzte abrupt. Von wegen Romantik, dachte sie. Von wegen Lachen und Reden und Kerzenschein. Hier ging es wirklich *nur* um Sex. Um nichts anderes.

Und jetzt? Sollte sie mitmachen?

Ihr Körper hätte nichts dagegen, da musste Maja ehrlich mit sich sein. Tristan war wahnsinnig attraktiv und er küsste unglaublich gut. Wenn er alles andere auch so gut beherrschte, war eine erfüllende Nacht quasi vorgezeichnet.

Aber …

Maja hatte sich zwei Tage lang auf diesen Abend gefreut. Sie war einen ganzen Nachmittag lang durch die Stadt gerannt und hatte nach etwas gesucht, in dem sie umwerfend aussah. Sie hatte eine Ewigkeit den Diffusorföhn an ihren Kopf gehalten und dabei an ihren Locken herumgeknetet. Sie hatte nicht zu Abend essen können, weil ihr Magen so nervös gekribbelt hatte. Sie hatte sich auf ein Date gefreut. Zwar auf die Sparversion eines Dates, aber immerhin auf ein Date. Nicht auf eine schnelle Nummer ohne Folgen.

Sie wollte heute Abend mehr von Tristan. Sie wollte ihm zeigen, dass man Spaß mit ihr haben konnte, dass sie auch intellektuell etwas zu bieten hatte.

Und auf einmal schoss Maja ein Gedanke durch den Kopf: Warum sollte sie sich eigentlich nicht holen, was sie brauchte? Warum sollte sie das Ruder komplett Tristan überlassen? Warum konnte sie das Drehbuch für diesen Abend nicht einfach umschreiben?

»Gehen wir irgendwo hin, wo wir uns in Ruhe unterhalten können?«, hatte Tristan gefragt. Nun denn, sie würde ihn einfach beim Wort nehmen und genau das vorschlagen.

Unter Aufbietung all ihrer Willenskräfte trat Maja einen Schritt zurück und löste die Hände von Tristans Oberkörper.

»Wenn wir uns in Ruhe unterhalten wollen, habe ich eine tolle Idee!«, sagte sie betont munter. »Kennst du den Italiener in der Karlsstraße? La Laguna? Den habe ich neulich mit meiner Schwester entdeckt. Da kann man total gemütlich sitzen und echt lecker essen. Ich hab ohnehin furchtbaren Hunger. Und du?«

Tristan hatte sich gut im Griff, das musste man ihm lassen. Seine Gesichtszüge entgleisten nur einen Augenblick lang. Er startete einen letzten Versuch. Verführerisch ließ er seine Hand über Majas nackten Arm gleiten. »Ich hatte eigentlich etwas anderes mit dir vor«, hauchte er.

Maja konnte nicht verhindern, dass sie erschauerte. Trotzdem beharrte sie: »Lass uns doch erst etwas essen.«

Tristan wusste, dass er verloren hatte. Ein charmantes Lächeln erschien in seinem Gesicht und er sagte: »Warum nicht? Ich kann eigentlich immer essen.«

Maja hätte es ihm fast abgekauft, aber sie kannte Tristans Gesicht gut genug, um zu sehen, dass das Lächeln seine Augen nicht erreichte.

»Prima.« Maja gab sich begeistert. »Ich frage mal gerade, ob die einen Tisch für uns haben.« Schon hatte sie ihr Smartphone gezückt.

Maja hatte Glück: Als sie anrief, wurden im »La Laguna« zufällig gerade Plätze frei. Die freundliche Frauenstimme am anderen Ende der Leitung sagte: »Aber Sie müssen in zwanzig Minuten hier sein, sonst vergebe ich den Tisch an andere Leute. Es ist viel los heute Abend!«

»Alles klar, danke, wir beeilen uns«, sagte Maja.

Sie legte auf und wandte sich an Tristan. »Dann mal los.«

Während des Spaziergangs zur Karlsstraße plapperte Maja unentwegt auf Tristan ein und erzählte ihm jede Menge unwichtige Details aus ihrem Leben. Sie wusste, dass sie Tristan gerade ein Abendessen aufzwang und dieses Wissen machte sie nervös. Jetzt musste sie doppelt so unterhaltsam sein wie sonst, damit er den Abend mit ihr vielleicht trotzdem genießen würde.

»Und dann habe ich zwei jüngere Brüder, die einem fast wie Zwillinge vorkommen, so ähnlich sind sie sich. Tim und Ole. Die beiden wohnen zusammen, gehen zusammen ins Fitnessstudio, gehen zusammen feiern, leihen sich gegenseitig Klamotten und kloppen sich um dieselben Mädchen. Einmal war Tim sogar mit Oles Ex-Freundin zusammen, selbstverständlich hatte er ihn vorher gefragt. Ich fand es trotzdem seltsam, ich meine, erst kam sie mit dem einen Bruder zum Familientreffen, dann mit dem anderen. Wie die sich wohl dabei gefühlt hat? Vielleicht war es ihr egal, sie wirkte nicht, als würde sie sonderlich viel nachdenken, wenn du verstehst, was ich meine. Tim und Ole ziehen leider oft solche Frauen an, ich schätze, das liegt daran, dass sie fast alle ihre Freundinnen im Fitnessstudio aufgabeln. Ich persönlich bin ja nicht so ein großer Fan von Fitnessstudios, sicher, ich gehe manchmal hin, muss man ja heutzutage. Aber so richtig viel Spaß macht mir das eigentlich nicht. Tim und Ole gehen fast jeden Tag und sie sehen beide auch so aus. Die haben Oberkörper wie Unterwäschemodels und sind natürlich mega-stolz darauf.« Maja holte tief Luft.

Sie wusste, dass sie plapperte, und sie merkte, dass Tristan ihren Redeschwall praktisch unkommentiert ließ und damit höfliches Desinteresse ausdrückte. Aber sie fühlte sich außerstande, mit dem Reden aufzuhören, denn sie hatte panische Angst vor einer verlegenen Gesprächspause.

Als sie endlich vor dem La Laguna standen, sagte Tristan: »Jetzt weiß ich mehr über deine Brüder als über dich. Ich wusste gar nicht, dass du so eine Plaudertasche sein kannst.« Irrte sich Maja, oder sah er ein wenig erschöpft aus?

Sie verzog das Gesicht. »Ich rede mal wieder zu viel, ich weiß. Entschuldige.«

»Macht doch nichts. Ist eigentlich ganz angenehm. Sonst bin ich immer der, der für Unterhaltung sorgen muss.« Tristan öffnete die Tür der Pizzeria und hielt sie für Maja auf.

Ein beleibter älterer Herr, der sich als Herr Marino vorstellte, strahlte Tristan und Maja entgegen, als sie an die Theke traten und gab beiden zur Begrüßung die Hand. Der Tisch, zu dem er sie führte, lag in der Nähe des Eingangs und stand wunderbar lauschig in einer kleinen Nische am Fenster mit Blick auf die Straße. Ein kariertes Tischtuch lag auf dem rustikalen Holztisch und in der leeren, grünen Weinflasche in Tischmitte steckte eine frische Kerze, die Herr Marino anzündete, als Tristan und Maja sich niedergelassen hatten.

So hatte ich mir das vorgestellt, dachte Maja zufrieden. Tristan und ich bei Kerzenschein in einem Restaurant. Es ist perfekt!

»Es ist nett hier«, sagte Tristan, während er den Blick durch den Raum schweifen ließ. »Ich bin hier zwar schon öfter vorbeigekommen, aber irgendwie habe ich den Laden noch nie richtig wahrgenommen.«

»Ich kenne das ›La Laguna‹ auch noch nicht lange«, erzählte Maja. »Eine Freundin meiner Schwester geht hier regelmäßig Essen, deshalb haben Heidi und ich es auch mal ausprobiert. Und wir waren begeistert, besonders von der hausgemachten Pasta.«

Wie aufs Stichwort brachte eine junge Kellnerin die Karten und Tristan vertiefte sich sofort in die Lektüre derselben. »Ich glaube, ich nehme das Schnitzel mit Pommes«, verkündete er überraschend schnell. »Pizza und Pasta bin ich im Moment ein bisschen leid.«

Maja fühlte einen kleinen Stich. Sie hätte Tristan so gern die Lachs-Limonen-Pasta empfohlen, die Heidi beim letzten Mal so gelobt hatte. Oder die Steinpilz-Ravioli, die sie selbst gegessen hatte, die waren göttlich gewesen.

»Das Schnitzel ist bestimmt lecker«, sagte sie tapfer. »Nimmst du eine Vorspeise? Die Bruschetta klingt doch super. Oder die Feigen mit Parmaschinken.«

»Nein, danke.« Tristan winkte ab. »So viel Hunger habe ich dann doch nicht. Aber wenn du eine möchtest …«

»Nein, nein.« Wenn nur sie sich eine Vorspeise bestellt und unter Tristans belustigten Blicken verzehrt hätte, wäre Maja sich entsetzlich verfressen vorgekommen. »Um diese Zeit reicht wirklich ein kleiner Hauptgang.«

Tristan nickte zufrieden.

Maja sah zurück in die Karte. »Und, sollen wir eine Flasche Wein bestellen?« Eigentlich mochte sie keinen Wein, aber ihr gefiel die Vorstellung, sich mit Tristan etwas zu teilen. Darin lag eine gewisse Intimität. Außerdem stellte eine volle Flasche Wein auf dem Tisch sicher, dass man wenigstens lange genug sitzen blieb, um die Flasche zu leeren.

»Du, wenn's dir nichts ausmacht, bestelle ich lieber ein Bier«, sagte Tristan. »Passt einfach besser zum Schnitzel.«

»Stimmt, dann bestelle ich auch eins«, schloss sich Maja schnell an. Irgendwie fühlte sich das alles auf einmal viel zu sachlich an, dachte sie. Wo war das Kribbeln von vorgestern Abend hin? Wo waren die intensiven Blicke von eben? Tristan benahm sich kein bisschen wie ein romantischer Held, der endlich das ersehnte Date mit seiner Angebeteten ergattert hatte. Er benahm sich eher wie jemand, der eine lästige Pflicht hinter sich bringen musste. Oder projizierte sie jetzt ihre Ängste auf ihn?

Die Kellnerin kam und nahm ihre Bestellung auf und Maja zwang sich, sich zu entspannen. Sie saß hier mit dem Traum ihrer schlaflosen Nächte und gleich würde sie einen Teller mit fantastischen Steinpilz-Ravioli bekommen. Alles war gut. Super gut!

»Müssen die da hinten eigentlich so laut herumkreischen?«, wollte Tristan wissen. »Nur weil sie eine große Gruppe sind, gehört ihnen doch nicht das ganze Restaurant.«

»Ist mir noch gar nicht aufgefallen«, sagte Maja wahrheitsgemäß. Erst jetzt merkte sie, dass es für ein Restaurant dieser Größe tatsächlich ziemlich laut war, selbst wenn man davon ausging, dass heute, an einem Samstagabend, alle Tische belegt waren. Der größte Lärm kam aus dem hinteren Teil des La Laguna.

Irritiert dachte Maja, dass etwas an diesem Stimmengewirr ihr vage bekannt vorkam. Ein mehrstimmiges lautes Lachen, das durchs ganze Restaurant schallte, brachte Klarheit, denn dieses Lachen war ihr fast so vertraut wie ihr eigenes.

»Hilfe!«, sagte Maja entsetzt. »Meine Familie ist hier!«

Kapitel 9

Gab es jetzt noch einen Weg, wie sie ihrer lauten, feiernden Familie entgehen konnte? Blitzschnell ging Maja im Geiste ihre Möglichkeiten durch.

1. Sie könnte den ganzen Abend genauso sitzenbleiben, wie sie jetzt saß, mit dem Rücken zum Gastraum, und hoffen, dass niemand aus ihrer Familie sich je an die Theke verirrte und einen Blick in ihre Richtung warf.
2. Sie könnte ihr Bier nach und nach in die Topfpflanze neben sich entsorgen und damit hoffentlich verhindern, dass sie je zur Toilette und damit an ihrer Familie vorbei musste.
3. Sie könnte den Rest des Abends so leise wie möglich sprechen und möglichst nie lachen, damit nicht mal ein Hauch ihrer Stimme an die Ohren ihrer Familie dringen konnte. Und
4. Sie könnte sich beim Rausgehen dicht hinter Tristan halten und ihr Gesicht tief in ihrer Jacke vergraben.

Die Sache *könnte* gut gehen.

Aber wie sollte sie Tristan erklären, dass sie ihre Familie nicht begrüßte, jetzt, wo sie dumm genug gewesen war, deren Anwesenheit zuzugeben?

Und was, wenn sie letztlich doch entdeckt wurde? Falls die Kinder dabei waren, würden die früher oder später im ganzen Restaurant herumwuseln.

Es half nichts, oder?

Sie musste offensiv mit der Situation umgehen und den Stier – naja, die Familie Müller – bei den Hörnern packen. Sie musste rübergehen, sich bei ihrer Mutter für die erfundenen Bauchschmerzen entschuldigen und ihr erklären, dass ein Abend mit Tristan von Birkhain im Moment durch nichts und niemanden überboten werden konnte.

Und dann musste Maja auf das Verständnis und auf die Diskretion ihrer Mutter hoffen. Das Verständnis würde wohl kein Problem sein. Die Diskretion allerdings … Maja seufzte tief.

»Deine Familie ist hier? Im Ernst?« Tristan wirkte etwas aus der Bahn geworfen.

Der Arme!, dachte Maja. Erst wird er zum Essengehen gezwungen und dann lauert ihm dort auch noch die Familie seiner aufdringlichen Bekanntschaft auf.

Entschlossen stand sie auf. »Tut mir leid, ein blöder Zufall, ich wusste nicht, dass sie hier sind. Ich gehe kurz hallo sagen, in Ordnung?«

Tristan nickte perplex. Wenn Maja nicht selbst das Gefühl gehabt hätte, im falschen Film zu sitzen, hätte sie seinen Gesichtsausdruck gnadenlos komisch gefunden!

Egal, um Tristan würde sie sich später kümmern, jetzt war erst mal die liebe Familie dran. Maja ging am Tresen vorbei in den hinteren Teil des Restaurants, dem Epizentrum des Stimmengewirrs entgegen. Und schon sah sie ihre Familie dort sitzen. Und zwar ihre ganze Familie. Majas Eltern und alle vier Geschwister redeten wild durcheinander – Axel, Heidi, Ole und Tim. Außerdem erspähte Maja ihre Schwägerin Sabrina mit Larissa und Lennart.

Familie Müller schien schon länger hier zu sitzen, auf dem lang gestreckten Tisch befanden sich jede Menge fast leer gegessene Teller und vor Rita und Heidi standen kleine Espresso-Tassen, woraus Maja messerscharf schloss, dass man hier mit dem Essen bereits fertig war. Ein kleiner Stein fiel Maja vom Herzen. Vielleicht zahlten sie gleich und gingen. Dann würde ihrem romantischen Abend mit Tristan nichts mehr im Wege stehen.

Sie trat an den Tisch. »Hallo, Familie – was macht ihr denn hier?«

»Maja? Wo kommst du denn her?« Rita stand auf und umarmte ihre älteste Tochter. »Hat Heidi dir geschrieben? Geht es dir besser?«

»Hi Maja«, riefen ihre Brüder quer über den Tisch. Maja winkte und wandte sich wieder ihrer Mutter zu. »Nein. Äh, ja«, stammelte Maja. »Ehrlich gesagt ging es mir nie schlecht. Es ist nur so …« Sie senkte die Stimme zu einem Flüstern. »Ich bin mit einem Mann hier. Und ich wollte das Treffen nicht an die große Glocke hängen, deshalb habe ich behauptet, ich hätte Bauchweh. Entschuldige, Mama.«

Ihre Mutter schäumte vor Verständnis geradezu über. »Du hast ein Date?«, rief sie entzückt und viel zu laut. »Das ist ja toll, Schatz!«

Genau diese Reaktion hatte Maja befürchtet. Immer dieser Überschwang, immer diese laute Fanfarenstimme … Hoffentlich saß Tristan weit genug entfernt.

»Pschschscht!« Maja unterstrich ihr Zischen, indem sie kräftig mit den Händen wedelte. »Wenn er dich hört!«

»Wer ist es denn?«

»Er heißt Tristan, ich kenne ihn aus dem Chor.«

Jetzt mischte Heidi sich ein. »Tristan, der Zahnarzt? Tristan, der nach und nach den ganzen Sopran flachlegt? Tristan mit den Grübchen? *Der* Tristan?«

Maja wurde rot. Ihre Schwester hatte eindeutig ein zu gutes Gedächtnis. »Ja«, gab sie widerwillig zu, »*der* Tristan.«

»Huihuihui«, machte Heidi. »Du traust dich was.«

»Quatsch, das sind alles nur Gerüchte, er ist echt nett«, behauptete Maja schwach und lenkte schnell ab. »Was macht ihr überhaupt hier? Ich dachte, du hättest für alle kochen wollen, Mama?«

Rita verschränkte die Arme. »Ja nun. Manchmal funktioniere ich eben nicht so, wie ich sollte.«

Ole mischte sich ein. »Sie hat vergessen, den Ofen anzumachen. Als wir kamen, war das Fleisch noch roh. Und dann hat Axel vorgeschlagen, Mama sollte den Braten einfach zurück in den Kühlschrank stellen und morgen in den Ofen schieben und wir könnten doch heute ausnahmsweise mal Essen gehen und Heidi hat uns erzählt, dass sie neulich mit dir hier war und dass ihr total begeistert wart.«

»Genau. Und hier sind wir. Das Essen war wirklich genial!« Tim rieb sich zufrieden den Magen.

»Und jetzt? Zahlt ihr gleich?«, fragte Maja hoffnungsvoll.

»Nein, nein«, brummte Bernd. »Die halbe Bagage will noch Nachtisch und ich kann gut und gerne noch ein Bier vertragen. Wenn man schon mal ausgeht …«

»Ist gerade so gemütlich hier«, sagte Rita. »Wir gehen ja so selten ins Restaurant, ich vergesse immer, wie nett das ist, wenn man sich um nichts kümmern muss. Setzt euch doch zu uns, du und dein Tristan.«

»Mama, Tristan und ich kennen uns kaum, da kann ich ihm doch nicht meine ganze Familie vorsetzen. Außerdem haben wir gerade Essen bestellt.«

»Na und? Dann lasst ihr euch das Essen eben hierhin bringen. Hier am Tisch habt ihr mühelos noch Platz.«

»Mama! Wir wollen uns in Ruhe kennenlernen.«

Rita stemmte die Arme in die Seiten. »Ach bitte, Maja, das ist doch albern. Wir sitzen im selben Restaurant und halten zehn Meter Abstand voneinander? So einen Blödsinn habe ich ja noch nie gehört.«

Ritas tiefe, resolute Stimme duldete keinen Widerspruch. Mit dieser Stimme hatte sie in Majas Kindheit um Ruhe am Familientisch gebeten und als Hauswirtschaftskraft im Seniorenheim dafür gesorgt, dass alle Senioren ihren Tee austranken oder ihre Suppe auslöffelten.

Früher hatte kein Kind in der Familie Müller Rita widersprochen, wenn sie es ernst meinte. Inzwischen sah die Welt anders aus. Dachte Maja. »Vergiss es, Mama, ich gehe jetzt zurück zu Tristan und …«

»Gut, dann komme ich mit an euren Tisch, stelle mich vor und lade euch höchstpersönlich ein, rüberzukommen.«

Maja stöhnte. Wie diese Art von »Einladung« aussehen würde,

konnte sie sich lebhaft vorstellen! Rita würde Tristan vermutlich eher einen Befehl erteilen und das Ganze würde unweigerlich auf eine peinliche Szene hinauslaufen. Da tat Maja Tristan gegenüber doch lieber so, als wäre ein Tischwechsel der Garant für einen lustigen Abend und alles in allem eine hervorragende Idee.

»Ist ja gut«, gab sie klein bei. »Ich frage ihn.«

Adieu, du romantische Zweisamkeit.

Hallo, neugierige, aufdringliche Familie.

Wider Erwarten musste Maja Tristan gar nicht lange überreden.

»Natürlich setzen wir uns zu deiner Familie«, sagte er. »Alles andere wäre grob unhöflich. Sollen wir etwa zehn Meter von ihnen entfernt essen und so tun, als wären sie nicht da? Das wäre ja albern.«

»Natürlich nicht!«, antwortete Maja und knirschte innerlich mit den Zähnen. Ob sie ihm sagen sollte, dass er gerade fast wortgetreu ihre Mutter zitiert hatte?

Tristan informierte die Kellnerin und schon zogen Maja und er mit ihren Getränken in den hinteren Teil des La Laguna um. Familie Müller nahm die älteste Tochter und deren smarten Begleiter lautstark in Empfang.

»Maja, da seid ihr ja!«, »Setzt euch!«, »Hallo Tristan!«, »Hat Mama dich also rumgekriegt!«, schallte es durcheinander. Der letzte Satz kam von Heidi. Maja ließ sich neben ihr nieder.

»Was machst du denn für einen Blödsinn?«, raunte Heidi Maja zu. »Im Leben würde ich kein Date an diesen Tisch bringen! Ich an eurer Stelle wäre einfach abgehauen.«

»Wir hatten schon bestellt«, wisperte Maja. »Und ich hab Hunger!«

Tristan ging rund um den Tisch, gab jedem die Hand und stellte sich vor. Schließlich ließ er sich auf dem einzigen freien Platz neben Majas Mutter nieder. »Schön, dass wir dich mal kennenlernen, Tristan«, sagte diese.

Toll. Das klang, als hätte Maja ihrer Familie schon unzählige Male von Tristan vorgeschwärmt.

»Ich freue mich auch«, behauptete Tristan mit undurchdringlicher Miene.

Maja fühlte sich grässlich. Dies hier hatte ein unkomplizierter Abend werden sollen. Ein Essen. Ein nettes Gespräch. Möglicherweise eine wilde Knutscherei, vielleicht auch mehr. Und stattdessen wurde Tristan jetzt offiziell in die Familie eingeführt? Falsch. Das war alles ganz falsch!

»Du bist also der Zahnarzt aus dem Tenor.« Majas Mutter betrachtete Tristan mit schräggelegtem Kopf, als wäre er ein seltenes Tier im Zoo. »Du siehst aus, als wärst du kaum mit dem Studium fertig, wenn ich ehrlich bin. Na, dann schieß mal los. Wo arbeitest du?«

»Lass ihn doch erst mal hier ankommen«, bat Maja. »Er hat sich gerade erst hingesetzt und kann bestimmt kaum die Gesichter ordnen, die um ihn herum sitzen.«

»Ich denke doch, sie haben sich schließlich alle gerade vorgestellt.« Tristan zeigte der Reihe nach auf Majas Familienmitglieder. »Ole, Tim, Bernd. Axel, Sabrina, Lennart, Larissa. Rita, Heidi und natürlich Maja. Na? Wie war ich?«

Alle, die mitgehört hatten, applaudierten ihm.

»Boah, kannst du dir gut Namen merken«, sagte Lennart.

Auch Larissa staunte. »Ich kann nicht mal alle Namen aus meiner Klasse!«

»Maja hat mir heute schon viel von euch allen erzählt«, erklärte Tristan. »Und jetzt zu deiner Frage, verehrte Rita. Ich bin schon seit einigen Jahren mit dem Studium fertig und längst in die Praxis meines Vaters eingetreten, die in einigen Jahren meine Praxis werden wird.«

»Soso«, sagte Rita und ihre Lippen sahen auf einmal schmal aus. »Praktisch, wenn man in ein goldenes Nest geboren wird, oder?«

»Schon.« Tristan grinste breit.

»Und du, mein Schatz? Hast du in letzter Zeit mal wieder jemanden gerettet?« Jetzt wandte sich Rita an Maja. »Weißt du, Tristan, Maja ist eine unglaublich engagierte Jobcenter-Beraterin. Sie verändert regelmäßig das Leben ihrer Kunden!«

»Ach, Mama, bitte übertreib nicht immer so, ich mache einfach meine Arbeit«, murmelte Maja.

Tristan witzelte: »Mir war nicht klar, dass in Jobcentern Leben gerettet werden. Werden dort nicht eher Leben verwaltet?«

Ritas Lippen wurden noch schmaler, aber wundersamerweise schwieg sie. Sogar Maja ärgerte sich über Tristans Bemerkung. Wollte er ihr zu verstehen geben, dass er ihren Beruf für überflüssig hielt?

»Manchmal kann man im Jobcenter durchaus ein bisschen Leben retten«, verteidigte sie ihre Arbeit. »Gestern zum Beispiel konnte ich einer Kundin, die mir sehr am Herzen liegt, eine Stelle vermitteln. Jetzt kann sie mit ihren Kindern ein normales Leben führen und muss nicht jeden Cent dreimal umdrehen.«

»Prima«, brummte Tristan. »Trotzdem bin ich weit davon entfernt, ein paar Gespräche oder E-Mails als lebensrettende Maßnahmen zu bezeichnen.« Er zuckte die Schultern, lächelte und legte Maja kurz die Hand auf die Schulter. »Na, ist ja schön, wenn jemand hinter seiner Arbeit steht.«

Zum Glück kam in diesem Moment die Kellnerin und brachte das Essen für Maja und ihren Begleiter, sonst hätte sich Rita Müller zweifellos in ein scharfes Wortgefecht mit Tristan gestürzt. Sie funkelte wütend zu ihm herüber, während Maja noch immer der warmen Hand auf ihrer Schulter nachspürte.

Sie konnte das Essen kein bisschen genießen, obwohl ihre Steinpilz-Ravioli sicher hervorragend waren. Sie fühlte sich unglaublich gestresst, denn die Tischgesellschaft funktionierte überhaupt nicht.

Tristan aß seelenruhig sein Schnitzel und sprach nur, wenn er direkt angesprochen wurde. Was leider viel zu oft geschah, denn Rita nahm ihn in eine Art Kreuzverhör. Ohne Zweifel stand Ritas Urteil über Tristan längst fest, aber mit jeder Frage, die sie abfeuerte, suchte und fand sie die Bestätigung dafür, dass sie in Tristan wieder einmal auf ihr Feindbild getroffen war: auf einen egoistischen, verwöhnten, konsumorientierten Schnösel.

»Hast du Kinder?«

»Nein.« Zufriedenes Kauen.

»Möchtest du Kinder?«

»Im Moment? Nein.« Nächster Bissen. Kauen.

»Fährst du einen SUV?«

»Klar.« Ein paar Fritten wurden aufgespießt und in Ketchup getunkt.

»Natürlich. Und hast du Geschwister?«

»Nein. Ich bin Einzelkind.« Die Fritten wurden in den Mund geschoben.

»Wenig überraschend. Und wie wohnst du gerade?«

»In einem Penthouse in der Südstadt.« Ein Stück Schnitzel wurde abgeschnitten.

»Und ist das eine echte Rolex, die du da trägst?«

»Nein, eine Breitling.« Hier sah Tristan auf und lächelte Rita an. »Und ehe du fragst: Sie hat knapp fünftausend Euro gekostet.«

Rita stieß hörbar Luft aus und Tristan lächelte und führte das nächste Schnitzelstück zum Mund.

»Nun lass doch den guten Mann mal essen«, brummte Majas Vater. »Ist doch egal, wer hier was für eine Uhr trägt. Ich trage seit dem Studium nur meine Taschenuhr. Kann so eine Fessel ums Handgelenk nicht haben. Würde auch nicht zu mir passen, oder was meint ihr, Mädels?«

Heidi stieg bereitwillig auf sein Ablenkungsmanöver ein. »Nee, Papa, du mit ’ner Breitling?« Sie lachte klangvoll. »Zu deinen Karohemden würde die aussehen wie geklaut.«

Maja lachte gezwungen mit. Mittlerweile hatte sie eine Riesenwut auf ihre Mutter. Erst zwang sie sie, ihr Date an den Familientisch zu holen, und dann benahm sie sich absolut unmöglich!

Heidi und ihr Vater plauderten jetzt lautstark über Bernds mangelhaften Sinn für Mode und sogar Ole stieg ein. »Erinnert ihr euch noch an dieses furchtbare grüne Holzfällerhemd, das Papa mal hatte? Er hatte es ständig an, bis Mama es in den Müll geschmissen hat, weil es an den Nähten Löcher hatte.«

Alle lachten. Jetzt erzählten die Müller-Geschwister reihum von den schlimmsten Modesünden, an die sie sich bei sich selbst und bei ihren Eltern erinnerten. Rita saß mit verschränkten Armen am Rande der Gesellschaft und starrte düster vor sich hin. Wenigstens hatte sie endlich mit ihren peinlichen Fragen aufgehört.

Auch Maja war noch immer nicht in der Lage, sich am Gespräch zu beteiligen oder gar ihre Ravioli zu essen. Verstohlen schielte sie zu Tristan hinüber. Er war ganz auf sein Schnitzel konzentriert und trug eine Miene heiterer Gelassenheit zur Schau.

Ganz allmählich entspannte sich die Situation. Allerdings nur, bis Tristan aufgegessen hatte und neues Öl ins Feuer goss.

Er legte sein Besteck ab und verkündete: »Das Schnitzel war gar nicht so schlecht.«

Rita funkelte ihn an. »Was soll das denn heißen? Gar nicht so schlecht?«

Maja zuckte zusammen. Warum klang ihre Mutter schon wieder so angriffslustig?

»Das soll heißen, dass es gar nicht so schlecht war, nichts weiter.« Tristan zuckte die Schultern. »Ich bin positiv überrascht worden. Oft bekommt man in diesen einfachen Pizzerien nur Schnitzel aus der Tiefkühltruhe. Dies hier war selbst gemacht.«

»Für dich ist dies hier also eine einfache Pizzeria, ja?«, erkundigte sich Rita. »Man fragt sich, wie du zu diesem Urteil kommst. Billig ist es hier nun wirklich nicht!«

Maja hätte schwören können, dass Tristans Mundwinkel ein ganz kleines bisschen zuckte, als er sagte: »Wie man's nimmt. Wenn ich richtig Essen gehe, zahle ich normalerweise bedeutend mehr.« Provozierte er Rita absichtlich? Falls er das tat, klappte es hervorragend!

Majas Vater mischte sich ein. Er brummte gutmütig: »Ein echter Gourmet, was?«

Majas Mutter sah inzwischen regelrecht wütend aus. »Das Essen hier ist tadellos und alles andere als billig«, sagte sie streng. »Wenn du Restaurants wie dieses hier als ›einfache Pizzeria‹ bezeichnest, bist du wohl schlicht und einfach verwöhnt!«

Spätestens jetzt wäre Maja gern vor Scham gestorben. Musste

ihre Mutter denn immer gleich so aggressiv austeilen? Sicher, auch Tristan hätte sich etwas zurückhalten können, aber Rita hatte sich in diesem Wortgefecht eindeutig aggressiver gebärdet als er.

Es war peinlich. Entsetzlich und überwältigend peinlich!

Tristan nahm die Serviette von seinem Schoß, faltete sie locker zusammen, legte sie an den Tellerrand und erhob sich. »Ich denke, ich zahle dann mal, Maja«, erklärte er. »Es war ein langer Tag für mich, wir beide sehen uns ja dann am Donnerstag. Und ihr bleibt als Familie doch sicher lieber unter euch. Macht's gut allerseits, war nett euch kennenzulernen, auf Wiedersehen.« Tristan winkte einfach nur locker in die Runde und schon verschwand er mit seiner Jacke zur Theke und zückte dort das Portemonnaie.

Maja blieb wie vor den Kopf geschlagen zurück. Sollte sie ihm hinterherstürmen? Ihn anflehen, nicht zu gehen? Wollte sie das überhaupt? Besonders nett war er heute nicht gewesen, aber konnte man ihm das vorwerfen? Schließlich hatte sie ihm statt der von ihm geplanten heißen Liebesnacht einen grauenvollen Abend mit ihrer wahnsinnigen Mutter verschafft.

Jetzt war es zu spät, Tristan verließ das Restaurant. Ob er sie je wieder anrufen würde? Ob sie ihn anrufen sollte? Ihm erklären, dass ihre Mutter zwar verrückt war, ihr diesen Charakterzug aber zu hundert Prozent nicht vererbt hatte?

»Toll, Mama, vielen Dank! Du hast meinen Abend ruiniert!«, platzte Maja heraus, als Tristan endlich außer Hörweite war. »Du hast dich mal wieder unmöglich benommen!« Vor lauter Frust kamen ihr die Tränen.

»Ich? Ich soll mich unmöglich benommen haben? Dieser Tristan ist doch wohl nicht dein Ernst!«

»Warum? Weil er Geld hat? Weil er Manieren hat? Weil er etwas von gutem Essen versteht? Oder weil er aus einer Familie kommt, die anders ist als unsere? Herrje, normale Menschen muss man von dieser Familie wirklich fernhalten!« Maja merkte, dass sie laut geworden war.

»Wie meinst du das?« Rita sah sie eisig an. »Willst du damit etwa sagen, dass dir deine Familie peinlich ist?«

»Ja. Vielleicht will ich das sagen!«, motzte Maja.

»Reiß dich mal ein bisschen zusammen, hm?«, raunte Heidi und legte ihrer Schwester die Hand auf den Unterarm.

Komischerweise brachte diese nett gemeinte Geste Maja erst recht in Rage. »Ich will mich nicht zusammenreißen!«, fauchte sie Heidi an. »Natürlich ist meine Familie mir peinlich! Mama hat mich gerade bis auf die Knochen blamiert und du hast nichts getan, um sie daran zu hindern.«

Heidi nahm ihre Hand zurück und reckte sie abwehrend in die Höhe. »Ist ja gut, beruhig dich mal.«

Dieser Satz feuerte Majas Wut nur noch weiter an. »Von wegen beruhigen, du …«

»Meine Liebe«, schnitt Ritas Stimme ihr das Wort ab. »Es gibt keinen Grund, so ausfallend zu werden. Dieser Tristan passt überhaupt nicht zu dir. Er ist ein arroganter, verwöhnter Egoist, das sieht jeder, der einen Funken Menschenkenntnis im Leib hat. Und – ohne dich verletzen zu wollen – ihr wirktet beide nicht, als wärt ihr schwer aneinander interessiert. Warum machst du jetzt bloß so ein Theater?«

»Weil du schon lange nicht mehr zu entscheiden hast, wer zu mir passt und wer nicht!«, sagte Maja sehr laut. Sie stand auf. »Ich hatte mich so auf diesen Abend gefreut und ihr habt mir alles ruiniert. Besonders du, Mama! Ich denke, ich werde jetzt heimfahren und den Rest der Nacht allein verbringen. Viel Spaß noch!«

Mit rasendem Puls schnappte sich Maja ihre Handtasche und ging zur Theke. Niemand kam hinter ihr her, niemand entschuldigte sich bei ihr.

»Hat es Ihnen bei uns gefallen, Signorina?«, wollte Herr Marino, bei dem sie bezahlte, wissen.

»Das Essen war gut, danke«, antwortete Maja und zwang sich zu einem Lächeln. Nein, es hatte ihr heute im La Laguna kein bisschen gefallen. Aber dafür konnte Herr Marino ja nichts.

Kapitel 10

Am nächsten Morgen tauchte Maja glücklich aus einem Traum auf, in dem sie eine begnadete Reiterin gewesen und an der Seite eines gut aussehenden Mannes – ihres Lovers – kilometerweit über sonnenbeschienene Blumenwiesen galoppiert war. Im echten Leben konnte sie zwar weder reiten noch interessierte sie sich übermäßig für Pferde, aber im Traum hatte sich trotzdem alles ganz real angefühlt. Kurz ließ sie die angenehmen Bilder in sich nachwirken und genoss den köstlichen Gedanken, dass Sonntag war.

Leider währte die wohlig-angenehme Entspannung nicht lange. Schon während Maja die Augen aufschlug, drängten Bilder des gestrigen Abends in ihre Blumenwiesenfantasien und machten ihrem glücklichen Sonntagmorgengefühl ein Ende.

Tristans Widerwille gegen das Abendessen. Die beleidigenden Äußerungen ihrer Mutter. Heidis oberlehrinnenhafte Versuche, sie zu beruhigen. Der aggressive Wortwechsel zum Schluss.

Maja zog sich die Decke über den Kopf.

Los, Traumbilder, kommt zurück, dachte sie angestrengt. Aber nichts da, der gut aussehende Mann hatte sich mit den beiden Pferden längst davon gemacht. Maja war gezwungen, den Geschehnissen von gestern ins Auge zu sehen: Sie hatte sich vor Tristan unmöglich gemacht und ihn gründlich vergrault. Und sie hatte sich zum ersten Mal seit Jahren ernsthaft mit ihrer Mutter und sogar mit Heidi verkracht.

Und als wäre das alles noch nicht schlimm genug, konnte sie heute noch nicht mal an den See fahren und ihre Sorgen in der Sonne vergessen. Wahrscheinlich konnte sie jetzt sogar wochenlang nicht zum See fahren.

So ein Mist!

Maja schob die Decke von sich. Es machte keinen Spaß, im Bett zu liegen, wenn man negative Gedanken wälzte. Sie schwang die Beine aus dem Bett und machte sich auf die Suche nach frischer Kleidung. Wider Erwarten lag ihr graues Lieblings-T-Shirt gefaltet und gebügelt im Schrank. Im Wäschekorb fand sie eine zerknitterte Jeans und aus dem Trockner im Bad klaubte sie eine frische Unterhose und zwei schwarze Söckchen, die zwar nicht ganz, aber immerhin fast zueinander passten.

Unter der Dusche überlegte Maja, wie sie die Dinge mit Tristan wieder ins Lot bringen sollte. Sollte sie ihm schreiben? Sich für den Abend entschuldigen? Oder sollte sie lieber ein bisschen Gras über die Sache wachsen lassen und frühestens in zwei Wochen wieder mit ihm sprechen? Oder hatte ihre Mutter sowieso recht und Tristan passte kein bisschen zu ihr? War es am Ende gut, dass der gestrige Abend so abrupt geendet hatte?

Maja stieg aus der Dusche, trocknete sich ab und schlüpfte in die bereitgelegten Klamotten. Mechanisch föhnte sie sich die Haare und betrachtete missgelaunt das Durcheinander um sich herum. Das Bad sah mal wieder aus, als wäre eine Bombe eingeschlagen. Dreckige Wäsche lag auf dem Boden vor der Waschmaschine, Zeitungen und Bücher stapelten sich auf dem Boden um die Toilette und auf dem Badewannenrand. Majas Wandregal quoll über. Unzählige Fläschchen mit Shampoo, Conditioner, Duschgel und Bodylotion standen außerdem auf dem Waschbeckenrand, in der Dusche und auf dem Spülkasten der Toilette. Maja hatte keine Ahnung, ob in all diesen Flaschen überhaupt noch etwas drin war, viele besaß sie seit Jahren.

Maja schaltete den Föhn aus und schmiss bei dem Versuch, ihn zurück ins Regal zu legen, eine Dose mit Tagescreme auf den Boden. »So ein Mist!«, fluchte sie, nahm die Dose und warf sie kurz entschlossen in den Müll.

Ein Blick in den Spiegel zeigte ihr, dass das frischgebügelte T-Shirt ein kleines, aber leider auffälliges Loch in Bauchnabelhöhe hatte. Oh Gott, war das etwa ein Mottenloch?

Dieses Loch war der Tropfen, der das Fass zum Überlaufen brachte. Auf einmal traten Maja die Tränen in die Augen. Sie war eine verlotterte, heruntergekommene Chaotin. Eindeutig. Sie kam aus einer zu lauten, viel zu großen Familie, in der kein Mensch sich mal normal benehmen konnte, und deswegen bekam auch sie die einfachsten Dinge nicht auf die Reihe. Und bei Tristan hatte sie nie eine echte Chance gehabt, oder? Er hatte sie doch nur vögeln wollen. Dafür wäre sie gut genug gewesen. Da hätten ihn weder ihre wirren Locken noch ihre ständig knitterige und fleckige Kleidung gestört. Klar, die Klamotten hätte sie ja sowieso ausgezogen.

Jetzt kullerte ein kleiner Tränenstrom Majas Wangen herunter. Blödes Selbstmitleid. Sie schluchzte einige Male, schniefte laut und zwang sich tief durchzuatmen. Nicht heulen, bloß nicht heulen. Sie durfte ihrem Selbstmitleid keine Chance geben, sonst würde sie sich den Sonntag noch endgültig ruinieren.

Nach dem Frühstück – immerhin schaffte Maja eine halbe Schüssel Cornflakes mit Apfelsaft – rief sie Diana an. Diana würde zwar nicht begeistert sein, dass Maja sich entgegen ihrem ausdrücklichen Rat mit Tristan getroffen hatte, aber sie würde trotzdem zuhören und für Maja Partei ergreifen. Das tat sie immer, egal, was Maja anrichtete.

Und richtig. Wenig später saß Diana in Majas Küche und lauschte den Schimpftiraden ihrer Freundin über deren unmögliche Familie.

»Worum ging es denn nun bei der Einladung?«, fragte Diana.

»Bei welcher Einladung? Hast du nicht zugehört? Ich habe Tristan nicht eingeladen, wir haben jeder für uns selbst gezahlt.«

Diana winkte ab. »Ich meine nicht Tristan. Ich meine deine Familie. Hattest du nicht erzählt, deine Mutter wollte euch alle einladen, weil sie etwas Wichtiges zu verkünden hätte?«

»Ach ja.« Maja schüttelte perplex den Kopf. »Das hatte ich ja total vergessen!«

»Also hast du keine Ahnung, worum es ging?«

»Nein, nicht die Spur. Und Heidi kann ich wohl kaum danach fragen, auf die bin ich immer noch sauer und ich kann mir vorstellen, dass das auf Gegenseitigkeit beruht.«

»Dann frag doch einen deiner Brüder.«

»Ich weiß nicht … Welchen denn? Die sind doch sowieso alle auf Mamas Seite. Früher oder später werde ich schon erfahren, was los war, im Moment ist es mir egal. Die ganze Tristan-Geschichte macht mir mehr Sorgen.«

»Und warum? Glaubst du, die Liebe deines Lebens verloren zu haben? Oder hast du Angst, er könnte vor Lissi über deine lustige Familie herziehen?«

Maja jammerte: »Daran hatte ich noch gar nicht gedacht! Oh Gott, er wird mich im ganzen Chor unmöglich machen, stimmt's?«

»Entschuldige. Ich dachte, das wäre die ganze Zeit dein Problem.«

»Jetzt schon. Zusätzlich zu meinem eigentlichen Problem, nämlich dem, dass ich von Tristan besessen bin und mich wegen ihm grauenvoll fühle.« Maja legte den Kopf auf ihre verschränkten Arme.

»Und wegen deiner Familie fühlst du dich nicht grauenvoll? Immerhin habt ihr euch ganz schön gezofft.«

Maja überlegte. »Schon. Aber ich kenne Mama und ich kenne Heidi. Wir kriegen uns schon alle wieder ein. Wir brauchen jetzt ein bisschen Abstand und dann wird das wieder. Aber die Sache mit Tristan …«

Diana stieß genervt Luft aus. »Er ist es nicht wert. Nicht ein bisschen. Und deshalb habe ich keine Lust, mir dein Gejammer anzuhören. Los, zieh dir was Praktisches an, wir beide fahren jetzt raus zum Stadtwald und spazieren durch die Sonne. Und ob und wie es mit dir und Tristan weitergeht, erfährst du spätestens am Donnerstag. Aber tu mir einen Gefallen und renn diesem Casanova nicht auch noch hinterher.«

»Tu ich nicht«, sagte Maja, war sich aber selbst nicht sicher, ob sie sich daran halten würde.

In den folgenden Tagen wurde Maja das ungute Gefühl im Bauch nie ganz los. Weder Tristan noch Heidi oder Rita meldeten sich bei ihr. Und obwohl sie Diana gegenüber etwas anderes behauptet hatte, fand Maja auch Letzteres sehr belastend. Je mehr Zeit seit diesem unglückseligen Samstagabend verging, desto mehr Schuldgefühle plagten Maja.

»Ja, meine Familie ist mir peinlich!« – das war stark gewesen. Und eigentlich war es nicht einmal wahr. Eigentlich liebte Maja ihre Familie. Meistens war sie stolz auf das lockere, ungezwungene Miteinander, das sie teilten.

Aber – herrje! Diesmal war ihre Mutter wirklich zu weit gegangen! Sie hatte sich wie ein Trampeltier benommen und bei allen Schuldgefühlen fand Maja, dass sie das Recht hatte, deswegen sauer zu sein.

Trotzdem wüsste sie gern, worum es bei der Familienzusammenkunft am Samstag gegangen war. Sie fühlte sich seltsam ausgeschlossen, weil in der Familie etwas vorging, in das sie nicht eingeweiht war. So etwas war sie nicht gewöhnt, normalerweise schrieb oder sprach sie täglich mit Heidi oder ihrer Mutter.

Am Mittwochabend hielt Maja es nicht mehr aus. Sie starrte seit geraumer Zeit auf einen uralten Miss-Marple-Krimi, der auf einem dritten Programm lief, und konnte sich einfach nicht auf die Handlung konzentrieren. Unentwegt fragte sie sich, ob sie sich nicht doch bei ihrer Familie melden sollte. Als ihr klar wurde, dass sie nicht einmal wusste, wer ermordet worden war, kapitulierte sie. Sie schaltete den Ton ab und rief endlich Heidi an.

»Hola! Hast du dich von Samstag erholt?«, meldete sich Heidi. Sie klang genau wie immer.

»Eigentlich nicht«, antwortete Maja.

»Aber offensichtlich hast du mein ›Beruhig dich‹ verdaut?« Heidi lachte.

Maja biss die Zähne zusammen. »Lass uns einfach nicht mehr darüber sprechen. Ich bin hauptsächlich sauer auf unsere Mutter, dein ›Beruhig dich‹ fällt da kaum ins Gewicht.«

»Sie ist eben, wie sie ist.«

»Heißt das, dass man sich ab einem bestimmten Alter alles erlauben darf? Dass man irgendwann einfach aufhören darf, an sich zu arbeiten? Weil man dann ›eben so ist‹? Ab wann wäre das denn der Fall? Sollte ich mich vielleicht jetzt schon entspannt zurücklehnen? Mit Ende zwanzig?« Maja redete sich schon wieder in Rage. »Denn ich hoffe eigentlich sehr, dass ich mich noch ändern kann und werde.«

»Mein Gott, bist du philosophisch drauf, Maja. Nein, einige Leute können sich bestimmt ein Leben lang ändern. Aber unsere Mutter … Die hat schon immer ihr Ding gemacht, die hatte, glaube ich, noch nie ein Interesse daran, sich den Wünschen anderer anzupassen.«

»Schön und gut. Aber dann muss sie damit leben, dass ihr ab und zu mal Gegenwind entgegenschlägt.«

»Ja, das stimmt. Ich behaupte nicht, dass ich deine Position nicht verstehe. Ich finde es manchmal auch nicht so prima, wenn sie so forsch und selbstgerecht daherredet. Und deinem Tristan gegenüber ist sie definitiv zu weit gegangen. Aber sie musste immer tough sein. Im Job, zu Hause … Eigentlich ist sie eine tolle Mutter und wir sollten ihr gegenüber großzügig sein, oder nicht?«

»Normalerweise würde ich dir zustimmen, aber diesmal … Ach, egal, da kommen wir gerade nicht zusammen. Ich brauche vielleicht einfach mal ein bisschen Abstand.«

»Ausgerechnet jetzt!«, sagte Heidi vorwurfsvoll. »In den nächsten Wochen haben Mama und Papa genug um die Ohren. Und für Papa ist das alles gerade nicht leicht.«

»Das alles? Wie meinst du das?«

»Ach ja, du weißt es ja noch gar nicht.«

Maja fragte entsetzt: »Ist jemand krank?«

»Nein, nein«, Heidi lachte, »eher im Gegenteil, wenn man so will. Unsere Eltern haben große Pläne. Sie wollen den Wohnwagen verkaufen und den Stellplatz abgeben. Und dann wollen sie um die Welt reisen. Die erste Reise soll nach Florida gehen. Sie hoffen, dass sie noch in diesem Sommer alles abwickeln können und im Herbst soll es losgehen.«

»Wie bitte? Willst du mich verarschen?«

»Leider nein. Unsere Tage am See sind gezählt.«

»Das gibt es doch nicht!« Maja fühlte sich, als würd ihr der Boden unter den Füßen weggezogen. »Das können sie doch nicht machen!«

»Doch, können sie. Müssen sie sogar. Mama hat uns lang und breit erklärt, dass sie auf keinen Fall das Geld für Reisen hätten, wenn sie die Parzelle behalten würden. So üppig sind ihre Rücklagen nicht.«

»Aber warum müssen sie denn plötzlich reisen? Bis jetzt war der See ihnen doch auch immer gut genug.«

»Sie haben Angst, dass ihnen nicht mehr viel Zeit bleibt, seit Onkel Klaus letztes Jahr den Schlaganfall hatte. Außerdem fliegen alle ihre Freunde durch die Welt, sie wollen endlich auch etwas erleben, schätze ich. Und falls du dich erinnerst: Du und ich, wir haben ihr neulich auch von Fernreisen vorgeschwärmt.«

»Aber unser schöner Wohnwagen. Unsere schöne Parzelle ...«, sagte Maja etwas hilflos.

»Ja, so ähnlich haben wir alle reagiert«, stimmte Heidi zu. »Aber wir können sie ja schlecht zwingen, den Platz am See bis in alle Ewigkeit zu behalten, nur weil es uns Kindern ganz gut gefällt, an ein paar Wochenenden im Sommer rauszufahren.«

»Können Axel und Sabrina den Wohnwagen nicht übernehmen?«

»Sabrina will nicht. Sie hat gesagt, nur über ihre Leiche verbringt sie ihre gesamten Urlaube am See.«

»Wie kannst du so ruhig bleiben und das alles so rational betrachten?«, fragte Maja vorwurfsvoll.

»Ich weiß schon länger davon als du. Ich hatte mehr Zeit, mich damit abzufinden.« Heidi klang resigniert.

»Und was sagt Papa zu alldem?«

»Er sagt, er hätte sein ganzes Leben von der Karibik geträumt.«

Maja schluckte. »Klingt, als wäre nichts zu machen.« So eine traurige Nachricht und noch dazu kam sie aus heiterem Himmel! Maja hatte immer gedacht, dass ihre Eltern bis zu ihrem letzten Atemzug zum See fahren würden.

»Nein. Ich glaube, ihr Entschluss steht ziemlich fest. Und sie wirkten sehr zufrieden damit. Sie haben am Samstag stundenlang von ihren Plänen erzählt.«

»Ich hätte nie gedacht, dass ich so an der Parzelle hänge. Ich habe ewig nicht mehr im Wohnwagen geschlafen. Und eigentlich mag ich Hotels oder Ferienhäuser auch viel lieber, aber ...«

»Ich weiß«, sagte Heidi. »Geht mir ganz genauso. Man hat diese vielen Erinnerungen. Wir waren den ganzen Tag draußen, im Wald und am See, und hatten riesige Kinderhorden um uns herum. Und wir durften so dreckig sein, wie wir wollten und hatten nie auch nur eine Minute Langeweile.«

»Ich dachte irgendwie, unsere Parzelle würde es ewig geben«, murmelte Maja wehmütig.

»Ich auch«, sagte Heidi.

Die Schwestern schwiegen.

Schließlich räusperte sich Heidi und sagte: »Er ist übrigens ziemlich süß, dein Tristan. Nicht besonders nett, aber höchst attraktiv. Kein Wunder, dass der ganze Chor mit ihm schlafen will.«

»Ja, er ist süß, aber leider ist er nicht mein Tristan. Und ich glaube durchaus, dass es einige im Bass und Tenor gibt, die nicht mit ihm schlafen wollen.«

Beide Schwestern lachten. Dann fragte Heidi: »Triffst du dich noch mal mit ihm?«

»Ich hoffe es. Aber es ist gut möglich, dass ihr ihn in die Flucht geschlagen habt. Ich habe seit Samstag nichts mehr von ihm gehört.«

»Also bist du weiterhin sauer auf Mama und bewachst dein Handy mit Argusaugen?«

»Ja, das hast du sehr gut erkannt.«

»Versöhnt euch bald wieder«, bat Heidi. »Die letzten Wochenenden am See will ich nicht ohne dich verbringen.«

Nach dem Telefonat schaltete Maja den Fernseher ab und suchte nach ihrem alten Fotoalbum. Sie fand es zwischen Schuhen und Weihnachtsdekoration in einer Kiste, die auf dem Kleiderschrank stand. Maja machte es sich mit ihrer Beute am Küchentisch bequem. Die Fotos waren nicht beschriftet und zeitlich nicht genau geordnet. Maja hatte als Jugendliche einen Berg von Fotos in der Wohnung zusammengesucht und sie nach Gefühl eingeklebt.

Mindestens die Hälfte der Bilder war auf dem Campingplatz am See aufgenommen worden.

Da bauten Tim und Ole, wahrscheinlich gerade im Grundschulalter, ihr Zelt auf.

Da saß sie selbst, vielleicht zehnjährig, mit Heidi im Schlauchboot.

Da spielten alle Müller-Kinder, die meisten davon schon im Teenie-Alter, in bunten Regenjacken Beachvolleyball.

Da saßen sie mit den anderen Dauercampern in einer riesigen, lachenden Runde um ein Lagerfeuer herum und rösteten Stockbrot. Maja erinnerte sich noch genau an den Abend, in der Dunkelheit jenseits des Feuerscheins hatte sie ihren ersten Kuss erhalten.

Sie konnte sich noch an jedes Detail erinnern. Sie war nicht unbedingt verliebt gewesen in David, der nur für eine Woche mit seiner Schwester und seinen Eltern auf dem Platz war. Aber sie fand ihn nett und es fühlte sich gut an, mit ihm Händchen zu halten. Also sagte sie »Ja«, als er ihr ins Ohr flüsterte: »Sollen wir zu den Büschen gehen und rumknutschen?«. Sie waren beide erst vierzehn und hatten noch nie jemanden geküsst. Ihre ersten Küsse hatten sich sehr unbeholfen und ein bisschen seltsam angefühlt. Aber ziemlich bald hatten sowohl Maja als auch David nicht mehr genug davon bekommen können. Bis zu seiner Abreise hatten sie sehr viel Zeit hinter den Büschen und in seinem Zelt verbracht und gemeinsam ihre Kusstechnik perfektioniert. Maja lächelte. Sie hatte ewig nicht an David gedacht!

Da standen Axel und Maja am Grill, er mit einem Teller, sie mit einer Grillzange bewaffnet, und lachten sich über irgendetwas kaputt.

Und jetzt wurde der Wohnwagen verkauft und die Parzelle

gekündigt und schon bald würde sich Familie Müller nie mehr am See versammeln.

Maja spürte einen Kloß im Hals. Diese Woche gab es wirklich nicht viel, worüber sie sich freuen konnte.

Und zu allem Überfluss fand morgen nach der Probe auch noch das blöde Vorsingen der Altstimmen statt.

Kapitel 11

Seit geraumer Zeit starrte Maja in den Tenor herüber und versuchte einen Blick von Tristan aufzufangen. Ein Lächeln, ein Blinzeln, irgendetwas, dass ihr sagte, dass er sich ihrer Existenz bewusst war. Wollte er sie etwa während der ganzen Probe wie Luft behandeln?

Dabei war sie extra wegen ihm satte zehn Minuten zu früh zur Probe erschienen und hatte einen irren Aufwand mit ihren Haaren und ihren Klamotten getrieben.

Aber er war in ein angeregtes Gespräch mit Lissi vertieft und hatte, seit er den Probenraum betreten hatte, noch nicht einmal den Blick zum Alt hinüber schweifen lassen. Ob das Absicht war? Wollte Tristan ihr zeigen, dass sie für ihn gestorben war? Oder verschwendete er – noch schlimmer – einfach keinen Gedanken mehr an sein missglücktes Date von Samstagabend? War sie ihm einfach total egal?

Eva tippte Maja von hinten auf die Schulter und unterbrach ihre Grübelei. »Hast du es auch schon gehört? Wilhelm hat Sebastian letzte Woche rausgeschmissen. Hat Theresa mir gerade erzählt.« Eva verzog unglücklich das Gesicht. »Und ich werde heute die nächste sein!«

»Er hat Sebastian rausgeschmissen?« Maja war schlagartig übel. »Nein, davon wusste ich noch nichts.«

»Sebastian kommt nicht mehr?« Diana stand auf einmal vor Maja und legte ihre Notenmappe unter den freien Stuhl. »Warum hat denn Tristan beim Stammtisch nichts davon erzählt? Und auch sonst niemand?«

Eva zuckte die Schultern. »Ich schätze mal, dass Wilhelm das nicht an die große Glocke hängen wollte. Und Tristan wusste höchstwahrscheinlich von nichts, warum sollte er auch. Schließlich hat Sebastian allein vorgesungen, oder?«

»Und Wilhelm hat ihn wirklich rausgeschmissen? Was hat er denn gesagt?«, erkundigte sich Diana.

Eva beugte sich etwas näher zu Maja und Diana. »Er hat Sebastian angeblich gesagt, dass er in einem weniger ambitionierten Chor besser aufgehoben wäre«, sagte sie mit gesenkter Stimme.

»Nein!« Maja sah Eva mit offenem Mund an. »Aber Sebastian singt schon seit bestimmt drei Jahren mit! Edeltraut hat nie etwas gegen ihn gesagt! Was hat Wilhelm denn plötzlich gegen seine Stimme?«

»Gegen seine Stimme hat Wilhelm wohl gar nichts. Aber angeblich singt Sebastian zu oft im Sopran oder im Bass mit und bringt damit alle um sich herum raus. Und das findet Wilhelm schwierig.«

»Ganz schön heftig!«, sagte Maja.

»Richtig fies, oder?«, pflichtete Eva ihr bei.

Maja erwog, einfach ihre Sachen zu packen, den Probenraum zu verlassen und nie mehr wiederzukommen. Die Sache mit Tristan hatte sie ja sowieso schon vergeigt. Warum sollte sie sich jetzt auch noch das Vorsingen antun?

»Fies? Ich weiß nicht. Wilhelm hat andere Vorstellungen von einem Unichor als Edeltraut.« Diana betrachtete die Dinge gewohnt nüchtern. »Edeltraut wollte, dass wir uns hier gut amüsieren. Wilhelm will, dass jedem, der uns hört, ein Wonneschauer über den Rücken läuft. Eigentlich ist es ganz klar, dass dieses neue Konzept nicht mehr zu allen Chormitgliedern passt. Die Frage ist eben, an welchem Ende sich eine Chorleitung orientiert – am starken oder am schwachen. Man kann nicht allen gerecht werden!«

Maja seufzte schwer. Natürlich würde sie sitzenbleiben. Sie hing viel zu sehr an ihrem Chor, um ihn kampflos aufzugeben. »Ich vermisse Edeltraut!«

»Ich vermisse sie ehrlich gesagt nicht«, gab Diana zu. »Ich bin mit jeder Probe faszinierter von dem, was Wilhelm mit uns anstellt. Außerdem ist Wilhelm einfach netter anzusehen als Edeltraut.« Sie hob vielsagend die Augenbrauen.

Eva kicherte. »Wilhelm? Meinst du das ernst? Mir ist der zu alt, der ist doch bestimmt fast vierzig!«

»Du bist ja auch fünf Jahre jünger als wir, du Küken«, zog Diana Eva auf. »Für Frauen unseres Alters ist Wilhelm eine Augenweide, glaub mir. Im Übrigen ist er erst 34, ich hab auf der Uni-Homepage nachgeguckt.«

»Du stalkst Wilhelm online?« Maja grinste und sah zur Tür, wo besagter Wilhelm gemeinsam mit einigen Chorsängerinnen den Raum betrat.

War Wilhelm eine Augenweide? Naja. Hässlich war er wohl nicht, wenn man auf diese nordischen Typen stand. Er war immerhin groß, mit Sicherheit über eins achtzig, und recht sportlich gebaut. Aber die kühlen, blauen Augen und diese kantigen, scharf geschnittenen Gesichtszüge ließen ihn für Majas Geschmack zu herb wirken. Hinzu kam diese formelle Kleidung. Wilhelm trug immer Poloshirts oder Hemden, oft auch noch ein Sakko dazu. Alles an ihm wirkte durch und durch diszipliniert und beherrscht. Man konnte sich Dr. Wilhelm Heinrich sicher nicht bei irgendwelchen Albernheiten vorstellen.

Auch in dieser Probe ließ er wieder den humorlosen Perfektionisten raushängen. Schon beim ersten Stück ging es los: »Das S bitte auf die Pause. Bitte alle! Nein, wir wiederholen das noch mal. Nein, ich habe immer noch mindestens zwei falsche S gehört. Noch einmal bitte, man hört sonst im Konzert nur lautes Zischen.«

Oder: »Bitte ein Crescendo auf der Drei. Bitte noch einmal. Nein, einige beginnen das Crescendo schon auf der Zwei. Bitte genau hinhören. Noch einmal. Nein, wirklich erst auf der Drei crescendieren. Noch mal.«

Oder: »Der Schlussakkord ist nicht ganz sauber. Bitte auf keinen Fall von unten ansingen. Noch mal, bitte. Nein, im Sopran singen einige das E definitiv von unten an. Bitte hoch denken. Noch mal. Ja, beinahe. Bitte noch heller. Noch mal. Ich singe es noch mal vor. So. Hört ihr?«

Es machte einfach keinen Spaß. Heute sogar noch weniger als sonst, weil Maja sich nicht mal mit einem Flirt mit Tristan trösten konnte. Nie hatte sie das Gefühl, genau umsetzen zu können, was Wilhelm forderte. Dauernd fühlte sie sich dumm, unfähig oder schlicht unmusikalisch.

Schließlich probten sie zum x-ten Mal den Refrain von »Africa« und Wilhelm sprach den gefürchteten Satz aus: »Im Alt bitte noch mal genau hinhören.«

Von da an sang Maja einfach gar nicht mehr. Sie bewegte nur noch die Lippen. Genau wie alle anderen um sie herum. Wilhelm hatte den Alt rettungslos eingeschüchtert. Und da Regina heute fehlte, gab es nicht eine Stimme, die noch entfernt nach Gesang klang.

»Ich kriege das blöde H einfach nicht, da kann ich so genau hinhören, wie ich will«, wisperte Maja in Dianas Ohr.

»Irgendwelche Fragen, Maja?«, erkundigte sich Wilhelm prompt und sah sie an.

»Nein, alles in Ordnung«, sagte Maja mit zusammengebissenen Zähnen. Der Blödmann! Hatte seine Augen und Ohren wirklich überall, das war doch unnatürlich.

»Der Alt klingt etwas asthmatisch«, sagte Wilhelm und Lissi kicherte laut. »Nur Mut, die Damen, traut euch, so schwer ist es doch gar nicht!«

Hahaha, dachte Maja, für ihn vielleicht nicht. Sie selbst fand die Stelle sogar ziemlich schwer. Außerdem tippte sie, dass sie nicht die Einzige war, die Angst vor dem Vorsingen hatte und deshalb nicht unangenehm auffallen wollte.

Maja ertrug die Probe mehr, als dass sie sie genoss. Ihre Nervosität wurde immer schlimmer und sie sang so wenig wie möglich. Wenigstens musste sie Wilhelm, den Grässlichen, nie mehr ertragen, falls er sie gleich aus seinem elitären Zirkel verbannte, tröstete sie sich.

Aber nein, so durfte sie gar nicht denken. Der Chor war wichtig für sie und deshalb würde sie Wilhelm gleich davon überzeugen, dass auch sie wichtig für den Chor war. Es wäre furchtbar, in Zukunft jeden Donnerstagabend allein zu Hause zu sitzen und zu wissen, dass sich alle anderen zum Singen trafen!

Als sich die Sängerinnen und Sänger der anderen Stimmen nach der Probe von den Altistinnen verabschiedeten und überall »Viel Erfolg« gewünscht wurde, war Maja ein Nervenbündel. Zum Glück hielt Wilhelm das heutige Vorsingen allein ab, Miriam hatte sich während der ganzen Probe nicht blicken lassen. Gut so, ein kritisches Profi-Ohrenpaar war schon schlimm genug!

Die fünfzehn anwesenden Altistinnen – drei Glückliche fehlten heute – versammelten sich im Flur, unterhielten sich flüsternd und eine nach dem anderen wurde zu Wilhelm hereingerufen. Es ging relativ schnell voran, nach zwanzig Minuten hatten schon fünf von ihnen das Vorsingen hinter sich gebracht und fröhlich den Raum verlassen.

Jetzt war Eva dran. Sie lächelte Maja und Diana noch einmal gequält zu, bevor sich die Tür hinter ihr schloss. Maja hielt die Daumen in ihren Fäusten fest gedrückt. Hoffentlich machte Eva ihre Sache gut. Maja mochte sie sehr, außerdem hatte Eva so viel Spaß am Singen und ließ kaum je eine Probe ausfallen. Sie hatte es verdient, bleiben zu dürfen.

Diana unterhielt sich entspannt mit Sandra und Susanne, ganz so, als würden keine lebensverändernden Entscheidungen bevorstehen. Maja beneidete die drei glühend, sie selbst fühlte sich, als würde etwas sehr Gemeines in ihrem Magen leben und ununterbrochen auf ihren Magenwänden herumtrampeln.

»… der Physiktest in der neunten ist überraschend gut ausgefallen, ich hätte nicht gedacht, dass dieser lahme Verein überhaupt etwas von meinem Unterricht mitgekriegt hat«, schnappte Maja auf. Aha, Gymnasiallehrerinnen unter sich, es ging mal wieder um Dianas schwierige neunte Klasse. Kein Thema, das geeignet war, Maja abzulenken!

Nach einer gefühlten Ewigkeit, die Maja nahezu ausschließlich mit Daumendrücken verbrachte, ging die Tür zum Probenraum wieder auf und Eva trat heraus. Lächelnd. Maja stieß erleichtert

Luft aus und lockerte ihre Fäuste. Also war auch bei Eva alles gut gelaufen.

»Sandra, du bist dran«, rief Wilhelm und Sandra spazierte fröhlich in den Probenraum.

»Und?«, Maja schoss auf Eva zu. »War's schlimm?«

»Nein, überhaupt nicht«, Eva strahlte. »Wilhelm war total nett, er hat gesagt, ich hätte eine schöne, saubere Stimme und könnte mich ruhig ein bisschen mehr trauen. Ich hab ihm versprochen, dass ich es versuchen will.«

»Glückwunsch«, murmelte Maja matt. »Das ist toll!« Sie freute sich wirklich für Eva, aber gleichzeitig fühlte sie sich jetzt noch mehr unter Druck gesetzt.

»Guck nicht so«, lachte Diana, die sich zu ihnen gesellte, und klopfte Maja auf die Schulter. »Er wird auch zu dir etwas Nettes sagen, klar?«

»Aber sicher.« Maja fröstelte und verschränkte die Arme vor ihrem Körper.

Wenig später machte Sandras Wiedererscheinen die Situation noch schlimmer: Sie sah todunglücklich aus, als sie aus dem Probenraum trat.

Wilhelm rief Susanne herein und Sandra trat zu Maja, Diana und Eva. »Ich muss in den Sopran«, maulte sie. »So was Blödes! Angeblich bin ich derart eindeutig ein Sopran, dass Wilhelm sich Sorgen macht, ich könnte meine Stimme ruinieren, wenn ich noch lange im Alt mitsinge. Aber ich will nicht in den Sopran! Ich singe gern im Alt, ich mag dieses hohe Rumgequietsche nicht. Außerdem will ich bei euch bleiben, im Sopran sind fast nur Studentinnen. Da liegt das Durchschnittsalter bei zweiundzwanzig, schätze ich.«

»Hey, ich bin auch erst zweiundzwanzig«, kam es etwas beleidigt von Eva.

»Und im Sopran hast du immerhin Birgit und Theresa«, tröstete Diana.

»Theresa ist schon fertig mit der Uni?« Sandra schüttelte verwundert den Kopf. »Hätte ich nicht gedacht. Aber das ändert auch nichts, ich mag euch trotzdem nicht verlassen.«

»Hast du Wilhelm gesagt, dass du im Alt bleiben willst?«, fragte Maja.

»Nein. Natürlich nicht. Wenn dir eine Kapazität wie Dr. Wilhelm Heinrich sagt, dass du in den Sopran gehörst, weil das nun mal deiner Stimmlage entspricht, dann sagst du nicht wie ein verwöhntes Schulmädchen, ›Ich will aber nicht‹. Dann fügst du dich.« Sandra verzog grimmig das Gesicht. »Und erzählt mir nicht, ihr hättet an meiner Stelle mit ihm diskutiert!«

»Im Leben nicht!«, entfuhr es Maja und Eva fast gleichzeitig und alle mussten lachen.

»Du bist als nächste dran, oder?«, wollte Sandra von Maja wissen. »Nach Möllenhoff kommt Müller.«

Maja nickte und schüttelte sich. »Mann, habe ich ein Lampenfieber«, klagte sie. »Ich glaube, so nervös war ich zuletzt in der mündlichen Abiprüfung. Und die ist jetzt schon acht Jahre her.«

Diana legte ihr den Arm um die Schultern und drückte sie. »Maja, kann es vielleicht, eventuell sein, dass du diese Situation ein klitzekleines bisschen überbewertest?«, fragte sie sanft. »Es ist nur ein kleines Vorsingen.«

Maja setzte gerade zu einer empörten Antwort an, als die Tür abermals aufging und Susanne heraustrat. Lächelnd. Wieder jemand, der positives Feedback bekommen hatte.

Jetzt suchte Wilhelm Majas Blick. »Maja, kommst du?«

Maja nickte. Mit weichen Knien marschierte sie auf Wilhelm zu. So in etwa musste sich Maria Stuart auf dem Weg zum Schafott gefühlt haben. Wilhelm wartete, bis Maja den Raum betreten hatte, dann schloss er die Tür hinter ihr und ging mit langen Schritten zum Flügel.

»Jetzt bin ich gespannt«, sagte er, während er sich auf der Klavierbank niederließ.

»Wieso?«, fragte Maja misstrauisch. Erwartete er etwa ihre umfassende Blamage?

»Weil ich dich so gut wie nie höre«, sagte Wilhelm. »Du sitzt immer zwischen den zwei kräftigsten Stimmen im Alt, da ist es gar nicht so einfach, deine Stimme rauszufiltern.«

Weil ich meistens nur die Lippen bewege, dachte Maja im Stillen. Ist ja klar, dass er mich nie hören kann. Laut sagte sie: »Ja, ich finde es angenehm, neben Diana und Regina zu singen. Die wissen immer, was sie tun.«

»Wo ist Regina denn heute?«, erkundigte sich Wilhelm. »Nicht, dass sie mir groß vorsingen müsste, bei ihr liegt der Fall klar. Aber es passt nicht zu ihr, dass sie ausgerechnet heute fehlt, oder?«

»Ich bin mir sicher, dass es nicht anders ging. Wahrscheinlich ist sie krank. Oder sie hat niemanden, der sich um die Kinder kümmert«, mutmaßte Maja. »Ich schreibe ihr nach der Probe mal und frage nach. Bestimmt konnte die Babysitterin nicht.«

Maja spielte nervös mit ihren Fingern und wollte ihre Blamage endlich hinter sich bringen, aber Wilhelm war in Plauderlaune. »Ich bin übrigens von dem Vorsingen heute ganz begeistert«, verriet er. »Lauter schöne, klare Stimmen bisher. Wer auch immer im Alt diese merkwürdigen Brummtöne produziert, war heute noch nicht hier.«

»Brummtöne?«, fiepte Maja.

Wilhelm entging ihre Panik. »Ja, hast du das noch nie gehört? Irgendwo in euren hinteren Reihen singt ständig jemand falsch. Ich komme einfach nicht dahinter, wer es ist, sonst hätte ich sie längst mal angesprochen. Aber es kommen eigentlich nur drei von euch in Frage.«

»Oh.«

Lass es nicht mich sein, bitte, lass es nicht mich sein, betete Maja. »Bist du sicher, dass das aus den hinteren Reihen kommt?«, presste sie hervor.

»Wahrscheinlich.« Wilhelm zuckte die Schultern. »Ich kann mich natürlich auch irren.«

Majas Herz klopfte wie verrückt. »Und was machst du, wenn du diejenige welche findest?«

»Ich weiß es nicht. Kommt darauf an, ob ich trotz allem Potenzial in ihr sehe, schätze ich.« Wilhelm lächelte etwas schief.

»Aha.« Was hatte das denn jetzt zu bedeuten: Kommt darauf an, ob ich trotz allem Potenzial in ihr sehe? Hieß das übersetzt:

Kommt darauf an, ob sie trotz allem musikalisch ist und eine schöne Stimme hat? Oder hieß es: Kommt darauf an, ob sie irgendwie nützlich für den Chor ist?

Falls sie selbst die Brummstimme war, konnte Maja an ihrer Musikalität und an ihrer Stimme auf die Schnelle nichts ändern. Was allerdings ihren Nutzwert für den Chor betraf … Hastig überlegte Maja, was sie Wilhelm neben der Stammtisch-Organisation, die jetzt ja streng genommen schon erledigt war, noch anbieten könnte. Irgendetwas, das ihn veranlassen würde, jede Menge Potenzial in ihr zu sehen. Etwas Großes. Etwas wie …

»Die Chorfahrt!«, platzte Maja heraus. »Ich wollte dir noch sagen, ich organisiere die Chorfahrt! Du hattest doch letzte Woche beim Stammtisch gesagt, dass du es ein wenig bereust, für dieses Semester noch kein Probenwochenende geplant zu haben.«

»Stimmt«, sagte Wilhelm und nickte. »Ich dachte, wenn ich den Chor erst im April übernehme, schaffen wir es bis zu den Sommerferien sowieso nicht, so etwas zu organisieren. Ein Chorwochenende für einen so großen Chor plant man normalerweise mit mehr Vorlauf! Also hab ich mir den Gedanken daran abgeschminkt.«

»Aber du würdest dich freuen, wenn wir es doch noch hinkriegen würden?«

»Äh …« Wilhelm fuhr sich mit beiden Händen durch die Haare. »Ich habe die Proben zwar jetzt ohne ein Probenwochenende geplant, aber … doch, natürlich. Wir könnten die zusätzliche Probenzeit gut gebrauchen. Und dem Gemeinschaftsgefühl tut so eine Fahrt immer gut.«

Maja nickte begeistert. »Ja, genau, so ähnlich hast du dich beim Stammtisch auch ausgedrückt. Darüber habe ich zu Hause nachgedacht und beschlossen … also … ich würde mich gern last minute darum kümmern. Für unseren Chor!«

Wilhelm sah überrascht aus. Es war offensichtlich, dass ihn der Themenwechsel überforderte. »Das ist ja … äh … Entschuldige, ich weiß gerade nicht, was ich sagen soll. Wie kommst du denn jetzt darauf?«

»Ach«, Maja versuchte, entspannt zu wirken, »Diana und ich haben eben noch darüber gesprochen, dass wir Lust auf so eine kleine Fahrt hätten. Und ehe wir gar nicht wegfahren können, dachte ich, ich versuche mal mein Glück.«

»Oh. Das wäre natürlich himmlisch. Aber Maja, reicht es nicht, dass du den Stammtisch für uns organisiert hast? Es muss nun wirklich nicht einer alles machen.«

»Ich möchte aber gern«, behauptete Maja. »Der Stammtisch macht ja keine Arbeit und ich denke, wenn ich die Chorfahrt organisiere, ist das eine tolle Gelegenheit für mich, auch die vielen Neuen im Chor mal richtig kennenzulernen.«

»Gut, wenn das so ist, freue ich mich natürlich!« Jetzt sah Wilhelms Lächeln wieder herzlich und echt aus. »Sehr sogar. Ich glaube nämlich, dass wir die intensive Probenzeit hervorragend nutzen können, aber ich hätte es einfach nicht geschafft, mich spontan noch um so ein Wochenende zu kümmern. Ich bin nämlich nicht gerade ein Organisationstalent und ich stecke gerade bis zum Hals in Arbeit. Ist ja immer so, wenn man gerade die Stelle gewechselt hat.«

Ein Organisationstalent bin ich auch nicht, dachte Maja. Aber im Gegensatz zu dir habe ich keine Wahl.

»Prima«, sagte sie laut. »Darüber können wir dann ja gleich im Pilsbefall reden.«

»Sehr gern. Willst du dann jetzt vorsingen?«

»Ich muss wohl.« Maja verzog das Gesicht und Wilhelm lachte.

»Dann leg mal los«, sagte er, schlug einige Töne auf dem Klavier an und sagte: »Auf ›ja‹, bitte.« Auffordernd nickte er Maja zu.

Maja überwand sich und sang sehr vorsichtig und mit zitternder Stimme die vorgespielte Phrase nach.

»Gut, jetzt bitte auf ›du‹«, sagte Wilhelm und spielte die gleiche Phrase etwas höher.

Maja räusperte sich und sang die vorgegebenen Töne. Es hörte sich in ihren Ohren furchtbar dünn und gepresst an.

»Sag mal, bist du nervös?«, wollte Wilhelm wissen.

Na bravo, er besaß ja doch ein Mindestmaß an Empathie.

»Natürlich bin ich nervös!«, sagte Maja. »Ich bin froh, wenn ich das hier hinter mir habe.«

Wilhelm lachte schon wieder. »Hey, ich beiße doch nicht!«

Nein, dachte Maja, du empfiehlst Leuten nur ein anderes Hobby, wenn sie nicht genug Potenzial haben. Und da wunderst du dich, wenn jemand nervös ist?

Maja atmete tief durch. »Geht schon«, behauptete sie. »Lass uns einfach weitermachen.«

Wilhelm ließ sie noch einige Male die gleiche Übung in verschiedenen Höhen und auf verschiedene Silben singen. Irgendwie brachte Maja die gewünschten Töne hervor und nach und nach merkte sie sogar, wie ihre Panik sich ein wenig legte und sich stattdessen ein gewisser Fatalismus in ihr breitmachte. Dann klang sie eben mies. Sie würde es überleben. Immerhin hatte sie ihr Möglichstes gegeben, um das Ergebnis dieses Vorsingens positiv zu beeinflussen.

Nachdem Maja die Altstimme im Refrain von »Time After Time« gesungen hatte, lächelte Wilhelm sie an und sagte: »Vielen Dank, Maja, das war's auch schon. Du könntest gern etwas mutiger sein, das habe ich schon vielen Chormitgliedern ans Herz gelegt. Du hast ein gutes Gehör und du singst sehr sauber, aber hältst ungefähr neunzig Prozent deiner Stimme zurück. Vielleicht hast du Lust, irgendwann mal ein bisschen Gesangsunterricht zu nehmen, das könnte helfen. Aber du bist auf jeden Fall richtig bei uns und richtig im Alt.«

Maja konnte kaum glauben, was sie da hörte.

»Ehrlich?«, rutschte es ihr heraus.

»Natürlich! Hast du mit etwas anderem gerechnet? Würdest du gern in den Sopran wechseln?«

»Nein, nein«, sagte Maja hastig. »Es ist alles bestens, danke.«

Unglaublich! Sie hatte es geschafft, einfach so. Und nicht nur das, Wilhelm hatte sie sogar gelobt und es hatte einigermaßen glaubwürdig geklungen. »Sehr sauber«, »gutes Gehör«, »könntest mutiger sein« – Diana hatte sich schon oft ähnlich über Majas Stimme geäußert.

»Dann haben wir ja alles geklärt.« Wilhelm stand auf und ging um den Flügel herum. Vor Maja blieb er stehen und berührte kurz ihre Schulter. »Ich freue mich sehr, jemanden wie dich bei uns im Chor zu haben! Es ist toll, dass es Leute gibt, die sich so für unsere Gruppe einsetzen!« Jetzt lächelte er sehr herzlich und sein ganzes Gesicht lächelte mit.

Maja fand auf einmal, dass seine Augen gar nicht eisblau wirkten, sondern eher türkisblau leuchteten.

Sie lächelte fast automatisch zurück. »Mache ich doch gerne«, murmelte sie und wunderte sich über die merkwürdige Stimmung, die auf einmal zwischen ihnen herrschte. Sie sahen einander schon viel zu lange in die Augen, oder?

Nach einer – aus Majas Sicht sehr befangenen – Gesprächspause trat Maja einen Schritt zurück und ging hastig zur Tür. »Bis später beim Stammtisch«, sagte sie über die Schulter.

»Ja. Bis später«, sagte auch Wilhelm und klang eindeutig etwas atemlos.

Verwirrt, aber zufrieden verließ Maja den Probenraum.

Kapitel 12

»Ich hab es dir doch gesagt.« Diana sah ihre Freundin belustigt an. »Du könntest ruhig ab und zu mal auf mich hören. Glaub mir, manchmal bin ich klüger als diese nervtötenden Ich-bin-nichts-und-ich-kann-nichts-Stimmchen in deinem Kopf.«

Maja verzog das Gesicht. »Ja, diese blöden Stimmchen. Ich hoffe wirklich, dass ich die noch vor meinem dreißigsten Geburtstag loswerde.«

Diana hatte ebenfalls vorgesungen und Wilhelm hatte sie ausufernd gelobt, was nicht anders zu erwarten gewesen war. Jetzt waren beide Frauen auf dem Weg zum Stammtisch.

»Und nun organisierst du eine Chorfahrt. Ausgerechnet du.« Diana gluckste in sich hinein.

»Sehr witzig. Ich schaffe das schon.« Maja fragte sich, ob sie ihre Freundin oder sich selbst davon überzeugen wollte.

»Aber klar. Wenn du für eins bekannt bist, dann für dein Organisationstalent.« Diana gluckste schon wieder. »Und für deine außerordentliche Sorgfalt.« Jetzt gackerte sie laut.

Maja hätte sich am liebsten in den Hintern gebissen. Warum hatte sie nur so wenig Selbstvertrauen gehabt? Warum hatte sie sich verpflichtet, die dumme Chorfahrt zu organisieren? Wahrscheinlich wäre das wirklich nicht nötig gewesen!

»Ja, es war ziemlich dumm von mir, das anzubieten«, gab sie zu. »Aber ich dachte, ich hätte keine andere Wahl. Und jetzt muss ich last minute eine tolle Herberge für gut fünfzig Leute auftreiben. Und dann muss ich alle Anmeldungen einsammeln und das Geld eintreiben und alle Extrawünsche verwalten. Das wird Stunden fressen, dabei habe ich eigentlich bei der Arbeit schon genug zu tun. Wirklich urkomisch!«

»Mein Mitleid hält sich in Grenzen. Das hast du dir selbst eingebrockt, weil du immer so paranoid bist.«

»Weiß ich.«

»Bitte doch Regina um Rat, die hat das letzte Probenwochenende organisiert. Und davor hat es Sandra gemacht, oder?«

»Nur, dass beide etliche Monate Vorlauf hatten. Aber vielleicht spreche ich sie trotzdem an.«

Diana knuffte sie liebevoll in die Seite. »Und natürlich helfe ich dir, wenn du mich brauchst, das weißt du.«

»Ja, danke. Das weiß ich.«

Majas Handy brummte in ihrer Jackentasche. Sie zog es hervor und warf einen Blick aufs Display. »Oh!«, keuchte sie. »Tristan schreibt!«

»Ach – jetzt doch?«, fragte Diana etwas spitz.

»Hmhm.« Maja entsperrte hastig ihr Smartphone und las ihrer Freundin die eingegangene Nachricht vor.

Interessanter Abend am Samstag. Sorry, dass ich so schnell weg war, brauchte meinen Schönheitsschlaf. Wir wiederholen das mal. Aber unter vier Augen, Prinzessin!

Diana schnaubte. »Prinzessin!«, regte sie sich auf. »Ich würde jeden Mann, der es wagt, mich Prinzessin zu nennen, für immer aus meiner Kontaktliste streichen.«

»Ich finde es süß.« Maja strahlte. Vielleicht hatte ihre dämliche Mutter am Samstag doch nicht alles ruiniert? Aber warum hatte Tristan sie dann eben ignoriert? Ob er gleich beim Stammtisch dabei sein würde? Sollte sie sich dann einfach zu ihm setzen?

»Das ist nicht süß, sondern chauvinistisch. Und diese Nachricht – Himmel, Maja, er hält sich doch nur die Option offen, dich spontan mal herbeizuzitieren, wenn's ihn juckt. Er fragt nicht, wann's dir passt, er lädt dich nicht zum Essen ein, er bittet dich nicht mal um ein Telefonat.«

»Man kann mit dir nicht über Tristan reden«, sagte Maja genervt.

Diana hob beschwichtigend die Hände. »Tut mir leid. Ich kann dir bei dem Thema einfach nicht folgen.«

Die beiden Frauen hatten das Pilsbefall erreicht und betraten die Kneipe. Stolz wallte in Maja auf, als sie sah, dass der große Tisch mit seinen fünfundzwanzig Plätzen nahezu voll besetzt war. Der Stammtisch wurde toll angenommen!

Maja und Diana wurden lautstark begrüßt. Während sie sich setzten – Diana neben Peter, Maja neben Sandra – beantworteten sie eine Flut von Fragen: »Habt ihr es überlebt?«, »Dürft ihr bleiben?« und »Ist heute schon jemand rausgeflogen?« wollten die anderen wissen. Besonders die Frauen aus dem Sopran warteten mit banger Miene auf Majas und Dianas Bericht. Ihnen stand das Vorsingen schließlich in der nächsten Woche bevor.

Maja scannte hastig die Tischrunde ab. Birgit war da und winkte, außerdem saß dort Eva. Susanne und Sandra waren auch vertreten und da hinten bei Lissi und Theresa saß er, der wichtigste Mensch am Tisch: Tristan. Zufällig sah er in ihre Richtung und nickte, als er ihrem Blick begegnete. Dann griff er nach seinem Handy und reckte es demonstrativ in ihre Richtung.

Stimmt, die Nachricht. Sie würde signalisieren, dass sie sie gelesen hatte. Maja griff ebenfalls nach ihrem Handy und hielt es in Tristans Richtung, aber die Geste lief ins Leere, denn Tristan hatte seine Aufmerksamkeit längst wieder Lissi zugewandt. Enttäuscht ließ Maja ihren Arm sinken. War die Nachricht alles, was sie heute von Tristan bekommen würde? Und sollte sie ihm trotzdem zurückschreiben?

Am anderen Tischende lachte Lissi laut über etwas, das Tristan ihr ins Ohr geflüstert hatte. Maja schluckte. Es war schwer, bei diesem Anblick nicht eifersüchtig zu werden. Mit einem Ruck schob sie ihr Handy von sich. Nein, sie würde Tristan nicht zurückschreiben, Diana hatte schon Recht, seine Nachricht war nicht romantisch gewesen und wenn er eine Antwort von ihr erwartete, sollte er eben zu ihr herüberkommen und einfach mit ihr sprechen. Und bis dahin würde sie sich ebenso angeregt mit anderen Leuten unterhalten, wie er es tat.

Es fiel Maja erstaunlich leicht, sich von Tristan abzulenken.

Als am Tisch erst mal durchgesickert war, dass sie sich soeben verpflichtet hatte, doch noch eine Chorfahrt zu organisieren – das Warum kam glücklicherweise nicht zur Sprache – war Maja Mittelpunkt des Tischgesprächs. Die Begeisterung war groß und alle hatten Ideen, wohin man fahren sollte. Leider wurden sofort erste Sonderwünsche angemeldet.

»Ich hab den Chor herzlich gern«, sagte ausgerechnet Peter, »aber ich fänd's trotzdem schön, wenn wir irgendwohin fahren könnten, wo man Einzelzimmer mit Bad buchen kann. Ich werde allmählich zu alt für Etagenbetten. Beim letzten Probenwochenende waren wir zu sechst im Zimmer und – ungelogen! – ich habe bei dem Schnarchkonzert das ganze Wochenende kein Auge zugemacht.«

»Wirklich?«, sagte Timo, der neben ihm saß, verwundert. »Ich hab geschlafen wie ein Baby.«

»Kein Wunder, du hast schließlich den Hauptlärm produziert«, sagte Peter kopfschüttelnd. »Also – kein Mehrbettzimmer für mich, Maja.«

»Geht mir leider genauso«, sagte Diana. »Ich teile mir gern ein Doppelzimmer mit dir, Maja, aber so ein Sechsbettzimmer mit Etagenduschen ... Darauf bin ich offen gestanden nicht mehr besonders scharf.«

»Ich auch nicht«, schloss sich Sandra an.

»Ich persönlich hab gar nichts gegen Sechserzimmer. Ist doch lustig und man lernt sich richtig gut kennen«, mischte Eva sich ein. »Außerdem ist es wahnsinnig billig, und das ist für viele von uns wichtig.«

»Stimmt auch wieder.« Maja sah in die Runde und fragte sich, wie man »billig« und »komfortabel« unter einen Hut kriegen sollte. »Mal sehen, was ich finde.«

Kurz darauf erschien Wilhelm mit den restlichen Altistinnen im Pilsbefall. Sie alle hatten das Vorsingen erfolgreich hinter sich gebracht und waren entsprechend gut gelaunt. Vielleicht gab es sie ja doch nicht, die eine Altistin, die böse Brummtöne produzierte und ständig falsch sang, folgerte Maja. Wahrscheinlich produzierten fast alle Altistinnen von Zeit zu Zeit mal ein paar schräge Brummtöne und Wilhelm musste sich eben damit abfinden.

Kaum saßen die Neuankömmlinge am Tisch, wurde die Wunschliste an das Probenwochenende noch länger.

Denn Wilhelm interessierte sich weder für den Standort ihrer potenziellen Herberge, noch für den Komfort der Zimmer. Er wünschte sich lediglich einen geräumigen, nicht zu sonnigen Probenraum mit einem gut gestimmten Flügel darin. »Wenn der Probenraum zu klein oder zu warm ist, hält man sechs bis acht Stunden Probe pro Tag nicht durch«, sagte er. »Dann machen wir lieber Abstriche an anderen Stellen.«

»Aber nicht beim Essen!«, mischte sich Sandra ein und Maja stöhnte innerlich. »Ich selbst bin laktoseintolerant, ich weiß, dass Theresa eine Glutenunverträglichkeit hat. Wir brauchen also schon eine Küche, die in der Lage ist, auf diese Dinge Rücksicht zu nehmen.«

»Das führt vielleicht doch zu weit«, sagte Diana. »Es ist ja unmöglich, bei der Planung auf jede Gewohnheit Rücksicht zu nehmen. Ich darf das sagen, ich bin Veganerin. Aber ich finde, dass das mein Problem ist. Notfalls esse ich eben nur Kartoffeln und Reis. Irgendwas geht immer.«

»Danke, Diana, das sehe ich ganz genauso!«, schloss Wilhelm sich an. »Es reicht, wenn unsere Unterkunft auf Vegetarier Rücksicht nimmt, denn davon gibt es unter Studenten erfahrungsgemäß etliche. Um noch speziellere Ernährungsgewohnheiten muss sich jeder selbst kümmern.« Er lächelte beruhigend in Majas Richtung. »Außerdem sind wir außerordentlich spät dran mit unserer Planung, ich hatte mich längst damit abgefunden, dass wir lediglich einen Probentag in der Uni hinkriegen. Ich bin heilfroh, dass Maja überhaupt Lust hat, sich darum zu kümmern.«

Sandra guckte verkniffen, aber sie sagte nichts mehr.

»Wohin soll es denn nun gehen?«, fragte Peter. »Wie weit wollen wir fahren?«

»Solange wir gute Probenbedingungen haben, ist mir das ziemlich gleichgültig«, sagte Wilhelm. »Vielleicht sollte unser Ziel aber nicht übertrieben weit weg liegen.«

»Ich find's im Grünen schön«, regte Diana an. »Das letzte Probenwochenende in dieser Waldjugendherberge war doch toll. Bis auf die Zimmer, natürlich. Aber die Abende am Lagerfeuer und die Nachtwanderung – das hat schon Spaß gemacht. Wann soll die Fahrt überhaupt stattfinden?«

»Am ersten Juliwochenende«, antwortete Wilhelm. »Da hatten wir sowieso einen langen Probensamstag geplant, also sollten die meisten sich das Wochenende freischaufeln können.«

»Ich fände es toll, wenn wir auch irgendwo baden könnten. Wenn wir im Juli fahren, kann es ganz schön warm werden«, sagte Eva.

Zustimmendes Gemurmel erhob sich und schließlich kam man überein, dass Maja bevorzugt nach einer Herberge am See suchen sollte.

»Hey, Maja, ist nicht neben eurem Campingplatz ein riesiges Hostel? Könnten wir nicht dort anfragen?«, wollte Diana wissen.

Maja blitzte sie wütend an. »Nein, auf keinen Fall!«, sagte sie heftiger als beabsichtigt. Das fehlte noch! Auf keinen Fall würde sie ihre irren Eltern auf den ganzen Chor loslassen! »Ich bin mir sicher, dass die dort nicht auf Musikgruppen eingerichtet sind. Das ist ein ziemlich runtergekommener Schuppen, da steigen eigentlich nur Jugendliche ab, die bis in die Nacht saufen und Party machen wollen.«

»Ja dann …« Dianas Gesicht war ein einziges Fragezeichen. Offenkundig verstand sie Majas heftige Reaktion nicht.

»Euer Campingplatz?«, fragte Wilhelm interessiert. »Betreibt deine Familie einen Campingplatz?«

Ausgerechnet in diese Frage hinein verstummten die Gespräche ringsherum und es wurde still am Tisch. »Nein, das nicht«, sagte Maja zögernd. Sie spürte, wie alle Augen am Tisch auf ihr ruhten. Sogar am anderen Tischende, dort, wo Theresa, Lissi und Tristan saßen, war es still geworden. Notgedrungen sprach Maja weiter und offenbarte die ganz und gar unglamouröse Wahrheit: »Aber meine Familie hat seit Jahrzehnten eine Dauercampingparzelle am See. Wir alle sind häufig dort.«

»Ihr alle?«, fragte Sandra interessiert.

»Meine Geschwister und ich.«

»Wie viele Geschwister hast du denn?«, fragte Eva.

»Vier«, gab Maja zu. »Und eine Schwägerin, einen Neffen und eine Nichte. Wenn wir uns alle versammeln, sind wir momentan zu zehnt.«

»Liebe Güte!«, entfuhr es Lissi und Maja sah aus den Augenwinkeln, dass Tristan das Gesicht verzog.

»Toll!«, sagte Wilhelm fast gleichzeitig. »Ich bin Einzelkind, ich hab mir immer eine Großfamilie gewünscht.«

Seine Bemerkung tröstete Maja ein wenig über das Gefühl hinweg, sich gerade vor dem halben Chor gründlich blamiert zu haben.

Diana machte es noch besser. »Ich habe Maja immer ein bisschen um ihre Familie beneidet. Alle mögen sich, alle treffen sich ständig … Und der Platz am See, auf dem Majas Eltern ihren Wohnwagen stehen haben, ist ein Traum!«

Kurz fühlte Maja wieder diesen Stich des Bedauerns, als sie daran dachte, dass es mit diesen Treffen am See bald vorbei sein würde. Stimmt, davon wusste Diana ja noch gar nichts.

Am anderen Tischende setzte die Unterhaltung wieder ein. Maja hoffte, dass Tristan, Theresa und Lissi sich jetzt nicht das Maul über ihre campende Großfamilie zerrissen. Und hoffentlich erzählte Tristan den beiden Lästertanten nichts von seiner Begegnung mit ebendieser Familie.

Rund um Maja entwickelte sich ein lebhaftes Gespräch über vergangene Campingurlaube. Fast jeder am Tisch hatte in seinem Leben schon ein paar Nächte im Zelt geschlafen. Wilhelm hatte sogar schon mehrere Urlaube auf Campingplätzen verbracht.

»Mit meiner Ex-Freundin habe ich mir ein paarmal ein Wohnmobil gemietet«, erzählte er. »Wir sind durch Norwegen gefahren und durch Australien und einmal wollten wir eigentlich eine Südeuropa-Rundreise machen, sind dann aber drei Wochen auf einem tollen Campingplatz an der Côte d'Azur hängengeblieben. Der lag in einem Pinienwald direkt am Meer, das war ein Traum.«

»Und was für Urlaub machst du mit deiner jetzigen Freundin?«, fragte Sandra. Geschickt, dachte Maja. Sandra wollte wohl vor allem wissen, ob Wilhelm überhaupt gebunden war und wenn ja, ob Miriam Althoff die Dame seines Herzens war.

Alle sahen Wilhelm gespannt an.

Der verschränkte die Hände vor seinem Körper und sagte kühl: »Im Moment stehen weder Urlaub noch eine Freundin auf meinem Lebensplan.«

Sandra war klug genug, nicht weiter nachzubohren, sie ging einfach über Wilhelms schroffe Antwort hinweg und erzählte von ihren eigenen Urlaubsplänen.

Maja entspannte sich erst, als die allgemeine Aufmerksamkeit endlich nicht mehr auf ihr ruhte. Ob sie in Zukunft wohl lieber von ihrer Familie erzählen würde? Wenn ihre Eltern den Wohnwagen verkauft hatten und Fernreisen unternahmen? Wenn sie die Worte »Großfamilie« und »Dauercamping« endlich nicht mehr in einem Satz verwenden musste? Komisch, das einem etwas, das man eigentlich so mochte, gleichzeitig so peinlich sein konnte.

»Nein, tut mir leid, wo denken Sie hin. In diesem Jahr haben wir nichts mehr frei.«

»Fünfundfünfzig freie Betten? In diesem Juli?« Gelächter. »Ich könnte Ihnen für nächsten März etwas anbieten.«

»Sie möchten wie viele Einzelzimmer mit Bad? Entschuldigung, wir sind eine Jugendherberge, kein Hotel. Wir können pro Gruppe höchstens zwei Einzelzimmer vergeben.«

Maja hatte soeben die achte Absage von einer Jugendherberge kassiert. Mittlerweile war ihr klar, dass Wilhelms »Wir sind außerordentlich spät dran mit der Planung« nicht übertrieben gewesen war. Im Gegenteil! Wenn man für fünfundfünfzig Leute eine Übernachtungsmöglichkeit brauchte, Sonderwünsche wie einen großen Probenraum hatte und noch dazu wenig Geld ausgeben wollte, musste man wohl eher ein Jahr als sechs Wochen im Voraus planen. Allmählich fragte sich Maja, ob sie sich eine Mission Impossible eingehandelt hatte.

Sie stand von ihrem Schreibtisch auf und streckte sich. Es war nicht unbedingt erbaulich, sich abwechselnd dezent verachten und auslachen zu lassen. Sie brauchte dringend eine kleine Pause.

Dabei hatte sie extra einen halben Tag Urlaub genommen, weil sie gedacht hatte, das leidige Thema Chorwochenende dann in einem Rutsch erledigen zu können. Pustekuchen, bislang war sie noch keinen Schritt weitergekommen!

Und wo sie schon mal bei Themen war, bei denen sie nicht weiterkam: Sie hatte ihre Wohnung immer noch nicht geputzt, ihre Mutter immer noch nicht angerufen und Tristan weder endgültig aus ihren Träumen gestrichen, noch ihm zurückgeschrieben.

Manchmal dachte Maja, dass sie jedes bisschen Vernunft und Disziplin, das sie besaß, für ihren Job verbrauchte, sodass für das Privatleben einfach nichts mehr übrig blieb. Na, die Sache mit der Wohnung konnte sie dieses Wochenende wohl endlich mal angehen. Das war wenigstens ein Problem, das sich mit schierer Muskelkraft bewältigen ließ. Und wenn man sich in dieser Küche so umsah, war es außerdem ein ziemlich drängendes Problem.

Halbherzig stellte Maja ihr Frühstücksgeschirr vom Esstisch auf die Arbeitsplatte. Jetzt war die Arbeitsplatte zwar bis auf den letzten Quadratzentimeter vollgestellt, aber wenigstens der Esstisch sah halbwegs manierlich aus. Naja, bis auf die Prospekte, die in den letzten Tagen im Briefkasten gesteckt hatten, und die Maja komischerweise nie wegwarf, obwohl sie sich nicht für deren Inhalt interessierte. Und bis auf die Cornflakes- und Toastkrümel und die Kaffeeringe.

»Was für ein Schlachtfeld«, murmelte Maja halblaut, während sie die Unordnung betrachtete. Sie straffte den Rücken, ging zum Esstisch und raffte alle Prospekte zu einem säuberlichen Stapel zusammen, den sie auf die übervolle Altpapierkiste legte. Dann ging sie zur Spüle, hielt den Spüllappen unter den Wasserhahn und wischte mit dem feuchten Lappen einige Male über den Tisch. »Voilá«, murmelte sie und war ein kleines bisschen stolz auf sich. Sah doch schon viel besser aus. Vielleicht sollte sie auch noch schnell spülen. Aber dafür müsste sie erst die Drogerieeinkäufe wegräumen, die noch neben der Spüle lagen. Und die Fotos irgendwo unterbringen, die sie neulich in ihrer Schreibtischschublade gefunden hatte und die jetzt auf der Arbeitsplatte verstreut herumlagen, weil sie sie beim Telefonieren angesehen hatte.

Und außerdem war das Spülmittel alle.

Mist. Sie musste dringend neues besorgen.

Aber der Tisch war immerhin sehr schön sauber und im Moment war sowieso das Wichtigste, dass sie endlich ein Quartier für den Chor fand, oder? Genau. Maja kehrte zurück an ihren Schreibtisch.

Zwei Telefonate – und zwei Absagen – später stellte sie fest, dass sie bereits alle Jugendherbergen auf ihrer Liste durchtelefoniert und nichts erreicht hatte. Schöne, moderne Jugendherbergen, die im Wald oder am See lagen und im Umkreis von 200 km angesiedelt waren, konnten sie demnach für ihr Probenwochenende vergessen.

Und was nun? Maja kaute auf ihrem Stift herum und dachte nach. Offensichtlich musste sie sich bei ihrer Suche auf das Wesentliche konzentrieren. Vielleicht waren Einzel- und Doppelzimmer mit eigenen Bädern wirklich illusorisch. Vielleicht war eine idyllische Lage gar nicht so wichtig, wenn man ohnehin von morgens bis abends probte. Vielleicht sollte sie sich darauf konzentrieren, überhaupt eine Herberge zu finden, die noch Platz für fünfundfünfzig Menschen bot. Und mit den Gegebenheiten würde man sich dann eben arrangieren.

In ihrer nächsten Liste erfasste Maja einfach *alle* nahe gelegenen Jugendherbergen, die sie noch nicht angerufen hatte. Zu ihrer Erleichterung waren das immerhin fünfzehn.

Die Gespräche begann Maja jetzt mit »Ich weiß, wir sind entsetzlich spät dran, aber haben Sie an einem Wochenende im Juli noch Platz für unseren Chor? Wir sind fünfundfünfzig Personen.«

Kein Wort mehr von »Einzel- und Doppelzimmern mit Bad«. Nichts von: »Gibt es einen nicht zu sonnigen, geräumigen Probenraum mit einem gestimmten Flügel darin?« Einfach nur: »Haben Sie Platz?«

Und tatsächlich: Der siebte Herbergsvater, den Maja erreichte, antwortete mit: »Sie haben Glück, ein Chor hat gerade gestern abgesagt. Der Chorleiter hatte einen Unfall. Nichts Schlimmes, aber er kann nicht proben.«

»Der Arme!«, sagte Maja. »Aber für uns ist das natürlich ein glücklicher Zufall. Und Sie können wirklich fünfundfünfzig Leute unterbringen? Das wäre ja toll!«

»Ich kann Ihnen unsere dritte und vierte Etage anbieten, da sind je zwei Leiterzimmer mit eigenen Bädern, außerdem unseren Probenraum ›Für Elise‹ im Souterrain. Der sollte groß genug für Ihre Gruppe sein, außerdem steht da ein Klavier. Der andere Chor wäre etwas kleiner gewesen, aber wir schaffen das trotzdem.«

»Wow, spitze«, freute sich Maja. »Und was würden wir bei Ihnen zahlen? Mit Vollpension?«

Der Herbergsvater nannte ihr einen geradezu absurd niedrigen Preis. »Bettwäsche ist mit drin, Handtücher müssten Sie selbst mitbringen«, erklärte er. »Und zu den Mahlzeiten gibt es Tee, morgens auch Kaffee, alle anderen Getränke müssen Sie mitbringen oder bei uns kaufen.«

»Klar, kein Problem«, versicherte Maja freudestrahlend. »Das organisieren wir.«

»Soll ich Ihnen ein Angebot fertigmachen? Wissen Sie, der Juli ist stark nachgefragt, wäre deshalb schön, wenn Sie sich so schnell wie möglich entscheiden könnten, sagen wir bis Montag. Aber wenn sich in der Zeit noch eine zweite Gruppe meldet und die spontan zusagen wollen, müsste ich selbstverständlich denen die Räume geben, klar.«

»Nein, nein, bloß nicht«, wehrte Maja ab. Jetzt hatte sie endlich eine Unterkunft gefunden, die würde sie sich sicher nicht durch die Lappen gehen lassen. »Wissen Sie was – ich entscheide das jetzt einfach. Wir kommen zu Ihnen!«

Ist ja alles doch nicht so kompliziert, dachte Maja kurze Zeit später, während sie auf die Reservierungsbestätigung wartete, die der Herbergsvater via E-Mail schicken wollte. Alles kein Problem. Man musste einfach nur einen langen Atem haben, vierzehn Absagen lächelnd ertragen und dann spontan zuschlagen. Zwei eigene Etagen plus Probenraum – das klang doch super! Und noch dazu dieser Preis!

Ein echter Glücksfall, diese Herberge in … äh … Mist, wie hieß der Ort noch mal? Kirch…dorf? Kirchlohe? Oder war es die andere Herberge, die bei Nieder-irgendwas lag? Niederbergdorf? Vielleicht auch einfach Niederstadt?

Maja lachte laut auf. Das war ja mal wieder so typisch für sie! Da reservierte sie zwei Übernachtungen für fünfundfünfzig Personen und wusste nicht, wo! Immer noch lachend griff sie nach ihrer Liste und verglich die Telefonnummern mit der zuletzt gewählten Nummer in ihrem Handy. Na bitte, da hatte sie es schon. Es war die Herberge in Niederfeldheim. Vielleicht sollte sie sich das Ding allmählich mal ansehen.

»Und jetzt fahren wir also eine völlig abgeranzte Jugendherberge, die am A… der Welt liegt und die an Freizeitmöglichkeiten gerade mal zwei Außentischtennisplatten bietet?« Diana klang nicht gerade begeistert. »Ich meine – hast du Niederfeldheim mal gegoogelt? Da gibt es rein gar nichts, nicht mal einen Supermarkt oder eine Kneipe oder wenigstens ein paar Hügel mit netten Wanderwegen. Da sind nur Wiesen und Felder und ein kleiner Wald, in dem die Jugendherberge liegt. Außerdem fahren wir locker zweieinhalb Stunden dahin, Autobahn ist nicht, das wird ein einziges Gegurke. Und was ist mit den Studenten, die mit den Öffis anreisen wollen? Die werden einen halben Tag unterwegs sein!«

Die beiden Freundinnen waren dem Ruf der strahlenden Maisonne gefolgt und hatten nach dem Frühstück alle Samstagspflichten stehen- und liegenlassen und sich stattdessen zu einem Spaziergang verabredet. Gerade hatten sie ihre Fleecejacken ausgezogen und um die Hüften gebunden. Sogar hier im schattigen Wald war es schon T-Shirt-warm, herrlich.

»Ja, ich weiß, es ist nicht ganz optimal«, gab Maja zu. »Besonders die Sache mit den Gruppenzimmern. Und den Etagenbädern. Aber immerhin haben wir vier kleine Zimmer mit eigenem Bad – eins für Wilhelm, eins für Miriam, eins für uns beide und eins für Birgit. Und ich bin echt froh, dass ich überhaupt noch etwas aufgetrieben habe, es gab einen Zeitpunkt gestern Nachmittag, an dem ich mir sicher war, dass aus unserem Probenwochenende nichts wird.«

»Möglicherweise wäre das besser gewesen …«, murmelte Diana mit Grabesmiene, korrigierte aber schnell: »Nein, ich mache nur Spaß. Es kommt wie immer darauf an, was man daraus macht. Ich hab schon oft Klassenfahrten in die einfachsten Hütten begleitet und den Schülern hat es immer Spaß gemacht, unabhängig davon, wie wir gewohnt haben.«

»Hm. Es gibt Schüler und es gibt Lissi.« Maja verzog das Gesicht.

Diana winkte ab. »Lissi wird sowieso was zu meckern haben. Die hätte auch bei der nobelsten Herberge noch das Haar in der Suppe gefunden. Die ist als Prinzessin auf der Erbse geboren und wird auch so sterben, schätze ich.«

Maja lachte etwas gezwungen. Normalerweise nahm sie Lissi, genau wie Diana, nicht besonders ernst. Aber normalerweise richtete sich Lissis Geläster und Gemecker auch nicht gegen Maja. Maja wusste, dass es sie schwer treffen würde, falls Lissi ihren Hofstaat im Sopran gegen das Probenwochenende mobilisierte.

Was die anderen wohl sagen würden? Tristan jedenfalls traute Maja zu, dass er das Ganze mit Humor nehmen würde. Schon allein, weil er das seiner Rolle als Stimmungskanone im Chor schuldig war.

Ob hingegen Wilhelm ihre Wahl humorvoll betrachten würde, blieb abzuwarten. Man konnte nur hoffen, dass der Probenraum einigermaßen seinen Wünschen entsprach.

»Und Regina?«, fragte Diana, als hätte sie Majas Gedanken mitgelesen. »Glaubst du, dass sie sich mit so einer einfachen Unterkunft arrangieren kann?«

»Bestimmt«, sagte Maja. »Regina ist viel unkomplizierter, als sie tut.«

»Was ist das neuerdings mit dir und Regina? Ihr seid auf einmal so harmonisch miteinander, das ist mir schon in den letzten Proben aufgefallen.«

»Gar nichts ist das«, log Maja. »Ich denke, wir haben einfach gemerkt, dass wir in vielerlei Hinsicht auf einer Wellenlänge liegen. Regina ist gar nicht so arrogant, wie man auf den ersten Blick glaubt.«

»Und woher weißt du das?«, bohrte Diana nach.

»Ich kenne sie jetzt einfach schon eine Weile und hab mich in letzter Zeit öfter mal mit ihr unterhalten«, sagte Maja vage. »Und ich weiß gar nicht mehr, warum wir uns immer über sie aufgeregt haben.« Schade, dass sie Diana nichts von Reginas Besuch im Jobcenter erzählen durfte. Blöde Schweigepflicht! Diana würde sich sofort empört auf Reginas Seite schlagen, wenn sie von deren betrügerischem Ex-Mann erfahren würde! Hoffentlich erzählte Regina Diana irgendwann mal von sich aus die ganze Geschichte.

»Ich muss zugeben, dass sich Regina in letzter Zeit Mühe gibt«, sagte Diana. »Sie spricht uns viel öfter an als sonst und sie macht in den Proben nicht mehr so oft ›Pst!‹.«

»Sag ich doch.«

Diana und Maja schwiegen eine Weile und genossen die duftende Waldluft.

»Und wie sieht es mit deiner Familie aus?«, erkundigte Diana sich schließlich. »Hast du endlich deine Mutter angerufen und herausgefunden, welches große Geheimnis deine Familie bewegt?«

»Geheimnis?« Maja sah Diana verblüfft an, dann schlug sie sich vor die Stirn. »Stimmt, du weißt es ja noch gar nicht. Heidi hat mir erzählt, dass meine Eltern den Wohnwagen verkaufen wollen.« Maja berichtete, was Heidi ihr erzählt hatte.

»Ich kann deine Eltern verstehen«, sagte Diana nachdenklich. »Wenn Rita und Bernd wirklich noch nie geflogen sind … Eigentlich passt es zu den beiden, ein bisschen durch die Welt zu bummeln, oder? Ich kann mir richtig vorstellen, wie deine Mutter sich in Thailand durch sämtliche Garküchen probiert und überall nach den Rezepten fragt. Oder wie dein Vater in irgendeinem abgelegenen Dorf in Tansania spontan beim Bau der Schultoiletten hilft.«

Maja lachte. Ja, das konnte sie sich irgendwie auch vorstellen. »Ganz so exotisch soll es vorerst nicht werden. Die beiden planen erst mal nur eine Rundreise durch Florida.«

»*Nur?*« Diana lachte. »Meine Eltern würden sich das nie und nimmer trauen. Die fahren nur noch in ihr Ferienhaus auf Usedom.«

»Bernd und Rita waren leider immer schon ein bisschen anders. Wenn die etwas anpacken, dann richtig.«

Diana lächelte versonnen. »Eine Ära geht zu Ende. Ich habe viele schöne Stunden mit euch auf dem Campingplatz verbracht.«

»Und ich erst!« Maja verzog unglücklich das Gesicht.

»Warum kaufst *du* deinen Eltern den Wohnwagen dann nicht ab?«

»*Ich*?« Maja sah ihre Freundin an, als hätte die vorgeschlagen, Maja sollte die Hauptrolle in einer Verdi-Oper singen. »Erstens kann ich mir das gar nicht leisten. Und zweitens wäre ich mit dem Ding total überfordert. So einen Wohnwagen muss man warten und zum TÜV bringen, man muss ständig Heringe neu abspannen, Dichtungen pflegen, Gasflaschen austauschen, irgendetwas putzen und tausend Kleinigkeiten reparieren … Und ich traue mich ja nicht mal, das Ding auch nur einen Kilometer weit durch die Gegend zu ziehen.«

»In Ordnung. Das vergessen wir also«, gab Diana zu. »Aber warum herrscht zwischen dir und deinen Eltern immer noch Funkstille? Weil du beleidigt bist, dass sie den Wohnwagen verkaufen? Oder bist du immer noch sauer wegen der Tristan-Geschichte?«

»Beides wahrscheinlich. Ich brauche einfach mal ein bisschen Abstand. Meine Mutter geht mir im Moment schon auf den Wecker, wenn ich nur an sie denke. Sie mischt sich immer in alles ein. Immer will sie alles wissen. Kann sie nicht mal eine gesunde Distanz wahren?«

»Das nennt man Mutterliebe«, sagte Diana.

Maja verschränkte die Arme. »Mag sein. Aber vielleicht ist es nicht schlecht, wenn sie diese Mutterliebe in der nächsten Zeit nur auf meine Geschwister versprüht.«

Kapitel 13

Tristan spukte leider weiterhin in Majas Kopf herum, worüber sie sich maßlos ärgerte. Egal, ob zu Hause oder während der Arbeitszeit – wann immer Maja ihre Gedanken schweifen ließ, erschien dieses geübt anzügliche Zwinkern vor ihrem inneren Auge. Majas Menschenkenntnis war nicht schlecht. Sie wusste genau, dass ein Mann wie Tristan Gift für sie war.

Trotzdem las sie die Nachricht, die er ihr zuletzt geschickt hatte, wieder und wieder. Und sie verspürte jedes, leider absolut *jedes* Mal einen kleinen erotischen Kick, wenn sie sich vorstellte, was Tristan mit »Wir wiederholen das mal. Aber unter vier Augen« meinte. Immerhin schaffte sie es, ihm nicht zurückzuschreiben. Ein kleiner Sieg über sich selbst, fand sie.

Im Moment hatte Maja aber ausnahmsweise drängendere Probleme als Tristan. Sie kämpfte immer noch gegen das Durcheinander in ihrem Büro. Es war Dienstagnachmittag und obwohl Maja eigentlich seit zehn Minuten Feierabend hatte, kramte sie seit einer gefühlten Ewigkeit in ihren Schränken herum. Inge hatte sie um einen Flyer für ein bestimmtes Weiterbildungsangebot gebeten, den sie am nächsten Morgen für ihre Kundin brauchte. Und Maja wusste ganz genau, dass sie besagten Flyer erst kürzlich in mehrfacher Ausführung in der Hand gehalten hatte. Er musste also in einem dieser Fächer, irgendwo zwischen all den Papieren und dem Müll, stecken.

In den vollgestopften Fächern war es kaum möglich, die Papierstapel durchzublättern, und wenn Maja es doch tat, fielen ihr ständig Zettel, Stifte, Büroklammern oder sonstiger Krimskrams entgegen. Als ihr ein besonders dicker Aktenstapel aus dem Schrank entgegenrutschte und eine Ordnerecke ihr schmerzhaft gegen die Hand schlug, sah Maja ein, dass es so nicht weitergehen konnte. Sie würde jetzt endlich klar Schiff in ihrem Büro machen. Sie würde ihren Feierabend opfern und das Treffen mit ihrem Bruder im Fitnessstudio verschieben. Wenigstens mit dieser Baustelle würde sie noch heute fertig werden!

Maja stellte ihre Handtasche wieder neben ihren Schreibtisch und kramte ein Haargummi daraus hervor, mit dem sie ihre Locken zu einem unordentlichen Knäuel zusammenband. Dann schrieb sie ihrem kleinen Bruder eine entschuldigende Nachricht, öffnete das Fenster sperrangelweit und schob die Ärmel ihres dünnen, gestreiften Baumwollshirts hoch. Selbstverständlich prangte auf dem rechten Ärmel ein Joghurtfleck, aber das war Maja heute egal. Typisch Müller, dachte sie nur und schlug den Ärmel energisch um, sodass der Fleck verdeckt war.

Wenigstens war jetzt nichts mehr los im Büro, sodass sie ganz ungestört knietief in ihren Müllbergen waten konnte. Niemand würde sie beobachten.

Aber wie fing sie jetzt am besten an? Sollte sie einfach alles aus den Schränken räumen und dann durchsortieren? Oder sollte sie versuchen, die Sache Fach für Fach anzugehen? Nachdenklich stand Maja in der Mitte des Raumes und kaute auf ihrem Zeigefinger herum. Ihr Handy brummte. Oh gut, eine Nachricht. Das lieferte ihr noch einen kleinen Aufschub. Aber es war nur ihr Bruder Tim, der schrieb:

Du räumst dein Büro doch nur auf, weil du es hasst, ins Fitness zu kommen! Du bist durchschaut!

Maja lächelte und tippte:

Verzeihst du mir?

Die Antwort kam sofort:

Klar, aber wenn du dich noch ein einziges Mal drückst, nehme ich dir deine Mitgliedskarte wieder weg. Dann hast du sie nicht verdient.

Das wäre nun wirklich keine grausame Strafe, dachte Maja, schrieb aber:

Gnade! Ich liebe meine Mitgliedskarte! Nächste Woche komme ich, versprochen!

Na, hoffentlich konnte sie das einhalten.

Maja gab sich einen Ruck und fing an, die Schränke auszuräumen. Auch wenn sie Tim gegenüber so lässig getan hatte, hatte sie ihm gegenüber ein schlechtes Gewissen. Wenn sie ihren Bruder schon versetzte, wollte sie wenigstens hier etwas schaffen.

Der Fußboden füllte sich erstaunlich schnell mit Papier- und Krimskrams-Bergen. Und mit Müll. Hatte sie eigentlich jedes Werbegeschenk, das sie in den letzten Jahren erhalten hatte, in ihre Schränke gestopft? Was wollte sie zum Beispiel mit diesem Kopfmassagegerät aus dem Anti-Stress-Seminar anfangen, das total verbogen war? Und mit diesen Kalender, der schon vor drei Jahren abgelaufen war?

Irgendwann hatte Maja alle Fächer ausgeräumt, saß auf dem Fußboden in einem Meer aus Sachen und fühlte sich vollkommen hilflos angesichts der Aufgabe, die vor ihr lag.

Wie sollte sie diesen Berg je abtragen? Wenn jetzt eine gute Fee käme, dachte Maja, würde ich mir einen Kanister mit Benzin und ein Streichholz wünschen. In diesem Moment klopfte es an der Tür.

Sicher Inge, dachte Maja und rief: »Herein, gute Fee!«

Aber statt der erwarteten fröhlichen Kollegin stand auf einmal Regina im Raum.

Regina im tadellosen, dunkelgrauen Etuikleid, mit tadellos sitzenden Haaren und absolut staubfreien Schuhen. Regina mit einem strahlenden Lächeln im Gesicht und in der Hand eine herrlichen Pfingstrose, um die kunstvoll eine Menge hübsches Grünzeug gebunden worden war.

Das Lächeln wackelte deutlich, als sie Maja erblickte.

»Hoppla!«, sagte Regina. »Störe ich?«

»Weiß nicht«, antwortete Maja. »Hast du einen Benzinkanister und ein Streichholz dabei?« Mühsam rappelte sie sich vom Boden auf und klopfte etwas Staub von ihrer Jeans. »Hallo erst mal«, sagte sie um Haltung bemüht.

»Genau. Hallo Maja.« Zu Majas großen Erstaunen kam Regina auf sie zu, umarmte sie und drückte sie kurz. Dann trat sie einen Schritt zurück und strahlte wieder. »Ich weiß, eigentlich dürfte ich als Kundin um diese Zeit gar nicht mehr hier herumspazieren, aber ich habe deine Kollegin Inge auf dem Parkplatz getroffen und sie hat mich reingelassen. Ich wollte mich nur ganz schnell bei euch beiden bedanken. Ich habe den Job!« Das Strahlen vertiefte sich und sie streckte Maja die Rose entgegen. »Danke, dass ihr mich ins Gespräch gebracht habt!«

Reginas Strahlen sprang auf Maja über. »Das ist ja super! Glückwunsch!«, sagte Maja. »Aber ich habe eigentlich gar nichts dazu beigetragen. Ich hab dich ja nur an Inge weitergegeben und ihr von deinem Dilemma erzählt. Den Rest hat sie erledigt.«

Regina nickte. »Ich weiß. Aber das hat gereicht. Zufällig war deine Inge genau die richtige Betreuerin für mich. Und das Gespräch hier mit dir, das hat mir echt geholfen und mir Mut gemacht. Also danke!«

Endlich nahm Maja die angebotene Blume und roch etwas verlegen daran. »Dann danke ich dir auch. Für die wunderschöne Blume!«

Regina sah sich im Raum um und furchte die Stirn. »Sag mal – was *tust* du hier eigentlich?«

»Ursprünglich habe ich nur einen Flyer gesucht.« Maja raufte sich die Haare. »Aber jetzt räume ich auf. Oder vielmehr: Ich überlege, wie ich am besten aufräumen könnte.«

»Du hast wirklich eine Menge Sachen hier.« Regina bückte sich und hob einen winzigen, staubigen, rosa Teddybären auf, der in einem Ordner steckte.

»Den hat mir mal eine Kundin geschenkt«, sagte Maja.

Regina lächelte kopfschüttelnd. »Hebst du immer alles auf?«

Maja zuckte die Schultern. »Eigentlich nicht. Das klingt viel zu gezielt. Es ist nicht so, dass ich die Dinge extra aufhebe. Es ist eher so, dass ich sie nicht wegschmeiße.«

Regina lachte. Ein echtes, nettes Lachen, in dem nicht die Spur von Häme oder Kritik lag.

Komisch, dachte Maja, dass mir das jetzt gar nicht peinlich ist. Noch vor ein paar Tagen habe ich sinnlos mein ganzes Zeug in die Schränke gestopft, nur weil Regina mich für ordentlich halten sollte. Und jetzt liegt mein ganzes Zeug vor ihr auf dem Boden herum und ich fühle mich total entspannt.

Maja ließ sich zurück auf den Boden sinken und sah zu Regina hoch. »Du hast nicht zufällig eine Idee, wie man so etwas angeht, oder?«

Drei Stunden später rückte Regina die kleine Glasvase mit der Pfingstrose auf Majas Schreibtisch zurecht. »Voilà«, sagte sie. »Wir sind fertig!«

Staunend sah sich Maja in ihrem blitzblanken Büro um. »Wahnsinn! Das hätte ich ohne dich nie und nimmer geschafft!«

Und das meinte sie ernst. Regina hatte sich als perfekte gute Fee erwiesen! Ganz ohne Benzin und Streichholz hatte sie mit Majas Chaos kurzen Prozess gemacht.

Als Erstes war sie losgezogen und hatte aus dem Baumarkt am Ende der Straße Kreppband, einen Edding, stabile Müllbeutel und einige Umzugskisten besorgt. Dann hatte sie in Windeseile einige Kisten und Müllbeutel beschriftet und schon saß sie in ihrem schicken Kleid auf Knien neben Maja und ging Stapel um Stapel mit ihr durch. Es machte fast Spaß. Auch wenn bei vielen Teilen lebhaft diskutiert werden musste, bevor klar war, in welche Kiste oder welchen Sack sie wandern sollten.

»Was ist hiermit?«, fragte Regina beispielsweise und hielt ein kleines Weihnachtsbärchen aus einem Überraschungs-Ei in der Hand.

»Das nehme ich mit nach Hause«, sagte Maja und streckte die Hand danach aus.

»Warum? Was willst du damit machen?«, fragte Regina dann.

»Ich weiß noch nicht. Vielleicht stelle ich es Weinachten irgendwohin«, sagte Maja. »Es ist irgendwie niedlich.«

»Wohin genau willst du es stellen?«, bohrte Regina nach. »Hast du ein leeres Regal- oder Fensterbrett, das du weihnachtlich mit kleinen Figürchen dekorieren möchtest?«

»Nein.« Hatte Maja natürlich nicht. Alle Regal- und Fensterbretter waren restlos belegt und weit davon entfernt, ordentlich dekoriert zu werden. »Ich stelle ihn einfach irgendwo dazu. Vor die Gewürze vielleicht.«

»Und du glaubst, das wäre praktisch oder hübsch? Würde es dann nicht ständig runterfallen?«

»Vielleicht ...« Spätestens an so einem Punkt wusste Maja, dass sie verloren hatte. »Na gut«, gab sie nach. »Wirf ihn weg.«

Und Regina schmunzelte anerkennend und ließ die kleine Figur im Müllsack verschwinden. »Gutes Mädchen«, lobte sie nach jeder dieser kleinen Entscheidungen.

Es gab auch Gegenstände, bei denen sich Regina auf keine Diskussion einließ. Bei dem kaputten Kopfmassagegerät zum Beispiel. Oder bei dem winzigen Ventilator zum Umhängen, dem eine Batterie fehlte. Oder bei dem Anti-Stress-Ball mit der offenen Naht.

»Das ist Müll!«, sagte sie in solchen Fällen gnadenlos.

»Aber vielleicht möchte ich ja irgendwann ...«, hob Maja dann an.

»Nein. Du hast es bisher nicht benutzt und du wirst es nicht benutzen. Definitiv Müll«, sagte Regina wieder. Insgeheim war Maja bei jeder dieser Entscheidungen erleichtert.

Am Ende hatten sie jede Menge Müll aussortiert, etwa ein Viertel des Haufens zurück in die Schränke geräumt und eine Kiste mit Dingen gepackt, die Maja verschenken wollte. Und zu Majas Überraschung füllten die Dinge, die sie mit nach Hause nehmen wollte, nur einen halben Umzugskarton.

»Diesen Karton stellst du gleich in deinen Keller und lässt ihn dort verschlossen stehen«, riet Regina. »Wenn du in den nächsten drei Monaten ein Teil daraus vermisst, holst du es dir. Und der ganze Rest wird nach Ablauf der drei Monate entsorgt.«

»Klingt gut«, sagte Maja und meinte es auch so. Es klang sogar traumhaft. So unkompliziert.

Mit vereinten Kräften hatten Maja und Regina die Müllkisten und -säcke zu den Containern im Hof geschleppt. Und dann war es auf einmal geschafft. Echte Ordnung. In den Schränken, auf dem Schreibtisch, an der Garderobe und auf den Fensterbänken.

Maja strahlte über das ganze Gesicht. »Danke, Regina! Du glaubst gar nicht, wie erleichtert ich jetzt bin! Danke, dass du deine Zeit geopfert hast!«

»Blödsinn!« Regina wischte Maja Wort mit einer Handbewegung weg. »Das war das reinste Wellness-Programm für mich. Entspannender als jede Massage. Verrate es niemandem, aber ich *liebe* Aufräumen! Dinge lassen sich im Vergleich zu kleinen Kindern oder untreuen Arschloch-Männern so herrlich kontrollieren.«

Maja lachte. »Du kannst gerne bei Gelegenheit in meiner Wohnung weitermachen. Da könnte ich dir zwei Räume wie diesen hier anbieten. Plus Küche, Bad und Balkon.«

»Klingt fantastisch. Wenn ich demnächst mal Urlaub hab …«

Die beiden Frauen grinsten einander an.

»Apropos Kinder: Wo steckt deine Brut eigentlich gerade?«, wollte Maja wissen. »Bin ich etwa daran schuld, dass drei unschuldige, kleine Kinder alleine zu Hause sitzen und seit fast mehr als drei Stunden nach ihrer Mama schreien?«

»Nein, keine Sorge. Sie sind bei meinen Eltern und sollen da auch übernachten«, sagte Regina. »Wenn ich demnächst wieder Vollzeit arbeite, wollen meine Eltern mich mit den Kindern unterstützen. Und es wäre praktisch, wenn meine Brut dann auch ab und zu dort übernachten könnte, ohne dass es zu verzweifelten Szenen kommt.«

»Sah es denn danach aus, als du die Kurzen dort abgeliefert hast?«

»Nö, sie waren alle drei bester Dinge. Sogar die Kleine hat immer wieder gesagt ›Oma lafen, Oma lafen‹. Wird schon schiefgehen, meine Eltern sind toll mit den Kindern.«

»Weißt du was?«, sagte Maja, »Dann lade ich dich als Dank für deine Hilfe zum Essen ein. Ich hab Hunger, du bestimmt auch und um die Ecke gibt es einen tollen Inder. Was sagst du?«

»Klar doch. Ich bin dabei!«

»Wie bitte? Regina dachte, du hättest heimlich was mit Wilhelm?«

»Na, so direkt hat sie es nicht gesagt. Sie war nur überrascht, dass zwischen Tristan und mir was läuft. Und dann hat sie gesagt, bei mir hätte sie eher Interesse an Wilhelm vermutet.«

»Wie kommt sie denn um Himmels willen darauf?«

»Sie behauptet, sie hätte in letzter Zeit ein paar ganz bestimmte Blicke von Wilhelm in meine Richtung aufgefangen. Was natürlich totaler Humbug ist.«

Kurz dachte Maja an die Szene nach dem Vorsingen zurück, an diesen kleinen, befangenen Moment, als Wilhelm und sie einander in die Augen gesehen hatten. Hatte diese Szene etwas Romantisches an sich gehabt? Ach was, da hatten sich lediglich zwei Blicke zufällig gekreuzt. So etwas passierte ständig zwischen erwachsenen Menschen. Und es hatte sich merkwürdig angefühlt, weil sie sich ja nicht gut kannten.

Maja und Diana radelten durch die milde Mailuft zur Chorprobe und Maja hatte ihrer Freundin endlich von Regina erzählt. Regina hatte bei ihrem gemeinsamen Essen ausdrücklich die Erlaubnis dazu erteilt. »Natürlich darfst du Diana erzählen, warum wir uns auf einmal besser kennen«, hatte sie gesagt. »So peinlich ist die Geschichte ja nun auch nicht.«

Diana hatte Verständnis dafür, dass Maja ihr nichts von Reginas Besuch im Jobcenter erzählt hatte. »Schweigepflicht ist nun mal Schweigepflicht«, sagte sie. »Was hättest du machen sollen?«

Sie fand es urkomisch, dass Regina neuerdings Majas Freundin und sogar Ordnungsguru war. »Was hast du immer über sie geflucht! Du hast bei jedem ›Pst!‹ die Augen verdreht!«

»Da wusste ich auch noch nicht, wie witzig und vielschichtig sie ist«, verteidigte sich Maja.

»Na, ich bin gespannt«, sagte Diana. »Spätestens beim Chorwochenende werde ich dann wohl auch in den Genuss ihrer Vielschichtigkeit kommen.«

»Och, lass uns nicht über das Chorwochenende sprechen. Bis zur Probe will ich nicht daran denken. Wenn ich gleich verkünde, wo wir hinfahren, bricht wahrscheinlich ein Sturm der Entrüstung über mich herein.«

»Nee, der Sturm der Entrüstung bricht erst los, wenn du ›Mehrbettzimmer‹ sagst«, bemerkte Diana trocken.

»Oder ›Etagenduschen‹.« Maja verzog das Gesicht.

Na toll. Endlich schwebte das Damoklesschwert des Vorsingens nicht mehr über ihr. Niemand würde sie aus dem Chor werfen. Aber jetzt belastete sie schon das nächste Thema, nämlich die Angst, für alles, was rund um das Probenwochenende schieflief, verantwortlich gemacht zu werden.

Und dann war da natürlich noch die Sache mit Tristan …

Je näher sie der Uni kamen, desto größer wurde Majas Wunsch, einfach umzudrehen. Aber natürlich fuhr sie brav mit Diana zu den Fahrradständern, schloss ihr Fahrrad ab und ging an ihrer Seite durch den Haupteingang zu den Fahrstühlen.

»Hey, wir sind schon wieder sieben Minuten zu spät«, stellte Diana fest, als sie in den Fahrstuhl traten. »Und ich dachte, wir hätten unser Unpünktlichkeitsproblem jetzt endlich in den Griff gekriegt.«

»Hoffentlich verpassen wir nicht das ganze Einsingen«, sagte Maja. »Wenn ich mich nicht einsinge, sitzt meine Stimme die ganze Probe lang im Hals und dann geht gar nichts mehr. Es geht zwar auch mit Einsingen nicht besonders viel bei mir, das gebe ich zu, aber wenigstens klinge ich eingesungen nicht so heiser.«

Diana stöhnte auf. »Majas schreckliche Stimme, Folge 728«, sagte sie. »Ich hab dich lieb, Maja, aber *bitte* lass dieses Thema jetzt mal ruhen, okay?«

»Sorry.« Maja kniff beleidigt die Lippen zusammen. Diana tat fast so, als ob sie etwas für ihre Komplexe könnte!

»Ja-ja-ja-ja-ja-ja-ja-ja-nö«, schallte es schon durch die Tür des Probenraums. Und dann höher »Ja-ja-ja-ja-ja-ja-ja-ja-nö«. Diana drückte so leise wie möglich die Türklinke herunter und Maja und sie schlüpften in den Raum und schlichen leicht geduckt hinter ihren stehenden Chorkolleginnen und -kollegen her zu den letzten freien Plätzen im Alt, die Regina ihnen freigehalten hatte, wie sie mit einem Winken zu verstehen gab.

»Ja-ja-ja-ja-ja-ja-ja-ja-nö«, ertönte es noch höher. Dummerweise befanden sich diese freigehaltenen Plätze in der ersten Reihe direkt am Flügel. Gesenkten Hauptes und so leise wie möglich legte Maja ihre Chortasche unter den Stuhl und hängte ihre Jacke über die Lehne. »Ja-ja-ja-ja-ja-ja-ja-ja-nö«, fiel sie ein. Regina schallte wieder so laut durch die Gegend, da konnte Maja sich bequem dranhängen.

Wilhelm hatte ihre Ankunft bislang nicht kommentiert. Hatte er überhaupt schon gemerkt, dass sie hier war? Wie auf ein geheimes Kommando hin drehte er in diesem Moment den Kopf zu Maja und lächelte ihr zu. Maja sah hastig weg und spürte Röte in ihre Wangen steigen. Blöde Regina mit ihrer Bemerkung über ganz bestimmte Blicke!

Die nächsten Phrasen sang Maja in Richtung Fußboden, dann, als ihre Wangen sich endlich wieder kühl anfühlten, ließ sie ihren Blick durch den Raum schweifen. Leider waren sowohl Theresa und Lissi, vor deren abfälligen Bemerkungen Maja inzwischen fast Angst hatte, als auch Tristan, für den Maja wieder einmal Luft war, anwesend. In den nächsten eineinhalb Stunden würde Maja also kaum entspannen können. Immerhin winkte ihr Birgit aus dem Sopran fröhlich zu und auch Peter lächelte nett in ihre Richtung. Maja fand sein liebes, freundliches Gesicht ungeheuer tröstlich.

Sie versuchte, sich aufs Singen zu konzentrieren. Wenn sie nur fest genug auf das uralte Uni-Sommerfest-Plakat starrte, das an der gegenüberliegenden Wand hing, konnte sie all die verstörenden Gedanken rund um Wilhelm, Tristan und Lissi vielleicht ausblenden.

»Ja-ja-ja-ja-ja-ja-ja-ja-nö«, versuchte Maja es etwas lauter. Na bitte, ging doch, weder Regina noch Diana sahen sie schräg an. Während des restlichen Einsingens schaffte Maja es beinahe, sich nur aufs Singen zu konzentrieren. Dadurch, dass sie bedeutend lauter sang als sonst, kostete das Singen mehr Energie, machte aber auch mehr Spaß, weil sie die Töne viel stärker im Körper spürte. Als Wilhelm den Chor aufforderte, sich zu setzen, fühlte Maja sich fast so wach und angeregt wie nach einer kleinen Joggingrunde. Ob Diana oder Regina das immer so empfanden?

Der übliche Lärm nach dem Einsingen setzte ein. Alle Chormitglieder kramten nach ihren Noten, Wasserflaschen wurden gezückt und man quatschte überall ein paar Sätze.

»Du hast aber heute Schwung«, sagte Regina erfreut. »Heute kann man dich endlich mal hören.«

»Ich bin mir zwar nicht sicher, ob ich will, dass man mich hört«, entgegnete Maja, »aber es macht Spaß, ein bisschen Gas zu geben.«

Diana wandte sich an Regina. »Glückwunsch zum neuen Job übrigens. Und Glückwunsch auch zu deinem Entschluss, dich endgültig zu trennen. Nach allem, was mir Maja erzählt hat, triffst du die richtige Entscheidung.«

Regina runzelte die Stirn. »Hoffentlich. Aber bis es mir damit gut geht, dauert's wohl noch eine Weile.«

Wilhelm klopfte einige Male auf den Flügel und es wurde ruhig im Raum. »Lasst uns erst mal ein paar organisatorische Dinge klären«, bat er. »Wie inzwischen alle wissen, verwandeln wir unseren Chortag im Juli in ein Chorwochenende. Und zwar, weil Maja netterweise angeboten hat, last minute noch etwas für uns zu organisieren. Maja, gibt's schon was Neues dazu?«

»Ja, gibt es.« Maja spürte ihren Herzschlag auf einmal wieder deutlich. Jetzt musste sie dem Chor also beichten, in was für eine Bruchbude sie alle verschleppen wollte. Und danach würde man sie öffentlich vierteilen. Es sei denn, es würde ihr gelingen, die

Jugendherberge in Niederfeldheim als einigermaßen gute Lösung zu präsentieren. Einen Versuch war es wert.

Maja stand auf und erklärte: »Ich habe lange herumtelefoniert und am Ende tatsächlich noch eine Unterkunft gefunden, die uns aufnehmen kann. Sie liegt sehr … idyllisch. Am Waldrand, mitten in der Natur. Bei Niederfeldheim.« Das war nicht ganz gelogen, dachte Maja. Man könnte allerdings auch *abgelegen* oder *am Arsch der Welt* sagen.

»Kenne ich nicht«, »nie gehört«, »Haben die W-LAN?«, murmelte der Chor.

Maja fuhr fort: »Wir bekommen zwei eigene Etagen und den großen Probenraum ›Für Elise‹. Wir zahlen echt wenig und wir dürfen am Samstagabend grillen, wenn wir wollen.« Maja legte eine Begeisterung in ihre Stimme, die sie absolut nicht empfand.

Überall wurden Smartphones gezückt und die ersten Chormitglieder tauschten Informationen zu ihrer Herberge aus.

»Puh, ganz schön weit bis Niederfeldheim«, meldete Leif aus dem Bass. »Mit der Bahn braucht man von hier aus fast vier Stunden. Drei Umstiege. Krass! Mit dem Auto immerhin zweieinhalb Stunden.«

»Bis Niederfeldheim gilt unser Semesterticket gar nicht!«, sagte Timo neben ihm.

»Dann bilden wir eben Fahrgemeinschaften, das sollte doch zu machen sein«, beschwichtigte Birgit. »Hier im Chor sind genug Leute mit eigenen Autos, oder nicht?«

»Ich kann fahren und vier Leute mitnehmen!«, rief Sandra.

»Ich natürlich auch«, sagte Diana.

»Ich auch«, »Ich auch«, kam es von allen Seiten.

»Ich kann aber nur Samstag kommen, am Freitag feiert meine Mutter ihren Sechzigsten«, sagte Linda hinter Maja. »Wie komme ich denn dann nach Niederfeldheim?«

»Vielleicht fahre ich auch erst am Samstag hin«, sagte Miriam, »das entscheidet sich noch. Dann könnte ich dich mitnehmen.«

»Und ich muss Samstagabend schon zurück«, jammerte Alina

aus dem Sopran. »Muss ich dann etwa vier Stunden einplanen? Wie blöd, dann lohnt es sich für mich ja fast nicht, überhaupt hinzufahren …«

»Ganz schön alter Kasten, diese Jugendherberge.«

»Ich weiß noch nicht, ob ich mitfahren kann. Bis wann müssen wir uns anmelden, Maja?«

»Genau, und bis wann müssen wir zahlen?«

»Wisst ihr schon alle, mit wem ihr auf ein Zimmer geht?«

»Ich möchte auf keinen Fall ein Zimmer, das nach Osten geht«, meldete Lissi, »bei Morgensonne werde ich viel zu früh wach.«

»Was für Zimmer haben wir überhaupt?«

»Nehmen wir eigene Getränke mit?«

»Glaubt ihr, dass die da auch Nackenstützkissen haben?«

Die Fragen prasselten nur so durcheinander. Wilhelm schien Majas hilflose Miene zu bemerken, denn irgendwann klopfte er erneut auf den Flügel und als das nichts half, griff er in die Tasten und spielte sehr laut und energisch eine fanfarenartige Tonfolge. Das wirkte, es wurde augenblicklich still.

»Wie im Kindergarten«, murmelte Wilhelm und schüttelte den Kopf. »Leute, können wir das alles vielleicht mal zurückstellen und uns auf das Wesentliche beschränken? Danke, Maja, vielen Dank, dass du eine Herberge für uns gefunden hast und so doch noch ein Probenwochenende möglich machst. Ich weiß, dass das Schweiß gekostet haben muss!« Wilhelm applaudierte demonstrativ in Richtung Chor und nach und nach fielen alle mit ein.

Maja fühlte sich trotz allem geschmeichelt – ja, sie *hatte* schließlich fleißig herumtelefoniert. »Ehrlich gesagt kann ich im Moment fast keine eurer Fragen beantworten«, gab sie zu. »Aber ich mache mich bis zur nächsten Probe schlau. Sagt oder schreibt mir einfach, was ihr wissen wollt.«

»Gut, so viel erst mal zum Thema Chorfahrt.« Wilhelm setzte sich an den Flügel. »Eins noch von mir: Liebe Sopräne, verschwindet nach der Probe nicht, ihr seid heute mit Vorsingen dran. Regina, Henrike, ihr wart letzte Woche nicht da, euch würde ich dann auch gern hören.«

Wilhelm klatschte in die Hände. »Und jetzt geht es los mit ›Time After Time‹. Wir beginnen im Bass.«

Warum hatte sie nur die Organisation für dieses dämliche Probenwochenende übernommen? Und warum hatte sie diesen blöden Stammtisch initiiert und ihre gemütliche Vierer-Runde geopfert? Maja fühlte sich gereizt und deprimiert, als sie vom Pilsbefall aus allein nach Hause radelte. Diana war schon vor einer halben Stunde mit Peter aufgebrochen, er wollte ihr noch einen Krimi leihen, den er gerade mit Begeisterung verschlungen hatte. Maja hatte den ganzen Abend kaum ein Wort mit den beiden gewechselt.

Stattdessen hatte sie neben Lissi und Theresa gesessen, denn leider hatten die beiden einzigen freien Stühle ausgerechnet neben Maja gestanden, als die beiden das Pilsbefall betraten. Egal, wie viel Mühe sie sich gab, sie wurde einfach nicht warm mit Lissi und Theresa. Die beiden nahmen sich für Majas Geschmack grundsätzlich zu wichtig.

Lissi zum Beispiel hatte eben minutenlang von ihrem Instagram-Account geschwärmt, über den sie ganz viel Zuspruch zu ihren tollen Outfits erhielt. »Ich bin auf dem besten Weg zur Fashion-Influencerin«, hatte sie behauptet und dabei selbstgefällig ihre langen, blonden Haare glatt gestrichen. Als Maja sie gefragt hatte, wie viele Follower sie mittlerweile hatte, hatte Lissi allerdings zugeben müssen, dass es nur »knapp 800« waren, »aber viele von denen sind richtige Fans, die folgen mir auch bei YouTube.« Maja hätte gelacht, wenn sie sich in Lissis Gegenwart nicht grundsätzlich unterlegen gefühlt hätte.

»Das Vorsingen hat richtig Spaß gemacht«, behauptete Theresa jetzt. »Wilhelm war ganz begeistert davon, dass ich so hochkomme. Schade, dass er heute nicht zum Stammtisch kommt, er muss noch ein Blockseminar vorbereiten, hat er gesagt.«

»Mich hat er gefragt, ob ich Gesangsunterricht hätte. Ich hab angeblich eine sehr gute Technik.« Lissi strich selbstgefällig ihre Haare hinter die Schultern. »Und er fand meine Stimme ungewöhnlich beweglich.«

Na und, dachte Maja, sollen wir jetzt etwa alle erzählen, was Wilhelm genau zu uns gesagt hat? Er wird jedem ein paar nette Worte mitgegeben haben. Es ist sein Job, uns zu motivieren, oder nicht?

»Haben es denn auch alle anderen im Sopran geschafft?«, lenkte sie ab.

»Alle von denen ich gehört habe, ja«, berichtete Lissi widerstrebend. Sie senkte die Stimme. »Sogar Birgit bleibt im Sopran, obwohl ich nicht ganz verstehe, warum er sie da lässt. Allmählich kommt sie ja in ein Alter, in dem man nun wirklich nicht mehr zwingend Sopran singen muss!« Und schon wieder hatte Maja das Bedürfnis gehabt, das Thema zu wechseln.

Besonders unwohl hatte sie sich gefühlt, als die Rede auf das Chorwochenende gekommen war und Lissi Dinge gesagt hatte wie: »Man kann nur hoffen, dass du weißt, was du tust, wenn du uns alle in ein Kaff wie Niederfeldheim verschleppst, Maja. Aber man muss ja dankbar sein, dass du uns nicht zum Campen zwingst, was?« Geziertes Kichern, in das Theresa begeistert einfiel. Und weiter: »Ich habe nichts gegen Jugendherbergen, heutzutage sind die fast so komfortabel wie Hotels. Und in Niederfeldheim scheinen die ja einen Teil der Zimmer modernisiert zu haben, man wird es dort also irgendwie aushalten können.«

Nicht den Teil, den wir beziehen, dachte Maja, war aber viel zu feige, um das jetzt zu erwähnen. Oje, wenn das Wort »Etagenbad« zum ersten Mal fiel, würde sie hoffentlich ganz, ganz weit von Lissi entfernt sein.

Den endgültigen Todesstoß bekam Majas Laune aber, als Theresa die Rede auf Tristan brachte. »Warum ist unser Lieblingstenor heute eigentlich nicht mitgekommen?«, erkundigte sie sich bei Lissi. Maja spitzte angestrengt die Ohren.

»Er ist noch verabredet. Ein Studienkollege von ihm ist in der Stadt, sie gehen ins Steakhaus.«

»Schade, oder? Vermisst du ihn nicht?«

Lissi zog einen niedlichen Schmollmund. »Schon. Aber ich sehe Tristan ja sowieso morgen Abend.«

Maja erstarrte. Lissi und Tristan waren also morgen verabredet. War das der Grund, warum sie selbst nichts mehr von Tristan hörte? Warum er sie in den Proben nicht beachtete? War er etwa mit Lissi liiert? Und falls ja, wie lange lief das schon?

Maja räusperte sich. »Unternehmt ihr öfter was zusammen?«, fragte sie und hoffte, dass es einigermaßen beiläufig klang.

»Schon.« Lissi lächelte süßlich. »In letzter Zeit haben wir uns ein paarmal getroffen und ich denke … Wir werden sehen.«

»Er steht total auf dich«, versicherte ihr Theresa.

Lissi lächelte und strich sich schon wieder durch die Haare. »Möglich«, sagte sie. »Auf jeden Fall amüsieren wir uns gut miteinander.«

Einen kurzen Moment lang hätte Maja ihr am liebsten ihr ekelhaftes Wasser-mit-Süßstoff-und-Zitrone-Gemisch ins Gesicht gekippt. Ob sie weiterhin so selbstgefällig lächeln würde, wenn Maja ihr die Nachricht die Tristan ihr geschrieben hatte, unter die Nase hielte? Maja konnte sie inzwischen auswendig:

Interessanter Abend am Samstag. Sorry, dass ich so schnell weg war, brauchte meinen Schönheitsschlaf. Wir wiederholen das mal. Aber unter vier Augen, Prinzessin!

Eigentlich sprach es nicht gerade für Tristan, dass er ihr solche Nachrichten schickte und gleichzeitig mit Lissi ausging, sagte ein leises Stimmchen in Majas Hinterkopf. Eigentlich war es sogar ziemlich ätzend und unreif, was er abzog. Und wenn Lissi etwas netter wäre, hätte Maja vielleicht sogar den Impuls verspürt, sich mit ihr zu solidarisieren und sie darüber aufzuklären, was für ein Windhund Tristan war. Aber Lissi war nun mal kein bisschen nett. Und Tristan war auf der anderen Seite einfach verboten attraktiv. Und wenn sie an diesen Kuss vor der Bar Racuda dachte, wurde ihr leider immer noch heiß und kalt. Ach, wie ärgerlich war es, dass manchmal nicht der Verstand, sondern der Körper entschied, auf welchen Blödmann man abfuhr!

Maja konnte auf einmal weder sich selbst noch ihre Tischgesellschaft länger ertragen. Sie wollte nur noch nach Hause und sich unter ihrer Bettdecke verkriechen. Demonstrativ gähnte sie und murmelte: »Wisst ihr was? Ich hab heute Nacht echt wenig geschlafen, ich bin hundemüde. Ich glaube, ich mache mich allmählich auf die Socken.«

»Klar, mach mal«, sagte Theresa desinteressiert.

»Wir sehen uns dann nächste Woche«, sagte Lissi.

Lars, der neben ihr saß und sich seit einer gefühlten Stunde mit Christian auf der anderen Tischseite über den Kauf eines neuen Laptops unterhielt, merkte nicht einmal, dass Maja aufstand und ging. Sie verschwand entsprechend grußlos in Richtung Theke.

Tolle Sache, so ein Stammtisch!

Kapitel 14

»Und? Gefällt sie dir?«

Diana steckte ihren Kopf in die Umkleidekabine und musterte Majas Beine. »Optisch? Klar«, behauptete sie.

Das hatte sie auch schon bei den letzten zehn Hosen gesagt, die Maja anprobiert hatte. Leider war Maja immer anderer Meinung gewesen. Auch bei dieser. Diesmal saßen die Taschen zwar richtig, sodass ihr Hintern schön rund wirkte, aber irgendwie fand Maja die Hosenbeinlänge merkwürdig. Irgendwo zwischen zu kurz und zu lang. Seufzend zog Maja die Hose wieder aus und griff nach der nächsten.

Sie hatte sich nach dem Frühstück mit Diana in der Stadt zum Shoppen verabredet. Natürlich war exzessives Shopping das Letzte, wozu man Diana animieren konnte, aber selbst Diana mit ihrem höchst sparsamen Lebensstil konnte nicht verhindern, dass sie von Zeit zu Zeit etwas Neues brauchte. Heute hatte sie sich Socken und ein graues T-Shirt, beides aus Bio-Baumwolle, gegönnt. Maja brauchte eine einfache, schwarze Hose für formelle Anlässe, weil sie ihr altes Modell neulich viel zu heiß gebügelt und damit zerstört hatte. Außerdem musste sie noch ein Geschenk für Inge besorgen, die später am Tag ihren Geburtstag feierte.

Auf der Suche nach der Hose hatten sie mittlerweile den dritten Laden durchstöbert. Maja hatte Diana gegenüber schon fast ein schlechtes Gewissen. Außerdem verlor auch sie selbst allmählich die Lust am Einkaufen. Vielleicht war es nur die wachsende Unlust, die sie bei der nächsten Hose sagen ließ: »Ich glaube, die hier geht.«

»Zeig mal.« Schon steckte Dianas Kopf wieder in der Kabine. »Ja, passt gut und sieht hochwertig aus. Maschinenwäsche?«

»Klar«, behauptete Maja.

Das war das Lästige, wenn man mit Diana einkaufen ging. Sie interessierte sich nie für modische Fragen, sondern immer nur für ökonomische. Kleidung gefiel ihr, wenn sie haltbar, hochwertig und bequem war, sich unkompliziert waschen ließ und wenn das Preis-Leistungsverhältnis stimmte. Und natürlich musste alles, was sie kaufte, fair produziert worden sein.

Maja hingegen achtete fast nur auf die Optik, wenn sie ehrlich war. Und die war bei dieser Hose okay. Die Länge stimmte, die Position der Taschen war in Ordnung, der Stoff war tiefschwarz und matt, so, wie es sein sollte. Besser würde es nicht werden.

Maja steckte ihren Kopf aus der Umkleidekabine heraus. »Ich nehme sie«, informierte sie Diana.

Diana stieß hörbar Luft aus. »Na, halleluja! Dann gehen wir jetzt erst mal Mittag essen, oder?«

Maja lachte. »Klar. Können wir gern machen. Über Inges Geschenk denke ich dann später nach.«

Als die beiden Frauen den Laden verlassen hatten, schlugen sie automatisch den Weg Richtung Marktplatz ein. Sie gingen immer, wenn sie sich in der Stadt trafen, zum Essen ins »Marktstübchen«, dem einzigen Bistro der Stadt, das gute vegane Küche anbot.

Dort angekommen steuerten sie einträchtig einen ihrer Lieblingstische am Fenster an, warfen ihre Taschen und Jacken in einen der freien Sessel und ließen sich dann gemütlich in den anderen beiden Sesseln nieder.

Sie hatten schon viel Zeit in diesen Sesseln verbracht. Diana und sie kamen seit der Oberstufe her, seit es Freistunden im Stundenplan gegeben hatte, die man vorzugsweise in Cafés verbummelte. Kurz vor dem Abi waren sie sogar mehrmals in der Woche hier gewesen und hatten sich mit ihren Kurskolleginnen zum Lernen getroffen. Maja und Diana fühlte sich hier noch immer so wohl wie zu Hause.

»Hallo, meine Lieben, schön, dass ihr euch mal wieder blicken lasst.« Manisha, die mit ihrem Mann das Marktstübchen führte, wischte sorgfältig Dianas und Majas Tisch ab. »Wisst ihr schon, was ihr trinken wollt?«

»Hast du deinen Eistee da?«, fragte Maja.

»Nein, leider nicht.« Manisha hob bedauernd die Hände. »Aber ich hätte selbst gemachte Mangolimonade, wäre das etwas für euch?«

»Und wie.« Diana strahlte. »Ich nehme eine.«

»Ich auch«, sagte Maja. »Und wo du schon mal hier bist – was würdest du uns denn heute zum Mittagessen empfehlen?«

»Euch beiden?« Manisha legte den Kopf schräg. »Euch würde ich die Süßkartoffel-Saté-Spieße mit Erdnussauce an Korianderreis empfehlen. Oder den Tandoori-Tofu an schwarzen Bohnen.«

»Definitiv die Saté-Spieße!«, sagte Diana und Maja nickte.

»Zwei Mal die Saté-Spieße. Eine gute Entscheidung.« Manisha nickte zufrieden. »Dauert ein bisschen, aber ihr wisst ja: Dafür ist alles frisch.«

»Und wie war der Krimi?«, fragte Maja ihre Freundin, als Manisha Richtung Küche verschwunden war.

Diana blinzelte träge. »Hm? Welcher Krimi?«

»Der, den du dir vorgestern von Peter geliehen hast. Den du unbedingt lesen wolltest.«

»Oh. *Dieser* Krimi. Ich hab ihn noch nicht angefangen. Bin nicht dazu gekommen.«

»Aber ich dachte, du wärst extra noch mit zu Peter gefahren, weil du so dringend Lesestoff haben wolltest.«

»Ja, bin ich auch, aber dann ist mir eingefallen, dass ich noch die Mathearbeit von meiner Neunten korrigieren muss. Und das hab ich dann Donnerstagabend und gestern getan. Also …«

»Du hast nach dem Stammtisch noch korrigiert? Beeindruckend.« Maja schüttelte den Kopf. So ein übertriebener Arbeitseifer war ihr fremd. »Ich bin nach dem Stammtisch direkt ins Bett gekrochen. Ich fand es wahnsinnig unerquicklich am Donnerstag.«

»Dabei hast du in der Probe so zufrieden gewirkt. Gelöster als sonst. Beim Einsingen habe ich dich endlich mal richtig kräftig gehört.«

»Die Probe fand ich auch okay, meine Angst vor Wilhelm hat sich beinahe erledigt. Dafür sind da jetzt neue Ängste, die mir den Stammtisch vermiesen.«

»Die da wären?« Diana sah Maja stirnrunzelnd an. »Nein, warte, lass mich raten: Das Chorwochenende könnte ein Desaster werden, Lissi könnte dich hassen und Tristan könnte allen erzählen, wie unmöglich deine Familie ist! Liege ich richtig?« Diana hielt drei Finger in die Höhe.

»So ungefähr. Aber wenigstens der letzte Punkt hat sich erledigt. Tristan wird niemandem von meiner irrsinnigen Familie, oder vielmehr von meiner irrsinnigen Mutter, erzählen, weil er dann nämlich zugeben müsste, dass er mit mir essen war. Und das wird er nicht wollen, er gräbt nämlich seit Neuestem Lissi an.«

Diana legte den Kopf schräg. »Ach. Seit Neuestem, ja? Ich vermute schon ewig, dass da was im Busche ist.«

»Und wenn schon. Soll Lissi ihn doch haben.«

»Hmhm. Warum kaufe ich dir das nicht ab?«

»Du kennst mich eben. Leider. Und ehe du mir einen wohlmeinenden Rat gibst: Ja, ich weiß! Ich tue mein möglichstes, um ihn zu vergessen. Zufrieden?« Maja hob kampfeslustig die Augenbrauen.

»Vorläufig schon.«

Maja und Diana schwiegen eine Weile und sahen aus dem Fenster. Auf dem Marktplatz vor dem Marktstübchen herrschte reges Treiben, obwohl die ersten Händler bereits ihre Stände abbauten.

»Mist«, sagte Diana auf einmal. »Der Markt schließt schon, dabei wollte ich eigentlich noch Pilze kaufen.«

»Dann lauf doch raus. Vielleicht erwischst du noch welche.«

»Och nö.« Diana lehnte sich genießerisch in ihrem Sessel zurück und reckte ihre Arme in die Höhe. »Ich bin gerade viel zu faul. Ich radle lieber nachher noch zum Bioladen.«

»Oder du kochst was anderes. Wozu brauchst du unbedingt Pilze?«

»Ich hab ein tolles Rezept für Pilzravioli mit Gemüseragout gefunden.«

»Ooooh …« Majas Augen leuchteten begeistert. »Pilzravioli! Klingt super! Lädst du mich ein? Ich weiß sowieso noch nicht, was ich morgen machen soll. Mir fällt jetzt erst auf, wie viel Zeit ich normalerweise mit meiner Familie verbringe.«

Diana zögerte. »Äh … Maja, sei mir nicht böse, aber ich … ich wollte morgen endlich mal alles Mögliche in der Wohnung erledigen. Putzen, waschen, Ölwechsel am Auto machen, meine Eltern anrufen … Ich hab keine Ahnung, ob und wann genau ich Zeit zum Kochen finde. Ich lade dich ein anderes Mal ein, okay?«

»Klar. Du bist aber fleißig in letzter Zeit! Ich wünschte, ich könnte mich auch so gut aufraffen wie du.«

Ein Hauch von Röte erschien auf Dianas Wangen, was Maja seltsam fand. Diana hatte doch sonst kein Problem mit Komplimenten.

Sie wechselten das Thema und eine Weile ging es, wie so oft, wenn sie sich trafen, um den Chor im Allgemeinen und im Besonderen. Um die Chormitglieder, den Chorleiter und das Probenwochenende. Und um die Frage, welche Stücke Maja und Diana im Moment am liebsten sangen.

Die gemeinsame Mitgliedschaft im Chor bot schier unerschöpflichen Gesprächsstoff. Kein Wunder, immerhin hatten Diana und sie allein durch den Chor fast sechzig gemeinsame Bekannte. Einige davon waren über die Jahre gute Freunde geworden. Einige wenige, wie Lissi, hatten sich über die Jahre eher zu Lieblingsfeindinnen entwickelt.

Auch Regina war in den letzten Monaten so eine Art Lieblingsfeindin gewesen. Wie oft hatten sich Diana und Maja nach den Chorproben in allerbester Eintracht über sie aufgeregt! Dabei wollte Regina niemandem vor den Karren fahren, das wusste Maja inzwischen. Sie brannte einfach nur für die Musik, die sie im Chor machten, und sie wollte ein bestmögliches Ergebnis erzielen.

»Ich bin froh, dass wir Regina jetzt besser kennen«, sagte Maja.

Diana schmunzelte. »Kannst du auch sein, schließlich hat sie dir dein Büro aufgeräumt. Ich muss zugeben, dass sie viel netter sein kann, als ich gedacht hätte. Vorgestern in der Probe mochte ich sie beinahe. Wahrscheinlich hilft es, dass ich ihre Geschichte kenne. Sie hat plötzlich Schwächen wie jeder von uns. Wer weiß, wessen Herz aus Gold wir als nächstes entdecken.«

Maja wusste selbst nicht warum, aber irgendwie musste sie auf einmal an Wilhelm denken. Irgendwie ahnte sie, dass auch Wilhelm eine Seite hatte, die er in den Proben nicht zeigte.

Nachdem Diana und Maja sich voneinander verabschiedet hatten, konnte Maja einem kleinen Abstecher in den H&M nicht widerstehen. Spontan lachte sie dort ein wahnsinnig günstiger, wahnsinnig bunter Jumpsuit an, der ihr zufällig perfekt passte. Aber schon als sie das gute Stück zu Hause auspackte, beschlich sie der Verdacht, dass das Kleidungsstück vielleicht doch zu ausgefallen für sie sein könnte. Schweren Herzens beschloss Maja, ihren Kauf in den nächsten Tagen zurückzugeben.

Und das, dachte Maja, ist genau die Art von Käufen, vor denen man an Dianas Seite und mit Dianas Prinzipien sicher ist. Vielleicht verstand Diana ja doch mehr vom Shoppen als sie selbst. Seufzend verstaute sie die Einkaufstüte in der Schlafzimmerecke.

Inges Geburtstagsfeier fand am Nachmittag statt. Maja hatte in Ermangelung einer besseren Geschenkidee einen Gutschein für den Sonntagsbrunch im Marktstübchen gekauft. Hoffentlich gingen Inge und ihr Mann gern frühstücken!

Inge wohnte mit ihrer Familie mitten in der Stadt in einem vierstöckigen, tipptopp sanierten Altbau. Als Maja ihr Fahrrad am Ende der Einfahrt an der Hecke abstellte, schallten ihr bereits zahllose fröhliche Kinder- und Erwachsenenstimmen entgegen. Die Feier schien, zumindest teilweise, im Garten stattzufinden.

Maja klingelte und fast augenblicklich entsperrte ein Summer die schwere, dunkle Eingangstür. Links der Treppe stand ein etwa siebenjähriges Mädchen mit dicken Zöpfen in einer offenen Wohnungstür, aus der ein ohrenbetäubendes Stimmengewirr schallte.

»Hallo, du. Wohnt hier zufällig die Inge?«, fragte Maja die Kleine.

Das Mädchen nickte. »Bist du auch zum Geburtstag eingeladen?«, wollte sie wissen.

»Genau. Ich bin Maja, ich arbeite zusammen mit Inge«, erzählte Maja.

Die Kleine sah auf eine Liste, die sie in der Hand hielt. Maja entzifferte lauter mühsam in Kinderschrift geschriebene Namen. »Maja, da stehst du«, sagte die Kleine. »Ich kann dich reinlassen.«

»Hab ich ein Glück, danke schön!« Maja betrat die Wohnung. Überall liefen kleine und große Menschen herum, von denen etliche sie freundlich begrüßten.

Die Wohnung war ein Altbau-Traum. Es gab hohe Decken und hohe Fenster, Stuck an den Wänden und dunkle Holzdielen auf dem Boden. Das Epizentrum des Lärms lag am Ende des Flurs, dort stand auch die Tür sperrangelweit offen.

Maja trat hindurch und fand die Wohnung sofort noch ein bisschen traumhafter. Denn hier hatte irgendein cleverer Innenarchitekt die Wand zwischen Küche und Wohnzimmer entfernt und einen Durchbruch nach draußen zu einer riesigen, modernen Holzterrasse vorgenommen. Ein riesiger, lichtdurchfluteter Raum war so entstanden. Das perfekte Familienzimmer, fand Maja. Und das perfekte Partyzimmer, die große, leuchtendblaue Sitzgruppe und der riesige, ausgezogene Esstisch waren voll besetzt und boten locker Platz für fünfundzwanzig Personen.

Endlich entdeckte Maja Inge. Sie stand mit ein paar Frauen an einem Stehtisch und lachte.

»Hey, Maja, da bist du ja!« Freudestrahlend kam Inge auf sie zu und umarmte sie kurz. »Schön, dass du da bist! Haben meine Nichten dich reingelassen? Sie wollten unbedingt den Türdienst machen.«

»Da war nur eine Türsteherin, aber die hat ihren Job mit großem Ernst gemacht. Sehr niedlich!« Maja und Inge lachten.

Maja kramte den Umschlag mit dem Gutschein aus ihrer Umhängetasche. »Erst mal herzlichen Glückwunsch zum Geburtstag!« Maja streckte Inge den Umschlag entgegen. »Hab ein tolles, gesundes neues Lebensjahr! Und geh demnächst mal richtig schön mit deinem Mann frühstücken!«

Inge freute sich sehr über den Gutschein. »Wir waren ewig nicht frühstücken!«, sagte sie. »Dabei sind die Kinder jetzt alt genug, die können wir ruhig mal einen Vormittag allein lassen.«

Sie bat Maja, sich am Kaffeebuffet, das auf der Arbeitsplatte der Küche arrangiert worden war, selbst zu bedienen und es sich ansonsten gemütlich zu machen. »Und entschuldige, dass es hier so chaotisch zugeht«, fügte Inge hinzu. »Aber du siehst, in unserem Freundeskreis gibt es so viele Kinder – da haben gepflegt gedeckte Tische einfach wenig Sinn.«

Maja grinste. »Du kennst mich doch. Ich bin die Letzte, die sich über ein bisschen Improvisation beschwert. Was glaubst du, wie es bei uns früher immer zugegangen ist? Ich finde eure Wohnung übrigens absolut himmlisch. Diese Wohnküche ist ein Traum! Und diese Terrasse erst!«

»Danke!« Inge strahlte. »Ich kann auch immer noch nicht fassen, dass wir damals den Zuschlag bekommen haben.«

Maja spazierte zunächst herüber in die Küche und begutachtete die Kuchen und Torten, die dort standen. Von Sahnetorte bis hin zu Muffins, die sehr nach gesundem Vollkornmehl aussahen, war alles dabei. Maja lud sich ein Stück Erdbeertorte auf den Teller und schenkte sich aus einer großen Thermoskanne eine Tasse Kaffee ein. Und jetzt? Sollte sie sich zu Inge an den Stehtisch stellen? Ach nein, Inge war ja gar nicht mehr dort. Wer weiß, wo sie sich rumtrieb, vielleicht mussten schon wieder neue Gäste begrüßt werden.

Esstisch und Sitzgruppe schienen voll besetzt zu sein. Überall wurde Kuchen gemümmelt. Vielleicht sollte sie einfach mal nachsehen, ob auf der Terrasse noch ein Stuhl für sie frei war.

Maja balancierte ihre Mahlzeit vorsichtig durch das Wohnzimmer und trat durch die offene Terrassentür ins Freie. »Hallo«, grüßte sie in die Runde. »Ist hier noch Platz für mich?«

Ein kleiner, runder Mann mit Vollbart und Holzfällerhemd

erhob sich und drückte sich an den anderen Stühlen vorbei in Richtung Terrassentür. »Du kannst meinen Platz haben. Ich geh mal gucken, was unsere Kinder so machen.«

»Danke dir.« Maja schlängelte sich samt Kaffee und Kuchen ihrerseits zwischen Hauswand und Stuhllehnen hindurch und atmete erleichtert auf, als sie den freien Platz erreicht hatte, ohne zu kleckern. Zufrieden ließ sie sich nieder und sah in die Runde. An einem vertrauten, strahlend blauen Augenpaar zu ihrer Rechten blieb sie hängen.

»Hallo Maja«, sagte Wilhelm. »Was für eine Überraschung!«

»Was machst du denn hier?«, sagten sie fast gleichzeitig.

»Ich wusste gar nicht, dass du Inge kennst«, setzte Maja hinterher. Warum war sie denn auf einmal so nervös? Inzwischen hatte sie sich doch wohl oft genug mit Wilhelm unterhalten. Eigentlich sollte seine Anwesenheit kein Grund mehr sein, aus dem Konzept zu geraten. Maja zwang sich zu ein paar ruhigen Atemzügen.

»Inge kenne ich auch erst seit eben«, gab Wilhelm zu, »aber ihren Mann, Markus, kenne ich schon länger.« Ein großer, schlanker Mann mit grauer Kurzhaarfrisur und Dreitagebart grüßte zu Maja herüber. Wilhelm fuhr fort. »Er ist Medienwissenschaftler, wir planen im nächsten Semester ein gemeinsames Seminar zum Thema Filmmusik, da haben wir in letzter Zeit öfter zusammengesessen.«

Der große Mann, Markus, rief quer über den Tisch: »Genau. Und weil Wilhelm hier noch kaum jemanden kennt, habe ich vorgestern spontan darauf bestanden, dass er heute herkommt.«

»Ja, das hast du.« Wilhelm nickte Markus zu, wandte sich dann aber wieder an Maja. »Und hier bin ich also. Was ist mit dir?«

Allmählich ließ das heftige Herzklopfen nach. Ich war einfach nur überrascht, meinen Chorleiter hier zu sehen, sagte sich Maja. Nichts weiter. Laut antwortete sie: »Mit mir? Ich stand zufällig auf der Liste der Türsteherin.«

»Ich zum Glück auch«, schmunzelte er. »Und warum standst du auf der Liste?«

»Ich arbeite mit Inge. Im Jobcenter. Ich bin Arbeitsvermittlerin.«

»Respekt!«, sagte Wilhelm. »Ich stelle es mir schwierig vor, für Menschen, die viel Pech gehabt haben, Perspektiven aufzutun.«

»Manchmal ist es das auch«, gestand Maja. »Es gibt viel zu viele Kunden, denen ich nicht helfen kann. Oder die sich nicht helfen lassen wollen.«

»Wenigstens versuchst du es, das ist schon viel Wert!«, sagte Wilhelm. »Ein schöner Zufall, dass du hier bist! Damit bin ich endgültig an meinem neuen Wohnsitz angekommen, schätze ich. Ich fange an, auf Partys Bekannte zu treffen.«

War es ein schöner Zufall, dass sie sich hier trafen? Irgendwie schon. Irgendwie freute sie sich darüber, dass Wilhelm unverhofft neben ihr saß und sie anlächelte. Wie spannend, ihn auch mal außerhalb der Chorproben zu erleben. Als Privatperson. »Wie lange wohnst du denn schon hier?«, fragte Maja.

»Lass mich nachdenken. Das Semester hat Mitte April angefangen, zwei Wochen vorher bin ich umgezogen. So richtig wohne ich hier also erst seit ungefähr zwei Monaten.«

»Das ist nicht lang. Da fühlt man sich noch ein bisschen verloren, oder?«

Wilhelm zuckte die Schultern. »Nicht wirklich. Ich hab wahnsinnig viel zu tun und im Uni-Umfeld knüpft man schnell Kontakte. Außerdem bin ich daran gewöhnt, umzuziehen und mich irgendwo neu einzuleben. Das habe ich in den letzten sechs Jahren vier Mal hinter mich gebracht.«

»Wie … interessant für dich«, sagte Maja höflich.

Wilhelm lachte laut heraus. »Du meinst ›wie schrecklich‹, oder nicht? Dein Gesicht spricht Bände!«

Peinlich berührt nickte Maja. »Ehrlich gesagt ja. Ich könnte das nicht. Meine Familie verlassen, immer wieder neue Freunde suchen, neue Hobbys, neue Lieblingsorte …«

»Mir blieb in den letzten Jahren nichts anderes übrig.« Wilhelm wirkte kein bisschen beleidigt. »Ich habe mich nach meiner Promotion von einem befristeten Job zum nächsten gehangelt, immer in der Hoffnung, dass aus der befristeten Stelle möglicherweise eine unbefristete werden könnte. Jetzt habe ich zwar wieder nur eine Stelle für ein Jahr, aber im Fachbereich tut sich was. Demnächst wird eine unbefristete Stelle für einen akademischen Rat frei und ich hoffe sehr, dass ich derjenige bin, mit dem sie besetzt wird.«

»Ist das denn wahrscheinlich? Dass du die Stelle bekommst?«

»Ich denke, dass ich eine Chance habe, wenn ich meinen Job in den nächsten Monaten gut, oder vielmehr sehr gut, mache.« Wilhelm wirkte auf einmal angespannt, seine Wangenmuskeln traten deutlich hervor.

Maja wurde mit einem Schlag einiges klar. »Ist es dir deshalb so wichtig, dass unser Sommerkonzert Note für Note perfekt wird?«

»Absolut. Mit dem Sommerkonzert kann ich öffentlich zeigen, was ich als Musiker und Pädagoge kann.«

»Aber das zeigst du doch wahrscheinlich täglich in der Uni, oder nicht?«

»Schon, aber das Sommerkonzert ist immerhin eine große öffentliche Veranstaltung. Der halbe Fachbereich wird im Publikum sitzen, mit etwas Glück kommt auch der Dekan, die Lokalpresse wird eingeladen – das Ganze wird sozusagen meine Semesterabschlusspräsentation, verstehst du?«

Maja nickte. »Klar. Jetzt verstehe ich auch, warum du uns alle so quälst. Für dich geht es um etwas!«

»Ich muss gestehen, dass ich auch dann auf einen absolut homogenen Klang pochen würde, wenn mein nächster Job nicht davon abhinge.« Jetzt lächelte er wieder. Zum Glück. Lächelnd gefiel er Maja viel besser. Dann sah er viel jünger und weniger herb aus.

»Und wenn alles klappt, lässt du dich also endgültig hier in der Stadt nieder, ja?«

»Genau. Ich bin lange genug umgezogen und dabei ist einiges auf der Strecke geblieben. Freunde, meine letzte Beziehung …« Das Letzte klang bitter.

»Tut mir leid«, rutschte es Maja heraus.

»Mir nicht. Sie hat sich einsam gefühlt und fand es in Ordnung, sich die Zeit mit jemand anderem zu vertreiben, wenn ich nicht da war. Ich fand das nicht ganz so in Ordnung. Deshalb haben wir uns getrennt.«

»Aua!« Maja verzog das Gesicht.

»Ja. Aua.« Wilhelm zuckte die Schultern. »Ich hab's einigermaßen verdaut. Mein Lieblingsthema ist das aber trotzdem nicht.«

»Dann lass uns über etwas anderes reden. Was ist denn mit deiner Familie? Wo leben die?«

Wilhelm entspannte sich sichtlich. »Nicht allzu weit entfernt, noch ein Grund, warum ich so gern bleiben würde. Zu meinen Eltern fahre ich von hier aus nur gut vierzig Minuten.«

»Meine Familie wohnt auch hier im Stadtgebiet«, erzählte Maja. »Alle meine Geschwister leben in der Nähe, niemand hat nach der Ausbildung oder nach dem Studium die Stadt verlassen. Normalerweise sehe ich sie alle fast jede Woche.«

»Normalerweise?«, hakte Wilhelm nach.

Maja hätte sich ohrfeigen können. Warum hatte sie denn bloß »normalerweise« gesagt? Sollte sie ihm ernsthaft erklären, was gerade bei ihr und ihrer Mutter los war? Sie konnte doch jetzt nicht Dr. Wilhelm Heinrich ihr Herz ausschütten, sie kannte den Mann doch gar nicht. Außerdem war er eine Respektsperson.

Obwohl … besonders respekteinflößend wirkte er gerade eigentlich nicht. Er trug weder ein Sakko noch ein Poloshirt, sondern ein ganz gewöhnliches, blaues T-Shirt zu verwaschenen Jeans. Und wenn sie nicht alles täuschte … Maja schielte vorsichtig zu ihm herüber. Ha! Genau. Auf seinem T-Shirt klebte ein klitzekleines Stückchen Erdbeertorte. Wie süß! Ausgerechnet Dr. Wilhelm Heinrich hatte beim Essen gekleckert.

Maja gab sich einen Ruck. »Na gut. Ich sage ›normalerweise‹, weil ich gerade eine kleine Familienpause mache. Ich habe mich vor ein paar Tagen mit meiner Mutter gestritten. Nichts Ernstes, hoffe ich, aber ich möchte sie einfach mal eine Weile nicht sehen.«

»Klingt ziemlich normal«, sagte Wilhelm. »Früher, als ich meine Eltern noch mehrmals wöchentlich gesehen habe, bin ich ständig mit meiner Mutter aneinandergeraten.«

»Das kann ich mir bei dir gar nicht vorstellen«, sagte Maja. »Du wirkst immer so beherrscht.«

»Freut mich sehr, dass ich so wirke. An dieser Wirkung arbeite ich seit zwanzig Jahren.«

Sie lächelten einander an.

»Ich liebe meine Familie«, sagte Maja. »Aber manchmal sind sie mir zu viel. Meine Mutter kann sehr laut und ein bisschen übergriffig sein. Es klingt vielleicht schlimm, wenn ich das sage, aber neulich hat sie sich Bekannten gegenüber so unmöglich benommen, dass sie mir regelrecht peinlich war.«

Wilhelm sah sie nachdenklich an. »Auch das kommt mir ziemlich normal vor.«

»Schockiert dich das gar nicht? Dass mir meine eigene Mutter manchmal peinlich ist?«

Wilhelm drehte seinen Gartensessel ein wenig zu Maja, sodass sie einander gegenüber saßen. Dann senkte er die Stimme. »Ich verrate dir jetzt mal was. Ich komme aus sehr einfachen Verhältnissen, wie man so schön sagt. Meine Mutter ist nur acht Jahre zur Schule gegangen. Mein Vater hat immerhin eine Ausbildung als Fliesenleger gemacht. Meine Mutter hat nie eine Ausbildung gemacht, sie hat als Putzfrau gearbeitet, damit ich Klavierstunden nehmen konnte. Wenn zu Hause Zeitung gelesen wurde, dann stand BILD auf dem Titel. Unsere Wohnung war winzig und den ganzen Tag lief der Fernseher. Hast du ein Bild vor Augen?«

»Vielleicht.« Maja scheute davor zurück, zuzugeben, dass sie sogar ein ziemlich deutliches Bild vor Augen hatte. Von Schrankwänden in Gelsenkirchener Barock und von Schonbezügen über dem Sofa. Und so sollte Wilhelm aufgewachsen sein?

»Meine Eltern waren toll!«, erzählte Wilhelm. »Sie haben mich abgöttisch geliebt und sie haben alles getan, damit ich es mal besser haben sollte als sie. Meine Mutter hat es sogar geschafft, mir ein Klavier zu besorgen, als eine Familie, für die sie geputzt hat, sich ein neues angeschafft hat. Und trotzdem …«

»… hast du dich manchmal für sie geschämt«, ergänzte Maja leise. »Das bricht einem ja das Herz!«

»Ja, ich hab mich oft für die beiden geschämt«, sagte Wilhelm schlicht. »Ich habe ziemlich früh gemerkt, dass andere Eltern irgendwie gepflegter wirkten als meine. Ich habe mir während der Schulzeit und während des Studiums genau überlegt, wen ich mit nach Hause bringe. Und wenn ich in Konzerten gespielt habe, habe ich immer gehofft, dass meine Eltern keine Zeit haben. Du siehst also: Ich bin Experte darin, Eltern peinlich zu finden.«

»Findest du das nicht schrecklich?«

»Natürlich fand ich das schrecklich! Ich hatte jahrelang furchtbare Gewissensbisse deswegen. Irgendwann habe ich mit einer Freundin über das Thema gesprochen und die hat mich gefragt: ›Sind dir wirklich deine Eltern peinlich? Oder geht es darum, dass du selbst gern ein anderer wärst? Jemand mit einem anderen Background?‹ Dieser Frage hat mir sehr geholfen.«

Maja überlegte. Ging es ihr womöglich genauso? Hatte sie gar keine Probleme mit ihrer Familie oder mit ihrer Mutter, sondern mit sich selbst? Darüber musste sie unbedingt mal in Ruhe nachdenken. Aber nicht jetzt. Jetzt ging es um Wilhelm. »Inwiefern?«, hakte sie nach.

»Ich hab begriffen, dass die Persönlichkeit meiner Eltern ein Teil meiner Persönlichkeit ist. Und dass ich stolz auf meine Herkunft sein kann und darf. Zu meinem letzten Geburtstag habe ich Grünkohl nach dem Rezept meiner Mutter gekocht und meine besten Freunde und meine Eltern gemeinsam eingeladen. War ein sehr schöner Abend!«

»Was bin ich froh, dass deine Geschichte ein Happy End hat!« Maja lächelte. »Deine Eltern haben es bestimmt verdient.« Auf einmal hatte auch sie das Bedürfnis, von ihrer Familie zu erzählen. Auf einmal war sie sich sicher, dass Wilhelm sie verstehen würde.

Dass um sie herum lauter quatschende Leute saßen, störte nicht weiter. Im Gegenteil, der hohe Lärmpegel lud zu einem intensiven Gespräch unter vier Augen ein. Dadurch, dass sie beide ihren Tischnachbarn schon seit geraumer Zeit den Rücken zuwandten, fühlte es sich sowieso ein bisschen an, als wäre sie mit Wilhelm allein.

»Bei mir liegt der Fall ein bisschen anders als bei dir«, sagte Maja. Und dann erzählte sie ihm, warum auch ihr ihre Familie manchmal peinlich war. Sie erzählte von ihrer Kindheit und der unglaublichen Unordnung in allen Schränken, von dem irrsinnigen Lärmpegel, der ständig in der Wohnung geherrscht hatte, von dem chronischen Geldmangel zu Hause und von ihren lustigen, lieben, aber oft auch ganz schön raubeinigen und ungeschliffenen Eltern.

»Also ging es bei euch zu Hause total entspannt zu«, stellte Wilhelm fest, als Maja verstummte. »Nur, dass du in der Stadt aufgewachsen bist, passt nicht ins Bild.«

»Naja. Für die freie Entfaltung in der Natur hatten wir ja immer den Wohnwagen am See. Da sind meine Eltern das halbe Jahr in Badehosen rumgelaufen, wir hatten ständig Besuch und ständig wurde gefeiert.«

»Auch auf die Gefahr hin, dass du mich jetzt schlägst – das klingt alles in allem ziemlich traumhaft! Viele Geschwister, Wochenenden am Wasser, Eltern, die sich für ihre Kinder interessieren, eine gemütliche Wohnung, in der niemand zum Aufräumen gezwungen wird … Kein Wunder, dass du so ausgeglichen und«, Wilhelm räusperte sich, »naja, so sonnig geworden bist.«

»Ausgeglichen und sonnig, ja?« Maja sah ihn verlegen an. Sie hätte nicht gedacht, dass er so nett von ihr dachte. »Du bist wirklich voller Überraschungen«, murmelte sie.

»Das hoffe ich doch.« Wilhelm hielt ihren Blick fest. Merkwürdig intensiv, so wie er sie schon im Probenraum angesehen hatte. Flirtete er etwa mit ihr? Ernsthaft? Auf einmal war Maja sich seiner Nähe sehr bewusst. Sein Knie war nur wenige Millimeter von ihrem Oberschenkel entfernt. Wenn sie ihr Bein nur ein klein wenig nach rechts wandern ließ, würde sie …

Ruckartig schlug Maja die Beine übereinander. Wo kamen denn diese Gedanken auf einmal her? Bein an Bein mit Dr. Wilhelm Heinrich, ja klar. Ihre Hormone waren im Moment wirklich außer Rand und Band. Oder es lag an dem, was Regina gesagt hatte. Die hatte ihr mit diesem Gerede von bedeutungsvollen Blicken einen Floh ins Ohr gesetzt.

Etwas atemlos setzte Maja das Gespräch fort. »Dir ist schon klar, dass ich gerade nicht von meiner Kindheit schwärmen wollte? Im Gegenteil. Ich wollte dir klarmachen, dass bei uns alles etwas anders war als bei anderen.«

»Natürlich. Ich kann mir vorstellen, dass dir das nicht immer angenehm war. Besonders, wenn du Leute mit nach Hause genommen hast, die ganz anders aufgewachsen sind. Einzelkinder oder besonders konservative oder einfach schüchterne Menschen. Trotzdem klingt es total positiv, wenn du über deine Familie redest.«

Maja sah ihn verblüfft an. »Wirklich?«

»Ja, wirklich. Wenn du eben nicht behauptet hättest, dass du dich für deine Familie schämst, wäre ich nie darauf gekommen.«

»Maja! Hier hast du dich versteckt!« Inge stand auf einmal vor dem Terrassentisch. »Ich hatte schon ein schlechtes Gewissen, weil ich dich ganz allein auf die Meute losgelassen habe.« Sie wandte sich an die blonde Frau neben Maja. »Rike, deine Tochter schreit im Flur deine andere Tochter an, es klingt, als könnte es gleich Tränen geben. Vielleicht gehst du mal nachschauen und ich setze mich eine Weile zu meiner Kollegin?«

Majas Tischnachbarin seufzte. »Diese Monster«, sagte sie laut.

Schwupp, schon war sie aufgestanden und Inge ließ sich auf dem freien Platz neben Maja nieder. Maja hätte schwören können, dass Wilhelm enttäuscht aussah. Und sie selbst? Sie fühlte sich ein bisschen wie im Kino, wenn beim Abspann auf einmal das Licht anging.

Kapitel 15

Nachdem Inge sich zu der Runde auf der Terrasse gesetzt hatte, kam ein echtes Tischgespräch in Schwung. Inge stellte jeden am Tisch kurz vor und erzählte, woher sie und ihr Mann den jeweiligen Gast kannten. Bei Maja sagte sie: »Das ist Maja, meine Lieblingskollegin!« Und bei Wilhelm sagte sie: »Das ist Wilhelm. Für ihn kann ich die Hand noch nicht ins Feuer legen.«

Die Runde lachte und am lautesten lachte Wilhelm.

Am Tisch hatte sich eine bunte Truppe versammelt: Maja gegenüber saß eine Schulfreundin von Inge, daneben hockte eine Freundin, die Inge aus der Krabbelgruppe kannte, und daneben Inges alter Tanzpartner. Alle drei hatten ihre besseren Hälften mitgebracht.

»Ihr seid die Resterampe«, verriet Inge. »Alle anderen sind entweder Nachbarn oder wir kennen sie aus der Theatergruppe.«

Nachdem Inge das Eis am Tisch erst mal gebrochen hatte, entspann sich ein lebhafter Austausch, der auch dann nicht abbrach, wenn Inge, was häufig vorkam, sich im Haus um etwas kümmern musste. Man sprach über Gott und die Welt: über Hobbys und Urlaube, Berufe und Berufungen, Haustiere und Kinder.

Maja merkte erstaunt, dass sie sich auf einer Party schon lange nicht mehr so gut unterhalten hatte. Und das lag nicht zuletzt an Wilhelm. Denn – Wunder über Wunder – Dr. Wilhelm Heinrich entpuppte sich als gut trainierter Partygast.

Er holte regelmäßig Getränke für den ganzen Tisch und nahm leere Flaschen mit. Er sprang ein, wenn eine Gesprächspause entstand, und füllte sie mit einer lustigen Anekdote oder einer geistreichen Frage, die ein neues Gesprächsthema anstieß. Er hörte anderen aufmerksam zu. Er war rücksichtsvoll, freundlich und gut gelaunt. Er lachte über alle Witze, auch wenn sie albern waren. Und er gab jedem am Tisch das Gefühl, ein interessanter Gesprächspartner zu sein.

Maja konnte es kaum glauben. Wo war der unterkühlte, wortkarge Mann geblieben, der vor ein paar Wochen die Leitung ihres Chores übernommen hatte?

Markus wollte von ihm wissen: »Bist du mit deinem Chor inzwischen einigermaßen zufrieden?«

Und er antwortete: »Musikalisch? Halbwegs. Allerdings werde ich demnächst einen Stapel Kartoffelsäcke kaufen, damit das ewige Gerede über die beste Chorkleidung für unser Achtziger-Jahre-Konzert aufhört. Wenn ich nicht aufpasse, hüpft mein Chor in neonfarbiger Aerobic-Kleidung auf die Bühne. Ich kann nur hoffen, dass sie mir beim Chorwochenende keine Dauerwelle verpassen.«

Alle lachten.

»Hast du inzwischen eigentlich rausbekommen, woher die Brummtöne im Alt kommen?«, fragte Maja leise, während das allgemeine Tischgespräch sich den Modesünden der Achtzigerjahre zuwandte.

Wilhelm nickte. »Ich habe alle Altistinnen beim Vorsingen darauf angesprochen und die Schuldige entlarvt. Das Brummen kommt von Henrike. Sie hat gebeichtet, dass sie manchmal nur leise summt und die Töne rät, wenn sie unsicher ist.« Er schmunzelte. »Sie dachte, niemand würde das merken. Ich habe ihr geraten, in Zukunft lieber noch ein paar Mal zuzuhören und sich das Summen zu verkneifen. Sie hat versprochen, dass sie das versuchen wird.«

»Das ist mir wirklich noch nie aufgefallen«, gab Maja zu. »Sie muss wirklich sehr leise gesummt habe.«

»Sonst wäre ich ihr auch viel früher auf die Schliche gekommen«, sagte Wilhelm. »Na, als Chorsänger ist man eben überwiegend mit seiner eigenen Stimme beschäftigt, denke ich.«

Henrike also. Maja schüttelte ganz sachte den Kopf. Wenn sie darauf gekommen wäre, hätte sie sich in den Proben schon vor Wochen entspannen und sich außerdem eine Menge Arbeit sparen können!

Wie konnte ein Mensch sich nur derart unterschiedlich geben? Der Wilhelm, der heute Abend neben ihr saß, war durchweg locker und charmant. Am Alkohol konnte es jedenfalls nicht liegen. Soweit Maja das mitbekommen hatte, hatte Wilhelm außer dem Glas Maibowle, das gerade vor ihm stand, nichts Alkoholisches getrunken.

Als Maja Inge beim Abräumen half und sie gemeinsam die Spülmaschine einräumten, schwärmte Inge: »Mensch, das wäre doch ein Mann für dich! Ich gestehe, ich war dagegen, dass Markus ihn anschleppt, denn mal ganz im Vertrauen: Ich bin nicht unbedingt ein Fan von diesem Uni-Volk, die meisten Kollegen von Markus sind zum Gähnen. Aber dieser Wilhelm ist unglaublich sympathisch. Und verdammt sexy, oder?«

Maja hatte noch so oft beteuern können, dass sie im Moment nicht auf der Suche war und Wilhelm lediglich als Chorleiter schätzte, Inge hatte ihr nicht geglaubt und alle Beteuerungen zwinkernd beiseite gewischt. Kein Wunder, dass sie sich neben Wilhelm immer wieder leicht befangen fühlte, dachte Maja, wenn alle Welt ihr einreden wollte, dass er und sie ein tolles Paar abgeben könnten. Was für ein Blödsinn!

Immerhin musste sie zugeben, dass sie die Zeit an Wilhelms Seite genoss. Und ja, sie genoss auch das Gefühl, dass er hier in dieser Runde, die aus lauter Paaren bestand, irgendwie zu ihr zu gehören schien. Sie war sogar seltsam stolz darauf, dass sie ihn besser kannte, als die anderen hier am Tisch. Nicht viel besser, aber immerhin …

Später, als die Sonne schon sehr tief stand und die meisten Familien die Party bereits verlassen hatten, stellte Inge einen Topf mit Tomatensuppe auf den Terrassentisch, aus dem sich die verbliebenen Gäste ganz unkompliziert selbst bedienten. Und noch später brachte sie zwei große Windlichter und einen Stapel Wolldecken.

Während Maja der Tischrunde zuhörte, die gerade hochengagiert darüber diskutierte, ob es sich lohnte, eine eigene Getreidemühle anzuschaffen, lehnte sie sich zurück und kuschelte sich zufrieden in ihre Decke. Wie gemütlich so ein fröhliches Stimmengewirr war! Besonders, wenn ihr Tischnachbar immer wieder seine warme, klangvolle Bassstimme einsetzte und von dem selbst gebackenen Brot seiner Oma schwärmte. Man fühlte sich fast so wohlig wie früher als Kind auf dem Campingplatz, wenn man im Schlafsack in seinem Zelt lag und die Stimmen einer fröhlichen Erwachsenenrunde einen in den Schlaf lullten. Maja gähnte mehrmals hintereinander. Wenn sie nicht aufpasste, würden ihr gleich die Augen zufallen.

Widerwillig rappelte sie sich in ihrem Stuhl auf und streckte sich. »Ich glaube, ich fahre allmählich nach Hause«, sagte sie in die nächste Gesprächspause hinein. »Sonst döse ich gleich einfach weg.«

»Soll ich dich bringen?«, fragte Wilhelm sofort. »Ich bin mit dem Auto da.«

»Nett von dir, aber ich habe mein Rad hier«, lehnte Maja ab und verspürte leises Bedauern. Nicht nur deshalb, weil sie absolut keine Lust auf eine kühle, nächtliche Radtour verspürte.

»Wie schade. Dann müssen wir uns wohl hier verabschieden.« Auch Wilhelm sah enttäuscht aus.

Maja konnte nicht verhindern, dass sie sich über seine betrübte Miene freute. Er schien den Abend an ihrer Seite genauso genossen zu haben, wie sie den Abend an seiner Seite.

Sie verabschiedete sich sehr herzlich von allen und bedankte sich mehrmals bei Inge für den überraschend schönen Tag.

Inge umarmte sie an der Wohnungstür. »Immerhin konnten wir dir einen netten Tischherrn bieten, nicht?« Schon wieder dieses Zwinkern.

Kopfschüttelnd machte sich Maja auf den Heimweg.

Erst als sie zu Hause auf ihr Handy sah, fiel ihr auf, dass sie den ganzen Tag nicht an Tristan gedacht hatte.

In der nächsten Woche freute sich Maja jeden Morgen darauf, ihr Büro zu betreten. Sie liebte ihren leeren, sauberen Schreibtisch. Ihre leeren, sauberen Fensterbänke. Ihre tipptopp sortierten Schränke, in die sie mehrmals am Tag einen Blick warf. Einfach so, nur, um sich aufgeräumt und kompetent zu fühlen. Maja bildete sich ein, dass sie in ihrem generalüberholten Büro sogar gerader am Schreibtisch saß und schneller tippte als sonst.

Leider führte die grandiose Ordnung im Büro dazu, dass sie die grandiose Unordnung in ihrer Wohnung noch stärker wahrnahm. Daraus zog Maja die einzig logische Konsequenz:

Sie verbrachte so wenig Zeit zu Hause wie möglich.

Sie ging am Sonntag mit Heidi in den Zoo und begleitete ihre Schwester danach noch in deren WG, wo sie sich Abendessen kochten und gemeinsam eine rosarote romantische Komödie konsumierten. Sie traf sich Montag *und* Dienstag mit ihren Brüdern im Fitnessstudio und hing dort noch lange nach ihrem Training mit einem ekelhaften Proteinshake an der Bar herum. Sie blieb am Mittwoch ewig im Büro und traf sich im Anschluss mit Birgit zum Abendessen.

Am Donnerstag lud sie sich nach der Arbeit bei Diana zum Kaffee ein, um danach mit ihr gemeinsam zur Chorprobe zu gehen.

»Ich hab keinen Kaffee da, aber ich kann dir einen Chai-Tee anbieten«, sagte Diana, als Maja sich an ihrem Küchentisch niederließ. »Und ich müsste auch noch ein paar Kekse haben …« Sie öffnete ihren einzigen Küchenschrank und griff hinein. »Ha, wusste ich's doch. Sogar Schokokekse.«

»Und ich hatte schon Angst, ich müsste wieder mal auf veganen Haferkeksen herumkauen …«, witzelte Maja.

»Das *sind* vegane Haferkekse. Mit veganer Schokoglasur«, sagte Diana. »Die sind sehr lecker.«

»Hmhm. Bestimmt.« Zweifelnd nahm sich Maja einen Keks und biss ab. Er schmeckte immerhin weniger scheußlich, als sie befürchtet hatte.

»Und? Freust du dich auf die Probe?«, wollte Diana wissen.

»Nicht wirklich. Gleich löchern mich wieder alle mit dem Probenwochenende und ich habe mich seit der letzten Probe überhaupt nicht damit beschäftigt.«

»Äh – solltest du das nicht langsam mal tun?«

»Vielleicht. Andererseits ist doch alles geritzt, oder nicht? Wir sind angemeldet und uns stehen zwei Etagen zur Verfügung. Den Rest kann ich sowieso nicht ändern.«

»Aber solltest du nicht langsam mal verbindliche Anmeldungen von unseren Chorkollegen einsammeln? Wie willst du überhaupt das Geld eintreiben? Sollen wir das auf dein Privatkonto überweisen, oder was?«

Maja nickte nachdenklich. »Hey, keine schlechte Idee. Danke, Diana. Ich hatte wirklich schon überlegt, wie ich das mit dem Geld regele.«

Diana lachte. »Manchmal beneide ich dich. Du denkst immer ›wird schon‹ und tatsächlich ›wird‹ es auch jedes Mal irgendwie.«

»Keine Bange, ich werde mich kurz vor der Fahrt noch mal in Ruhe um alle Details kümmern. Aber in den letzten Tagen hatte ich absolut keine Lust, mich zu Hause an den Schreibtisch zu setzen.«

Diana nahm einen Schluck Tee. »Wie war eigentlich Inges Party am Samstag? War es so schlimm, wie du befürchtet hattest? Nur Helikoptereltern, die sich gegenseitig erzählen, wie unglaublich leistungsstark ihr Nachwuchs ist?«

»Die gab es dort überhaupt nicht. Oder ich bin ihnen nicht begegnet. Aber rate, wen ich stattdessen dort getroffen habe«, forderte Maja.

»Weiß nicht. Tristan? Lissi? Irgendwen aus dem Chor?«, riet Diana unmotiviert.

»Irgendwen aus dem Chor ist sehr richtig!« Maja lächelte. »Ich habe den ganzen Abend neben unserem Chorleiter gesessen.«

»Nein!«

»Doch! Er ist ein Kollege von Inges Mann und er kannte auf der Party niemanden – genau wie ich.«

Natürlich war Diana neugierig und so lieferte Maja bereitwillig eine kurze Zusammenfassung des Abends. Sie erzählte von Wilhelms unstetem Leben der letzten Jahre und seinem Willen, sich an der hiesigen Uni fest zu etablieren. Nur den Teil, in dem sie über ihre Eltern gesprochen hatten, ließ sie aus. Das war zu persönlich gewesen.

»Klingt alles in allem, als fändest du Wilhelm nicht mehr ganz so scheußlich wie am Anfang«, kommentierte Diana Majas Erzählung. »Ich scheint euch bestens unterhalten zu haben.«

»Ja, privat ist er ein anderer Mensch«, sagte Maja leichthin. »Bei Inge war er viel netter und lockerer als in den Proben.«

So verging die Zeit bis zur Probe wie im Flug. Ausnahmsweise schafften Diana und Maja es, sich rechtzeitig von Dianas Küchentisch loszureißen. Sie trafen überpünktlich im Probenraum ein. Peter war schon da, er schoss auf sie zu und umarmte erst Diana, dann Maja.

Maja lachte. »Was ist denn mit dir heute los? Hast du uns so vermisst?«

Peter sah verlegen aus. »Ich mag euch einfach«, murmelte er.

»Wir mögen dich auch«, versicherte Maja, klopfte ihm auf die Schulter und wandte sich ihrer Notentasche zu.

Nach und nach füllt sich der Raum mit Chormitgliedern und der Geräuschpegel stieg. Als Tristan durch die Tür trat, machte Majas Herz gegen ihren Willen einen kleinen Hüpfer. Seit jenem »*Wir wiederholen das mal – aber unter vier Augen*«, hatte sie nichts mehr von ihm gehört. Mittlerweile ging Maja fast davon aus, dass es dabei bleiben würde. Sie hatte ja auch nicht auf seine Nachricht reagiert.

Sie drehte Tristan demonstrativ den Rücken zu – was er konnte, konnte sie auch – und fragte Regina, wie ihre Woche verlaufen war. »Mäßig!«, sagte Regina im Brustton der Überzeugung. »Sehr mäßig!« Sie wandte sich von ihrer Sitznachbarin ab und lehnte sich zu Maja herüber. Dann zischte sie im Flüsterton: »Er hat sich diese Woche nicht ein einziges Mal um die Kinder gekümmert! Es ist nicht zu fassen – er macht sich ein schönes Leben mit seiner Neuen und tut so, als hätte es seine alte Familie nie gegeben!«

»Das ist bitter!«, flüsterte Maja. »Wie kommen die Kinder denn damit zurecht?«

»Sie begreifen zum Glück nicht, was los ist. Ab und zu fragen sie mal nach ihrem Papa, aber es ist ja nicht so, dass er vorher ständig für sie da gewesen wäre.« Regina presste die Lippen fest aufeinander. »Immerhin bin ich froh, dass ich jetzt den Job habe!«

»Freust du dich auf deinen ersten Arbeitstag?«, erkundigte sich Maja. »Oder bist du nervös?«

»Eindeutig Ersteres.« Reginas Haltung entspannte sich etwas. In normaler Lautstärke erzählte sie von ihrer neuen Stelle und von den Aufgaben, die sie erwarteten.

Wilhelms Ankunft machte ihrem Gespräch ein Ende. Er betrat den Raum dicht gefolgt von einer aufregend, man könnte fast sagen kunstvoll gekleideten Miriam. Heute trug sie eine hautenge, leuchtend blaue Hose, dazu cremefarbene Pumps und eine cremefarbene, leicht glänzende Bluse, die sie an den Armen und am Oberkörper elegant umwehte und trotzdem irgendwie sexy aussah. Bestimmt war das reine Seide, dachte Maja. Komplettiert wurde Miriams Outfit wie üblich durch ihren kirschroten Lippenstift. Was Miriam wohl im Monat für Klamotten ausgab? Und ob Wilhelm dieser dramatische Stil gefiel?

Zumindest passte Miriam heute sehr gut zu ihm, denn das leuchtende Rot ihres Lippenstiftes wiederholte sich in Wilhelms Poloshirt und das cremige Weiß ihrer Bluse fand sich in Wilhelms Stoffhose wieder. Die beiden sahen aus, als wären sie einem Modekatalog entsprungen. Wenn man sich Wilhelms schwarzes Sakko wegdachte, trugen sie schon fast Partnerlook.

Wilhelm durchquerte mit großen Schritten den Raum und suchte, kaum dass er seine Noten auf dem Flügel abgelegt hatte, Majas Blick. »Hey, bist du am Samstag gut nach Hause gekommen?«, erkundigte er sich. »Oder bist du schlafend mit deinem Fahrrad in eine Hecke gekippt?«

Maja freute sich. Es gab ihn also noch, den nahbaren, witzigen Wilhelm von Samstagabend. Er war nicht spurlos verschwunden war und hatte sich für alle Zeiten in Mr. Zugeknöpft und Eisgekühlt zurückverwandelt. »Ich habe es mit Mühe und Not in mein Bett geschafft«, antwortete sie. »Obwohl ich vor lauter Gähnen manchmal kaum noch den Weg gesehen habe!«

»Wir haben uns Samstag zufällig auf einer Party getroffen und Maja fand es so langweilig, dass sie fast eingeschlafen wäre«, erklärte Wilhelm den Altistinnen, die mit scharf gespitzten Ohren den Dialog verfolgten.

»Im Gegenteil!«, sagte Maja, »mir war nicht langweilig! Ich fand es einfach nur total gemütlich!«

»Das ist beruhigend.« Kurz leuchtete etwas in Wilhelms Augen auf, aber es war so schnell verschwunden, dass Maja sich fragte, ob sie es sich vielleicht nur eingebildet hatte.

Dann trat Wilhelm vor den Flügel und die Probe begann. Wie üblich war erst nach dem Einsingen der ganze Chor versammelt, wie üblich erhob sich lautes Stimmengewirr, während alle nach ihren Noten kramten.

»Ist eigentlich jemand rausgeflogen, als die Sopräne letzte Woche vorgesungen haben?«, raunte Eva Maja zu. »Hast du etwas gehört?«

Regina drehte sich zu Eva um. »Ich habe gehört, dass er der Neuen im Sopran geraten hat, erst mal in einem anderen Chor etwas Chorerfahrung zu sammeln.«

»Welcher Neuen?«, fragt Eva.

»Der hübschen Dunkelhaarigen. Melania hieß sie, glaube ich. Oder Melina. Ist ja jetzt auch egal.«

»Stimmt.« Eva nickte. »Und du, Regina? Hast du auch noch vorgesungen?«

»Habe ich, aber das war kein Problem.«

Maja klopfte ihr auf die Schulter. »Hätte ich auch nicht erwartet.«

»Maja, gibt es was Neues in Sachen Probenwochenende?«, fragte Wilhelm plötzlich laut und es wurde ruhig im Raum. »Sammelst du heute schon Anmeldungen ein?«

»Äh …« Maja versuchte sich daran zu erinnern, was sie eben mit Diana besprochen hatte. »Ja. Das mache ich. Ich schlage vor, dass wir einfach eine Liste rumgehen lassen, in die ihr euch alle eintragt.«

»Sollen wir da auch eintragen, mit wem wir in ein Zimmer wollen?«

»Genau. Bitte tragt einfach eure Sonderwünsche mit ein, ich sehe dann, ob wir alles möglich machen können.« Hoffentlich hatte das jetzt so geklungen, als hätte sie sich zu all dem schon längst Gedanken gemacht.

»Hast du Listen vorbereitet?«, fragte Birgit dummerweise.

»Äh ja, hatte ich«, behauptete Maja, »aber dummerweise habe ich die auf meinem Schreibtisch liegen lassen. Wir müssen einfach leere Zettel nehmen, das macht ja auch nichts.«

Diana neben Maja schlug die Hand vor den Mund und machte Geräusche, die jemand, der sie nicht kannte, möglicherweise für ein Niesen gehalten hätte. Maja fand das irgendwie illoyal.

Zum Glück war das leidige Thema »Probenwochenende« damit erledigt und Maja konnte sich auf die Probe konzentrieren. Das gelang ihr diese Woche erstaunlich gut! Vielleicht zum ersten Mal verstand sie, warum Regina und Diana und Peter Wilhelm als Chorleiter so schätzten.

Wilhelm schaffte es immer wieder, dass man sich nicht mehr als Einzelperson, sondern als Zelle eines Organismus fühlte. Nachdem sie eine gute halbe Stunde lang den Refrain von »What a Feeling« geprobt hatten, klang es nämlich wirklich, als würde das Lied von einem einzigen vielstimmigen Wesen gesungen.

Beim letzten Durchgang setzte sich Wilhelm ans Klavier und ließ den Chor endlich, endlich den ganzen Refrain singen, statt nach wenigen Takten abzuwinken. Alle atmeten gemeinsam, sangen gemeinsam, existierten gemeinsam. Da tanzte kein harter Konsonant mehr aus der Reihe, da störte kein japsender Atmer mehr die Phrasen, da drang kein Laut in die perfekt auf den Punkt eingehaltenen Pausen. Nicht mal mehr der Hauch eines falschen Tones störte den Gesamtklang. Maja fühlte sich dem gesamten Chor – und das schloss in diesem Moment sogar Lissi mit ein – auf magische Weise verbunden.

Ob es an der erfolgreichen Probe lag oder am guten Wetter – die Stimmung im Pilsbefall war zu späterer Stunde hervorragend. Diesmal hatte Maja sorgsam darauf geachtet, dass sie nicht am Rand des Tisches neben Lissi landete. Stattdessen saß sie zwischen Regina und Diana, ihnen gegenüber hatten Birgit und Peter einen Platz gefunden. Wilhelm, der mit Miriam ein paar Plätze weiter saß, schmunzelte Maja von Zeit zu Zeit fröhlich zu. Die Gespräche sprangen fröhlich hin und her, niemand beschwerte sich über irgendetwas, allen schmeckte das Essen, sogar Lissi hatte heute nichts daran auszusetzen. Endlich war Majas Chor-Kosmos mal wieder völlig in Ordnung!

Kapitel 16

Am Samstag schlief Maja lange. Bei einem kargen Frühstück – Cornflakes mit Apfelsaft, dazu Instantkaffee – in einer total verdreckten Küche beschloss sie, dass sie es nicht länger aufschieben konnte: Sie musste sich endlich um ihre Wohnung kümmern!

Ihren Kühlschrank durchsortieren. Endlich einkaufen. Den Müll rausbringen. Altglas entsorgen. Wäsche waschen. Spülen. Aufräumen. Saugen. Wischen. Das Bad putzen. Das Bett neu beziehen. Es gab keine Ecke in ihrer Wohnung, die nicht nach einer ordnenden Hand schrie.

Vielleicht war es gar nicht so schlecht, dass sie mit ihrer Mutter zerstritten war, dachte Maja. Andernfalls hätte die strahlende Sonne, die vor Majas Fenstern ihr Unwesen trieb, ihr sicher befohlen, sofort raus zum See zu fahren.

Widerwillig machte sich Maja nach dem Frühstück an die Arbeit. Ihr Frühstücksgeschirr ließ sie erst mal auf dem Tisch stehen, neben der Spüle war kein Platz mehr und um die Küche musste sie sich sowieso später noch kümmern. Wo also sollte sie anfangen? Am besten brachte sie erst mal den Müll raus, das war einfach. Leider stellte sie danach fest, dass sie keine Mülltüten mehr hatte. Sollte sie also erst mal einkaufen fahren? Vielleicht sollte sie vorher den Kühlschrank durchsortieren, damit sie einen vernünftigen Einkaufszettel mitnehmen konnte. Aber wie um Himmels willen sollte sie den Kühlschrank durchsortieren, wenn sie keine Mülltüten mehr hatte, um den zweifellos großen Berg an verdorbenen Lebensmitteln wegzuwerfen? Maja machte sich erst mal eine weitere Tasse Instantkaffee, mit der sie sich abermals am Küchentisch niederließ. Vielleicht sollte sie zwei Mal einkaufen gehen? Jetzt, um Mülltüten und vielleicht auch Putzmittel zu besorgen, und später, um die Vorräte in ihrer picobello aufgeräumten Wohnung aufzufüllen?

In ihre Überlegungen hinein klingelte das Telefon und Maja griff begeistert nach dieser willkommenen Ablenkung. »Regina« stand auf dem Display. Wie passend! Wenn es jemanden gab, deren Rat sie gerade brauchen konnte, dann war das Regina.

»Guten Morgen!«, meldete sich Maja fröhlich.

»Dir auch einen guten Morgen!« Regina klang bedrückt. Im Hintergrund quäkten muntere Kinderstimmen durcheinander. »Entschuldige, dass ich dich einfach so störe, aber ich weiß mir gerade keinen Rat. Und du hattest ja gesagt, wenn ich mal Hilfe brauche …« Sie verstummte.

»Klar!«, beeilte sich Maja zu sagen. »Das war ernst gemeint. Besonders jetzt, nachdem du so sensationell mein Büro aufgeräumt hast. Was ist denn los?«

»Es ist mir wirklich unangenehm, dich damit zu überfallen, aber …«

»Nun sag schon, raus damit!«

»Könntest du dir vorstellen, heute für ein paar Stunden meine Brut zu hüten? Meine Tante hatte vorgestern einen Schlaganfall und meine Eltern möchten sie unbedingt besuchen. Aber sie trauen sich nicht zu, die weite Strecke zu fahren. Ich würde sie gern begleiten, aber natürlich ist das Ganze überhaupt nichts für meine Kinder. Und mein egoistischer Ex-Mann hat spontan beschlossen, dass er seine Kinder auch dieses Wochenende nicht sehen kann, weil er angeblich wichtige berufliche Termine hat.« Reginas Stimme triefte vor Ironie.

Maja sah sich in ihrer katastrophal chaotischen Küche um. Drei lustige Kleinkinder hüten oder dem Schmutz den Kampf ansagen? Die Entscheidung fiel leicht! »Natürlich kümmere ich mich um deine Kinder!«, versicherte Maja. »Wir könnten in den Zoo gehen. Oder ich schleppe sie zu diesem neuen Spielplatz im Stadtpark. Mir fällt schon irgendwas ein.«

»Ich packe dir auch ein Picknick und Spielzeug ein und alles, was die Kurzen sonst so brauchen«, versicherte Regina. »Du musst dich um nichts kümmern.«

»Sehr gut, besonders das mit dem Picknick!«, scherzte Maja. »Mach dir keine Sorgen, ich habe kleine Brüder, ich schaffe es schon, deine Kinder ein paar Stunden lang zu bespaßen.«

Regina war unglaublich erleichtert und versprach, Kind und Kegel in einer guten Stunde bei Maja abzuladen. Kaum hatte sie aufgelegt, klingelte das Telefon schon wieder. »Hab ich ein Glück heute«, murmelte Maja halblaut und grinste. Es sah so aus, als würde sie wieder einmal komplett um das Thema »Hausarbeit« herumkommen – ganz ohne eigene Schuld.

»Heidi« kündigte das Display diesmal an. Maja nahm ab. »Hola!«

»Hola! Na, frühstückst du noch?«

»Äh – so ähnlich. Ich habe gerade eine nette Beschäftigung für den Samstag gewonnen. Regina, die aus dem Chor, bringt mir gleich ihre drei Kinder vorbei, weil sie einen dringenden Krankenhausbesuch plant.«

»Kennen die dich denn?«

»Nö. Aber da scheint Regina wohl kein Problem zu sehen.«

»Och, schade.«

»Warum?«

»Ich wollte dich fragen, ob du mit mir zum See fährst.«

»Du weißt genau, dass ich gerade nicht zum See fahren kann. Nicht, so lange ich noch mit Mama verkracht bin.«

Heidi stöhnte. »Ich weiß, ich weiß, das habe ich längst bedacht. Wir können heimlich hinfahren. Mama und Papa sind heute bei einem sechzigsten Geburtstag. Wenn wir es uns am See gemütlich machen, kriegen die das gar nicht mit.«

»Irgendwer von den anderen Campern wird es ihnen sicher erzählen.«

»Na und? Es wird ihnen egal sein, du kennst doch unsere Eltern. Na los, was sagst du – wir könnten doch Reginas Kinder einfach mitnehmen, oder nicht? Ich kann dir beim Babysitten helfen, ich hab durch meine Nebenjobs viel mehr Erfahrung als du.«

»Stimmt«, gab Maja zu. Eigentlich wäre es gar nicht schlecht, eine erfahrene Babysitterin zur Seite zu haben.

Heidi machte weiter: »Nirgendwo kann man Kinder besser beschäftigen als am See. Und wenn sie mittags müde werden, legen wir sie einfach in den Wohnwagen.«

Der Mittagsschlaf. Daran hatte Maja noch gar nicht gedacht. Reginas Kinder waren alle noch im Kindergartenalter, oder? Wenigstens die beiden Jüngsten würden wohl Mittagsschlaf halten wollen. Das ging weder im Zoo noch auf dem Spielplatz. Und auch ihre Wohnung bot momentan nicht besonders viel Platz für kleine Gäste. Da war der Wohnwagen schon praktischer.

»Komm schon«, lockte Heidi. »Ich weiß genau, dass du den See vermisst.«

Da lag sie schon wieder richtig. Maja hatte wirklich Sehnsucht nach dem Seegrundstück. Wer wusste schon, wie lange es dieses Grundstück überhaupt noch geben würde! Wenn sie nicht heimlich hinfuhr, würde sie womöglich nie mehr hinfahren können. Eine furchtbare Vorstellung!

»Gut, fahren wir«, gab Maja nach. »Du hast schon recht, für Kinder gibt es keinen besseren Ort!«

Obwohl Maja Regina inzwischen ganz anders einschätze als noch vor wenigen Wochen, war ihr das offenkundige Chaos, das in der Wohnung herrschte, peinlich. Der Kontrast zu der kleinen, sehr sauberen Familie, die auf einmal ihren Flur bevölkerte, war einfach zu krass. Denn Regina schaffte es auch in Begleitung von drei quirligen Kleinkindern, makellos auszusehen. Sogar die Kinder wirkten unglaublich gepflegt. Alle drei hatten eindeutig frisch gekämmte Haare und trugen – daran hegte Maja nicht den Hauch eines Zweifels – gebügelte Jeans und gebügelte T-Shirts. War Regina schon seit fünf Uhr morgens auf den Beinen oder war sie vielleicht wirklich eine Art Fee mit übersinnlichen Fähigkeiten?

Zum Glück hatte Regina nicht viel Zeit und ihr Interesse an Majas Wohnung hielt sich in Grenzen. Sie stellte drei Kindersitze in den Flur, drückte Maja einen prall gefüllten Wanderrucksack in die Hand und erklärte, dieser würde jede Menge Lieblingsspielzeug, Lieblingssnacks und Klamotten zum Wechseln für jedes Kind enthalten.

»Die Kinder lieben es, wenn jemand sie babysittet«, versprach sie. »Sie wissen genau, dass sie dann endlich mal einen Erwachsenen ganz für sich haben! Und ich bin sicher am frühen Abend zurück.«

Von Majas Plan, mit den Kindern zum Campingplatz zu fahren, war sie begeistert. »Das wird ihnen super gefallen! Pass nur auf, dass Benedict nicht allein schwimmen geht, er steht total auf Wasser!« Tatsächlich reagierten die drei Kinder vollkommen entspannt darauf, bei Maja zurückgelassen zu werden. Sogar Lisa, die Kleinste, lächelte Maja fröhlich an, streckte die Arme nach ihrer Babysitterin aus und kommentierte den Abschied ihrer Mutter mit den Worten: »Will Affelsaff!«

Maja servierte ihren Schützlingen den gewünschten Apfelsaft und packte die Bande dann schnell in ihr Auto, bevor die Kinder sich auf ihren dreckigen Fußböden die gute Kleidung ruinieren konnte.

»Auf zum See!«, rief sie, als endlich alle angeschnallt waren. Mit den gleichen Worten hatten auch die Wochenendausflüge ihrer Kindheit begonnen und damals wie heute lösten die Worte zufriedene Vorfreude in ihr aus.

Die Fahrt zum See verlief ohne besondere Zwischenfälle, wenn man mal davon absah, dass die fünfjährige Sarah und der dreijährige Benedict in Plauderlaune waren und Maja jede Menge unbequeme Fragen stellten. »Warum ist deine Küche eigentlich so dreckig?« war da noch eine der harmlosesten. Viel schwieriger fand Maja die Fragen: »Warum hast du eigentlich keine eigenen Kinder?«, »Wo wohnt dein Mann?« und die Krönung: »Glaubst du, dass unsere Eltern sich bald scheiden lassen?«.

Maja antwortete so ausweichend, sie konnte, und lenkte schnell ab, indem sie ihrerseits Fragen stellte und das Gespräch auf so wichtige Themen wie Lieblingsfarben, Lieblingsspielzeuge, Lieblingswitze und Lieblingsfilme brachte. Sarah und Benedict nahmen all dieses Fragen äußerst ernst und als Maja den Wagen durch die Schranke des Campingplatzes fuhr, kannte sie nicht nur etliche neue Kindergartenwitze, sondern wusste auch, welche Namen die allerbesten für Playmobil-Piraten und Playmobil-Prinzessinnen waren.

»Die sind wahnsinnig pflegeleicht, oder?«, raunte Heidi Maja etwa eine Stunde später zu. »Unfassbar, dass drei Kleinkinder so friedlich miteinander spielen können!«

Sie saßen am Seeufer, hatten sämtliches Sandspielzeug aus dem Vorzelt geholt, das für Lennart und Larissa dort gelagert wurde, und bauten mit den Kindern eine riesige Burg mit Wassergraben.

Die Kinder buddelten hoch konzentriert im Sand, sogar die kleine Lisa schaufelte mit ihren Patschehändchen fleißig Matsch auf die Burg. Die sauberen, frisch gebügelten Klamotten der Kinder waren längst nass und dreckig. Das Autothermometer hatte schon vor einer Stunde einundzwanzig Grad gezeigt, inzwischen war es sicher noch ein paar Grad wärmer. Was schadeten da ein paar nasse T-Shirt-Ärmel oder Hosenbeine?

Maja hatte die Idylle schon aus jedem erdenklichen Winkel fotografiert und die niedlichsten Bilder an Regina geschickt.

»Das hier ist eindeutig der beste Ort für Kinder, oder?« Maja ließ sich neben Heidi plumpsen, die etwas abseits saß und sich eine Buddelpause gönnte. »Egal, wie alt sie sind. Guck dich doch um! Die Schulkinder toben im Wasser, die Kleinen spielen im Sand und die Jugendlichen versammeln sich hinten am kleinen Strand und knutschen und rauchen heimlich. Genau wie wir damals. Ich hab immer gedacht, dass ich meine Kinder auch mal hierher bringen würde. Vorausgesetzt, dass ich mich je traue, welche in die Welt zu setzen, natürlich.«

»Daraus wird jetzt ja wohl nichts mehr. Ich hab gestern mit Mama telefoniert, sie haben einen Interessenten, der sich nächste Woche den Wohnwagen und die Parzelle ansehen will«, sagte Heidi. »Wenn es nach Mama und Papa geht, möchten sie beides in eine Hand geben. Sie sind es ihren Campingnachbarn schuldig, würdige Nachmieter für die Parzelle zu finden, sagen sie.«

Maja spürte auf einmal einen Kloß im Hals. Aber ehe sie melancholisch werden konnte, beschloss die kleine Lisa, dass sie jetzt lange genug friedlich mit den Händchen gebuddelt hatte, obwohl ihre beiden älteren Geschwister mit Schippen arbeiten durften. Sie nahm die kleine, blaue Plastikschippe, die Benedict kurz neben sich abgelegt hatte und haute damit begeistert auf die Sandburg. Benedict war über diesen Diebstahl gar nicht glücklich, er wollte seine Schippe sofort zurück. Statt sie ihm zu geben, drosch sie ihm die Schippe kurzerhand auf den Kopf. Benedict hielt sich schreiend den Schädel und schubste seine kleine Schwester, so fest er konnte, in den Sand. Auch Lisa brüllte jetzt ohrenbetäubend. Sarah ließ sich durch das Gebrüll ihrer Geschwister nicht aus der Ruhe bringen, sie hob weiterhin konzentriert einen Wassergraben aus. Das Ganze war so schnell gegangen, dass Maja und Heidi gar nicht erst hatten eingreifen können.

Jetzt lachte Heidi und sprang auf. »Endlich! Es sind doch keine Aliens! Sie zoffen sich genauso wie normale Kinder auch!« Maja sprang ebenfalls auf und gemeinsam bemühten sich Heidi und sie, den Streit zu schlichten. Zum Glück hatte sich keines der beiden Kinder ernsthaft wehgetan, beide waren lediglich in ihrer Ehre gekränkt. Benedict ließ sich schnell wieder beruhigen, als Heidi ihm zeigte, wie man Tunnel durch die Burg graben konnte, durch die später Spielzeugautos fahren könnten.

Lisa hingegen hörte zwar auf zu brüllen, sie blieb aber ein wenig quengelig. »Ob sie sich doch verletzt hat?«, fragte Maja besorgt, während sie die Kleine auf dem Arm schaukelte. »Oder ob sie Regina vermisst?«

»Quatsch, es geht einfach auf die Mittagszeit zu. Wahrscheinlich hat sie Hunger und wird allmählich müde«, sagte Heidi.

Sarah sah von ihrem Wassergraben auf. »Ich hab auch Hunger«, verkündete sie. »Im Kindergarten gibt es um halb zwölf Essen. Ist es schon halb zwölf?«

Maja sah auf ihr Handy. »Ja, es ist tatsächlich bald halb zwölf.«

»Ich hab auch Hunger«, sagte Benedict, während er seinen Tunnel weitergrub. »Kauft ihr uns Pommes?«

»Pomme-i-s!«, quäkte die kleine Lisa prompt. Maja biss sich auf die Lippe. Warum hatte die Kleine ausgerechnet dieses Wort mitkriegen müssen?

»Sie will auch Pommes!«, erklärte Sarah, falls jemand Lisa nicht verstanden hatte. »Au ja, kriegen wir welche? Mama kauft uns nie Pommes, die kriegen wir nur ganz manchmal von Papa.«

Maja sah Heidi etwas verzweifelt an. Sie konnten doch den Kindern keine Pommes kaufen, wenn Regina ihnen gesunde Snacks eingepackt hatte. Oder?

Heidi sah das anders. »Als Babysitter darf man die Kinder verwöhnen«, fand sie. »Warum kaufen wir ihnen nicht eine Portion? Die können sie sich teilen und danach gibt es das Picknick von Regina.«

Zögernd stimmte Maja zu. Hoffentlich würde Regina ihr das verzeihen.

Während Maja mit den Kindern zum Waschhaus ging, um die Großen noch mal zur Toilette zu scheuchen, Lisas Windelhöschen zu wechseln und allen Kindern vor dem Essen die sandigen Hände zu waschen, organisierte Heidi am Kiosk die gewünschte Schale Pommes. Wenig später hatte sich die hungrige Schar um den großen Tisch im Vorzelt versammelt. Heidi hatte in weiser Voraussicht drei Teller aus dem Wohnwagen geholt und verteilte die Pommes Frites darauf. Die Kinder waren begeistert. Benedict und Sarah machten sich danach sogar wirklich noch über die Vollkornbrote und Apfelschnitze und Möhrenstifte her, die ihre Mutter ihnen eingepackt hatte. Der kleinen Lisa hingegen fielen bereits beim Essen die Augen zu. Sie ließ sich mühelos überreden, auf dem großen Bett im Wohnwagen ein Nickerchen zu machen.

Zu Majas Verwunderung beschlossen die beiden älteren Kinder nach dem Essen ebenfalls, dass sie sich jetzt hinlegen wollten. Benedict kuschelte sich hundemüde einfach an seine kleine Schwester, Sarah hingegen machte es sich in der Sofaecke des Wohnwagens gemütlich. »Ich wollte schon immer mal in einem Wohnwagen schlafen«, sagte sie selig, bevor sie gähnte und die Augen schloss.

»Unglaublich!« Heidi verließ den Wohnwagen auf Zehenspitzen. »Ich glaube nicht, dass ich mich als Kind auch nur ein einziges Mal freiwillig hingelegt habe. Und wenn ich babysitte, muss ich immer stundenlang mit Engelszungen auf meine Schützlinge einreden, bevor die ein Bett auch nur angucken.«

»Vielleicht könnte ich mir doch vorstellen, Kinder zu bekommen«, überlegte Maja. »Möglicherweise wäre ich ja doch keine ganz und gar grauenvolle Mutter. Reginas Kinder scheinen zumindest einigermaßen zufrieden mit mir zu sein.«

Am frühen Abend fuhr Maja die Kinder direkt nach Hause. Regina hatte zwar angeboten, die Kinder bei Maja abzuholen, aber Maja wollte unbedingt vermeiden, dass Regina ein weiteres Mal ihre Wohnung betrat und diesmal womöglich sogar Küche oder Bad inspizierte.

Regina nahm ihre dreckverschmierte, zerknitterte, aufgeregt plappernde Bande begeistert in Empfang. Mit den gepflegten Kleinkindern, die Regina am Vormittag Maja übergeben hatte, hatten diese drei Sumpfmonster zwar nur noch entfernt Ähnlichkeit, aber Regina drückte die drei Kinder trotzdem an sich und kümmerte sich überhaupt nicht darum, dass jede Menge Sand und Moos und undefinierbarer Schlamm auf ihrem tiefschwarzen Hosenanzug landete. »Da seid ihr ja wieder!«, rief sie froh. »Habt ihr euch einigermaßen benommen? Oder habt ihr Maja in den Wahnsinn getrieben? Die Fotos sahen ja aus, als hättet ihr Spaß gehabt.«

»Es war toll!«, rief Sarah, »wir haben mit Heidi und Maja eine Sandburg gebaut. Und dann waren wir im Wald und haben ein Tipi gefunden und da haben wir dann gewohnt, obwohl alles ganz dreckig war.«

»Und Lisa hat mich mit einer Schippe gehauen«, ergänzte Benedict. »Aber ich hab keine Beule und danach gab es Pommes und ich bin einfach mit meinen Klamotten in den See gegangen.«

»Pomme-i-s!«, rief Lisa.

Maja errötete leicht. »Es war nicht so schlimm, wie es jetzt klingt!«, sagte sie. »Die meiste Zeit haben wir deine Kinder pädagogisch wertvoll beschäftigt. Und wir haben ihnen nur eine einzige Portion Pommes gekauft, die sie sich geteilt haben. Danach haben sie nur noch Obst und Gemüse gegessen.«

»Du musst dich doch nicht entschuldigen!« Regina lachte schallend. »Sie sind unverletzt und sie haben gute Laune. Bei drei Kleinkindern ist das schon eine reife Leistung! Und du bist also einfach mit deinen Klamotten in den See gegangen, ja?«, wandte sie sich an Benedict.

»Ich war nicht schnell genug«, bedauerte Maja. »Er ist einfach losgerannt und ich habe ihn erst gekriegt, als er schon im Wasser war. Gut, dass wir Wechselklamotten hatten! Aber die sind im Wald leider auch etwas schlammig geworden …«

Während die Kinder wild durcheinander redeten und alles auf ihre Mutter losließen, was ihnen heute wichtig gewesen war, versuchten Regina und Maja, sich wenigstens kurz über die Tagesereignisse auszutauschen. Aber sie hatten keine Chance. Sarah, Benedict und Lisa hatten zu viel erlebt und forderten die volle Aufmerksamkeit ihrer Mutter ein. Schließlich gaben die beiden Frauen auf und vereinbarten, dass Regina Maja anrufen würde, sobald die Kinder im Bett lagen.

Die lauten Rufe der Kinder – »Ich will es erzählen!«, »Nein, ich will es erzählen!« – drangen durch das gekippte Flurfenster bis auf den Bürgersteig, an dem Maja ihr Auto geparkt hatte.

Zu Hause öffnete Maja eine Flasche Rotwein, die sie irgendwann mal zum Kochen gekauft und nie benutzt hatte, schenkte sich eine halbe Tasse davon ein – saubere Gläser hatte sie nicht mehr – und ließ sich mit ihrer Beute auf dem Balkon nieder. Puh! Sie war fix und fertig und unglaublich dankbar für die Ruhe, die sie umgab.

Waren Larissa und Lennart vor ein paar Jahren eigentlich auch so anstrengend gewesen? Vermutlich, auch die beiden waren lebhafte, aufgeweckte Kinder. Aber Maja hatte ihren Neffen und ihre Nichte noch nie über mehrere Stunden allein betreut. Wenn Not am Mann war, sprang eigentlich immer Oma Rita ein.

Regina bändigte Tag für Tag drei Kleinkinder! Und ihre eigene Mutter hatte damals sogar fünf Kinder zu Hause gehabt, auch wenn der Altersabstand bei Maja und ihren Geschwistern nicht ganz so klein ausgefallen war wie bei Reginas Kindern.

Trotz allem, obwohl Maja sich fühlte, als hätte sie einen Marathon oder einen Arbeitstag auf einer Baustelle hinter sich, hatte sie den Tag genossen. Es war schön gewesen, mit Reginas Kindern auf den Spuren der eigenen Kindheit zu wandeln. Und es hatte Spaß gemacht, mit ihnen über den Campingplatz zu bummeln und die herzliche Atmosphäre zu spüren, die auf dem Platz herrschte. Die Kinder hatten dafür gesorgt, dass Heidi und Maja auch mit Campingnachbarn ins Gespräch gekommen waren, mit denen sie ewig nicht mehr geplaudert hatten, denn natürlich war man allgemein neugierig und fragte sich, ob die Müller-Schwestern plötzlich zu Nachwuchs gekommen waren. Als Benedict voll bekleidet in den See gelaufen war, waren gleich zwei Wohnwagennachbarn mit Maja aufgesprungen und Richtung See gesprintet, um den Kleinen vorm Ertrinken zu bewahren.

Ein guter Ort für Kinder, fürwahr. Aber leider nicht für ihre Kinder. Oder für Heidis.

Maja nahm einen zweiten Schluck Wein aus der Tasse und wollte versonnen in die Ferne sehen und ihren melancholischen Gedanken nachhängen. Stattdessen verzog sie das Gesicht. Diese Wein-Idee war im ihrem Kopf eindeutig besser gewesen als in der Realität. Kein Wunder, dass die Flasche schon seit Ewigkeiten in ihrem Küchenschrank herumlag. Angewidert leerte Maja den Rest der Tasse in den Blumenkasten, in dem schon lange nur noch vertrocknetes Unkraut wuchs und ging auf der Suche nach einer schönen Alternative zurück in die Küche. Aber sie hatte keine Milch mehr, die sie für einen leckeren Kakao gebraucht hätte und außer ekelhaftem Salbeitee waren noch nicht mal Teebeutel da. Gut, dann würde sie eben bei einem schönen Glas Leitungswasser auf dem Balkon entspannen. Und weil es wirklich nicht mehr anders ging, würde sie sich irgendwann am heutigen Abend wohl doch noch zum Einkaufen schleppen. Hoffentlich würde niemandem im Supermarkt auffallen, wie fleckig ihre Jeans von dem Moos im Tipi waren. Sie war einfach nicht mehr in der Lage, sich umzuziehen.

Regina rief an, nachdem Maja mit letzter Kraft ihre Einkäufe in den Schränken verstaut hatte. Wunderbarerweise hatte sie alles unterbekommen, sogar die Türen der Küchenschränke ließen sich noch schließen. Jetzt lag sie mit einer Banane in der Hand auf ihrem Sofa und hoffte, dass die Tiefkühlpizza fertig wurde, bevor ihr die Augen zufielen.

Maja meldete sich schon nach dem ersten Klingeln. »Guten Abend«, gähnte sie.

Regina klang erschreckend munter. »Danke!«, sagte sie statt einer Begrüßung. »Noch mal in aller Form und furchtbar ernst gemeint: danke, danke, danke, dass du – oder vielmehr: ihr euch heute um die Kinder gekümmert habt. Sie scheinen sich gut amüsiert zu haben und ich hätte wirklich nicht gewusst, was ich ohne dich getan hätte!«

»Kein Problem, hab ich gern gemacht«, gähnte Maja.

Regina kicherte. »Du bist völlig fertig, oder? Kein Wunder, die können einen ganz schön schlauchen.«

»Dich nicht, oder? Wie geht es deiner Tante?«

»Den Umständen entsprechend. Sie trägt es mit Fassung, dass ihre linke Hand vorerst gelähmt ist. Aber meine Mutter hat das Ganze sehr mitgenommen, ich war sehr froh, dass ich dabei war.«

»Das freut mich.« Maja gähnte wieder.

»Meine Eltern sind so dankbar, dass ich sie begleitet habe, dass sie mir die Kinder morgen abnehmen wollen.«

»Dann hast du ja richtig frei! Wie nett von ihnen!«, sagte Maja. »Ich hingegen muss morgen endlich auf meine Wohnung losgehen. Sie ist in einem unsäglichen Zustand, so schlimm, dass ich dich heute am liebsten gar nicht reingelassen hätte. Ich muss ausmisten und putzen und sortieren und Wäsche machen … Bäh!« Maja streckte ihrem Bücherregal, in dem sich leider kaum Bücher, dafür aber allerlei Krimskrams stapelte, die Zunge heraus.

»Tja. Ich weiß nicht recht, wie ich dir das sagen soll, ohne dass es komisch rüberkommt und ohne dass du das als Einmischung oder Kritik an deiner Person empfindest, aber ich hoffe jetzt einfach mal, dass ich die richtigen Worte finde ...«

»Was willst du mir sagen? Dass ich längst hätte aufräumen müssen und dass so eine Wohnung in meinem Alter peinlich ist? Ich weiß ...«, sagte Maja trübsinnig.

»Nein, nein, es geht in eine ganz andere Richtung!«, sagte Regina eilig. »Es ist eher peinlich für mich. Ich ... äh ... weiß nämlich nicht, was ich morgen ohne die Kinder machen soll, und ich kann mir ehrlich gesagt für einen einsamen Sonntag nichts Schöneres vorstellen, als eine versiffte Wohnung wieder herzurichten. Darf ich morgen bitte vorbeikommen und dir helfen?«

Kapitel 17

Was für eine Schlacht!

Maja war hin- und hergerissen zwischen Entsetzen und Begeisterung. Denn Regina donnerte wie ein Wirbelwind durch Majas Küche und räumte sämtliche Schränke, Schubladen und Regale aus. Sie hatte Unmengen von Umzugskisten und Säcken mitgebracht und füllte ohne nachzudenken Kiste um Kiste und Sack um Sack mit allem, was sich irgendwie bewegen ließ. Sogar Majas dreckiges Geschirr wurde in einen mit Zeitungspapier ausgelegten Umzugskarton gesteckt.

»Aufgeräumt wird später«, hatte Regina verkündet. »Wir müssen erst mal eine Situation schaffen, die es uns überhaupt erlaubt, aufzuräumen. Wir brauchen saubere, leere Schränke und saubere, leere Regale. Und dann erst können wir sorgfältig ausgewählte Dinge ordentlich darin verstauen. Nur eindeutigen Müll werfen wir sofort weg. Wir wenden das gleiche Prinzip an wie in deinem Büro, einverstanden?«

»Klar. Ich werde mich blind an deine Ratschläge halten. Du siehst ja, wohin es führt, wenn man mich mir selbst überlässt.«

»Du hast das Aufräumen nur nie gelernt. Aber das macht nichts, dann lernst du es eben jetzt. Es ist nämlich eigentlich total einfach.«

»Sagst du.«

»Weiß ich. Sogar Sarah und Benedict können schon selbst aufräumen. Allerdings nur, weil ich in den Kinderzimmern alle Boxen mit Fotos vom Inhalt beklebt habe. Auf der Legokiste klebt ein Bild von einem Legostein, auf der Malkiste ein Bild von Buntstiften und so weiter. Das kann man auch als Erwachsener machen, es schadet nicht, Regalbretter zu beschriften.« Energisch füllte Regina einen Umzugskarton mit allem, was in Majas rechtem Oberschrank lagerte.

Maja übernahm den linken Oberschrank. Beschämend oft ließ sie einen Gegenstand in die Mülltüte plumpsen. Meistens waren das angebrochene Lebensmittelpackungen, bei denen schon eine kurze Geruchsprobe oder ein Blick auf den Inhalt genügten, um zu wissen, dass sie längst nicht mehr im Schrank stehen sollten. Muffig riechender Reis oder weiches Knäckebrot oder weiß angelaufenes Schokoladenmüsli zum Beispiel.

So sehr sich ihre Sicht auf Regina auch verändert hatte und so sehr Maja ihre Hilfsbereitschaft schätzte: Maja wünschte sich, ihr Haushalt wäre ein klein wenig besser in Schuss. Sie hätte schon gestern Abend wenigstens ihre alten Lebensmittel entsorgen und den Müll wegbringen und das Geschirr spülen sollen. Ganz leicht fiel es nämlich nicht, wenn man dem korrektesten Mensch, den man kannte, einen ungeschönten Blick auf die eigenen Versäumnisse und Unzulänglichkeiten erlauben musste!

Glücklicherweise kommentierte Regina weder die unzähligen Taschentuchpackungen, die in sämtlichen Küchenschränken auftauchten, noch die unnötig vielen Servietten, die, teilweise zerknüllt, an den unmöglichsten Orten steckten. Und auch zu den vielen halb heruntergebrannten Kerzen oder zu dem Weihnachtsschmuck, der in den verschiedensten Ecken herumkullerte, sagte sie nichts. Nada. Sie runzelte kein einziges Mal die Stirn. Sie packte einfach nur alles ein und wirkte, als wäre sie wirklich mit Feuereifer bei der Sache. Sie summte fröhlich vor sich hin und arbeitete zügig und ununterbrochen.

Die gefüllten Kisten – und davon produzierten sie erschreckend viele – stapelten Maja und Regina im Wohnzimmer und im Flur. Maja war heilfroh, als die Küchenschränke endlich leer waren.

»Jetzt sieht es hier aus wie bei Diana«, sagte Maja. In der leeren Küche hallten ihre Worte von den Wänden wieder. »Die hatte noch nie besonders viel für Konsum übrig, aber vor ein paar Monaten hat sie jede Menge Bücher über Minimalismus und eine leichte, beflügelte Seele in einem entrümpelten Leben gelesen. Danach hat sie von dem bisschen, was in ihrer Wohnung stand, mehr als die Hälfte verschenkt. Jetzt sieht es in ihrer Wohnung aus, als wäre sie gerade erst eingezogen und hätte noch nicht alle ihre Sachen ausgepackt. Total leer, total aufgeräumt. Das wäre mir zu extrem.«

»Da muss wohl jeder sein ganz persönliches Maß finden«, sagte Regina. »Menschen sind so unterschiedlich, da dürfen Lebensstile es wohl auch sein. Fest steht für mich nur, dass Dinge belasten, wenn ihr Besitzer sie als belastend empfindet. Und wenn du findest, dass dein Zeug dich erstickt, muss eben ein Teil davon weg, denke ich.«

»Das denke ich auch.«

Maja und Regina wischten sämtliche Regalbretter, den Tisch, die Fensterbank und die Arbeitsplatte sauber. Regina scheuerte das Kochfeld mit einem speziellen Reiniger, den sie mitgebracht hatte, und zum Schluss saugte Maja den Boden und Regina wischte hinterher.

Die Küche sah auf einmal toll aus! Erst jetzt, wo nichts mehr rumstand, sah man, wie hübsch der Raum war. Der graue Fliesenboden und die graue Arbeitsplatte wirkten auf einmal wieder edel, die Küchenzeile, die Maja bei ihrem Einzug für viel Geld gekauft hatte, verströmte mit ihren Fronten aus hellem Holz Behaglichkeit. Sogar die Altpapierkiste sah hübsch aus, wenn der Deckel nicht schief in der Luft schwebte, weil so viel buntes Papier aus der Kiste quoll.

»Kann ich meinen Kram nicht einfach raus auf den Bürgersteig stellen und dort vergessen?«, fragte Maja. »Mir gefällt diese Leere gerade unheimlich gut.«

Natürlich räumten sie dann doch Kiste für Kiste zurück in die Küche. »Es fällt Menschen unheimlich schwer zu entscheiden, was sie wegwerfen wollen. Dagegen ist es komischerweise recht einfach zu entscheiden, was man behalten möchte«, dozierte Regina. »Fazit: Alles, was du jetzt nicht zurück in deine Schränke räumen möchtest, solltest du mittelfristig entsorgen.«

»Sag mal, hast du irgendein Seminar besucht? Oder warst du in deinem früheren Leben Lifestyle-Coach?«

»Ich habe schon als Kind leidenschaftlich gern aufgeräumt. Und ich muss gestehen, dass ich mit Begeisterung diese Entrümplungsshows im Fernsehen sehe.« Regina öffnete einen Karton und nahm dreckige Tassen und Teller heraus, die sie an die Spüle stellte. »Lifestyle-Coach – das wäre übrigens ein interessanter Plan B, falls mir meine neue Stelle nicht gefällt. Ich *liebe* es, aus Unordnung Ordnung zu zaubern.«

Sie spülten das dreckige Geschirr und räumten es ordentlich in die Schränke, sie fanden jede Menge Besteck in verschiedenen Kisten und räumten einen Teil davon ordentlich in die Besteckschublade, sie schmissen unzählige abgelaufene Gutscheine und alte Kinokarten und zerknüllte Rezepte, die Maja aus Zeitungen ausgerissen hatte, weg. Sie separierten neue Lappen von gebrauchten Lappen, trennten uralte löchrige Geschirrhandtücher von modernen, nie gewaschenen. Sie fanden quer über alle Kisten verteilt für Majas sämtliche sechs Töpfe die richtigen Deckel, was Maja kaum glauben konnte. Sie fanden außerdem längst vergessene Ketten und Haarspangen und etwa fünfunddreißig Kugelschreiber. Und sie fanden Majas Frühstücksbrettchen von früher, ein Holzbrett, dass die Form eines Schweins hatte und das Maja als Kind heiß und innig geliebt hatte.

»Das kommt nicht weg«, sagte Maja ein bisschen trotzig und presste ihr altes Brettchen fest an ihren Körper. »Das behalte ich und vielleicht hänge ich es sogar auf.«

Regina lachte. »Allein deine Entscheidung! Ich würd's wegwerfen, nur aus Nostalgie bewahre ich nichts auf. Aber jeder tickt da anders.«

Obwohl Maja ihre Küchenschränke schon fast wieder gefüllt hatte, blieb noch eine Menge übrig, die in den Kisten landete, die mit »Müll« und »verschenken« beschriftet waren.

Da Majas Keller sich nicht als Lagerraum nutzen ließ – auch hier lagerten zu viele Sachen – klingelte Maja beim Hausmeister und fragte, ob sie die leer stehende Garage im Hof für einige Tage als Zwischenlager missbrauchen durfte. Sie durfte. Und so stapelten sich am frühen Abend, als Regina sich in Hochstimmung verabschiedete, unzählige Kisten mit Majas überflüssigem Zeug in der Garage.

Regina verabschiedete sich am frühen Abend, nachdem sie acht Stunden lang mit Maja die Wohnung umgegraben hatte. Maja wanderte staubbedeckt und schmutzverschmiert wieder und wieder durch Küche, Bad und Wohnzimmer und staunte. So lange man die Schlafzimmertür geschlossen hielt – das Schlafzimmer hatten sie nicht mehr geschafft – sah die Wohnung fantastisch aus.

Alles strahlte vor Sauberkeit und nirgendwo stand mehr etwas herum. Die Bücher im Wohnzimmerregal – übrigens standen *ausschließlich* Bücher im Wohnzimmerregal – sahen aus, als hätte jemand eine Wasserwaage benutzt, um sie aufzustellen. Die Sofakissen waren aufgeschüttelt und ordentlich arrangiert worden, sodass Majas Sofa fast wie damals aussah, als sie es im Möbelkaufhaus ausgesucht hatte. Das Badezimmer strahlte vor Sauberkeit und alle Kosmetikfläschchen und Make-up-Utensilien und Haarspangen verschwanden entweder in dem Spiegelschrank oder in dem Schränkchen hinter der Tür.

Es war verblüffend. Wundervoll.

Es war merkwürdig. Leer.

Und irgendwie *ungemütlich*, schoss es Maja durch den Kopf. Wie seltsam. Da erstrahlten ihre Räume endlich einmal in dem Glanz, nach dem sie sich immer gesehnt hatte und dann fand sie das *ungemütlich*? Blödsinn. Die Wohnung sah grandios aus. Sie musste sich einfach nur an diese neue … *Grandiosität* gewöhnen. Basta.

Maja duschte lange. Während das warme Wasser auf sie herniederprasselte, betrachtete Maja durch die Glaswand der Dusche die leere Badewanne, auf deren Rändern nur noch eine einzige Flasche mit Badezusatz stand. Ob der neue Zustand ihrer Wohnung wohl ordnend auf ihr Seelenleben wirken würde, ganz so, wie Diana es immer behauptete? War die Aufräumaktion heute womöglich der Startschuss für etliche fundamentale Veränderungen in ihrem Leben? Würde sie endlich diejenige werden, die sie immer hatte sein wollen?

Wäre sie über kurz oder lang jemand, der sich abends die Kleidung für den nächsten Tag bereitlegte und der grundsätzlich nur mit Einkaufszettel einkaufen ging? Würde sie endlich anfangen, Kassenbons ordentlich abzuheften, damit sie sie wiederfand, falls sie etwas reklamieren wollte? Würden vielleicht sogar ihre Locken allmählich aufhören sich zu locken und würden ihre Haare stattdessen schon morgens nach dem Aufstehen in glatten und glänzenden Bahnen ihr Gesicht umschmeicheln? Würde sie in Zukunft nie mehr zu spät sein, an jedermanns Geburtstag denken und grundsätzlich in jeder Situation die richtigen Sachen dabei haben? Würde sie sich nach und nach in Regina verwandeln?

Maja musste erst leise kichern und dann laut lachen. Als ob es so einfach wäre, ein anderer Mensch zu werden. Und vielleicht wollte sie das auch gar nicht. Wenn sie sich in eine Regina verwandeln würde, würde sie womöglich noch ihr Schweinebrettchen wegwerfen. Und das ging nun wirklich nicht. Das Schweinebrettchen war so ziemlich das einzige verspielte, liebevolle Element, das ihre Küche noch zu bieten hatte.

Maja föhnte ihre Locken, bis sie einigermaßen trocken waren und zog ihre gemütlichsten Sofaklamotten an – eine Jogginghose und ein langes, weites T-Shirt. Beide Kleidungsstücke hatten schon bessere Zeiten gesehen. Das T-Shirt hatte ein paar seltsame dunkle Flecken, die entstanden waren, als Maja Heidi die Haare getönt hatte, und die Jogginghose war mit der Zeit immer kürzer, dafür aber leider auch immer breiter geworden. Regina hätte mir die beiden Teile bestimmt weggenommen, dachte Maja. Gut, dass sie es heute nicht mehr bis ins Schlafzimmer geschafft hatten!

Das penetrante Klingeln der Haustür riss Maja aus ihren Gedanken. Wer klingelte denn um diese Zeit noch? Hatte der Hausmeister die Kartonberge in der Garage gesehen und jetzt wurde es ihm Angst und Bange? Oder hatte Heidi wieder mal ein dringendes Männerproblem, das sie mit Maja besprechen musste? Darauf hatte Maja jetzt gar keine Lust, sie war total erledigt.

Trotzdem tapste Maja durch den Flur und drückte den Knopf für die Gegensprechanlage. »Ja, bitte?«

Eine vertraute Stimme klang aus dem Lautsprecher: »Passt es gerade, Prinzessin? Wenn du mich wegschickst, brichst du mir das Herz!«

Tristan.

Von einem Augenblick auf den anderen war Majas Erschöpfung Geschichte und Adrenalin rauschte durch ihre Adern. Tristan von Birkhain stand in Fleisch und Blut unten vor ihrem Haus und sie sah absolut unterirdisch aus. Mal wieder.

»Einen Moment«, rief sie panisch. Sollte sie einfach auf den Summer drücken? Nein. Sie konnte Tristan nicht in Klamotten empfangen, die eigentlich auf den Müll gehörten. Nicht nach allem, was sie sich sowieso schon geleistet hatte.

»Ich bin nackt!«, rief sie verzweifelt. Das war die erste Ausrede, die ihr in den Sinn gekommen war.

»Das macht gar nichts«, kam es tief und unglaublich anzüglich aus dem Lautsprecher. »Damit lässt sich arbeiten.«

Maja hätte gern von sich behauptet, dass diese Worte sie absolut kaltließen. Taten sie aber nicht. Nicht im Geringsten. Es war geradezu beschämend, wie heftig eine Welle von Lust ihren Körper überrollte. »Warte einen Moment«, brachte sie hervor, erstaunt, wie heiser ihre Stimme auf einmal klang.

Auf wackeligen Beinen ging sie ins Schlafzimmer und riss den Kleiderschrank auf. Tristan steht vor meiner Tür, Tristan steht vor meiner Tür!, hämmerte ihr Herz. Was sollte sie nur anziehen? Hektisch riss sie sich die verbeulte Jogginghose und das Top vom Körper und starrte in ihren Schrank. Wie sollte sie denn zwischen all diesen zerknüllten Klamotten in auf die Schnelle ein Traumoutfit finden?

Irgendwann merkte Maja, dass sie schon viel zu lange so stand und starrte. Sie konnte Tristan doch nicht minutenlang vor der

Haustür stehen lassen! Schließlich griff sie spontan nach dem einzigen Kleidungsstück, das nicht zerknüllt aussah: dem wild gemusterten Jumpsuit, den sie neulich aus einer Laune heraus gekauft und noch nicht zurückgebracht hatte. Ehrlich gesagt war sie sich weiterhin nicht sicher, ob das Ding supertrendy oder einfach nur peinlich an ihr wirkte.

Aber jetzt war nicht die Zeit, um sich solche Fragen zu stellen. Jetzt musste einfach nur schnell ein Outfit her. Maja entfernte rasch das Etikett und stieg hastig in ihre Neuerwerbung, knöpfte ihn gerade so weit zu, dass ihr BH nicht mehr zu sehen war und sprintete zurück in den Flur zur Gegensprechanlage. »Kannst reinkommen«, rief sie etwas atemlos und drückte den Summer. Mit zitternden Fingern band sie den Bindegürtel ihres Jumpsuits und sah in den Flurspiegel. Na prima, jetzt sah sie nicht mehr abgerissen aus, sondern wie ein Clown. Schon hörte Maja Schritte im Treppenhaus. Mist, die Schlafzimmertür stand noch offen und dahinter sah es weiterhin aus, als wären Bomben explodiert. Maja warf die Tür energisch zu und sprintete dann zur Wohnungstür, wo sie sich hinter der geöffneten Tür an die Wand lehnte, die Hände in die Hosentaschen schob und ihren Besucher erwartete. Maja hoffte, dass die Pose nach totaler Entspannung aussah, obwohl sie sich nach totaler Anspannung anfühlte.

Tristan joggte elegant die Stufen zu Majas Wohnung hinauf. Wieder einmal dachte Maja, dass Männer wie er verboten werden sollten. Männer, die derart groß und gut gebaut und gut aussehend waren und einen derart strahlend anlächelten. Solchen Männern konnte man nicht widerstehen und das war irgendwie unfair.

»Schön, dich zu sehen, Prinzessin!« Schon stand Tristan vor ihr und zog sie in seine Arme. Maja spürte seine Hände an ihren Schultern, seine Bartstoppeln an ihrer Wange, seinen warmen Oberkörper an ihrem Oberkörper. Sie atmete tief ein, berauschte sich an seinem Duft und befürchtete, dass jeden Moment ihre Beine unter ihr nachgeben würden.

»Hallo Tristan«, piepste sie. »Was für eine Überraschung.« Da war sie wieder, diese minderbemittelte Kleinmädchenstimme, die ihr Stimmapparat offenbar eigens für Begegnungen mit Tristan vorgesehen hatte. Maja räusperte sich und sie schob Tristan unter Aufbietung einer gehörigen Portion von Selbstbeherrschung von sich. »Komm rein«, sagte sie, wieder in einer halbwegs normalen Stimmlage.

Tristan schloss die Wohnungstür hinter sich und folgte Maja ins Wohnzimmer. »Ich war gerade in der Gegend und habe an dich gedacht«, sagte er. »Und da dachte ich – hey, wir versuchen seit Wochen, uns zu verabreden, warum gucke ich nicht einfach bei dir vorbei. Schöne Wohnung, übrigens.« Tristan blieb vor dem Sofa stehen und sah sich um. »Sehr clean. Komisch, irgendwie hatte ich etwas ganz anderes erwartet.«

»Ach ja? Und was?« Maja ahnte die Antwort.

Tristan überlegte. »Nun – du bist ein kleiner Paradiesvogel, oder nicht? Ich hätte mehr bunten Krimskrams erwartet, schätze ich.«

Ein Hoch auf Regina, dachte Maja. Wäre Tristan gestern Abend vorbeigeschneit, hätte er eine Menge bunten Krimskrams bewundern können.

»Kann ich dir etwas anbieten?«, fragte Maja und kam sich sehr kultiviert vor.

»Gern.« Tristan ließ sich auf Majas Sofa fallen. »Ich nehme ein Glas Rotwein, wenn du hast.«

Maja hätte am liebsten in die Luft geboxt und »Yes!« gerufen. Rotwein war nämlich so ziemlich das einzige Getränk, das sie da hatte. Neben Kaffee, Milch und Leitungswasser, natürlich. Die Flasche, die sie gestern geöffnet hatte, war noch fast voll und stand im Kühlschrank. Und dank Regina besaß sie nicht nur gespülte Weingläser, sie wusste sogar auf Anhieb, in welchem Schrank diese zu finden waren.

Maja entkorkte die Flasche und nahm sie in die rechte Hand, mit der linken Hand griff sie nach den Weingläsern und ließ sie kopfüber baumeln. Sehr lässig, fand sie. Als würde sie täglich Männer in ihrem Wohnzimmer empfangen und ihnen Wein servieren. Dass sie noch dazu barfuß war, leicht feuchte Haare hatte und einen modischen Overall trug, machte das ganze Bild nur noch stimmiger. Sie war kein kleiner Paradiesvogel, sondern eine moderne Frau von Welt.

Zufrieden mit sich kehrte Maja zurück ins Wohnzimmer und stellte die Gläser und die Flasche auf den Couchtisch. »Ich hoffe, du kannst ihn trinken, ich habe beim Einkaufen danebengegriffen«, behauptete sie. Für ihren Gaumen hatte der Wein gestern furchtbar geschmeckt, aber das musste nicht unbedingt etwas heißen. »Leider stand er im Kühlschrank, lassen wir ihn also eine Weile stehen.«

»So gut ausgerüstet! Du überraschst mich, Prinzessin«, sagte Tristan. Er hatte es sich bereits bequem gemacht und blätterte in einem Bildband über Traumreisen, den Maja vor Jahren geschenkt bekommen hatte. Sein Hemd stand einen Knopf weiter auf als eben und die Manschetten waren auf jeder Seite zwei Mal umgeschlagen. »Hast du jetzt auch noch gute Musik da?«

»Kommt darauf an, was du mit guter Musik meinst.«

»Etwas sanften Jazz vielleicht.« Tristan legte den Bildband zur Seite und schob seine Hemdsärmel noch ein wenig höher. »Aber ich bin nicht wählerisch.«

Maja schluckte und stellte überrascht fest, dass Männerunterarme unglaublich sexy sein konnten, wenn sie so perfekt geformt waren. »Was hältst du von Melody Gardot?«, fragte sie leicht benebelt.

Er runzelte den Bruchteil einer Sekunde lang die Stirn, als würde ihm der Name nichts sagen. Aber dann lächelte er und sagte: »Perfekt!«

Maja hatte sich vor Jahren mal vorgenommen, ihrem Musikgeschmack ein Update zu verpassen und aus diesem Impuls heraus einige jazzige Alben heruntergeladen, die damals begeisterte Kritiken geerntet hatten. Gehört hatte sie diese Alben allerdings nie. Bis jetzt. Wie gut, dass Regina Maja nicht gezwungen hatte, Dateileichen auf ihrem Notebook ebenso zu entsorgen wie nicht genutzte Gegenstände!

Endlich klang die gewünschte Interpretin aus Majas Lautsprechern und Maja ließ sich neben Tristan auf dem Sofa nieder.

Saubere Vorstellung bislang, gratulierte sie sich, Rotwein, niveauvolle Musik, eine elegante, naja, wenigstens aparte Gastgeberin. Weiter so! Jetzt fehlte nur noch die geistreiche Konversation. Vielleicht hatte sie heute Abend doch noch die Chance, Tristan davon zu überzeugen, dass sie, Maja, ihm in jeder Hinsicht gewachsen war.

»Schön, dass wir endlich mal zusammensitzen«, begann Maja. »Unser letztes Treffen hat ja eher unglücklich geendet.«

Tristan zuckte die Schultern. »Ja, es war Pech, dass wir bei diesem Italiener ausgerechnet deine Familie getroffen haben. Und es war großes Pech, dass deine Mutter ein so offensichtliches Problem mit mir hatte.« Sein breites Grinsen zeigte, wie egal ihm das war. »Seitdem war bei mir viel los, sonst hätte ich längst mal angerufen.«

»Klar.« Maja war klar, dass sie jetzt eigentlich fragen sollte: »Was genau war bei dir los?« und »Hast du eigentlich was mit Lissi?«

Aber sie wollte Tristan und seine göttlichen Unterarme weder verärgern noch vertreiben. Wenn sie ganz ehrlich war, würde sie sich ihm am liebsten ohne Umschweife an den Hals werfen. Er roch köstlich und sein enges, weißes Hemd schrie geradezu danach, endliche aufgeknöpft zu werden.

Was spielte es bei diesem Anblick für eine Rolle, dass er kein Engel war? Oder dass sie eigentlich gedacht hatte, längst immun gegen seinen Charme zu sein? Majas Blick glitt zu Tristans vollen, sinnlich geschwungenen Lippen. Es spielte überhaupt keine Rolle, beschloss sie.

Tristan goss Wein in die Gläser und Maja konnte nicht anders als derweil auf seine Hände und Arme zu starren. Sie schluckte trocken. Tristan überreichte ihr ein Glas, nahm das andere in die Hand und stieß mit ihr an.

»Auf einen aufregenden Abend«, sagte er. Er hielt ihren Blick fest, während er trank. Und als sie mit pochendem Herzen das

Glas wieder absetzte, nahm er es ihr aus der Hand und stellte es auf den Tisch. Tristan rückte näher. Schon spürte Maja seinen warmen Oberschenkel an ihrem Bein und seinen Arm, der sich um ihre Schulter schlang. Als sein anderer Arm über ihre Oberschenkel glitt, kapitulierte sie. Dann würde es eben wieder nichts werden mit der geistreichen Konversation. Vielleicht wurde Konversation ohnehin überschätzt und man lernte sich viel besser kennen, wenn man ausgiebig rummachte.

Mit einem leisen Seufzer sank Maja in Tristans Arme.

Sie küssten sich lange und …

Hm. Leidenschaftlich war das falsche Wort.

Zielgerichtet traf es vielleicht besser. Für Majas Geschmack etwas zu zielgerichtet. Ja, natürlich war klar, dass diese wilde Knutscherei irgendwann auf wilden, leidenschaftlichen Sex hinauslaufen sollte, aber wenn es nach Maja ging, war dieser Sex etwas, das sich nach und nach aufbaute, etwas, das zwischen zwei Menschen *entstand* und sich nur bedingt steuern ließ. Sex war nichts, was man *machen* konnte, wenn man nur energisch genug auf die richtigen Knöpfe drückte.

Tristan schien das grundsätzlich anders zu sehen. Er war ihr immer einige Schritte voraus und hatte längst seine Hose und Majas Overall aufgeknöpft, während Maja sich noch immer an das Gefühl seiner Lippen auf ihren Lippen und seiner etwas zu präsenten Zunge in ihrem Mund gewöhnte.

Ich schlafe gleich mit Tristan von Birkhain, versuchte Maja sich anzufeuern, und er ist heiß! Er ist muskulös und sieht wahnsinnig gut aus und er riecht nach Dior Sauvage, dem besten Männerduft, den es gibt.

War dies hier nicht seit Wochen eine Lieblingsfantasie von ihr? Sollte es sich dann nicht besser anfühlen?

»Mmmh…«, stöhnte Maja versuchsweise. Vielleicht musste sie sich einfach etwas energischer engagieren. Der Appetit kam schließlich beim Essen, oder nicht?

»Alles klar?«, wisperte Tristan. »Tut dir was weh?«

»Nein, nein. Mach ruhig weiter«, murmelte Maja. Na toll. Seit wann klang ihr leidenschaftliches Stöhnen, als hätte sie Schmerzen?

Tristan lag halb auf ihr, küsste und leckte an ihrem Hals herum und bearbeitete mit einer Hand abwechselnd ihre rechte und ihre linke Brust. Maja hoffte, er wäre bald mit beidem fertig und würde sich angenehmeren Tätigkeiten widmen. Ihr Hals fühlte sich schon ganz feucht an.

Das schrille Klingeln der Türglocke unterbrach Tristans Küssen und Lecken. Gott sei Dank!, schoss es Maja komischerweise durch den Kopf.

Tristan hingegen war gar nicht amused. Er stützte seine beiden Arme neben Majas Gesicht ab und sah mit gerunzelter Stirn auf sie herab. »Wer klingelt denn um diese Zeit bei dir?«, wollte er wissen. »Erwartest du etwa noch jemanden?«

»Eigentlich nicht. Lass mich mal nachsehen, wer da ist.«

»Muss das sein?«

»Ich denke schon. Wenn jemand am Sonntagabend bei mir klingelt, wird es wohl wichtig sein.«

Tristan zog ein beleidigtes Gesicht, aber trotzdem gab er sie frei und setzte sich auf. Maja rappelte sich mühsam vom Sofa hoch und lief zur Tür. Im Gehen zog sie ihren BH wieder in Form und knöpfte das Oberteil zu. Sobald sie außer Sichtweite war, wischte sie mit der Hand über ihren immer noch feuchten Hals und rieb die Hand an ihrem Hosenbein trocken. Ah, besser. Viel besser!

»Wer da?«, rief sie schwungvoll in die Gegensprechanlage. Sie erwartete entweder Heidis oder Dianas Stimme zu hören. Auch wenn einer ihrer kleinen Brüder vor der Tür stand, würde sie sich zumindest nicht wundern. Es kam schon mal vor, dass die beiden zu den unmöglichsten Zeiten vorbeischneiten und Maja dringend etwas vorbeibringen oder erzählen wollten. Aber heute Abend würde Maja keinen von den Vieren reinlassen, wenn es nicht um Leben und Tod ging. Sie würde größte Müdigkeit vorschieben und darum bitten, dass man das wie auch immer geartete Anliegen an einem anderen Tag besprach.

Leider war das bei derjenigen, deren Stimme nun aus dem Lautsprecher schallte, keine Option. Denn diese Stimme gehörte ihrer Mutter und die sagte für ihre Verhältnisse recht demütig: »Maja, ich bin es. Können wir endlich reden?«

Kapitel 18

Was war nur heute Abend los? Warum hielt neuerdings alle Welt Überraschungsbesuche für eine gute Idee?

»So ein Mist!«, murmelte Maja, während sie finster die Gegensprechanlage anstarrte.

Wie zuvor bei Tristans Ankunft hatte Maja um Zeit zu gewinnen ihrer Mutter gegenüber behauptet: »Moment bitte. Ich bin fast nackt.«

Wie zuvor bei Tristans Ankunft rannte sie jetzt wie ein kopfloses Huhn in ihrer Wohnung herum. Allerdings hatte Majas Mutter nicht wie Tristan gesagt: »Damit lässt sich arbeiten.« Sie hatte gesagt: »Ach Gottchen, das stört mich doch nicht, seit wann bist du denn so prüde?«

Maja überlegte fieberhaft, wie sie mit der Situation umgehen sollte. Natürlich würde sie mit ihrer Mutter reden und sich hoffentlich mit ihr versöhnen. Aber was sollte sie in der Zeit mit Tristan tun? Ideal wäre es, wenn er zufällig Lust hätte, sich im Schrank zu verstecken, so lange sie mit ihrer Mutter sprach. Dann könnten sie danach da weitermachen, wo sie aufgehört hatten.

Aber nein, das war Blödsinn. Tristan würde gehen müssen. Sie konnte sich wohl schlecht mit ihrer Mutter aussprechen, wenn ausgerechnet Tristan, der in gewisser Weise die Ursache ihres Zerwürfnisses war, daneben saß!

Nun denn, sie würde den Stier einfach bei den Hörnern packen. Maja ging zurück ins Wohnzimmer und sagte direkt: »Meine Mutter steht vor der Tür und ich würde gern mit ihr sprechen. Es ist nämlich so … Seit diesem Abend in der Pizzeria sind wir quasi zerstritten, weil ich es unmöglich fand, wie sie sich benommen hat. Und das habe ich ihr dann leider auch gesagt.«

»Gut so«, fand Tristan. »Sie hat sich in der Tat ziemlich schräg aufgeführt.«

»Hm«, machte Maja etwas unbestimmt. Irgendwie passte es ihr nicht, dass Tristan so abfällig klang. Ihre Mutter hatte schließlich nicht allein die Schuld an dem missglückten Abend getragen!

»Dann werde ich mich wohl mal wieder anziehen und verschwinden, was?« Tristan stand auf und knöpfte seine Jeans zu. »Maja, Maja, ich muss dich wohl auf eine einsame Insel entführen, wenn ich endlich mal allein mit dir sein will. Obwohl … so wie ich deine Mutter einschätze, stöbert sie uns überall auf.« Er verdrehte die Augen. »Scheint, als hätten wir einfach Pech«, murmelte Maja leise. »Ich muss Mama langsam mal reinlassen, sie wird sich fragen, was ich hier eigentlich treibe.«

»Schon klar, ich bin dann mal weg.« Tristan drückte ihr einen flüchtigen Kuss auf die Wange und schritt mit federnden Schritten aus dem Wohnzimmer. Einen Augenblick später hörte Maja die Wohnungstür. Seltsam erleichtert atmete sie auf. Wenigstens das war schon mal geschafft.

Maja gab sich einen Ruck und ging ebenfalls Richtung Wohnungstür, wo sie auf den Summer drückte und die Tür öffnete. Die Schritte ihrer Mutter klangen durchs Treppenhaus und kamen näher. Maja hielt die Luft an und wartete auf den unausweichlichen Knall, wenn Tristan und ihre Mutter aufeinanderträfen. Aber der blieb seltsamerweise aus, ihre Mutter kam schon um die Ecke und nickte Maja zu. »Na, Tochter?«

»Na, Mutter?« Maja brachte es nicht über sich, ihre Mutter zur Begrüßung zu umarmen und Rita schien es ähnlich zu gehen. Sie ging einfach an Maja vorbei in die Wohnung und geradeaus ins Wohnzimmer, wo sie sich seelenruhig auf der Couch niederließ.

»Seid ihr jetzt fest zusammen? Du und dieser *Tristan*? Er ist mir gerade entgegengekommen und hat unverschämt freundlich gegrüßt.«

»Du muss seinen Namen nicht aussprechen, als wäre er eine ansteckende Krankheit. Himmel, warum ist denn Tristan bloß so ein rotes Tuch für dich?« Maja presste die Lippen zusammen.

»Weil ich diesen Typ kenne. Und durchschaue. Er glaubt, nur weil er gut aussieht und Zahnarzt ist, müsste ihm die Welt zu Füßen liegen. Und die Frauen natürlich. Rücksichtnahme auf die Bedürfnisse oder Gefühle anderer ist so einem fremd. Das spürt man, wenn man ihm ein einziges Mal in die Augen sieht.«

»Du täuschst dich. Tristan ist sehr lustig und charmant.«

»Oh, *lustig* und *charmant* sind diese Kerle immer.« Rita nickte vielsagend. »Warte nur, bis er dir ganz charmant das Herz bricht und sich überhaupt nicht für deine Schmerzen interessiert.«

»Oh bitte! Niemand bricht mir das Herz! Du vergisst immer wieder, dass ich eine erwachsene Frau bin.«

»Und du vergisst gern, dass ich fünfunddreißig Jahre älter und erfahrener bin als du.« Rita verschränkte die Arme vor ihrem Körper. Basta!, hieß diese Geste, Maja kannte sie gut.

»Lass uns einfach nicht mehr über Tristan reden«, bat sie. »Akzeptieren wir, dass wir zwei Meinungen haben.«

»Wie du meinst.« Rita sah sich in Majas Wohnzimmer um und runzelte die Stirn, als ihr Blick auf das geradezu absurd ordentliche Bücherregal fiel. »Du musst wirklich ein Kuckuckskind sein«, sagte sie. »Hier ist es schon fast steril. Bist du dir sicher, dass du mit dieser zwanghaften Ordnung keine Probleme zu kontrollieren versuchst? Ich habe neulich eine Talkshow über solche Leute gesehen.«

»Ich bin nicht zwanghaft ordentlich. Kein bisschen.«

»Aber es ist nahezu staubfrei hier! Wie viele Stunden am Tag investierst du denn, damit es hier *so* aussieht? Ist dein Leben leer? Bist du etwa einsam?«

Schon kochte die Wut in Maja hoch. Ihre Mutter tat grundsätzlich so, als wären Ordnung und Sauberkeit etwas Schlechtes oder gar Bedrohliches. Sogar die penible Regina erkannte unterschiedliche Lebensstile an, sollte Rita Müller das nicht allmählich auch mal lernen?

»Freu dich doch einfach mal darüber, dass meine Wohnung so gut aussieht«, schlug Maja mühsam beherrscht vor.

»Du findest wirklich, dass es hier *gut* aussieht? Gemütlich?« Majas Mutter stand auf und ging in die Küche, wo sie wahllos die Tür eines Oberschrankes öffnete. »Sieh dir das hier doch mal an. Dein Geschirr steht im Schrank wie eine Armee aus Zinnsoldaten. Ganz so, als hättest du Linien gezogen, an denen du die Tassen ausrichtest. Und der einzige persönliche Gegenstand, den ich bisher gesehen habe, ist dein altes Schweinebrettchen, das hier an der Wand hängt. Das ist doch furchtbar! Genauso gut könntest du in einem Hotelzimmer hausen!«

Majas Puls schoss auf Hundertachtzig. Sie hatte so geschuftet und war so stolz auf ihr entrümpeltes Reich! Und ihre Mutter würdigte ihren Einsatz kein bisschen. Im Gegenteil. »Besser als in einem Trödellager zu wohnen, so wie ihr das tut«, sagte Maja. »In eure Wohnung kann man ja kaum noch Besucher lassen.«

»Solche oberflächlichen Schnösel wie deinen Tristan, der ohne Zweifel in einem Hochglanz-Appartement voller Designermöbel lebt, sicher nicht«, sagte ihre Mutter höhnisch. »Aber stell dir mal vor: Der gehört auch nicht zu der Sorte Leute, die ich gern willkommen heiße.«

»Ach, was du nicht sagst!« Maja funkelte ihre Mutter wütend an. Kindischerweise hätte sie ihr am liebsten die Zunge herausgestreckt. »Im Übrigen würde ich dir gern etwas zeigen. Komm mal mit.« Sie fasste ihre Mutter am Handgelenk und zog sie hinter sich her zu ihrem Schlafzimmer. »Bitte sehr«, sagte Maja und wies auf die Schlafzimmertür. »Tritt ein und staune.«

»Was denn? Willst du mir jetzt deinen picobello Kleiderschrank vorführen? Ich glaube es dir, Maja, was das Thema ›Wohnen‹ betrifft, tickst du völlig anders als …« Rita hatte die Türklinke heruntergedrückt und die Tür zum Schlafzimmer öffnete sich. »Oh«, entfuhr es Rita.

Und dann sagte sie endlich gar nichts mehr. Sie stand im Türrahmen und musterte das Durcheinander aus Kleidungsstücken und Bürogegenständen, aus Plüschtieren und Schuhen und Accessoires und Fotos und Zeitschriften und Büchern und Taschen und Drogerieartikeln, das Majas Bett, Majas Schreibtisch, den Sessel, den Schreibtischstuhl und die Fensterbank bedeckte. Lediglich der Fußboden bot ein wenig freie Fläche.

Rita drehte sich zu Maja um, sie war eindeutig verwirrt. »Warum räumst du denn *hier* nicht auf?«, fragte sie.

»Ganz einfach. Weil ich es nicht kann«, erklärte Maja mit einer Bitterkeit, die sich seit Jahren angestaut hatte. »Ich habe es nie gelernt. Ich bin heillos überfordert, wenn ich eine solche Masse von Dingen strukturieren soll.«

»Aber was ist mit deiner Küche und deinem Wohnzimmer ...«

»Ich hatte Hilfe. Regina, eine Freundin aus dem Chor, war heute hier. Wir haben stundenlang zusammen aufgeräumt und sauber gemacht. Du kannst dir gar nicht vorstellen, wie es noch gestern in der ganzen Wohnung aussah. Das Schlafzimmer haben wir leider nicht mehr geschafft.«

»Oh. Damit habe ich nicht gerechnet.«

»Nein. Wie auch. Du hast mir schon vor Jahren ein Etikett verpasst und warst seitdem nicht bereit, es mir wieder abzunehmen. Egal, wie oft ich dir erklärt habe, dass es nicht zu mir passt. Die Korrekte. Ich!«

»Woher hätte ich denn wissen sollen ...«

»Du hättest mir einfach nur mal zuhören müssen.« Maja seufzte tief. Auf einmal hatte sie keine Lust mehr, mit ihrer Mutter zu streiten oder ihr Vorwürfe zu machen. Es strengte an. Und es änderte ohnehin nichts. »Warum bist du noch gleich hier?«, fragte sie ihre Mutter.

Rita verschränkte die Arme fest vor ihrem Körper. »Das weiß ich im Moment auch nicht so genau. Dein Vater hat mich überredet zu kommen. Er will, dass wir endlich wieder miteinander reden.«

»Na, das tun wir ja«, sagte Maja und verschränkte ebenfalls die Arme. Im Moment hatte sie nicht die geringste Lust, ihrer Mutter metaphorisch oder tatsächlich die Hand zu reichen.

»Eigentlich erklärst du mir gerade nur, was für eine grauenhafte

Mutter ich bin«, sagte Rita. »Ich verstehe dich nicht, ich verstehe deinen Superfreund nicht und ich habe dir ein völlig falsches Verhältnis zur Ordnung anerzogen – oder vielmehr nicht anerzogen. Habe ich noch etwas vergessen?«

Die beiden Frauen funkelten einander an. Unheilvolle Stille füllte den Flur.

»Sieht aus, als hättest du diesmal zugehört«, sagte Maja schließlich und presste die Lippen aufeinander.

»Dann weiß ich nicht, was ich hier noch soll.« Rita drehte sich um und rauschte zur Wohnungstür hinaus.

Maja hielt sie nicht auf.

Tristans abendlicher Überraschungsbesuch und das unangenehme Gespräch mit ihrer Mutter lagen jetzt schon über zwei Wochen zurück. An beiden Baustellen hatte sich seitdem nichts bewegt. Leider. Maja wusste genau, dass das auch daran lag, dass sie in beiden Fällen nicht wirklich wusste, was sie wollte.

Wollte sie sich bei ihrer Mutter entschuldigen? Wollte sie darauf warten, dass ihre Mutter sich entschuldigte? Das würde nie passieren. Maja war sich nicht sicher, ob ihre Mutter das Wort »Entschuldigung« überhaupt aussprechen konnte, ohne in Flammen aufzugehen oder zu Staub zu zerfallen. Aber man konnte nicht leugnen, dass Rita an jenem denkwürdigen Abend immerhin bei Maja geklingelt und vorgeschlagen hatte, man sollte wieder miteinander reden. Also war jetzt wohl ganz offensichtlich Maja diejenige, die sich in Ritas Richtung bewegen musste. Wozu sie sich nicht entschließen konnte. Im Moment verspürte Maja immer noch vor allem Wut, wenn sie an ihre Mutter dachte.

Und Tristan? Auch er wartete möglicherweise auf ein Zeichen von Maja. Auf eine erneute Einladung oder wenigstens auf eine Nachricht, in der sie das abrupte Ende des Abends bedauerte und sich dafür entschuldigte. Aber auch dazu hatte Maja sich bislang nicht durchringen können. Denn obwohl sie Tristan natürlich weiterhin traumhaft fand (Wie könnte sie auch nicht!), hatten die Minuten, die sie mit ihm auf dem Sofa verbracht hatte, ihre Leidenschaft für ihn gedämpft. Denn die Szene auf der Couch hatte absolut nicht gehalten, was der erste, kurze Kuss vor der Cocktailbar ihr vor einigen Wochen versprochen hatte!

Es hatte sich alles so seltsam hakelig angefühlt. So inkompatibel. Immer wieder musste Maja an zwei Puzzleteile denken, die nur auf den ersten Blick zusammengehörten und die sich bei dem Versuch, sie zu verbinden, unangenehm ineinander verhakten. Mittlerweile gestand Maja sich ein, dass sie froh war, dass es zwischen Tristan und ihr nicht zum Äußersten gekommen war. Wenn sich schon die Küsse so seltsam eckig angefühlt hatten, wie wäre dann erst der Sex gewesen?

In den letzten beiden Chorproben hatte Maja Tristan zwar freundlich gegrüßt, aber sie hatte jedes Gespräch mit ihm sorgsam vermieden und sich im Pilsbefall jeweils bewusst an das andere Ende des Tisches gesetzt. Diana behauptete, dass Tristan noch gar nicht gemerkt hatte, dass Maja ihm aus dem Weg ging. »Du musst überhaupt kein schlechtes Gewissen haben«, hatte sie gesagt, als Maja nach der letzten Probe laut gejammert hatte, sie würde sich unmöglich benehmen. »Tristan wirkt nicht im Geringsten verletzt. Er flirtet fröhlich mit Lissi und Theresa und guckt kaum in deine Richtung. Wenn du mich fragst, hat er euer kurzes Techtelmechtel auf der Couch längst vergessen und treibt es jetzt mit Lissi.«

Komischerweise war Maja das nun auch wieder nicht recht. Was, wenn Tristan wirklich etwas mit Lissi anfing und sie, Maja, plötzlich merkte, dass sie doch nicht ohne ihn leben konnte?

Andererseits … was wusste Diana schon! Sie ließ sich in den letzten Wochen kaum je bei Maja blicken und wenn sie sich dann mal sahen, wirkte sie oft abwesend. Maja hatte Diana schon mehrfach darauf angesprochen, aber immer nur die Antwort bekommen: »Es ist alles in bester Ordnung!«

Maja ließ es vorerst dabei bewenden. Im Moment hatte sie wahrlich genug eigene Sorgen, da musste sie nicht auch noch nach Problemen suchen, wo wahrscheinlich gar keine waren. Vermutlich hatte Diana einfach Stress in der Schule.

Allmählich lag das Chorwochenende ihr schwer im Magen.

Bislang hatte sie nur das Allernötigste unternommen, nämlich die handgeschriebenen Anmeldungslisten aus den Proben abgetippt und die Liste aller Teilnehmer an die Jugendherberge gemailt. Sie wusste, sie hätte sich längst mal systematisch mit dem Thema befassen müssen – sie hatte noch nicht mal einen Zimmerbelegungsplan erstellt – aber es gab immer etwas, was gerade wichtiger war.

Beispielsweise kostete es Maja ungeheure Mengen von Zeit, ihr Büro und ihre Wohnung auch nur halbwegs in dem von Regina installierten, makellosen Zustand zu halten. Ständig musste man jeden noch so unwichtigen Gegenstand aufräumen und sortieren und reinigen, damit der kostbare Eindruck von Perfektion erhalten blieb. Diese Putzerei und Aufräumerei fraß nahezu Majas komplette Feierabende.

Die letzten beiden Wochenenden waren zudem dafür draufgegangen, auch den Keller endlich mal in einen nutzbaren Zustand zu bringen. Mit Reginas Hilfe hatte Maja Unmengen von Müll zum städtischen Bauhof und Unmengen von ausrangierten Dingen zum sozialen Kaufhaus gekarrt. Jetzt standen in Majas Keller an allen Wänden Regale, die beschriftete Boxen enthielten. Einige Regalbretter waren sogar frei geblieben.

Nur noch der letzte Raum, das Schlafzimmer, musste durchsortiert werden, dann wäre die Wohnung perfekt! Aber diese Aktion verschob Maja immer wieder auf den nächsten Tag.

Maja war durchaus stolz auf ihre polierten, jederzeit vorzeigbaren Räume, aber manchmal fragte sie sich schon, ob sie nicht lieber zu alten Verhältnissen zurückkehren und ihre Zeit auf unterhaltsamere Aktivitäten verwenden sollte, während sich das Geschirr auf der Arbeitsplatte stapelte und ein Meer aus buntem Durcheinander den Wohnzimmertisch bedeckte.

Vor der heutigen Probe tätigte Maja endlich den schon lange fälligen Anruf in der Jugendherberge. Gleich würde Wilhelm sich bestimmt wieder einmal dafür bedanken, dass sie die Chorfahrt organisierte. Sie würde diesen Dank besser ertragen, wenn sie sicher wusste, dass beim Probenwochenende alles rundlaufen würde.

»Guten Tag, hier ist die Jugendherberge Niederfeldheim, Sie sprechen mit Mario Schön. Was kann ich für Sie tun?«, leierte eine ältere Männerstimme ihren immer gleichen Text herunter.

»Guten Tag, Maja Müller hier«, sagte Maja freundlich. »Wir sind übernächstes Wochenende mit unserem Chor bei Ihnen.«

»Ach, der Unichor, oder? Sie hatten mir vor ein paar Tagen die Anmeldungen gemailt. Warten Sie, ich suche gerade Ihre Daten raus ... Ah, hier habe ich Sie schon. Ursprünglich war von fünfundfünfzig Personen die Rede, angemeldet wurden vierzig Personen. Achtundzwanzig Frauen und zwölf Männer, richtig?«

»Ach, so wenig?«, fragte Maja verblüfft.

Mario Schön lachte. »Haben Sie denn nicht durchgezählt? Mehr Namen standen nicht in der Liste, die Sie gemailt haben.«

Hastig suchte Maja nach der E-Mail, die sie an die Jugendherberge geschickt hatte und öffnete den Anhang. »Moment, ich sehe selbst mal nach«, sagte sie und zählte hastig mit dem Zeigefinger die Namen, die sie von den bunt bekritzelten Listen, die in den letzten Proben durch den Chor gekreist waren, abgetippt hatte. Es waren wirklich nur vierzig. »Sie haben recht«, sagte Maja. »Trotzdem wundere ich mich. Ich dachte eigentlich, dass sich mehr angemeldet hätten. Der Chor hat im Moment fast sechzig Mitglieder. Obwohl – einige wussten noch nicht, ob sie mitfahren können ... Ich werde in der Probe einfach noch mal nachfragen!«

»Das können Sie gerne tun.« Mario Schön klang gelangweilt. »Aber falls Sie jetzt noch zehn Gäste nachmelden wollen, wird es eng. Wir haben nach Ihrer Anmeldung für die Damen zwei Sechserzimmer und vier Vierbettzimmer reserviert und die Herren bekommen zwei Sechserzimmer. Dazu kommen die beiden Leiterzimmer.«

»Nur zwei Leiterzimmer? Ich dachte, wir bekommen vier?«

»Unmöglich«, sagte Herr Schön. »Die anderen Leiterzimmer und die restlichen Vierbettzimmer auf der dritten Etage brauche ich für eine Jugendgruppe.«

»Oh«, machte Maja. Eine Jugendgruppe auf der gleichen Etage. Nichts als Mehrbettzimmer. Möglicherweise zehn Betten zu wenig. »Aber Sie hatten doch gesagt, wir könnten zwei komplette Etagen belegen?«

»Ursprünglich hatten Sie uns auch mehr Gäste angekündigt. Was erwarten Sie? In den Sommerwochenenden sind Betten bei uns knapp, da kann ich Ihnen nicht auf Verdacht eine ganze Etage freihalten.«

»Verstehe«, murmelte Maja schwach. »Und … äh … Können wir an einem der Abende die Lagerfeuerstelle nutzen?«

»Davon steht hier nichts.«

»Nein, kann es auch nicht, das hatte ich noch gar nicht angemeldet.«

»Möchten Sie also die Lagerfeuerstelle für einen Abend reservieren?« Herr Schön sprach langsam und deutlich und ein eindeutig ungeduldiger Unterton schwang in seinen Worten mit.

Der hält mich für unterbelichtet, dachte Maja unglücklich, und zwar leider zu Recht.

»Ja bitte«, sagte sie unterwürfig.

»Ich sehe mal nach.«

Maja hörte, wie eine Computermaus einige Male klickte. Sie hielt den Atem an und hoffte inständig, dass es für den Chor noch eine Möglichkeit gab, am Feuer zu sitzen. Denn die Lagerfeuerstelle schien so ziemlich das einzige Highlight zu sein, das die grauenvolle Jugendherberge zu bieten hatte.

»Sie haben Glück«, sagte Herr Schön schließlich nach einer viel zu langen Pause. »Der Samstagabend ist noch frei.«

Maja atmete hörbar aus. »Super, den nehmen wir.«

»Ich trage es ein.« Eine Tastatur klackerte. Dann fragte Herr Schön: »Und was ist mit Getränken?«

»Wie bitte?«

»Ge-trän-ke«, wiederholte er ungeduldig. »Bringen Sie eigene Getränke mit? Sollen wir Kästen im Probenraum zur Verfügung stellen und Sie führen eine Strichliste? Wenn ja, welche Getränke hätten Sie gern?«

»Ja, bitte. Bitte stellen Sie die Getränke zur Verfügung.«

Herr Schön seufzte hörbar. »Gut. Welche hätten Sie gern?«

»Äh … Was nimmt man denn da so?«

»Das ist ganz Ihnen überlassen.«

Maja sah den guten Herrn Schön förmlich vor sich, wie er mit seiner Hand ungeduldig auf seine Schreibtischplatte trommelte, während er sich fragte, warum er immer wieder an derart minderbemittelte Kundinnen geraten musste. Sollte jemand, der in einer Jugendherberge arbeitete, nicht ein klein wenig geduldiger und freundlicher sein?

»Muss ich das jetzt entscheiden?«, fragte Maja.

»Das können Sie auch später entscheiden. Alle Sonderwünsche an die Küche und die Getränkewünsche brauchen wir spätestens Dienstag in einer Woche. Drei Tage vor Anreise.«

Auf einmal konnte Maja es gar nicht mehr erwarten, das Telefonat endlich zu beenden. »Gut, dann melde ich mich noch mal«, sagte sie. »Vielen Dank erst mal, Herr Schön.«

»*Ich* danke *Ihnen*«, sagte Herr Schön mechanisch. »Bis dann also.«

»Bis dann«, murmelte Maja. Aber Herr Schön hörte sie nicht mehr, er hatte aufgelegt.

Bis die Chorprobe begann, grübelte Maja, wie sie unauffällig die Anzahl der Teilnehmer herausfinden sollte. Es war ihr peinlich, zum jetzigen Zeitpunkt noch um Handzeichen von allen zu bitten, die nicht mit in die Jugendherberge fahren würden. Schließlich hatte sie seit Wochen schriftliche Anmeldungen eingesammelt, da sollte sie doch eigentlich wissen, wer sich angemeldet hatte. Hoffentlich sah sie nur Gespenster und die Teilnehmerzahl, die sie der Jugendherberge gemeldet hatte, war vollkommen richtig.

Während des Einsingens ging es Maja mit jeder Phrase, die gesungen wurde, ein wenig schlechter. Wenn das Einsingen beendet war, würde unweigerlich Organisatorisches zur Sprache kommen.

Noch immer wusste außer Diana keiner im Chor, dass in Niederfeldheim Etagenduschen auf sie warteten. Auch die Sechserzimmer hatte Maja bislang nicht erwähnt. Bisher hatte sie auf

Fragen nach der Zimmerbelegung eher ausweichend geantwortet und zum Beispiel behauptet: »Wir versuchen, alle Wünsche zu berücksichtigen. Den endgültigen Plan mache ich erst, wenn ich alle Anmeldungen habe und wenn die Jugendherberge unsere Anmeldungen bestätigt hat.«

Da würden einige Chormitglieder noch so einige Brocken schlucken müssen! Und allmählich wurde es *wirklich* Zeit, dass Maja ihnen diese Brocken hinwarf.

Ironisch, dachte Maja. Ich mache das alles nur, weil ich dachte, ich werde wegen meiner miesen Stimme aus dem Chor geworfen, wenn ich mich nicht nützlich mache. Tja, wenn's nur um meine Stimme gegangen wäre, hätte ich bleiben können. Aber wenn mich am Ende alle hassen, weil ich das Chorwochenende organisiert habe, werde ich womöglich einstimmig aus dem Chor gewählt.

Maja schluckte schwer. Was die Chorfahrt betraf, musste sie einfach darauf bauen, dass ihre Freunde ihr im Ernstfall Rückendeckung geben würden.

Das Einsingen war beendet und der Chor hatte sich laut schwatzend wieder gesetzt. Wilhelm ließ die Chormitglieder kurz plaudern, dann klopfte er drei Mal geräuschvoll auf den Flügel. Es wurde ruhiger im Raum. Und da war sie, die gefürchtete Frage: »Maja, gibt es etwas Neues zu unserem Probenwochenende?«

Maja ergab sich in ihr Schicksal und stand auf. »Ja, gibt es«, sagte sie. »Wir können am Samstag den Lagerfeuerplatz bekommen. Außerdem besorgt uns die Jugendherberge Getränke und stellt die Kisten in den Probenraum. Ach ja, jemand müsste Strichlisten auslegen und hinterher das Getränkegeld einsammeln.«

»Das kann ich machen«, meldete sich Eva sofort.

»Fantastisch! Danke, Eva«, sagten Wilhelm und Maja fast gleichzeitig. Sie sahen sich an und Maja musste trotz aller Nervosität lächeln.

»Bestellen wir auch Rotwein?«, wollte Birgit wissen. »Oder soll ich den selber mitbringen? Nicht, dass ich den ganzen Tag Rotwein süppeln wollte, aber abends am Lagerfeuer …«

»Und Rhabarbersaft?«, fragte Marina hinter ihr. »Ich trinke im Moment so gern Rhabarberschorle.«

»Mixbier bestellen wir aber auf jeden Fall, oder?«, sagte Leif. »Wenigstens Lemon- und Colamix. Oh, und dieses rote Holunderbier, das ist lecker!«

»Und alkoholfreies Weizen«, meldete sich Peter. »Wenn es heiß ist, gibt es nichts Besseres.«

»Können wir Landbier bestellen? Das schmeckt viel besser als Pils«, behauptete Theresa. »Oder wir bestellen Wodka und Kirschsaft und …«

»Stop!« Wilhelm hob die Hand. »Ich weiß, dass es auf dieser Welt unendlich viele Getränke gibt! Aber wir können nicht jedermanns Lieblingsgetränk ordern, das führt zu weit. Mein Vorschlag: Wir bestellen Wasser, Apfelschorle, irgendein Durchschnittsbier und Radler. Das macht es für die Jugendherberge leichter und Eva muss keine wahnsinnig komplizierten Listen führen. Punkt. Wer etwas anderes trinken möchte, bringt es sich eben selbst mit. Könnt ihr damit leben?«

Maja konnte damit bestens leben, sie strich erleichtert alle Getränke, die sie hektisch auf die Rückseite ihrer »Take On Me«-Noten gekritzelt hatte, wieder durch. Zustimmendes Murmeln und leises Murren hallten durch den Raum, aber niemand protestierte laut. »Also belassen wir es dabei«, bestimmte Wilhelm. »Was müssen wir sonst noch klären?«

»Weißt du jetzt endlich, ob wir die Doppelzimmer kriegen, die wir gebucht haben, Maja?«, fragte Lissi.

Diana neben Maja prustete, ließ das Prusten allerdings schnell in ein Räuspern übergehen. Maja stieß sie so unauffällig wie möglich in die Seite.

»Äh …«, begann Maja und sah zu Wilhelm herüber. Wenn sie Wilhelm ansah, während sie beichtete, fühlte sie sich sicherer. Wilhelm würde hinter ihr stehen. Und Wilhelm würde die Dinge mit Humor nehmen. Irgendwie glaubte sie, dass Mehrbettzimmer und Etagenduschen ihn nicht schockieren konnten.

Maja gab sich einen Ruck und sprach endlich die schreckliche

Wahrheit aus: »Wir können leider keine Doppelzimmer bekommen. Die Jugendherberge ist voll. Wir bekommen zwei Leiterzimmer für Wilhelm und Miriam, aber sonst gibt es nur Vierbett- und Sechsbettzimmer. Es tut mir leid.«

»Och nö!«, maulte Lissi laut. Und von allen Seiten stimmten Chormitglieder ein.

»Da kriege ich wieder kein Auge zu!«, beschwerte sich Theresa.

»Na, dann packe ich wohl eine Großpackung Ohropax ein und verkaufe die Dinger an dem Wochenende zu Höchstpreisen«, brummte Peter. Vereinzelt wurde gelacht.

»Ist doch lustig«, rief Eva, »Dann lernen wir uns alle mal richtig kennen! Ich finde das schön!«

Wie süß Evas chronischer Optimismus ist, dachte Maja.

»Liebe Eva, wir kennen uns alle ganz gut, genau das ist das Problem an der Sache«, fauchte Lissi. »Wenn ich das gewusst hätte, hätte ich mich nicht angemeldet.«

»Gemach, gemach.« Wilhelm bewegte beschwichtigend die Hände, es sah aus, als würde er ein kräftiges Decrescendo dirigieren. »Es ist nun wirklich keine Katastrophe, mal zwei Nächte im Mehrbettzimmer zu schlafen, oder? Eva hat recht: Seht es als Chance, euch besser kennenzulernen. Letztlich ist der Sinn einer solchen Chorfahrt, dass man als Gruppe enger zusammenrückt.«

»Ich dachte, Sinn dieser Chorfahrt wäre, an unserem Gesang zu feilen«, murmelte Diana.

»Das auch«, gab Wilhelm zu. »Aber natürlich soll der Spaß nicht zu kurz kommen.«

»Hört, hört«, posaunte Tristan.

Wilhelm sprach weiter. »Gibt es wirklich jemanden hier im Raum, der es absolut nicht aushält, in einem Mehrbettzimmer zu übernachten? Ich kann mein Einzelzimmer notfalls abtreten.«

»Ich auch«, meldete sich Miriam. »Das ist kein Problem. Ich freue mich zwar, wenn ich ein eigenes Bad habe, aber ich kann mich notfalls auch eine Stunde in einem Gruppenbad einschließen und dieses Kunstwerk schaffen.« Sie zog mit beiden Händen demonstrativ einen Kreis um ihr Gesicht. Alle lachten.

»Ihr habt es gehört – die Lage ist nicht katastrophal. Wir können zwei Einzelzimmer freimachen. Also – gibt es jemanden, der Miriams und mein Zimmer haben möchte? Der auf gar keinen Fall im Viererzimmer schlafen kann?« Stille trat ein. Die, die gerade noch besonders laut gemault hatten, sahen angestrengt zu Boden. »Niemand? Wirklich nicht? Na, dann ist ja alles in Ordnung, oder?« Wilhelm sah kurz zu Maja hinüber und ein winziges Lächeln zuckte in seinen Mundwinkeln.

Mein Retter, dachte Maja und musste schmunzeln. Du wusstest genau, dass dir niemand dein Zimmer klaut, oder?

Auf Reginas Initiative hin wurden jetzt Zettel verteilt, auf die jeder seine Wunschzimmernachbarn schreiben sollte. Maja würde sich mit Birgit, Diana und Regina ein Zimmer teilen, das war schnell abgesprochen und notiert. Und auch die Chorkollegen und -kolleginnen um sie herum schienen sofort zu wissen, mit wem sie sich zusammentun wollten. Maja entspannte sich. Insgesamt hatte der Chor doch ganz gefasst auf die Mehrbettzimmer reagiert. Und wenn erst mal alle in der Jugendherberge angekommen waren, würden sie auch die Etagenbäder mit Sportsgeist hinnehmen, oder?

Irgendwann im Laufe der Probe schaffte Maja es, das Thema »Chorwochenende« zu vergessen und sich auf die Musik im Raum zu konzentrieren. Sämtliche Songs, die Wilhelm mit dem Chor für das »Back to the 80s«-Konzert probte, nahmen allmählich Form an. Aus einer unsicheren Aneinanderreihung von Tönen war in den letzten Proben nach und nach Musik geworden. Gut geprobte Passagen entwickelten allmählich echten Groove, beim Refrain von »Take On Me« hätte Maja inzwischen am liebsten getanzt, so sehr zuckten ihre Füße im Takt. Und das, obwohl sie den Song a cappella sangen.

So etwas hatte sie das unter Edeltraut Buschkempers Leitung nie empfunden. Da hatte das Singen zwar Spaß gemacht, aber das Ergebnis hatte grundsätzlich eher an einen Gottesdienst als an ein Popkonzert erinnert.

Vielleicht empfand sie das Chorsingen in letzter Zeit aber auch anders, weil sie sich stärker einbrachte. Wilhelms freundliche Worte nach dem Vorsingen hatten ungeheuer befreiend auf sie gewirkt. Nein, ihre Stimme klang nicht furchtbar. Nein, sie sang nicht schief.

Seit sie sich nicht mehr um ihre musikalische Unfähigkeit sorgte, hatte sich eine Art Anspannung in ihrem Hals gelegt. Singen war auf einmal viel einfacher, fühlte sich schöner und lebendiger an. Singen passierte nicht mehr nur im Kopf, sondern im ganzen Körper.

Sie war immer gern zu den Chorproben gegangen, weil sie dort so viele nette Leute und gute Freunde traf. Außerdem faszinierte es sie, dass der Chor nur als Gesamtheit schöne Musik schaffen konnte. Chormusik funktionierte nur, wenn jeder seinen Beitrag leistete und alle im wahrsten Sinne des Wortes harmonisch miteinander arbeiteten.

Aber erst jetzt, wo Maja endlich richtig mitsang, fühlte sie sich nach den Proben, als wäre sie stundenlang durch einen grünen Sommerwald gewandert oder als hätte sie eine belebende Yogastunde hinter sich oder als hätte sie lange in fröhlicher Runde gelacht. Wenn sie neunzig Minuten lang gesungen hatte, war sie geradezu durchdrungen von positiver Energie.

Auch ihren Mitsängerinnen, vor allem natürlich Regina und Diana, war nicht entgangen, dass Maja mutiger und vor allem lauter sang.

Und Regina hatte in der letzten Probe sogar gesagt: »Mensch Maja, ich wusste gar nicht, dass du so eine schöne Stimme hast.«

Maja fühlte sich im Chor wohler denn je. Und warum sie Wilhelm je für unterkühlt und humorlos gehalten hatte, war ihr mittlerweile ein Rätsel. Sicher, er wusste, was er wollte, und er mochte es, wenn in den Proben konzentriert gearbeitet wurde. Und ja, er konnte streng wirken und durchaus sauer werden, wenn Leute nur quatschten und tuschelten und nicht mitarbeiteten. Er wollte eben das Beste aus alle rausholen. Inzwischen fand Maja das genau wie Regina und Diana höchst motivierend.

Nein, natürlich war Wilhelm kein Strahlemann wie Tristan, der rund um die Uhr die Lacher auf seiner Seite hatte und der stets in alle Richtungen seinen Charme sprühen ließ. Trotzdem hatte er einen subtilen Humor. Wenn er sich amüsierte oder wenn er eine kleine, ironische Bemerkung machte, änderte sich oft nur der Ausdruck in seinen Augen ein wenig oder ein Wangenmuskel zuckte verräterisch.

Und was die Wärme anging ... Wer einmal erlebt hatte, mit wie viel Gefühl Wilhelm selbst rosarote Songs wie »The Time of My Life« dirigierte, wusste sicher, dass eine leidenschaftliche Seele in ihm schlummern musste. Fast konnte Maja sich vorstellen, bei Gelegenheit mal einen Mambo mit ihm zu tanzen.

Kapitel 19

»Heute hätte ich noch zwei Stunden weiterproben können!« Regina ging neben Diana und Maja Richtung Parkplatz. »Allmählich macht es richtig Spaß! Wenn dann zum Schluss noch die Band dazukommt, werden die Leute beim Sommerkonzert auf den Stühlen tanzen, wartet's nur ab.«

Diana nickte. »Wilhelms Perfektionismus zahlt sich wirklich aus!«

»Kommst du noch mit zum Stammtisch, Regina?«, wollte Maja wissen.

»Leider nein. Meine Babysitterin darf nur bis zehn bleiben. Sie ist erst fünfzehn und ihre Mutter besteht darauf, dass sie an Schultagen pünktlich ins Bett geht.«

Regina verabschiedete sich und bog zu ihrem Auto ab.

Maja und Diana zogen allein weiter zum Pilsbefall. Sie waren mit die Letzten, der Stammtisch war bereits gut besetzt. Auch Wilhelm war schon da, er saß neben Miriam in der Mitte des Tisches. »Da seid ihr ja«, rief er. »Wie passend. Wir reden gerade über unser Wochenende.«

Majas gute Laune verpuffte. Über die Chorfahrt wollte sie heute am liebsten nicht mehr reden. »Gibt es noch Fragen?«, wollte sie wissen, während sie sich am Tischende niederließ. »Eigentlich ist doch alles geklärt.«

»Lissi möchte wissen, ob sie Geld zurückbekommt, wenn sie jetzt in einem Mehrbettzimmer schlafen muss«, sagte Wilhelm und verzog den Mund, als wäre es ihm unangenehm, Maja diese Frage zu stellen.

Maja schüttelte den Kopf. »Nein. Am Preis ändert sich nichts.

Wir haben einen Gruppenpreis bekommen und der ist fix.« Der Preis war außerdem wahnsinnig niedrig. Kein Wunder, er war nie für komfortable Zimmer kalkuliert worden. Sondern für Etagenbäder. Von denen sie noch immer nichts hatte verlauten lassen.

Wilhelm nickte, zufrieden mit Majas Antwort. Aber Lissi hatte noch nicht genug. »Ich finde es wirklich unmöglich, dass wir wie Schulkinder untergebracht werden. Da hätte es doch andere Möglichkeiten geben müssen!«

»Ich hätte auch nichts gegen ein schönes Tagungshotel gehabt. Notfalls hätte ich gern mehr gezahlt und ärmere Chormitglieder gesponsert«, sagte Tristan.

»Ihr beiden dürft gern unsere nächste Chorfahrt organisieren!«, schlug Wilhelm vor. »Und dann werdet ihr sehen: Nörgeln ist immer einfach, besser machen nicht ganz so. Ich freue mich auf jeden Fall auf unsere Fahrt und ich bin sicher, dass wir alle zusammen das Beste aus der Jugendherberge Niederfeldheim machen werden. Ich bin Maja sehr dankbar, dass sie überhaupt noch ein Quartier für uns aufgetrieben hat!«

Den Rest des Abends wurde nicht mehr über die Fahrt nach Niederfeldheim gesprochen. Wenigstens nicht öffentlich. Was unter vier Augen im Schutz der Gesprächskulisse getuschelt wurde, konnte Maja natürlich nicht einschätzen.

Später am Abend erzählte Birgit von einem A-cappella-Konzert, dass sie sich am Wochenende mit einer Kollegin angesehen hatte. Miriam kannte zufällig eine der Mitwirkenden, denn sie hatten gemeinsam studiert und in grauer Vorzeit mal zusammen Duette gesungen.

»Das ist ewig her«, kokettierte Miriam.

»Und was machst du im Moment?«, wollte Birgit wissen. »Gibt es irgendwelche künstlerischen Projekte, an denen du gerade arbeitest?«

Wilhelm und Miriam tauschten einen schnellen und für Majas Geschmack viel zu vertraulichen Blick und schmunzelten einander zu.

»Sagst du es?«, fragte Miriam.

»Wenn du willst …« Wilhelm lächelte in die Runde. »Wir arbeiten gerade gemeinsam an einem kleinen Bühnenprogramm, einem Liederabend. Vorwiegend Schumann. Ich denke, dass wir etwas absolut Vorzeigbares zustande bringen werden, meine Partnerin ist jedenfalls jetzt schon hervorragend.«

»Du Charmeur.« Miriam wuschelte Wilhelm über die blonden Haare und er lachte laut. »Du willst nur hören, dass du auch hervorragend bist. Bist du übrigens.« Sie strahlte in die Runde. »Was soll ich sagen – zwischen uns beiden stimmt einfach die Chemie.«

Kotz, würg, brech, dachte Maja spontan. Und fragte sich überrascht, warum sie plötzlich so aggressiv auf Miriam reagierte.

»Das will ich sehen!«, sagte Birgit. »Oder vielmehr hören. Sagt Bescheid, wenn es Tickets gibt, wahrscheinlich kauft dann der halbe Chor welche.«

»Das hoffe ich doch!«, sagte Miriam. »Auf Freunde und Familie kann ich in dieser Gegend nicht zählen.«

»Toll!«, zwang Maja sich zu sagen. »Das will ich mir natürlich nicht entgehen lassen.«

Maja war sich absolut nicht sicher, ob das stimmte. Sie konnte sich eine Menge Dinge vorstellen, die ihr besser gefallen würden, als einen ganzen Abend lang die hervorragende Chemie zwischen Miriam und Wilhelm zu beobachten. Einen Zahnarztbesuch zum Beispiel. Oder einen Marathonlauf im Hochsommer.

Eigentlich hatte Maja sich die Hausarbeit ab jetzt sinnvoll aufteilen wollen. Regina hatte ihr erzählt, dass sie sich jeden Tag eine gute halbe Stunde bis Stunde um den Haushalt kümmerte, sodass sich nie ein riesiger Berg aus Aufgaben auftürmte. Sie räumte jeden Tag kurz auf, saugte jeden Tag einen Raum und putzte jeden Tag ein kleines Stück der Wohnung. »Das können zwei Fenster sein oder die Badewanne oder der Kühlschrank oder das Bücherregal, wenn es eingestaubt ist«, hatte sie erklärt. Dreckige Wäsche wusch sie kontinuierlich in kleinen Portionen und nicht erst, wenn der Kleiderschrank leer war.

Bei Regina klang es einfach – so wollte Maja in Zukunft auch vorgehen, hatte sie sich vorgenommen. Maja hatte genau zwei Wochen durchgehalten. Sie hatte ihren Arbeitstag mit einer Aufräumrunde im Büro und ihren Feierabend mit einer Aufräumrunde in ihrer Wohnung gestartet, aber irgendwie war ihr das nach und nach doch zu viel geworden.

Wenn Maja nach einem langen Arbeitstag nach Hause kam, wollte sie weder aufräumen noch putzen. Dann wollte sie in Ruhe auf dem Balkon sitzen und telefonieren oder auf dem Sofa liegen und einen Tee trinken. Und wenn sie sich eine Stunde oder so entspannt hatte, wollte sie etwas Unterhaltsames unternehmen. Oder, weil das ja nun mal sein musste, wenn man einigermaßen schlank bleiben wollte, ihre Brüder im Fitnessstudio treffen und sich von ihnen zu sportlichen Höchstleistungen motivieren lassen.

Folglich hatte Maja Anfang der letzten Woche beschlossen, dass sie ihre Hausarbeit nicht mehr täglich in kleinen Portionen, sondern lieber geballt an den Samstagen erledigen würde. Samstags hatte sie fast immer Zeit.

Und gestern hatte ihr Plan auch hervorragend funktioniert, obwohl es Maja ehrlich überrascht hatte, dass man als Single vier Stunden brauchen konnte, bis die Wohnung wieder tipptopp und die Wäsche gewaschen war. Aber wenn das Geschirr der ganzen Woche sich in der Küche stapelte und die Kleidung der ganze Woche im Schlafzimmer herumflog und die Zeitungen der ganzen Woche nebst Reklameflyern in der ganzen Wohnung verteilt herumlagen, dann war das eben nicht im Handumdrehen erledigt.

Am Sonntag nahm sich Maja endlich einmal richtig Zeit für die finale Planung des Probenwochenendes. Abends war sie zwar mit Heidi verabredet, aber der Rest des Tages stand zu ihrer freien Verfügung.

Maja schob die Arbeit so lange wie möglich vor sich her. Sie frühstückte ausufernd, machte sich drei Tassen Kaffee und las die Zeitung von vorne bis hinten durch.

Erst gegen Mittag klappte Maja ihr Notebook endlich auf und

legte ihre prall gefüllte Chormappe neben sich. Es war Zeit, sich der unangenehmen Arbeit zu stellen.

Sie hatte in den letzten Proben Unmengen von Notizen gemacht, die jetzt zusammengeführt werden mussten. Es war erschreckend, wie viel sie sich inzwischen aufgeschrieben hatte, merkte Maja. Zwischen ihren Notenblättern steckten jede Menge Zettel und selbst auf die Noten hatte sie ab und zu etwas geschmiert. »Sandra kommt erst Samstag«, stand zum Beispiel auf »What a Feeling«. Und »Gibt es Nackenstützkissen?« hatte sie auf die Rückseite von »Take On Me« gekritzelt. Sie würde den ganzen Stapel in ihrer Mappe Zettel für Zettel durchgehen und alles, was irgendwie relevant sein könnte, abtippen müssen, erkannte Maja. Außerdem musste sie endlich sämtliche Sonderwünsche und Unregelmäßigkeiten in ihre Teilnehmerliste eintragen. Seufzend nahm sie ihre Aufgabe in Angriff.

Bald darauf war Maja ein nervöses Wrack. Denn in ihren Listen stimmte nichts. Gar nichts. Wer hatte noch mal nach diesem vermaledeiten Nackenstützkissen gefragt? Wer hatte ihr alles »ach übrigens, ich bin Vegetarierin« zugerufen? Warum hatte sie notiert »Sandra kommt erst Samstag« und »Alina ist Veganerin«, wenn doch Sandra und Alina gar nicht auf der Teilnehmerliste standen? Fuhren die beiden nun mit oder nicht? Und warum stand Peter nicht auf der Liste? Maja wusste sicher, dass er mitfahren wollte. Hatte er vergessen, sich einzutragen, als die Listen rumgereicht wurden?

Als sie sich die Listen mit Wunschzimmernachbarn vornahm, die in der letzten Probe geschrieben worden waren, wurde es noch schlimmer. Denn Maja entdeckte spontan mindestens fünf weitere Namen, die nicht auf ihrer Teilnehmerliste standen.

»Scheiße, scheiße, scheiße«, murmelte Maja, während ihr Blutdruck in ungeahnte Höhen schnellte. Sie hatte Mist gebaut. Gründlichen Mist! Das diffuse Gefühl, dass deutlich mehr als vierzig Anmeldungen für das Probenwochenende vorliegen müssten, hatte sie nicht getrogen. Warum war sie dem denn bloß nicht eher nachgegangen? Sie musste einen ganzen Anmeldezettel verloren haben, anders konnte sie sich die fehlenden Namen nicht erklären. Steckte der etwa noch irgendwo zwischen ihren Noten?

Fieberhaft ging Maja ihren Zettelstapel noch mal durch und checkte bei jedem Zettel die Vorder- und Rückseite. Keine Teilnehmerliste. Jetzt wühlte sie in ihrer Chortasche. Da waren etliche Konzertflyer und ein Werbeprospekt für Bademode, den sie im Treppenhaus aufgehoben und in die Tasche gestopft hatte. Außerdem eine Unizeitschrift und eine leere Bonbonpackung und Unmengen von Haarspangen und Taschentüchern. Maja kippte alles ungeduldig auf den Fußboden. Und da, endlich, fiel ihr ein vollkommen zerknickter, bunt beschriebener Zettel auf, der sich halb in die Unizeitschrift geschoben hatte.

Die verschwundene Teilnehmerliste.

Maja versuchte, ihre Panik zurückzudrängen. Kurz schloss sie die Augen und atmete einige Male tief ein und aus. Dann griff sie nach der Liste, legte sie vor sich auf den Schreibtisch und strich sie glatt. Und da standen sie, die Namen, die sie eben noch vermisst hatte. Alina (gemaltes Herzchen und »Danke für die Orga!«). Sandra (»Komme erst Samstag zum Mittagessen.«). Peter (bitte ein Einzelzimmer). Und außerdem noch acht weitere Namen.

»Scheißescheißescheiße!«, entfuhr es Maja wieder, diesmal lauter. Hier waren elf zusätzliche Teilnehmer. Sie hatten elf Betten zu wenig. Demgegenüber traten alle lästigen, kleinen Details in den Hintergrund. Jetzt musste gerettet werden, was noch zu retten war.

Zehn Minuten später wusste Maja nicht, ob sie lachen oder weinen sollte. Keins von beidem, entschied sie und rief stattdessen Diana an.

»Du hast *was bitte?!*«, schallte es ihr ungläubig aus dem Telefon entgegen. »Maja, sag, dass das nicht wahr ist.«

»Leider doch. Und gerade überlege ich ernsthaft, das ganze Wochenende auf eigene Kosten zu stornieren und in Timbuktu unterzutauchen.«

»Das würde Wilhelm dir nie verzeihen. Er hat die Probenzeit jetzt fest eingeplant, das hat er mehrfach gesagt.«

Da hatte Diana leider recht. Maja stöhnte unglücklich. »Aber Diana – jetzt auch noch zwei Achterzimmer im Keller. Achterzimmer, ich zitiere ›die wir eigentlich nicht mehr guten Gewissens vermieten können.‹«

»Hat das der Jugendherbergsleiter gesagt?«

»Ja«, jaulte Maja. »Er hat gesagt: ›Frau Müller, ich verstehe ihre Situation, deshalb gebe ich die Kellerzimmer raus. Aber bitte weisen Sie Ihren Chor darauf hin, dass die Räume nicht dem Standard unseres Hauses entsprechen. Ich möchte keine schlechten Rezensionen kassieren!‹«

»Oh. Das klingt nach echten Drecklöchern.«

Maja heulte auf. »Du sagst es. Was mache ich denn jetzt? Soll ich dem Chor alles beichten? Dann stehe ich wie die letzte Idiotin da.«

»Das tust du sowieso«, sagte Diana etwas herzlos, wie Maja fand. »Ich meine, die Leute haben sich etwas Komfort in einer modernen Herberge am See gewünscht und du servierst ihnen düstere, feuchte Gefängniszellen im Nirgendwo.« Auf einmal brach Diana in lautes, hemmungsloses Lachen aus. »Ich fasse es nicht!«, wieherte sie. »Kannst du dir ernsthaft Lissi oder Theresa oder Birgit oder Tristan in einer solchen Umgebung vorstellen?« Sie lachte noch lauter. »Ich denke an Graffiti an den Wänden, an Spinnweben und an Toiletten, die jemand aus der Wand getreten hat. Ehrlich, Maja, die flippen alle schon bei der Ankunft aus!«

»Toll, danke, Diana.« Maja war beleidigt. »Ich fühle mich ungemein getröstet.«

»Ach, komm, es ist wirklich lustig. Aber keine Bange, was mich betrifft, kannst du dich auf meine Leidensfähigkeit verlassen. Ich werde mich für dieses Wochenende mit Sportsgeist, Desinfektionsspray und mehreren Flaschen Wein ausrüsten. Und wenn wir dann Sonntag gemeinsam nach Hause fahren, wird es sich anfühlen, als hätte der Chor gemeinsam ein Abenteuer überstanden. Das wird uns alle enger zusammenschweißen.«

»Dein Wort in Gottes Ohr«, brummte Maja. »Was meinst du: Macht es irgendetwas besser, wenn ich alle am Donnerstag in der

Probe vorwarne? Oder ist es besser, wenn der Chor am Freitag vor vollendete Tatsachen gestellt wird?«

Diana überlegte kurz. »Vollendete Tatsachen«, sagte sie. »Für Wilhelm. Wenn du den Chor vorwarnst, reisen einige vielleicht gar nicht erst an. Und wir brauchen den Chor in voller Stärke, wenn wir sinnvoll proben wollen. Mach einen Zimmerplan, pack unsere jüngsten und flexibelsten Chormitglieder in die Kellerräume und dann hoffen wir einfach auf gute Wetter, damit wir uns so wenig wie möglich in unseren Albtraum-Zimmern aufhalten müssen, oder?«

Maja blies erschöpft Luft aus. »Ja. So ist es wohl am besten. Und Diana?«

»Ja?«

»Ich schwöre hiermit feierlich, dass ich nie, nie wieder ein Chorwochenende organisiere, hörst du?«

»Okay.« Diana lachte schon wieder. »Ist wahrscheinlich besser so!«

Und dann war es endlich so weit. Maja hatte die ganze Woche Fluchtgedanken gewälzt und Nacht für Nacht gegen Albträume angekämpft. Bei der Probe gestern war ihr übel gewesen.

Und jetzt saß sie mit Regina, Diana und Birgit im Auto, fuhr seit geraumer Zeit über holprige Landstraßen durch eine öde Ackerlandschaft und wünschte sich, jemand würde jetzt sofort Zeitreisen erfinden, damit sie ein paar Wochen zurückreisen und die gesamte Planung für das Chorwochenende jemand anderem überlassen konnte. Was hatte sie sich nur gedacht?

Während die anderen sich unterhielten, starrte Maja aus dem Fenster, biss die Zähne fest zusammen und malte sich ein Horrorszenarium nach dem anderen aus. Dreckige Bäder, Spinnweben, Haare im Essen, hysterische Sopranistinnen … Und sie, Maja, wäre an allem schuld.

Regina und Birgit wussten inzwischen, was sie in Niederfeldheim erwartete. Regina hatte einen Beutel mit Putzzeug zu den Reisetaschen in den Kofferraum gestellt, Birgit hatte einen Matratzenschoner und Taschenlampen eingepackt.

»Wozu denn der Matratzenschoner?«, hatte Maja naiv gefragt. »Die Matratzen dort haben bestimmt schon einiges erlebt, die muss man bestimmt nicht schonen.«

Birgit hatte grimmig entgegnet: »Genau darum habe ich das Ding eingepackt. Ich will *mich* schonen. Dafür brauche ich eine saubere Barriere zwischen mir und der Matratze.«

Insgesamt trugen Majas Freundinnen die Situation mit Humor. Die drei schienen sich trotz allem auf die Ankunft zu freuen.

Nach gut zweieinhalb Stunden und einer Ehrenrunde auf Feldwegen rund um das Dorf herum erreichten sie die Jugendherberge Niederfeldheim. Das riesige Haus stand am Ende eines kleinen Feldwegs einsam auf einem Hügel. Der Nadelwald, der den Hintergrund für den grau verputzten, schmucklosen Bau bildetet, wirkte jetzt, wo die Sonne fast hinter den Baumwipfeln verschwunden war, wie eine schwarze Wand.

»Sieht aus wie eine Kaserne«, murmelte Maja.

»Ach was, innen ist es bestimmt nett«, tröstete Regina. »Bei mir weckt der Anblick von Jugendherbergen immer Erinnerungen an Klassenfahrten und Jugendfreizeiten mit der Kirche. Ich finde solche Orte lustig.«

»Urkomisch«, sagte Birgit matt. Wenn Maja sich nicht täuschte, war ihr die gute Laune kurzzeitig abhandengekommen.

Diana stellte das Auto auf dem Parkplatz unterhalb der Jugendherberge ab und sie alle machten sich mit ihrem Gepäck auf den Weg zum Haupteingang.

»Wie viel Zeit bleibt uns, bis es offiziell los geht?«, erkundigte sich Diana.

»In einer Stunde gibt es Abendessen, da sollten dann alle angereist sein«, sagte Regina nach einem Blick auf ihre Uhr. »Ich habe auf dem Parkplatz kein heimisches Kennzeichen gesehen, wahrscheinlich sind wir die Ersten.«

Majas Magen zog sich in banger Vorahnung zusammen. Sie hatte gehofft, dass die Jugendherberge aus der Nähe betrachtet vielleicht irgendetwas Charmantes an sich haben würde, aber stattdessen wurde der Anblick immer trostloser, je näher man kam.

»Hier sieht es aus wie in meiner alten Schule«, wisperte Birgit, als sie die Jugendherberge durch eine große Schiebetür betraten.

»Oder wie in einem Krankenhaus«, raunte Diana.

In der großen Eingangshalle lagen grau gesprenkelte, polierte Steinfliesen und eine steinerne Treppe mit rostrot lackiertem Metallgeländer und einem schwarzen Gummihandlauf führte in die oberen Stockwerke. Am anderen Ende der Halle führte eine große Glastür hinaus zum Wald. Die Wände leuchteten in einem schmuddeligen, leicht glänzenden Cremeton, jemand hatte in unregelmäßigen Abständen einige Schwarz-weiß-Fotografien aufgehängt. Bis auf eine große Sitzgruppe aus braunem Kunstleder in der Mitte des Raumes war die Halle leer. Es sah aus, als wäre hier seit mindestens fünfzig Jahren nichts Wesentliches verändert worden.

Rechts neben der Tür befand sich ein Büro, dass durch ein Schiebefenster mit der Eingangshalle verbunden war. »Rezeption« stand in bunten Holzbuchstaben über dem Fenster. Unter dem Fenster befand sich eine Klingel. Da das Büro leer aussah und das Fenster geschlossen war, drückte Maja darauf.

Wenig später öffnete sich die Tür im hinteren Bereich des Büros und ein großer, sehr hagerer Mann mit lichtem Haar, den Maja auf Ende fünfzig schätze, trat hindurch. Maja identifizierte ihn sofort als den Herbergsleiter Herr Schön, mit dem sie schon mehrmals telefoniert hatte.

Herr Schön beugte sich über den Schreibtisch, der unter dem Fenster stand, schob das Fenster auf und ließ sich dann auf dem Schreibtischstuhl nieder. Erst jetzt sah er Maja ins Gesicht und lächelte kurz und schmallippig. »Guten Tag, die Damen. Der Unichor, nehme ich an?«

Maja nickte. »Genau. Ich bin Maja Müller, wir kennen uns schon vom Hören.«

»Ach, Sie sind das.« Herr Schön sah bereits in seinen Monitor und klickte einige Male mit seiner Maus herum. »Sie sind die Ersten. Ich nehme an, dass Sie meine Ansprechpartnerin für die Gruppe bleiben?«

Maja zögerte. »Wahrscheinlich.«

»Wahrscheinlich? Ja, wenn Sie das nicht wissen, kann ich Ihnen das natürlich auch nicht sagen.«

»Doch. Ja. Bin ich«, sagte Maja. Wer sonst sollte den Job wohl machen, nachdem sie die ganze Organisation abgewickelt, beziehungsweise in den Sand gesetzt hatte.

»Na bitte. Dann gehen wir gerade noch mal Ihre Anmeldung durch, dann bekommen Sie von mir die Bettwäsche für Ihre Gruppe und alle Zimmerschlüssel.«

»Ich dachte, Bettwäsche und Schlüssel holt sich jeder selbst bei Ihnen ab?«

»Wie soll das denn gehen? Ich kenne Ihre Herrschaften doch gar nicht! Was weiß denn ich, wer mit wem in welches Zimmer soll. Nein, nein, das erledigen immer die Gruppenleiter. Am besten setzen Sie sich hier auf die Sitzgruppe, da kommt keiner an Ihnen vorbei.«

»Na gut.« Maja seufzte leise. Dieser Herr Schön war wirklich unfreundlich. Ja, sie hatte bei der Organisation ein paar Fehler gemacht, aber musste er sie deshalb derart von oben herab behandeln?

Die vier Frauen beschlossen, dass Regina, Diana und Birgit das Gepäck auf das gemeinsame Zimmer bringen und die Betten beziehen würden, während Maja in der Halle die Stellung halten und Chormitglieder in Empfang nehmen sollte. »Ich komme gleich und leiste dir Gesellschaft«, versicherte Diana. »Hast du die Zimmerpläne? Oder sind die in deinem Koffer?«

»Nein, die habe ich mit allen Unterlagen hier in der Handtasche«, sagte Maja mit einem Gesicht, das aussah, als hätte sie Zahnschmerzen. »Ich hoffe nur, dass die Chormitglieder meine Pläne auch akzeptieren.«

»Wird schon.« Diana schenkte ihr ein aufmunterndes Lächeln, dann schnappte sie sich Majas Koffer und entschwand mit Birgit und Regina die Treppe hinauf.

Herr Schön las Maja noch einmal alle Sonderwünsche vor, die er sich für das Wochenende notiert hatte und Maja verglich seine

Angaben mit ihren Notizen. Es stimmte alles überein. Die Vegetarier hatte sie zwar nur grob geschätzt, aber das war nicht so wichtig, wie ihr Herr Schön versicherte. Die Küche würde sowieso nicht extra für »Randgruppen« kochen, wer Veganer oder Vegetarier war, ließ in dieser Jugendherberge einfach die entsprechenden Komponenten beim Essen weg. Das klang verdächtig nach nackten Kartoffeln mit in Salzwasser totgekochtem Tiefkühlgemüse – für die Fleischesser mit Tiefkühlschnitzel, für die Vegetarier immerhin mit Soße Hollandaise aus dem Eimer. Na, guten Appetit, dachte Maja.

»Im Keller steht ein großer Kühlschrank, in dem unsere Gruppen die Getränke kalt stellen können. Ich hab ihn schon für Sie eingeschaltet, damit er kühl ist, wenn Sie ihn befüllen.« Er sagte es so zufrieden, als hätte er jedem das Bett persönlich bezogen und ein Betthupferl aufs Kopfkissen gelegt.

»Wieso … Die Getränke!« Maja starrte Herrn Schön entsetzt an. »Die habe ich total vergessen! Können wir die doch von der Jugendherberge bekommen?«

»Ha!« Herr Schön lachte auf. Es klang fast wie ein Bellen. »Wo soll ich denn jetzt Getränke für über fünfzig Personen hernehmen? Sie sind mir ja lustig! Nein, da werden Sie selbst noch mal losfahren müssen. Fünfzehn Kilometer von hier, in Hochkirchen, gibt es mehrere große Supermärkte, die bis acht Uhr geöffnet haben.«

Maja hatte den Eindruck, dass Herr Schön sich an jedem ihrer Fehler weidete.

»Kein Problem, das kriegen wir hin«, sagte Maja und bemühte sich um einen entspannten Tonfall. Dann würde sie eben noch mal jemanden losschicken müssen. Regina und Diana vielleicht. Oder sie würde selbst fahren. Dieses Problem war wenigstens lösbar!

»Tja, da können Sie nur draus lernen, was? Es ist kein Pappenstiel, eine Reise für eine so große Gruppe zu organisieren, mein Fräulein.«

Fräulein? Lebte der Mann noch in den Fünfzigerjahren? Sollte sie ihm erzählen, dass sie bereits seit fast vier Jahren im Berufsleben stand? Ach nein, sie hatte keine Zeit und keine Lust, sich noch länger mit diesem Clown zu beschäftigen.

»Ich setze mich dann mal rüber und erwarte die Teilnehmer«, sagte Maja und wies auf die braune Kunstleder-Sitzgruppe.

»Das tun Sie mal. Unser Hausmeister bringt Ihnen dann den Rollwagen mit der Bettwäsche.«

Zack, schon hatte Herr Schön das Fenster zugeschoben und zog den Vorhang vor. Maja zeigte dem verriegelten Fenster energisch ihren Mittelfinger. Schon fühlte sie sich etwas besser. Solche radikalen Gesten gehörten normalerweise nicht zu ihrem Repertoire und eigentlich passten sie nicht zu ihr. Umso wirksamer waren sie als Ventil in besonderen Situationen.

Während sie so dastand und mit gereckter Faust den Vorhang anstarrte, hinter dem Herr Schön verschwunden war, öffnete sich die Schiebetür.

»Hallo Maja. Was ist denn mit dir los?«

Maja drehte sich peinlich berührt um und sah Wilhelm. Miriam, die neben Wilhelm die Eingangshalle durchschritt, versuchte, ein Lächeln in ihrer Hand zu verbergen.

Maja ließ die Faust sinken und spürte Hitze auf ihren Wangen. »Hallo ihr beiden. Alles in Ordnung, es läuft nur nicht ganz nach Plan.«

»Inwiefern? Können wir helfen?« Wilhelm hatte blieb neben ihr stehen und sah sie besorgt an.

»Ich habe vergessen, Getränke zu bestellen«, gestand Maja. »Vor dem Wochenende gab es noch so vieles, an das ich denken musste, da ist mit das Thema einfach durchgeschlüpft. Und der Herbergsleiter hat sich über meine Vergesslichkeit lustig gemacht. Darüber habe ich mich gerade geärgert.«

»Verständlich. Kundenorientierung darf man hier wohl nicht erwarten, was?« Miriam schüttelte den Kopf.

»Und nun?«, fragte Wilhelm. »Sollen Miriam und ich noch mal losfahren und auf eigene Faust Getränke holen?«

»Das überlege ich auch gerade. Aber für unsere große Gruppe

wird eine Kofferraumladung nicht reichen. Diana und ich könnten zwar mitfahren, aber dann ist es immer noch knapp, oder?« Maja biss sich auf die Lippe.

»Lass uns doch einfach auf ein paar Freiwillige warten. Es ist vielleicht ohnehin nicht so günstig, wenn ausgerechnet du oder ich nicht hier sind. Bis wann bekommen wir denn Getränke?«

»In Hochkirchen angeblich bis acht Uhr.«

»Na dann … Ist doch alles halb so wild.« Wilhelm legte beruhigend seine Hand auf Majas Oberarm. »Mach dir keinen Kopf, wir klären das beim Abendessen.«

Wilhelm und Miriam ließen sich die Schlüssel zu ihren zwei nebeneinander liegenden Einzelzimmern geben und zogen von dannen. Wieder einmal fragte sich Maja, ob die beiden ein Paar waren oder in Kürze eins werden würden. Sie schienen sich bestens zu verstehen, sie machten Musik zusammen und sie sahen zweifellos toll zusammen aus – zumindest solange Wilhelm in seiner hyperkorrekten Arbeitsuniform herumlief. Maja wandte den Blick von den beiden davoneilenden Gestalten und ihren schicken Rollkoffern – ihrer in schickem Lackrot, seiner in dezentem Mattschwarz – ab. Seit einiger Zeit stellte sie sich Wilhelm lieber als Single, denn als Teil eines Paares vor.

In der nächsten Stunde trudelten nach und nach weitere Chormitglieder ein und Maja hakte Namen auf ihrer Liste ab und verteilte Schlüssel und Bettwäsche. Jedes Mal, wenn sie einem Chormitglied ein Zimmer zuwies und Bettwäsche in die Hand drückte, hatte sie ein schlechtes Gewissen. Es war, als würde sie lauter unschuldige Schäfchen zur Schlachtbank schicken. Nur komisch, dass sie nicht alle wütend zu ihr zurückstürmten und ihr Geld zurück verlangten.

Eva war sogar kichernd aus dem Keller aufgetaucht, zwei Freundinnen aus dem Sopran im Schlepp und hatte Maja zugerufen: »Das sind wirklich die dunkelsten und ranzigsten Zimmer aller Zeiten!« Fröhlich waren die drei durch die Hintertür Richtung Wald verschwunden.

Lissi, Theresa und Tristan hatten eben erst gemeinsam eingecheckt. Sie würden ihre Unterbringung sicher nicht so witzig finden wie Eva, aber trotzdem blieben auch die drei vorerst verschwunden.

Immerhin waren die Zimmer im Obergeschoss ganz okay, wie Regina, Birgit und Diana, berichteten, die sich gerade wieder zu Maja auf das Sofa gesellten.

»Sehr einfach und in die Jahre gekommen, aber halbwegs sauber, relativ neue Matratzen. Es gibt Verdunklungsvorhänge, ausreichend Stauraum und ein Waschbecken«, fasste Regina es zusammen.

»Und die Waschräume sind auch in Ordnung«, fand Diana. »Ich komme für zwei Tage problemlos klar.« Birgit pflichtete ihr bei.

Gerade betraten mit Peter, Leif, Timo und Uwe die letzten Chormitglieder, die heute anreisen wollten, die Jugendherberge.

Peter ließ seinen Koffer stehen, ging auf Diana zu und umarmte sie.

»Wir knuddeln uns also neuerdings zur Begrüßung, ja?«, sagte Birgit und umarmte Peter ebenfalls. Danach waren Maja und Regina dran und Peter sah wie schon neulich etwas verlegen aus. Warum umarmt er uns alle, wenn er sich damit nicht wohlfühlt, fragte sich Maja. Meint er, das gehört heutzutage zum guten Ton?

Diana sah auf die Uhr und sagte: »Wir sollten uns allmählich beeilen, in genau sieben Minuten gibt es Abendbrot. Also Männer – hier habt ihr eure Bettwäsche.«

»Und von mir gibt es den Schlüssel«, schloss sich Maja an. »Wir sehen uns gleich im Speisesaal.«

Erleichtert schob Maja ihre Listen und ihren Kugelschreiber zurück in die Handtasche. Die Anreise lag schon mal hinter ihr, das Wochenende hatte begonnen.

Kapitel 20

Die ersten Beschwerden wurden beim Abendessen laut.

Und natürlich kamen sie aus der Ecke, aus der Maja sie erwartet hatte, nämlich von Lissi und Theresa. Auch wenn Maja versuchte, wegzuhören, bekam sie leider mit, wie die beiden den gesamten Nebentisch mit ihren Nörgeleien über ihr Zimmer und über das Essen unterhielten. Besonders ärgerlich fand Maja, dass Tristan Lissi in allen Punkten zustimmte. »Was für eine Bruchbude!«, schnappte sie auf, wenig später hörte sie, wie er das Essen als »Zumutung« bezeichnete.

Maja hätte sich gern die Finger in die Ohren gesteckt und »Lalalala!« vor sich hingesungen, weil jedes negative Wort über ihre Herberge sie persönlich traf. Zumal sie es ähnlich empfand wie Tristan und Lissi. Ja, diese Jugendherberge *war* eine Bruchbude und ja, das Essen *war* eine Zumutung.

Das Abendessen im riesigen Speisesaal bestand lediglich aus Bergen von nicht mehr ganz taufrischen Graubrotscheiben, dazu gab es Butter und neutral schmeckende Käsescheiben. Die Fleischesser konnten zusätzlich zwischen Salami und Kochschinken wählen. Garniert wurde das »Buffet« mit riesigen Schüsseln voller eingelegter Bohnen und Krautsalat.

An Majas Tisch sah man all das entspannt.

»Immerhin, man wird satt«, fasste Peter es zusammen.

»Fast wie zu Hause«, verriet Wilhelm. »Was anderes als Brot und Käse hab ich selten da. Ich vergesse immer einzukaufen.« Er biss in sein Käsebrot.

»Na, wie zu Hause ist das Essen nicht. Ich koche mir abends gern was Schönes, besonders, wenn mein Verlobter übers Wochenende mal da ist. Aber ein paar eher diätische Mahlzeiten schaden mir nicht. Meine Hosen sind gerade alle etwas eng.« Miriam trank einen Schluck Hagebuttentee und sah trübsinnig das kleine Häufchen Bohnen an, das auf ihrem Teller lag. »Man muss sich nur einreden, dass Bohnen mindestens so lecker sind wie Schokolade, oder?«

Alle lachten.

Maja lachte mit. Es gab also einen Verlobten. Und das war nicht Wilhelm. Miriam war ihr auf einmal wieder viel sympathischer.

Maja ließ ihren Blick verstohlen zu Wilhelm herüberwandern und musterte ihn. Er sah *wirklich* gut aus. Besonders, wenn er lachte. Seine Haare waren nicht mehr ganz so ordentlich kurz geschnitten wie vor einigen Wochen, als er den Chor übernommen hatte. Und das obligatorische Poloshirt, das er heute trug, lag schmal am seinem Körper an und betonte seine breiten Schultern.

Auf einmal sah auch er in ihre Richtung und ihre Blicke kreuzten sich. Ein kleiner Stromschlag schoss durch Majas Körper, ganz kurz nur, ehe er hastig den Blick senkte. Hoppla! Hatte nur sie das gerade gespürt?

Den Rest ihres Käsebrotes aß Maja, ohne sich am Tischgespräch zu beteiligen und ohne den Nörgeleien am Nebentisch weiter Beachtung zu schenken. Sie fragte sich stattdessen, ob sie womöglich drauf und dran war, sich in ihren Chorleiter zu verlieben.

Der Probenraum »Für Elise« war ein Lichtblick! Es handelte sich eher um einen Souterrain- als um einen Kellerraum. Eine lange Fensterfront öffnete den Blick zum Wäldchen. Zudem waren genug Stühle vorhanden und – oh Wunder – das Klavier war tipptopp gestimmt.

Als alle Chormitglieder sich versammelt hatten, klopfte Wilhelm aufs Klavier und Ruhe kehrte ein.

»Ihr Lieben, ich freue mich, dass sich fast der gesamte Unichor hier eingefunden hat. Wir wollen an diesem Wochenende proben,

proben und nochmals proben. Ich möchte den Großteil unseres Programms bis Sonntag konzertreif haben.«

Ein Raunen und Stöhnen ging durch die Reihen. Wilhelm grinste knapp. »Genau, das wird viel Arbeit. Aber Arbeit, die Spaß macht, oder nicht?«

Allgemein wurde Zustimmung gemurmelt.

»Bevor wir mit unserer ersten Probe starten, möchte ich mich noch einmal ausdrücklich bei Maja bedanken.« Wilhelm lächelte Maja an und klatschte. Der ganze Chor applaudierte mit und Maja schämte sich wieder einmal in Grund und Boden. »Maja hat dieses Wochenende im Alleingang organisiert, ich war ehrlich gesagt überglücklich, dass sie das angeboten hat, denn ich hätte überhaupt keine Zeit dafür gehabt. Und ohne Maja hätte ich wahrscheinlich auf eine Chorfahrt verzichtet. Obwohl wir extrem spät dran waren mit unserer Anfrage, hat Maja noch eine Jugendherberge für uns aufgetrieben und auch wenn vielleicht nicht alles ganz so modern oder perfekt ist, wie es sich manche von euch wünschen …« Aha. Auch Wilhelm hatte also schon ein paar Nörgeleien aufgeschnappt. »… so glaube ich doch, dass wir hier viel Spaß haben und vor allem viel erreichen können. Also Maja – danke! Ohne dich wäre dieses Wochenende nicht möglich gewesen!«

Noch einmal brandete Applaus auf.

In den Applaus hinein rief Wilhelm: »Jetzt habe ich noch eine Bitte: Wir brauchen vier bis fünf Freiwillige, die schnell noch Getränke holen fahren. Der Getränkemarkt im Nachbarort ist bis acht geöffnet.«

»Wollten wir die Getränke nicht bei der Jugendherberge bestellen?«, fragte Lissi spitz.

Wilhelm winkte ab. »Wisst ihr, Maja, Miriam und ich dachten, dass wir das am besten ganz unproblematisch vor Ort erledigen und dabei noch etwas Geld sparen. Also – wer hat einen eigenen PKW dabei und ist bereit, eine kleine Kurierfahrt zu machen? Geld bekommt ihr von mir, das strecke ich vor.«

Am liebsten hätte Maja »Mein Retter« gehaucht und wäre Wilhelm um den Hals gefallen. Die blöden Getränke hatte sie schon wieder vergessen. Und jetzt dachte er nicht nur daran, nein, er ließ es auch noch klingen, als wäre alles von Anfang an so geplant gewesen.

Lautes Stimmengewirr erhob sich. Einige Chormitglieder stellten sofort klar, dass sie nicht noch einmal losfahren wollten, nachdem sie schon stundenlang hierher unterwegs gewesen waren. Trotzdem fanden sich schnell vier Freiwillige – darunter Peter und Leif, die bereitwillig nach Hochkirchen aufbrachen.

»Und was trinken wir bitte, bis die Getränke hier sind?«, wollte Theresa wissen, als die vier verschwunden waren. »Ich hatte nur eine Flasche Wasser mit, die ist längst leer.«

»Wir hatten eben beim Abendessen Tee, ich denke nicht, dass jemand in der nächsten Stunde verdurstet«, sagte Wilhelm in einem Ton, der keine Diskussion zuließ. »Und jetzt beginnen wir endlich mit unserer Probe. Also – bitte aufstehen, wir singen uns ein.«

Eine knappe Stunde später trafen die vier Freiwilligen mit einem Berg von Getränkekisten ein, den alle Chormitglieder gemeinsam aus den Autos in den Probenraum verfrachteten. Damit war die Anreise des Unichors endgültig bewältigt. Wasserflaschen wurden im Raum verteilt, die vier Getränkelieferanten wurden noch einmal kurz gefeiert, dann ging die Probe weiter.

Und endlich, endlich kam die Gruppe zur Ruhe und es konnten sich beim Singen jene Spannung und Konzentration entfalten, die Maja an den Chorproben mit Wilhelm so schätzte. Endlich nörgelte niemand mehr, endlich sah niemand mehr genervt oder beleidigt aus, endlich herrschte Harmonie im Raum und alle hatten nur noch ein gemeinsames Ziel: »The Time of My Life« so sauber und präzise und gleichzeitig so weich und gefühlvoll wie irgend möglich zu singen. Am Ende der Probe, als es draußen schon dunkel war, hörte Wilhelm auf zu dirigieren und fordernde Blicke in Gruppe zu werfen. Stattdessen setzte er sich ans Klavier und begleitete den Chor bei der letzten Zusammenfassung des Tages.

Maja schloss die Augen. Den Refrain konnte sie längst auswendig singen. Achterzimmer und Etagenduschen und Bohnen aus dem Eimer waren weit, weit weg. Stattdessen kroch eine glückliche Gänsehaut über ihren Körper und sie war erfüllt von Musik. Sie öffnete ihre Augen erst, als der letzte Ton auf dem Klavier schon längst verklungen war. Es war so still im Raum, dass man eine Stecknadel hätte fallen hören können.

»Ganz. Genau. So«, sagte Wilhelm schließlich andächtig in die Stille hinein. »Und mit dieser fast perfekten Zusammenfassung beenden wir die Probenarbeit für heute und wenden uns dem gemütlichen Teil des Abends zu. Morgen nach dem Frühstück geht es weiter.«

Nach und nach standen alle Chormitglieder auf und bildeten kleine Grüppchen im Raum. Maja und Diana schlenderten gemeinsam mit etlichen anderen Sängerinnen und Sängern hinaus in den Flur, wo einige Tische und Bänke standen.

»Ganz. Genau. So. Ist das denn zu glauben? Das hast er noch nie gesagt!«, freute sich Birgit, die sich zu ihnen gesellt hatte.

»Ich wusste gar nicht, dass wir es auch richtig machen können«, schloss sich Henrike neben ihr an. »Ich dachte, irgendwas wäre immer faul.«

Lissis helle Stimme durchschnitt scharf das Gelächter. »Er will uns nur trösten«, behauptete sie, während sie auf die kleine Versammlung zutrat. »Wenn wir hier nicht in einer solchen Absteige gelandet wären, hätte er bestimmt noch tausend Punkte zu bemängeln.«

Vereinzelt wurde gelacht, vereinzelt wurden zustimmende Worte gemurmelt. Majas musikbesoffene Glückseligkeit löste sich in Nichts auf und das schlechte Gewissen kehrte zurück.

»Wieso beschwerst ausgerechnet *du* dich eigentlich die ganze Zeit?«, fragte Alina, die mit Lissi in den Flur gegangen war. »*Du* hast doch eins der Viererzimmer im Obergeschoss abbekommen, hast du dir eigentlich unser Achterzimmer mal angeguckt? Wir haben quietschende Etagenbetten aus Metall, Schränke gibt es gar nicht und die Matratzen sind so durchgelegen, dass man das Lattenrost darunter spürt.«

»Mein Bett hat gar kein Lattenrost, sondern ein Brett«, sagte Eva fröhlich. »Immerhin ist es besser als in meinem letzten Urlaub. Da hatte ich so eine selbstaufblasende Isomatte dabei, die irgendwo ein Loch hatte. Also habe ich quasi auf dem Boden geschlafen.«

»Ach Gott, ja, mir ist schon klar, dass es für begeisterte Camper gar nicht spartanisch genug sein kann. Aber mal ehrlich – es gibt Gründe, warum der Großteil der Bevölkerung vom Campen nichts hält.« Lissi sah Maja herausfordernd an.

Tristan trat hinter Lissi und schlang beide Arme um ihre Taille. »Reg dich nicht auf, Schatz«, sagte er. »Wenn man nur Campingplätze gewöhnt ist, kann man sich vielleicht gar nicht vorstellen, dass manche Leute im Urlaub gern eine eigene Dusche hätten.«

Maja starrte die beiden mit offenem Mund an. »Schatz«? »Nur Campingplätze gewöhnt«? War sie im falschen Film gelandet? Hatte Tristan nicht noch vor wenigen Wochen vor ihrer Tür gestanden und unbedingt bei ihr landen wollen? Ob er da auch schon was mit Lissi gehabt hatte?

»Und wenn man wenig Charakter hat, kann man sich vielleicht gar nicht vorstellen, dass manchmal der persönliche Luxus zugunsten einer Gruppe zurückgestellt werden muss«, schoss Diana zurück. Maja war ihr ungemein dankbar. Diana war nie zu feige, ihre Meinung zu äußern.

Regina und Birgit entfuhr ein begeistertes Schnauben, Lissis und Tristans Grinsen hingegen fiel in sich zusammen.

Der Schlagabtausch nahm durch Wilhelms Auftauchen ein abruptes Ende. Er scheuchte alle zurück in den Gruppenraum und schlug vor, den Rest des Abends draußen zu verbringen. »Die Lagerfeuerstelle ist zwar heute belegt, aber wir finden bestimmt ein Plätzchen, wo wir uns breitmachen können«, vermutete er.

Am Ende landete ein Großteil der Gruppe auf den Bänken vor dem Haupteingang. Maja und Diana suchten sich, bewaffnet mit je einer Flasche Bier, eine Bank für sich allein, die etwas abseits an der Schmalseite des Hauses lag. Ganz leise drangen die Stimmen der Chormitglieder hier an ihr Ohr, zu leise, als das man Worte oder auch nur Wortfetzen hätte verstehen können. Etwas lauter hörte man die Stimmen der Jugendgruppe, die hinter dem Haus am Lagerfeuer saß und recht ausgelassen lachte und feierte. Komischerweise fand Maja diese Geräuschkulisse ganz gemütlich.

»Danke, dass du dich heute Abend mit mir absonderst«, sagte sie zu Diana. »Ich weiß, dass mich solche Szenen wie eben kaltlassen sollten, aber ich habe ehrlich gesagt überhaupt keine Lust, mir so etwas heute Abend von allen Seiten anzuhören. Ich meine, niemand sagt offen: Maja ist schuld, die hat uns hierher geschleppt. Aber alle denken es. Oder zumindest denke ich, dass alle es denken.«

»Ja, ich verstehe. Obwohl deine Schuldgefühle natürlich unnötig sind, Wilhelm hat schon recht, wir können uns glücklich schätzen, dass es überhaupt noch irgendwo Platz für uns war.«

»Ich weiß.« Maja nahm einen Schluck aus ihrer Flasche.

»Und dass Tristan und Lissi jetzt offiziell ein Paar sind, musst du wahrscheinlich auch erst mal verdauen, oder?« Diana nahm ebenfalls einen Schluck Bier und sah ihre Freundin fragend an.

Maja überlegte. Das hatte sie sich auch schon gefragt. Störte es sie, dass Tristan und Lissi ein Paar waren? Störte es sie *ernsthaft*? Von ihrer gekränkten Eitelkeit mal abgesehen? »Ich weiß nicht, wie ich mich damit fühle«, sagte sie schließlich. »Es ist nicht so, dass ich in Tristan je den Vater meiner ungeborenen Kinder gesehen hätte.«

»Ach?« Diana zog ironisch die Augenbrauen hoch.

»Nein. Wirklich nicht. Ich mag ja in Liebesdingen manchmal ein wenig naiv sein, aber so viel Menschenkenntnis kannst du mir dann doch zutrauen. Ich wusste immer, dass Tristan mich nur flachlegen wollte.«

»Aber wusstest du auch, dass er gleichzeitig an Lissi herumgebaggert hat?«

»Nein«, gab Maja zu. »Das heißt, ich wusste, dass die beiden befreundet sind und manchmal herumflirten. Aber ich glaube, ich wollte nicht wahrhaben, dass sich da ernsthaft etwas anbahnt. Und ich glaube, das ist es, was mich am meisten stört. Dass ich zu doof war, zu sehen, welches Spiel Tristan gespielt hat, obwohl es jede Menge Hinweise gab. Ich meine, es ist schon dumm genug, sich in den Ober-Frauenhelden des Chors zu verknallen. Aber dann auch noch ein dummes Huhn unter vielen zu sein …«

»Nicht unter vielen«, korrigierte Diana. »Soweit wir wissen, gibt es hier nur zwei Hühner und einen Hahn.«

»Glaubst du's? Dieser Gockel hält sich doch mit Sicherheit eine ganze Hühnerschar.« Grimmig setzte Maja ihre Flasche an den Hals. »Fast hätte ich ihn rangelassen. Dass man in meinem Alter noch auf so was reinfällt …«

»Na, da kannst du deiner Mutter doch dankbar sein, dass sie euch gestört hat.« Diana lachte.

»Stimmt. Ab und zu macht sie auch mal was richtig.« Maja runzelte die Stirn. »Aber lass uns nicht auch noch von meiner Mutter anfangen … Wie geht es dir denn gerade so? Ich hab das Gefühl, dass wir nur noch über mich und meine Probleme reden.«

»Vielleicht hast du gerade einfach mehr davon. Mir geht es ziemlich gut im Moment.« Diana lächelte.

»Du siehst auch gut aus«, stellte Maja fest und sah ihre Freundin zum ersten Mal heute richtig an. »Ist das ein neues Top? Steht dir super, ich glaube, ich hab an dir seit Jahren nichts anderes als schwarz und dunkelgrau gesehen. Ist das Leinen?«

»Vielleicht. Das hat Peter mir geschenkt, als wir neulich in der Stadt waren.« Diana zupfte etwas verlegen an ihrem himmelblauen Top herum, das im Vergleich zu den verwaschenen Standard-T-Shirts, die sie sonst immer trug, reichlich edel wirkte.

»Warum schenkt Peter dir ein Top?«

»Er hat behauptet, er wäre mir noch was schuldig, weil ich ihn vor dem bösen Verwandtschaftstratsch gerettet habe.«

»Aber ein Top?«

»Warum denn nicht? Wir waren eben gerade in der Stadt und ich brauchte sowieso ein neues Shirt.« Diana klang ein wenig gereizt, also bohrte Maja nicht weiter nach.

»Sieht auf jeden Fall gut aus«, bekräftigte sie.

Kapitel 21

Am nächsten Morgen versammelte sich der Chor im Speisesaal um die fünf großen Tische. Die Stimmung war mäßig. Müde und mürrische Chormitglieder rissen sich um die mit viel zu dünnem Kaffee gefüllten Thermoskannen. In den anderen Bereichen des Saales ging es weit quirliger zu. Obwohl die Jugendgruppe bis tief in die Nacht draußen gefeiert hatte – Maja und Diana hatten schließlich ihr Fenster schließen müssen – lärmten und lachten die Teenager jetzt schon wieder fröhlich miteinander.

Maja stand am Buffet hinter Lissi, Theresa, Leif und Peter und gab sich eifrig die Schuld für jedes schlecht gelaunte Gesicht im Raum.

Leif drehte sich zu ihr um. »Wo wart ihr den ganzen Abend, Diana und du?«, wollte er wissen. »Wilhelm hat nach euch gefragt.«

Wilhelm hatte nach ihnen gefragt? Irgendwie freute sich Maja darüber. »Ach, mir ging es nicht so gut …«, behauptete sie. »Kopfschmerzen. Aber jetzt bin ich wieder fit.«

Leif nickte. Als nächstes tippte er Lissi auf die Schulter. »Und du? Leidest du auch unter Kopfschmerzen? Oder warum trägst du diese gigantische Brille?«, fragte er.

Lissi trug in der Tat eine dunkle Sonnenbrille, die so riesig war, dass sie das halbe Gesicht verdeckte. Die blonden Haare hatte sie bis auf einige zarte Strähnen zu einem Knoten gesteckt und die Lippen mit pinkfarbenem Gloss bepinselt. Sie sah aus wie eine leidende Diva aus den sechziger Jahren. Und sie benahm sich auch so.

»Ich sehe scheußlich aus, weil ich kein Auge zugemacht habe«, fauchte sie und drehte sich ruckartig wieder nach vorne. »Ich hatte gehofft, dass ich die Landschaft hier wenigstens für ein paar Aufnahmen nutzen könnte, damit ich meine Follower nicht das ganze Wochenende im Stich lassen muss, aber so ...«

Maja sah, wie Leif grinste.

Sie selbst fühlte eher ein unangenehmes Zucken in der Magengrube. Irgendwie ahnte sie, dass von Lissi noch Unheil drohte.

Das Unheil kam schneller, als Maja gedacht hatte. Schon in der nächsten Probe war es so weit: Lissi explodierte.

Dabei fing alles ganz harmlos an. Obwohl die meisten Chormitglieder in ihren Mehrbettzimmern wenig geschlafen hatten, hatte sich die allgemeine Laune durch den Frühstückskaffee deutlich gebessert. Während sich alle nach und nach auf ihren Stühlen im Probenraum einrichteten – Noten wurden sortiert und Lutschpastillen und Wasserflaschen bereitgestellt – tauschte man sich über die erste Nacht in der Jugendherberge aus.

»Man schläft hier zwar nicht, aber dafür erfährt man so einiges über das Schlafverhalten seiner Kollegen«, sagte Tristan. »Wusstet ihr zum Beispiel, dass Leif im Schlaf seufzt? Ungefähr so ...« Er machte ein Geräusch, das eher wie das Jaulen eines jungen Hundes als wie ein Seufzen klang und Gelächter brandete durch den Raum.

»Dafür schnarcht Eva wie ein alter Mann!«, verriet Linda. Wieder lachten alle.

»Alina auch«, rief Eva. Noch lauteres Lachen.

Alina schoss zurück. »Und du quietschst unter der Dusche wie ein angestochenes Ferkel!«

»Ist doch klar, wenn das Wasser hier abwechselnd kochend heiß und eiskalt aus dem Hahn kommt!«, verteidigte sich Eva.

»Timo schnarcht leider immer noch«, stöhnte Peter. »Mich wundert, dass ihr den nicht bis in den Keller runter gehört habt.«

In dem Ton ging es weiter.

Lissi und Theresa beteiligten sich nicht an dem allgemeinen Gelächter. Lissi trug immer noch ihre Sonnenbrille und sah leidend aus. Majas Gefühle schwankten zwischen Sorge und Belustigung, wenn sie zufällig zu ihr herübersah.

Schließlich betrat Wilhelm den Probenraum. Er legte seine Tasche auf dem Klavierhocker ab und ging zu Maja hinüber. »Hey, alles klar bei dir?«, fragte er leise. Er stand auf einmal so dicht vor ihr, dass sie sein Aftershave riechen konnte. »Ich hab dich gestern Abend vermisst.«

Maja starrte ihn an wie eine Erscheinung. Hatte er das gerade extra so persönlich formuliert? Nicht: »Wo habt ihr beiden gestern gesteckt?« Nein. »*Ich* habe *dich* gestern vermisst.« Ihr Hals fühlte sich auf einmal sehr trocken an.

Sie räusperte sich und erzählte mit krächzender Stimme von den Kopfschmerzen, die sie angeblich gestern Abend gehabt hatte.

Wilhelm lächelte. »Schön, dass es dir wieder besser geht. Wäre doch schade, wenn ausgerechnet du an diesem Wochenende krank werden würdest.«

Maja schlug die Augen nieder und fand sich unmöglich. Litt sie auf einmal unter geistiger Umnachtung? Sie blickte erst wieder auf, als Wilhelm längst wieder hinter dem Klavier stand und den Chor zum Einsingen aufforderte.

»Soso«, raunte Regina Maja ins Ohr, als der ganze Chor lautstark gähnte. »Er hat dich vermisst, was?« Sie grinste vielsagend und gähnte mit den anderen.

Die Probe verlief zunächst ohne besondere Zwischenfälle, wenn man mal davon absah, dass Lissi ihre Sonnenbrille aufbehielt und bei jeder sich bietenden Gelegenheit auf ihren Schlafmangel hinwies.

»Wilhelm, ich kann das F heute nicht sauber singen, ich bin total erledigt von dieser Nacht.« Leises, höchst verzweifeltes Seufzen.

»Wilhelm, tut mir leid, ich hab mich gerade nicht konzentriert, ich bin so müde. In welchem Takt setzen wir ein?« Demonstratives Gähnen hinter vorgehaltener Hand.

»Kann bitte jemand die Fenster öffnen, hier ist es so muffig? Kein Wunder, bei den Staubmengen, die hier herumliegen.« Dekoratives Gewedel mit dem Notenblatt.

»Kann bitte jemand die Rollläden schließen, ich werde geblendet. Ach – die Rollläden funktionieren nicht? Das wundert mich gar nicht…« Vielsagendes Aufeinanderpressen der Lippen.

»Dieses alte Klavier hat einen unglaublich scharfen Klang. Wilhelm, spielst du bitte etwas leiser? Ich habe nach dieser Nacht etwas Kopfschmerzen.« Dramatischer Griff an die Schläfen.

»Wilhelm, entschuldige, ich organisiere mir irgendwo ein Sitzkissen. Diese Stühle sind entsetzlich.« Übertriebenes Recken und Rückenreiben, gefolgt von einem humpelnden Abgang.

Als die Tür sich endlich hinter Lissi schloss, sagte Diana laut: »Ich würde am liebsten ›Vorhang!‹ rufen.«

Regina, Miriam und Peter platzten vor Lachen laut heraus und auch Wilhelm kämpfte gegen ein Lachen an, verbarg es aber, indem er sich hinter das Klavier setzte und sein Gesicht dort tief in die Notenmappe senkte.

Kurz darauf kam Lissi mit einem Sitzkissen wieder. »Der Hausmeister hatte Verständnis für meine Lage«, erklärte sie hoheitsvoll. Umständlich installierte sie sich auf ihrem Stuhl.

Wilhelm kündigte an, dass sie jetzt mit »What a Feeling« weitermachen würden. Als alle ihre Noten hervorgeholt hatte und Ruhe im Probenraum einkehrte, sagte er: »Ich denke, wir sollten das heute endlich mal mit Solo proben. Diana, ich fände es schön, wenn du das machen würdest. Ich kann mir vorstellen, dass deine Stimme toll zu dem Song passt. Hast du Lust?«

Diana zuckte die Schultern. »Klar doch. Warum nicht.« Nur jemand, der sie wie Maja sehr gut kannte, konnte hören, dass eine Menge Stolz und mindestens ebenso viel Aufregung in ihrer Stimme mitschwangen.

Maja fühlte eine Welle von Zuneigung für ihre Freundin. »Gratuliere! Das machst du bestimmt super!«, raunte sie.

»Und die anderen Soli?«, fragte Lissi und wirkte plötzlich hellwach. »Was ist mit ›Time of My Life‹?«

»Das singt mit Sicherheit Tristan, oder?«, sagte Eva.

»Und was ist mit ›Super Trouper‹?«, fragte Sandra.

Wilhelm hob die Hände. »Gut, gut, ich sehe schon, ihr wollt

es endlich wissen. Wenn ihr ruhig seid, verrate ich euch, wen ich mir ausgeguckt habe.«

Sofort wurde es mucksmäuschenstill.

»Also – meine Wunschkandidaten für das Duett am Anfang von ›The Time of My Life‹ sind Tristan und Miriam. Seid ihr einverstanden, ihr beiden?«

»Sicher!« Tristan grinste selbstzufrieden.

»Natürlich. Kein Problem. Ich hab sogar ein Kleid im Schrank, das ein bisschen nach Dirty Dancing aussieht«, sagte Miriam.

»Sehr gut. Und das Quartett am Anfang von ›Super Trouper‹ würde ich gern mit Miriam, Regina, Tristan und Peter besetzen. In Ordnung, ihr vier?«

Miriam und Tristan nickten nur, Peter brummte Zustimmung und Regina rief erfreut: »Gern!«

Wilhelm lächelte. »Sehr gut. Dann können wir uns jetzt ja wieder ›What a Feeling‹ zuwenden. Euch Solisten spreche ich in der Mittagspause noch mal an, vielleicht können wir alle Soli kurz ansingen. Diana, wenn du Lust hast, darfst du jetzt schon einen Versuch machen, ich verstehe aber auch, wenn du dein Solo erst mal in Ruhe proben möchtest.«

»Nein, nein, kein Problem, ich gucke einfach mal, was so rauskommt«, sagte Diana fröhlich. »Aber wenn es gruselig klingt, müsst ihr mir alle verzeihen.« Der Chor lachte.

»Und ich?«, brach es auf einmal aus Lissi heraus. »Was soll ich singen?«

»Entschuldige, ich verstehe die Frage nicht«, sagte Wilhelm und sah aus, als würde er die Frage wirklich nicht verstehen. »Du sollst natürlich dasselbe singen wie alle anderen.« Wie süß, dachte Maja. Lissis verletzte Eitelkeit war ihm so fremd, dass er ihre Frage einfach wörtlich nahm.

»Aber ich singe immer ein Solo. Immer!«

»Nun, es tut mir leid Lissi, aber diesmal sind nur die drei Soli zu vergeben und da habe ich mir andere Kandidaten ausgeguckt.« Wilhelm wirkte ausnahmsweise überfordert.

»Ist doch schön für dich«, mischte sich Miriam ein und legte

Lissi die Hand auf den Oberarm. »Dann kannst du das Konzert ganz entspannt ohne Lampenfieber genießen.«

Lissi schob Miriams Hand weg. »Ich habe kein Problem mit Lampenfieber! Aber ich habe ein Problem damit, wenn jemand, der die Strukturen hier im Chor nicht kennt, mich einfach so übergeht!« Sie nahm die Sonnenbrille ab – Endlich!, dachte Maja – und funkelte Miriam böse an.

»Die Strukturen hier im Chor?« Jetzt sah auch Miriam etwas überrumpelt aus, bis der Groschen bei ihr fiel. »Äh, du meinst eine Art Hackordnung?«

Lissi nickte und sagte kühl: »Ja. In der Tat, das meine ich. Eine Hackordnung, die sich über Jahre gebildet hat.«

Miriam schüttelte erstaunt den Kopf. »Du denkst also, es gibt hier im Chor ...« Sie versuchte, ein auftauchendes Grinsen zu kontrollieren und sprach nur mühsam weiter. »... Solobefugte und -unbefugte? Vielleicht sogar Chorköniginnen und -könige und einfache Untertanen?« Inzwischen hatte sie einen waschechten Lachanfall ausgebrütet. »Entschuldigung«, rang sie sich ab und hörte ebenso plötzlich auf zu lachen, wie sie angefangen hatte. »Das ging wohl etwas zu weit.«

»Allerdings.« Lissi stand auf. »Aber das spielt keine Rolle mehr. Ich habe ehrlich gesagt keinen Bock mehr auf diesen Saftladen hier! Seien wir doch bitte einen Augenblick mal ehrlich: Dieser Chor geht den Bach runter! Seit Edeltraut weg ist, machen die Proben niemandem mehr Spaß. Und Wilhelm: Nur ein Vollidiot würde ausgerechnet jemandem wie Maja die Planung für ein Chorwochenende überlassen! Wie konntest du zulassen, dass wir in ein solches Dreckloch geschleppt werden?« Bei dem Wort »Dreckloch« machte sie eine dramatische Armbewegung, die die ganze Welt zu umfassen schien.

Maja fühlte sich, als hätte Lissi ihr gerade in den Magen geboxt. »Was soll das heißen, ›jemandem wie mir die Planung überlassen‹?«, würgte sie hervor.

Lissi kräuselte spöttisch die Lippen. »Ach Gott, das liegt doch auf der Hand! Du mit deinem siebzehn Geschwistern, deiner Camperei, deinen versifften Klamotten, deinen zerknüllten Noten … Ich bitte dich! Man muss dich doch nur ansehen und weiß sofort, dass du weder dein Leben noch irgendetwas anderes organisiert bekommst. Nie!« Sie sah sich triumphierend im Chor um. Aber niemand erwiderte ihren Blick.

»Das reicht jetzt!« Wilhelms Stimme schnitt durch den Raum und auf einmal wusste Maja wieder, warum sie vor einigen Wochen noch einen Riesenrespekt vor ihm gehabt hatte. An Lissis Stelle würde sie jetzt nach einem Mauseloch Ausschau halten. »Ich schlage vor, dass du dich sofort bei Maja entschuldigst! Und danach ist es vielleicht keine schlechte Idee, wenn du erst mal den Raum verlässt und dich beruhigst.«

Lissi griff nach ihrer Tasche und sagte: »Jemine, ja, Herr Lehrer, ich werde Ihre kostbare Lieblingsschülerin schon nicht weiter behelligen. Entschuldige bitte meine bösen Worte, liebe Maja.« Sie machte einen affigen Knicks und drehte sich zu Tristan um. »Tristan, Theresa, kommt ihr?«

»Äh – was?« Theresa sah geradezu schockiert aus.

»Wir fahren.«

»*Wir* fahren?«, erkundigte sich Tristan. »Wohin?«

»Nach Hause«, sagte Lissi, als wäre das die selbstverständlichste Sache der Welt. »Ich habe die Schnauze voll von diesem traurigen Verein hier.«

Tristan schnitt eine Grimasse. »Na gut. Sieht so aus, als würde ich mitfahren. Sorry, Leute, die Pflicht ruft.« Er stand auf, klemmte sich seine Notenmappe unter den Arm und trat neben Lissi, wobei er sich sichtlich unwohl fühlte.

Lissi funkelte ihn wütend an, aber sie kommentierte das Gesagte nicht, sondern sagte nur: »Theresa?«

Theresa räusperte sich. »Äh, Lissi, du, ich glaube, ich möchte noch hierbleiben. Sei mir nicht böse, aber ich mag den Chor und so schlimm ist es hier eigentlich gar nicht und deshalb … naja …« Ihre Stimme erstarb.

»Gut. Du wirst wissen, was du tust.« Lissis Augen verengten sich zu schmalen Schlitzen.

»Wenn Blicke töten könnten ...«, raunte Regina Maja zu.

Lissi griff nach Tristans freier Hand. »Wir sind dann mal weg«, sagte sie scheinbar leichthin. »Also au revoir und ciao-ciao, ihr Lieben. Ich denke, man sieht sich. Allerdings wohl nicht mehr in den Proben.« Sekunden später fiel die Tür hinter den beiden ins Schloss.

Der Chor schwieg einen Moment lang, dann brach die Hölle los. Alle redeten wild durcheinander.

»Was war das denn?«

»Lissi ist wirklich unmöglich!«

»Sie hätte Schauspielerin werden sollen!«

»Armer Tristan.«

»Ich wusste gar nicht, dass die beiden ein Paar sind.«

»Ob die jetzt wirklich beide aus dem Chor austreten?«

»Ich wollte übrigens sagen, ich finde es toll hier!«

Der letzte Satz kam von Eva, aber Maja hörte ihn kaum.

Wie betäubt starrte sie auf ihre Hände. Der Schock, den Lissis Worte verursacht hatten, saß tief.

»Du mit deinem siebzehn Geschwistern, deiner Camperei, deinen versifften Klamotten, deinen zerknüllten Noten.« Das hatte sie wie eine besonders schmerzhafte Ohrfeige erwischt.

Während Regina und Diana sich über Lissi und Tristan lustig machten und spekulierten, ob die beiden je über etwas anderes sprachen als über die eigene – und die gemeinsame – Großartigkeit, füllten sich Majas Augen mit Tränen. Hoffentlich musste sie jetzt nicht auch noch vor allen anderen losheulen! »Ich geh schnell mal zur Toilette«, raunte sie Diana zu und sprang auf. Diana brummte Zustimmung, ohne ihr Gespräch mit Regina zu unterbrechen.

Maja verließ den Probenraum und ging ein paar Meter durch den kühlen, dunklen Flur, bis sie das kleine Fenster erreicht hatte, durch das man den Waldrand sehen konnte. Dort blieb sie stehen und lehnte sich an die kühle Wand.

Sie reagierte über, das wusste sie.

Es war nur Lissi gewesen, die Dreck geworfen hatte.

Nur Lissi, die wahrscheinlich eifersüchtig war, weil Tristan sich irgendwann mal ein bisschen für Maja interessiert hatte. Falls sie überhaupt davon wusste.

Aber dieses Wissen half Maja im Moment nur wenig. Sie fühlte sich gedemütigt und bloßgestellt. Es war, als hätte Lissi alles, was Maja an sich selbst manchmal peinlich fand, auf eine riesige Leuchttafel geschrieben. Maja, die Asoziale. Maja, das Trampeltier.

Sie sah an sich herunter. Ihr hellblaues Sommerkleid war absolut fleckenlos. Und ihre Noten waren in bester Ordnung, sie hatte sie extra für das Wochenende noch mal sortiert und geglättet. Und sie hatte weder siebzehn Geschwister, noch fuhr sie ausschließlich in den Campingurlaub, oder? Na also. Was Lissi da behauptet hatte, war einfach nur fies gewesen und aus der Luft gegriffen und es gab bestimmt niemanden im Chor, der Maja so sah. Es gab absolut keinen Grund, diese ätzenden Worte jetzt so nah an sich heran zu lassen.

Maja schloss die Augen. Sie atmete einige Male tief durch und spürte, wie sich der Knoten in ihrem Hals etwas löste. Als sie die Augen wieder öffnete, stand Wilhelm vor ihr.

»Ich hab mir gedacht, dass ich dich hier finde. Geht es wieder?«, erkundigte er sich.

Maja nickte schwach.

»Du weißt, dass Lissi Schwachsinn geredet hat?«

Maja nickte wieder. »Schon.«

»Du sagst das, als wärst du dir da alles andere als sicher.«

»Naja, ich weiß, dass Lissi eine blöde Kuh ist, aber trotzdem ...«

»Alles, was Lissi eben gesagt hat, sind Dinge, die ich an dir schätze. Ich mag Großfamilien und Camping sehr. Und dass deine Sachen versifft sein sollen, ist purer Blödsinn! Gut, da waren diese Kaffeeflecken neulich ...«

Maja stöhnte.

»... aber davon mal abgesehen bist du immer ausgesprochen hübsch angezogen. Natürlich, unkompliziert. Und von deinen organisatorischen Fähigkeiten halte ich eine Menge. Überhaupt:

Ich halte von dir eine Menge!« Wilhelm verstummte. Er fuhr sich mit beiden Händen durch die blonden Haare und sah zu Boden. Er war verlegen, erkannte Maja. Der große Dr. Wilhelm Heinrich war verlegen.

»Danke, das ist nett von dir. Ich … äh … halte von dir auch eine Menge.« Jetzt sah Maja ebenfalls zu Boden.

Wilhelm räusperte sich. »Gut, danke, das freut mich.« Er hob sein Gesicht wieder. »Wusstest du es? Dass Tristan und Lissi ein Paar sind?«

Maja nickte. »Es gab ein paar Anzeichen.«

Wilhelm beobachtete sie prüfend. »Eine Zeit lang dachte ich, Tristan und du, ihr wärt ein Paar.«

Maja schüttelte energisch den Kopf. »Nein. Das waren wir nie. Wir haben nur ein bisschen geflirtet.«

»Freut mich, das zu hören!« Wilhelm grinste schief und wirkte schon wieder ein wenig verlegen. Schließlich sagte er: »Und jetzt, wo wir uns beide so schön schämen – geht es wieder?«

Maja musste lachen. »Das hast du eben schon gefragt. Ja, komischerweise tut es das. Danke, dass du nach mir gesehen hast.«

Wilhelm lachte mit. »Und ich dachte immer, ich wäre furchtbar, wenn es darum geht, Frauen zu trösten.«

»Naja, du bist vielleicht ein bisschen ungeschickt, das gebe ich zu, aber das Ergebnis stimmt.«

»Das ist die Hauptsache.« Wilhelm berührte leicht Majas Hand. »Was ist, gehen wir wieder rein?«

Maja fühlte seine Berührung wie einen Stromschlag im ganzen Körper. Erschrocken stieß sie sich von der Wand ab und machte einen Schritt zur Seite. »Klar, gehen wir«, sagte sie scheinbar leichthin.

Ob sein Herz wohl genauso heftig klopfte wie ihres?

Kapitel 22

Nach dem Mittagessen hatte der Chor eine Stunde probenfrei. Nur wenige Chormitglieder nutzten diese Pause, um gemeinsam vor der Jugendherberge herumzuhängen und Ball zu spielen. Die meisten gönnten sich eine kleine Auszeit.

Auch Regina, Birgit und Maja hatten sich zum Lesen in ihr Zimmer zurückgezogen. Während aus Reginas und Birgits Betten regelmäßig das Rascheln umblätternder Buchseiten drang, starrte Maja ziellos auf ihren E-Reader. Die Szene von heute Morgen wirkte immer noch in ihr nach. Sie hätte gern mit Diana gesprochen, aber die war nicht verfügbar, sie machte mit Peter einen Spaziergang durch die Felder.

War da mehr zwischen Wilhelm und ihr? Oder steigerte sie sich nach der Pleite mit Tristan gleich in die nächste hoffnungslose Liebesgeschichte hinein? War sie einfach nur diejenige im Chor, die er durch ihr zufälliges Zusammentreffen auf Inges Party am besten kannte? War sie einfach nur ein wertvolles Chormitglied, das er sympathisch fand?

Nach dem Zwischenfall hatte sich Wilhelm wieder durch und durch normal benommen. Er war vielleicht sogar ein wenig strenger als sonst aufgetreten. Denn nach Lissis ungewöhnlicher Szene war die Unruhe im Chor groß gewesen und Wilhelm hatte nur mit Mühe und Not eine halbwegs ruhige Probenatmosphäre schaffen können.

Es war, als hätte es den kleinen romantischen Moment im Flur nie gegeben.

Maja schmiss ihren E-Reader neben sich und rappelte sich auf.

Birgit blickte von ihrem Buch auf. »Was ist? Macht dein Buch keinen Spaß?«

»Doch, eigentlich schon, aber mir geht zu viel im Kopf herum.«

»Warum, was ist los?« Jetzt sah auch Regina auf. »Sag bloß, dass du dir Lissis Worte immer noch zu Herzen nimmst?«

»Oder ist es etwa wegen Tristan?«, erkundigte sich Birgit.

»Woher weißt du denn von Tristan?«, fragte Maja.

»Da hätte man schon blind sein müssen, um nicht mitzukriegen, dass du näher an diesem Windhund interessiert warst.« Mütterliche Besorgnis schwang in ihrer Stimme mit.

»Nein, nein, es hat weder mit Lissi noch mit Tristan zu tun. Obwohl ich mich nicht unbedingt darum reißen würde, bei deren Hochzeit die Trauzeugin zu spielen. Und über das, was Lissi gesagt hat, ärgere ich mich zwar gewaltig, aber inzwischen haben mir so viele aus dem Chor gesagt, für was für einen Quatsch sie Lissis Gerede gehalten haben ... Ich glaube, ich habe noch nie so viele Komplimente für mein wahnsinnig natürliches Wesen bekommen wie heute Vormittag.«

»Und worüber grübelst du dann?« Regina klappte ihr Buch zu und Birgit tat es ihr nach.

Maja zögerte. Sollte sie den beiden von ihren Mädchen-Träumereien erzählen? Nein, dafür war es noch viel zu früh.

»Ach, es ist einfach alles im Moment ...«, behauptete sie etwas vage. »In den letzten Wochen hatte ich so viel um die Ohren, da fällt es mir schwer, zur Ruhe zu kommen. Stress im Job, das Chorwochenende, dazu mein neuerdings perfekter Haushalt ...«

Regina griff das Stichwort eifrig auf. »Ist er immer noch perfekt?«

»Mein Haushalt? Schon. Aber es ist ein wahnsinniger Aufwand, das hätte ich nie für möglich gehalten.«

Birgit sagte: »Vielleicht ist dieser Haushaltsperfektionismus nichts für dich. Warum sollte deine Wohnung aussehen wie Reginas? Ihr seid doch total unterschiedliche Typen.«

Regina nickte. »Das sind wir wohl. Und das ist auch gut so.«

»Ja leider.« Maja seufzte tief. »Regina hätte uns zum Beispiel nie in ein solches Loch geschleppt.«

»So ein Blödsinn!«, brauste Regina auf. »Was hätte ich denn bitte besser machen sollen als du? Meinen Zauberstab schwingen und in den Luxus-Jugendherbergen plötzlich Platz für uns schaffen? Ein Wochenende mit euch und ohne meine Kinder – das ist unter allen Umständen himmlisch! Da könnten wir wegen mir in einer Scheune schlafen.«

»Aber in einer Scheune müsstest du selber kochen«, gab Birgit zu bedenken.

»Stimmt.« Regina wiegte den Kopf. »Dann bin ich doch lieber hier.«

»Auch wenn das Essen eindeutig keine fünf Sterne verdient«, sagte Maja nicht mehr ganz so düster.

Birgit lachte. »Gestern, beim Abendbrot, war ich schon etwas unglücklich. Zumal wir uns vor dem Essen über unsere aktuellen Lieblingsgerichte unterhalten haben. Ehrlich, wenn erst alle von Rouladen und hausgemachten Pilzravioli schwärmen und es dann nur schnöde Käsebrote gibt, ist das ganz schön frustrierend.«

»Hausgemachte Pilzravioli? Davon hat bestimmt Diana geschwärmt, oder?«, wollte Maja wissen. »Sie hat neulich welche gemacht. Mit Gemüseragout. Und sie wollte mich gemeinerweise nicht dazu einladen!«

»Nein, Diana war gar nicht dabei. Von den Pilzravioli hat Peter geschwärmt.«

»Hat sie ihm das Rezept gegeben?«, fragte Maja verwundert. »Aber Peter kann doch gar nicht kochen … Behauptet er zumindest immer.«

Birgit und Maja sahen einander an und auf einmal machte es in beiden Köpfen gleichzeitig »klick«.

»Glaubst du …«, entfuhr es Birgit.

Maja rief fast gleichzeitig: »Ich glaub's nicht! Warum bin ich da nicht eher drauf gekommen? Sie wollte mich nicht einladen, weil sie *ihn* einladen wollte! Und zwar heimlich!«

Regina sah die beiden vollkommen verständnislos an. »Warum? Was ist denn los?«

»Diana hat was mit Peter! Und wir haben nichts gemerkt!«, erklärte Birgit.

Regina schüttelte verwundert den Kopf. »Dabei hätte man etwas ahnen können, oder? Die beiden machen in letzter Zeit ständig was zu zweit.«

»Die beiden machen ständig etwas zu zweit. Nur nicht heimlich!« Maja war ehrlich empört. Wie konnte Diana ihr so etwas Wichtiges verschweigen? Hätte sie nicht einfach sagen können, dass sie ein Candle-Light-Dinner mit Peter plante?

»Ich fand schon immer, dass die beiden toll zusammen passen. Sie scheinen Spaß miteinander zu haben und irgendwie sehen sie sich sogar ein bisschen ähnlich«, fuhr Regina fort. »Beide kommen ein bisschen alternativ rüber, beide singen toll und lächeln viel und gern … Ein echtes Bilderbuchpaar!«

»Vielleicht liegen wir ja auch falsch«, sagte Maja. »Vielleicht mögen sie sich einfach nur als Freunde und es steckt überhaupt nichts dahinter.«

Obwohl – die Beweislage verdichtete sich, wenn man anfing, darüber nachzudenken. Da waren nicht nur die heimlichen Pilzravioli, da war auch das Top, das Peter Diana neulich gekauft hatte. Und das Buch, das sie sich unbedingt spätabends noch hatte leihen wollen und das sie dann gar nicht gelesen hatte.

In diesem Moment flog die Tür auf und eine strahlende Diana betrat das Zimmer. »Da bin ich wieder. Habt ihr euch schön ausgeruht, ihr faulen Sängerlein?«

Maja starrte ihre Freundin an und fragte sich, warum sie die ganze Zeit so blind gewesen war. Diana leuchtete! Ein rosiger Hauch lag auf ihren Wangen, ihre Augen funkelten lebhaft und sogar ihre Haare schienen von Lebensfreude ergriffen worden zu sein. Sie wellten sich locker um Dianas Gesicht, statt wie sonst schnurgerade auf die Schultern zu fallen. Kein Zweifel: Diana sah glücklich aus!

Angesichts dieses Bildes war es schwer, beleidigt zu sein. Man wollte sich automatisch für sie freuen.

Birgit ging sofort auf Diana los. »Du!«, sagte sie und wies mit dem leuchtend pink lackierten Zeigefinger auf Diana. »Du alte Heimlichtuerin! Hast du wirklich geglaubt, wir würden nicht dahinter kommen?«

Verdammt – Maja hatte Birgits Vorstoß nicht kommen sehen.

Und Diana lief in Sekundenschnelle himbeerrot an. »Wohinter?«

Fieberhaft sucht Maja nach einem Ausweg für ihre Freundin. Ein Ablenkungsmanöver musste her. Sie konnte doch nicht einfach zusehen, wie Birgit gnadenlos Dianas gutgehütetes Geheimnis lüftete!

Birgit lachte nur. »Du hast was mit Peter, oder?« Zu spät …

Dianas Röte vertiefte sich um eine weitere Nuance. »Warum?«, murmelte sie. »Wie kommst du da plötzlich darauf?«

»Tu nicht so.« Birgit lachte noch lauter. »Er hat gestern von deinen köstlichen Pilzravioli geschwärmt. Von denen, die du ihm *heimlich* gekocht hast! Und wir haben eins und eins zusammengezählt.«

Diana hob die Hände. Maja warf ihr einen entschuldigenden Blick zu. Ich konnte nichts dagegen tun, sollte dieser Blick heißen, und ich fühle mit dir!

Aber Diana wirkte mitnichten betroffen. Stattdessen strahlte sie rotgesichtig. »Ich bekenne mich schuldig. Obwohl wir eigentlich noch nicht darüber reden wollten, es ist alles noch ganz neu.«

Maja entspannte sich. Vielleicht hatte sie als Freundin doch nicht versagt. Diana schien sich sogar fast zu freuen, dass ihr Geheimnis endlich ans Tageslicht gezerrt worden war.

Birgit lehnte sich begeistert nach vorn. »Was genau ist denn noch ganz neu? Erzähl uns alles, ich sterbe vor Neugier!«

Diana setzte sich auf ihr Bett. Allmählich nahm ihre Gesichtshaut wieder eine normale Farbe an, aber das strahlende Lächeln schien sich fest in die Gesichtsmuskulatur geprägt zu haben. »Was soll ich erzählen? Peter und ich haben uns ja schon immer gern getroffen. Aber nach dem Geburtstag seiner Mutter gab es zum ersten Mal so einen gewissen Moment zwischen uns. Im Auto, als er mich zurückgebracht habt.«

Maja und Birgit entfuhr fast gleichzeitig ein entzücktes Quietschen.

Diana erzählte lächelnd weiter. »Und vor einigen Tagen haben wir darüber gesprochen und gemerkt, dass wir beide uns auf einmal vorstellen können, mehr als Freunde zu sein.« Ihr Lächeln vertiefte sich noch ein wenig. Noch ein kleines Stück, dachte Maja, und die Mundwinkel erreichen die Augen. Es hatte etwas Surreales, die sonst so realistische und praktisch denkende Diana derart strahlend zu sehen. Was sollte man davon halten?

Diana sprach weiter und wandte sich jetzt direkt an Maja. »Es tut mir leid, dass ich dir bis jetzt nichts davon erzählt habe, Maja. Aber es gibt wirklich noch nicht viel zu erzählen. Wir haben erst vorgestern zum ersten Mal …« Sie räusperte sich und verstummte.

»Aber normalerweise …«, begann Maja. Sie war trotzdem ein wenig beleidigt, leider. Und es fiel ihr schwer, das zu verbergen.

Diana zuckte hilflos die Schultern. »Ich weiß. Ich wollte es dir auch erzählen, aber bis ich mir sicher war, bis *wir* uns sicher waren, wollte ich einfach keine liebgemeinten Ratschläge hören. Keine Tipps, keine Unkenrufe oder Begeisterungsstürme. Ich wollte das mit Peter für mich klarkriegen. In meinem Tempo. Weil Peter mir wirklich wichtig ist, weißt du?«

Das klang so rührend unsicher und irgendwie auch romantisch, dass Maja doch lächeln musste. »Schon gut«, sagte sie. »Ich freue mich sehr für euch! Auch wenn ich vor lauter Überraschung vielleicht nicht so aussehe.«

In der Viertelstunde, die ihnen noch bis zur nächsten Probe blieb, versuchten Regina, Birgit und Maja, Diana so viele Details wie möglich zu entlocken, aber Diana hielt sich bedeckt und weigerte sich, von Peters und ihrem ersten Kuss zu erzählen. »Eine Frau genießt und schweigt«, sagte sie. »Nur weil wir in einem Gruppenzimmer in einer Jugendherberge sind, müssen wir uns ja nicht wie Schulmädchen auf Klassenfahrt benehmen, oder?«

Birgit ließ trotzdem nicht locker und Maja verstand von Minute zu Minute besser, warum Diana ihre aufkeimende Romanze lieber für sich behalten hatte.

Und dann schoss Maja ein überraschender Gedanke durch den Kopf: Ich bin eigentlich kein bisschen besser als Diana. Denn ich bin fast sicher, dass sich zwischen mir und Wilhelm etwas anbahnt. Und ich bin heilfroh, dass das hier im Raum noch keiner weiß!

»The Time of My Life« klang auch ohne Tristans Solo fantastisch. Christian hatte Tristans Part mit Freude übernommen und seine Stimme harmonierte hervorragend mit Miriams. Maja sah, dass viele die Augen geschlossen hielten, während der einleitende Soloteil erklang. Und in den Refrain setzte der ganze Chor schwungvoll und strahlend wie nie ein.

Überhaupt kam es Maja vor, als wäre nicht nur ihre, sondern die Stimmung des ganzen Chores jetzt deutlich gelöster als am Vormittag. Das konnte natürlich einfach an der rosaroten Brille liegen, die sie plötzlich trug. Immer, wenn sie Wilhelm ansah, musste sie an die Szene im Flur denken. Aber vielleicht hing es auch mit Lissis Abwesenheit zusammen, denn mit Lissi war auch ihr stetes Genörgel verschwunden. Oder – bei dem Gedanken musste Maja schmunzeln – die Stimmung war deshalb besser, weil Platzhirsch Tristan nicht mehr da war und die weiblichen Chorsängerinnen ablenkte.

»Da bleibt kein Auge trocken«, kommentierte Wilhelm, als der letzte Ton von »The Time of My Life« verklungen war. »Leute, so habe ich mir das vorgestellt, als wir mit den Proben begonnen haben. Die Mittagspause hat euch sehr gut getan!«

»Na, der hat ja gute Laune«, raunte Diana Maja zu.

»Du hast ja selbst so gute Laune«, raunte Maja zurück. »Woher die kommt, wissen wir ja jetzt, was?«

»Was ist los?«, mischte sich Regina flüsternd ein.

Diana beugte sich über Maja und raunte halblaut: »Wir stellen nur gerade fest, dass heute alle gute Laune haben.«

»Dann lasst uns doch total gut gelaunt weiterproben«, schlug Wilhelm vor.

»Sag mal, musst du eigentlich *alles* hören?« Diana lachte laut und Regina und Maja fielen ein und konnten nicht aufhören zu kichern.

Im Bass schüttelte Peter den Kopf und sah zu Diana hinüber. »Wie die Hühner«, sagte er. »Habt ihr in der Mittagspause Prosecco getrunken?« Natürlich sorgten seine Worte nur dafür, dass die drei Angesprochenen noch lauter kicherten.

Die allgemein gute Stimmung hielt auch in den nächsten Probenstunden an, erst als die Gruppe nach dem Abendessen erneut zu einer Probe zusammenfand, ließ die Konzentration des Chores nach. Immer öfter wurden Einsätze verpasst, immer öfter wurde getuschelt, immer seltener entstand das Gefühl, echte Musik zu machen. Schließlich hatte Wilhelm ein Einsehen. »Wir sind heute Nachmittag viel weiter gekommen, als ich gedacht hätte. Ich denke, es reicht, wenn wir dieses Stück noch zu Ende singen und es dann gut sein lassen. Was meint ihr?«

Sein Vorschlag wurde begeistert aufgenommen und wenig später hatten sie die Noten für heute weggepackt und den Probenraum abgeschlossen.

Maja war fast ein wenig traurig über das frühzeitige Ende der Probe – wenn es nach ihr gegangen wäre, hätte sie Wilhelm noch ewig dabei zugucken können, wie er total in der Musik aufging. Wenn er am Klavier saß oder dirigierte und ein Lied besonders gut funktionierte, schloss er manchmal sogar für einen Moment lang die Augen. Es faszinierte Maja, dass jemand, der die meiste Zeit so sachlich wirkte, so leidenschaftlich Musik machen konnte. Ob er sich auch in anderen Lebensbereichen so hingeben konnte?

Auf der großen Wiese hinter der Jugendherberge herrschte reger Betrieb. Überall wurde gelacht und vom Waldrand wehte leise Reggae-Musik zum Haus hinüber. Einige Jugendliche spielten Beachvolleyball, andere besetzten die Tischtennisplatten, wieder andere saßen in Gruppen auf dem Rasen und unterhielten sich.

An der Lagerfeuerstelle waren Peter, Leif, Birgit und seltsamerweise auch Theresa bereits damit beschäftigt, einen Holzhaufen aufzuschichten. Ob Theresa sich wohl einsam fühlte, jetzt wo Lissi nicht mehr da war?

Maja schlenderte so langsam wie möglich zu den anderen hinüber und atmete zufrieden die würzige Waldluft ein. Das Leben war gar nicht so schlecht, oder? Im Schein der untergehenden Abendsonne sah sogar die schroffe, schäbige Fassade der Jugendherberge romantisch aus, denn das warme Licht zauberte einen sanften Glanz auf die Fensterscheiben und ließ die schmutzig grauweiß verputzten Wände in einem weichen Cremeton schimmern.

Eigentlich war ihr gerade gar nicht nach Gesellschaft. So viel war heute passiert, so viel hatte sich geändert. Lissi und Tristan waren gegangen, Diana und Peter waren ein Paar. Und Wilhelm und sie hatten … einen Moment geteilt. Maja lächelte in sich hinein. Am liebsten würde sie sich einfach mitten auf die Wiese legen, die Geräuschkulisse und die Gerüche dieses lauen Sommerabends genießen und wie ein Teenager in Ruhe an Wilhelm denken.

Die Gruppe an der Feuerstelle lachte über einen gemeinsamen Witz und ohne mitgehört zu haben, lachte Maja leise mit. Bilder von den Sommern, die sie früher am See verbracht hatte, tauchten vor ihrem inneren Auge auf. Hatte sie sich damals nicht ständig so gefühlt wie heute? Irgendwie verliebt und voller Vorfreude auf das, was der Abend wohl bringen mochte? Sogar die Geräuschkulisse war damals ähnlich gewesen. Das Lachen, die Gespräche, die Musikfetzen, die durch die Luft wanderten. Nur der auf dem Campingplatz stets präsente Grillgeruch fehlte hier.

Majas Vater hatte fast täglich gegrillt und Majas Mutter hatte ihren Söhnen jedes Mal – wirklich *jedes* Mal, gesunden Salat zu dem Fleischbergen aufgezwungen. Was stets von lautem Gezeter begleitet worden war. Eigentlich laufen die Dinge heute noch genauso, wenn die Familie sich am See versammelt, dachte Maja. Die Jungs essen immer noch viel zu viel Fleisch und Mama klatscht ihnen immer noch bei jedem Grillen einen Löffel Salat auf die Teller. Manche Dinge ändern sich eben nie. Oder doch, fiel ihr ein, nämlich dann, wenn der Wohnwagen verkauft wird und meine Eltern sich auf Weltreise begeben.

Die stur aufeinandergepressten Lippen ihrer Mutter standen auf einmal wieder vor ihrem inneren Auge. Die ganze verfahrene Situation. Wenn Maja sich nicht rechtzeitig mit ihrer Mutter versöhnte, würde sie womöglich nie wieder an den See fahren. Nie wieder mit allen ihren Geschwistern um den großen Tisch vor dem Wohnwagen sitzen und den See im Sonnenuntergang beobachten. Sich nicht von all dem verabschieden können.

Wurde es nicht Zeit, über den eigenen Schatten zu springen und sich zu entschuldigen? Sie zog ihr Handy aus der Hosentasche hervor.

»Maja.«

Sie blickte auf – Wilhelm war herangekommen, ohne dass sie es bemerkt hatte.

»Ist alles in Ordnung?« Er berührte leicht ihren Arm und allein diese Berührung vertrieb schnell und gründlich jeden Gedanken an Mütter und Streitereien aus Majas Kopf.

Wilhelm hatte einen Knopf am Kragen seines schwarzen Polohemdes geöffnet und auf seinem Gesicht lag ein feiner Bartschatten. Seine sonst so ordentlich geföhnten Haare standen nach dem langen Probentag in alle Richtungen ab. So zerknautscht fand Maja ihn attraktiver denn je.

»Ja, alles in Ordnung«, strahlte sie und empfand es auch so. Sie ließ ihr Handy sinken und schob es zurück in die Hosentasche. »Ich habe nur gerade nachgedacht.«

»Worüber denn?«, fragte er interessiert und sah sie an.

Maja starrte ihn an und murmelte: »Ich weiß es nicht mehr.«

Er hatte so blaue Augen. Konnte es irgendetwas auf der Welt geben, das faszinierender war, als dies blauen Augen, die mal eisig, mal dunkel, mal fast türkisblau leuchteten? Auf einmal hatte sie nicht mehr den Schatten eines Zweifels daran, dass Wilhelm und sie zusammengehörten.

»Guck mich nicht so an«, sagte Wilhelm leise. »Ich kann sowieso nicht mehr klar denken. Am liebsten würde ich das Lagerfeuer sausen lassen und irgendwo mit dir allein sein. Aber …«

Ihr Herz machte einen Sprung. »Ich weiß«, sagte sie. »Du musst dabei sein. Uns läuft nichts weg.«

Wilhelm schüttelte leicht den Kopf. »Nein, uns läuft nichts weg. Aber ich würde dich gern mal in Ruhe treffen. Nach diesem Wochenende. Bei einem Abendessen zum Beispiel. Was hältst du davon?« Er war so herrlich geradlinig, dachte Maja. Er flirtete nicht, er zwinkerte ihr nicht wochenlang zu. Er merkte, dass er sie mochte, sagte ihr das und fragte sie, ob sie mit ihm Essen gehen wollte. Unglaublich, wie einfach so etwas sein konnte.

»Das wäre sehr schön!«, sagte Maja schlicht.

Als sie einander ansahen, war da wieder dieses Gefühl, als wäre bereits alles klar zwischen ihnen. Dieses Wissen, dass sie dasselbe fühlten. Als müsste nichts mehr gesagt werden, als wäre der nächste Schritt – ein Kuss, eine Liebesnacht – nur eine Frage der Zeit. Alles fühlte sich so sicher an, so echt. Ganz anders als mit Tristan, bei dem sie nie auch nur einen Moment lang gewusst hatte, woran sie war.

Irgendwie sickerte es in Majas Bewusstsein, dass Wilhelm und sie jetzt schon eine halbe Ewigkeit voreinander standen und einander ansahen. Und als sie über die Wiese Richtung Feuerstelle blickte, sah sie, dass Theresa gespannt in ihre Richtung starrte. Vielleicht war Theresa nicht ganz so scharfzüngig wie Lissi, aber auch sie tratschte gern. Und wenn sie ein Verhältnis zwischen Maja und dem Chorleiter wittern würde, wären sämtliche Chormitglieder noch vor Ablauf des Wochenendes darüber informiert und die Gerüchteküche würde brodeln.

Maja stupste Wilhelms Hand an. »Wir sollten gehen und das hier auf später vertagen. Es ist ganz schön öffentlich hier und wir haben Zuschauer.«

Wilhelm stupste Maja ebenfalls an und seufzte. »Gut, gehen wir. Aber wir kommen darauf zurück, abgemacht?«

»Abgemacht«, versprach sie.

Kapitel 23

Etwas später, als die Sonne hinter dem Nadelwäldchen verschwunden war, saß nahezu der ganze Chor auf den Bänken, die rund um die Feuerstelle aufgestellt waren. Chips und Kekse wurden herumgereicht und die meisten Chormitglieder hatten irgendein Getränk in der Hand. In ihrer Mitte knackte und loderte das Lagerfeuer und wärmte angenehm die vordere Körperseite.

Rund um Maja ließ man den Tag Revue passieren.

»Wilhelm, ich muss sagen, du wirst immer gnädiger, je länger du diesen Chor leitest«, sagte Diana neben Maja. Sie hielt Peters Hand mit einer Selbstverständlichkeit, als wären die beiden schon ewig ein Paar. »Wir haben heute stundenlang geprobt und ich kann von mir sagen, dass mir jede einzelne Stunde Spaß gemacht hat.«

»Das hoffe ich doch!« Wilhelm der drei Plätze weiter saß, lachte. »Warum sagst du das, als würde es dich überraschen?«

Diana gab zu: »Naja, wenn ich ehrlich sein soll: Noch vor wenigen Wochen hatte ich Angst vor diesem Chorwochenende. Da habe ich mich schon öfter gefragt, wie wir deinen Perfektionismus stunden- und tagelang ertragen sollen.«

Wilhelm lachte und nickte. »Ich weiß, ich kann anstrengend sein. Und ich verspreche euch, dass ich die Proben im nächsten Semester etwas lockerer angehe. Aber mir ist dieses Sommerkonzert tatsächlich enorm wichtig.« Er erzählte allen, was Maja längst wusste: Dass er nämlich mit diesem Konzert sein Können beweisen und endlich eine feste Stelle an der Uni ergattern wollte. »Daher, Leute: Verzeiht mir, wenn ich es zu weit treibe, es dient einem höherem Ziel!«

»Wilhelm, fehlt dir Lissi im Sopran sehr?«, wollte Regina wissen. »Schließlich war sie eine der stärksten Stimmen, oder?«

Wilhelm zuckte die Schultern. »Eine der stärksten Stimmen? Nein, das kann man nicht sagen. Eine der wuchtigsten Stimmen vielleicht, aber wenn ich ehrlich bin: Der Sopran klingt schöner ohne sie. Weicher. Sauberer.«

»Aber du hast sie doch beim Vorsingen so gelobt!«, sagte Maja. »Ich weiß noch genau, dass Lissi uns erzählt hat, wie super du ihre Technik fandest.«

»Das soll ich gesagt haben? Interessant.« Wilhelm schmunzelte.

»Hast du nicht?«, fragte Regina und klang ziemlich sensationslüstern.

»Nein. Eher nicht.«

»Sondern?« Diana lehnte sich gespannt in Wilhelms Richtung. »Was hast du ihr denn gesagt?«

Wilhelm schüttelte den Kopf. »Es kommt mir unfair vor, euch zu erzählen, was genau ich zu ihr gesagt habe.«

»Bitte, bitte. Gib uns irgendwas, worüber wir hämisch lachen können«, bettelte Diana. Sie senkte die Stimme: »Es hört doch sowieso keiner zu.« Das stimmte. Ihre Unterhaltung beschränkte sich weiterhin auf die eigene Bank, also auf Peter, Diana, Maja, Regina, Birgit und Wilhelm. Miriam, die neben Wilhelm saß, flirtete mit den Tenören auf der Nachbarbank und hörte schon längst nicht mehr zu.

Wilhelm lachte und sagte leise: »Na gut. Aber beschränken wir uns darauf: Ich würde euch Lissis Gesangslehrerin nicht unbedingt empfehlen.«

»Lissis Gesangslehrerin ist Edeltraut«, bemerkte Birgit.

Diana pfiff durch die Zähne und stellte fest: »Lissi hat also gelogen.«

»Na, jetzt wundere ich mich nicht mehr, dass sie heute gegangen ist«, sagte Maja. »Ich frage mich eher, warum sie überhaupt noch im Chor geblieben ist, nachdem du dich so wenig begeistert von ihrem Talent gezeigt hast.«

»Auch wenn Lissi so ist, wie sie ist, kann man ihr doch unterstellen, dass sie nach all den Jahren an unserem Chor gehangen hat, oder?«, warf Regina ein

»Vermutlich. Auch wenn ich persönlich ihr eher unterstelle, dass sie an ihren Solo-Auftritten gehangen hat«, lästerte Diana.

»Schluss jetzt!«, forderte Birgit. »Die gute Lissi ist schon genug gestraft. Sie hat Platzhirsch Tristan am Hals. Der Knabe mag hübsch sein, aber treu ist er sicher nicht.«

»Und das weißt du, weil du eine erfahrene Hirschkuh bist?«, fragte Wilhelm

Birgit lachte schallend und nickte. »Genau!«

»Du kannst ganz schön frech sein, oder?« Diana betrachtete Wilhelm mit zusammengekniffenen Augen. »Mir schwant allmählich, dass du gar kein Wilhelm bist. Und ein Doktor Wilhelm Heinrich schon mal gar nicht. Vielleicht sollten wir dir allmählich einen Spitznamen verpassen. Wie wäre es zum Beispiel mit Will?«

Wilhelm und neben ihm auch Miriam und Regina prusteten los. »Will, ja? So hab ich mich früher immer genannt, wenn ich mit meinem besten Kumpel Cowboy gespielt habe. Na dann howdy, Ladys!« Wilhelm tippte an einen imaginären Hut und zog eine Augenbraue in die Höhe, was überhaupt nicht zu ihm passte. Alle lachten.

»Vielleicht bleibe ich doch bei Wilhelm«, kommentierte Diana seine Geste. »Ich sehe ein, dass ›Will‹ nicht funktioniert.«

»Was für eine Erleichterung! Ich mag meinen Namen, auch wenn er altmodisch ist. Meine Eltern haben mich nach meinem Opa und nach dessen Vater benannt.«

»Meine Mutter hat mich nach der damaligen Lieblings-Serie meines großen Bruders benannt, nach der Biene Maja«, sagte Maja etwas trübsinnig, »Nicht sehr glamourös, oder?«

»Dann sei mal froh, dass du nicht Flipper heißt. Oder Lassie!«, wieherte Peter.

»Warum guckst du auf einmal, als wäre dir eine Laus über die Leber gelaufen, Schätzelein?«, wollte Birgit von Maja wissen.

»Weil ich an meine Mutter gedacht habe und daran, wie wir

früher alle zusammen Biene Maja geguckt haben. Die Dinge stehen gerade nicht besonders gut zwischen uns, wisst ihr?«

»Erzähl!«, forderte Birgit sie auf.

Und Maja erzählte, wie sich der jüngste Streit mit ihrer Mutter hochgeschaukelt hatte. Tristans Besuch ließ sie allerdings weg, davon musste wirklich nicht der ganze Chor erfahren. Sie erzählte lediglich, wie ihre Mutter ihre Wohnung kritisiert hatte und wie heftig sie, Maja, darauf reagiert hatte.

»Schließlich ist sie gegangen und ich fühle mich furchtbar seitdem«, beendete Maja ihren Bericht. »Ich denke, dass ich sie am Sonntag anrufe, sobald ich wieder zu Hause bin. Und dann hoffe ich, dass sie mir verzeiht.«

»Das tut sie bestimmt. Es klingt, als hättet ihr eigentlich ein gutes Verhältnis zueinander. Dass sich Mütter und Töchter auch mal streiten, wenn die Töchter andere Wege gehen als die Mütter, finde ich völlig normal«, sagte Birgit. »Meine Mutter zum Beispiel ist ihr Leben lang nicht damit klargekommen, dass ich Make-up und modische Kleidung mag. Als ich jung war, gab es zu dem Thema ständig Streit. Und sogar zum Schluss hat sie einmal, als ich sie im Krankenhaus besucht habe, gefragt, ob ich in meinem Alter noch einen Schönheitswettbewerb gewinnen wollte, so wie ich mich aufgetakelt hätte.« Birgit lächelte wehmütig. »Mama hat in ihrem ganzen Leben keinen Lippenstift besessen. Unvorstellbar, oder?«

Diana lächelte ebenfalls. »Meine Mutter und ich haben das entgegengesetzte Problem. Sie ist die mit den Lippenstiften und sie will nicht verstehen, dass ich bestens ohne auskomme. Zum letzten Geburtstag hat sie mir einen Gutschein für eine Kosmetikbehandlung inklusive Tages-Make-up geschenkt.« Diana schüttelte den Kopf. »Ich diskutiere das schon lange nicht mehr mit ihr. Ich habe mich bedankt und den Gutschein bei nächster Gelegenheit weiterverschenkt.«

Erwartungsvoll wanderten die Blicke zu Regina. Die rieb sich verlegen den Nacken. »Jetzt muss ich auch etwas erzählen, richtig? Hm. Eigentlich bin ich meiner Mutter sehr ähnlich. Wir gehen gern zusammen einkaufen, egal, ob Möbel oder Kleidung. Aber … Ah, wartet!« Reginas Miene hellte sich auf. »Sie füttert meine Kinder immer mit Süßigkeiten und lässt sie so lange fernsehen, wie sie wollen. Und darüber sind wir uns neulich fast in die Haare geraten, weil ich sie gebeten habe, beides in Zukunft zu limitieren, und sie behauptet hat, als Großmutter stünde es ihr zu, die Enkel zu verwöhnen. Zählt das?«

Diana, Maja und Birgit lachten gutmütig. Maja sagte: »Es ist nett von dir, dass du es versucht hast.«

Regina lachte mit. »Was soll ich sagen? Meine Mutter und ich sind meistens ein Herz und eine Seele. Ich finde sie toll!«

»So viel Harmonie ist ja unnatürlich.« Diana schüttelte sich. »Und ihr? Ihr Männer? Peter? Wilhelm? Gibt es dieses Theater auch zwischen Vätern und Söhnen?«

»Klar.« Peter zuckte die Schultern. »Mein Vater liebt Fußball und Versicherungen für absolut jede Lebenslage, ich hasse Fußball und beschränke mich, was Versicherungen betrifft, auf das Nötigste. Die Sache mit dem Fußball ignoriert er stur, er fragt mich immer und immer wieder, ob ich dieses oder jenes Spiel gesehen hätte. Und über das Thema ›Versicherungen‹ kriegen wir uns mit schöner Regelmäßigkeit an die Köppe. Ich werfe ihm vor, dass er Unmengen von Geld zum Fenster rausschmeißt, weil er sich gegen jeden Mist versichern lässt und er wirft mir vor, ich würde gefährlich leben.«

Wieder lachten alle. Die Vorstellung, ausgerechnet Peter könnte gefährlich leben, war einfach absurd.

»Bleibt nur noch Wilhelm«, stellte Regina fest. »Alles in Ordnung zwischen deinem Vater und dir?«

Wilhelm lächelte. »Meine Eltern und ich sind natürlich nicht immer einer Meinung, aber das erwarten wir auch nicht voneinander. Und natürlich sind wir sehr unterschiedlich. Meine Eltern hatten nie die Chance zu studieren oder ein Musikinstrument zu lernen. Sie wissen nicht immer, worüber ich rede, wenn ich von der Arbeit erzähle. Aber wir achten und lieben einander«, sagte er fest.

»Da könnte man ja neidisch werden«, kommentierte Diana trocken. »Wollten wir nicht eigentlich darüber reden, wie unsere Eltern uns manchmal auf die Palme bringen?«

»Lieb, dass ihr mich trösten wollt!«, sagte Maja schnell. »Ich glaube, ihr alle seid schon einen Schritt weiter als ich. Ihr wisst, dass ihr anders seid als eure Eltern und ihr akzeptiert das. Ich hingegen weiß gar nicht, ob ich so anders bin als meine Mutter. Ein Teil von mir findet, dass sie recht hatte, als sie über meine Wohnung hergezogen ist. Ein Teil von mir findet auch, dass eine staubfreie Wohnung nicht zu mir passt.« Diese Erkenntnis überraschte Maja, während sie sie langsam aussprach. Sie legte nachdenklich den Kopf schief. »Vielleicht bin meinen Eltern viel ähnlicher, als ich wahrhaben will!«

Das Thema beschäftigte Maja für den Rest des Abends.

Auch als längst über andere Dinge geredet wurde.

Und sogar als, viel später, gar nicht mehr geredet wurde, weil Miriam den Refrain von »Time After Time« vor sich hingesummt und damit ein leises, besinnliches Gemeinschaftskonzert ausgelöst hatte.

War es wirklich so, fragte sich Maja, dass sie unbedingt anders sein wollte als ihre Eltern und es am Ende gar nicht war? Wollte sie jemand sein, den es nicht gab? Jemand, der irgendwie eleganter und wohlerzogener war als ihre Familie und eben auch als sie selbst? Und warum eigentlich? Warum wollte sie Leuten wie Tristan und Lissi gefallen? Und war das alles eigentlich schon immer so gewesen? Oder hatte die Zeit mit Karsten ihre Spuren hinterlassen? Die fünf Jahre, in denen Karstens Eltern ihr beständig das Gefühl gegeben hatten, nicht gut genug für ihren Super-Sohn zu sein?

Hatte zum Beispiel die Unordnung in ihrer Wohnung sie wirklich gestört? Oder hatte sie nur Angst gehabt, es könnte andere Leute stören? Was hielt sie wirklich von Urlaub mit dem Wohnwagen? Dass sie in den letzten Jahren nur noch Hotelurlaub gemacht hatte – lag das daran, dass sie sich in Hotels wirklich wohler *fühlte* als auf Campingplätzen? Oder lag das daran, dass sie lieber von Hotelurlauben mit Pool und Buffet *erzählte*?

Störte sie ihre laute, lebhafte Familie wirklich, wenn sie gemeinsam im Restaurant saßen? Oder störte sie nur der Gedanke, andere könnten sich an dem Lärm stören?

Eine Frage jagte plötzlich die nächste, die Antworten schienen auf einmal auf der Hand zu liegen und irgendwann fragte sich Maja beschämt, wann sie sich in jemanden verwandelt hatte, der ständig nach der Meinung anderer Menschen schielte. Denn darauf lief es hinaus, oder? In Bezug auf ihre Familie hatte sie sich in letzter Zeit nur noch gefragt, wie ihr etwas ungewöhnliches, buntes Elternhaus auf andere wirkte.

Wilhelm dagegen … Der hatte solch kindischen Quatsch längst hinter sich gelassen. Der hatte kein Problem damit, dass seine Eltern vielleicht nicht zu jedem in seinem Freundeskreis passten. Der akzeptierte seine Eltern und war stolz auf sie.

Vielleicht sollte sie das auch mal probieren, dachte Maja. Vielleicht schaffe sie es ja auch irgendwann, stolz auf ihre Familie zu sein, so wie Wilhelm. Maja seufzte. Das Ganze wäre einfacher, wenn ihre Mutter nicht gar so selbstgerecht wäre!

Am nächsten Morgen trafen die Chormitglieder ebenso übermüdet wie am Vortag im Probenraum ein. Aber heute hatten die Kommentare, die hin- und herflogen, einen eher scherzhaften Unterton. Niemand beschwerte sich mehr über die viel zu kleinen Betten, die Tenöre und Bässe hatten ihre Matratzen in dieser Nacht offenbar fast alle auf den Boden gelegt. Die meisten der »Kellerkinder« aus den Achterzimmern hatten einfach gar nicht geschlafen. Nachdem das Lagerfeuer gegen Mitternacht erloschen war, hatten sie kurzerhand eins der Achterzimmer zur Partyzone erklärt und alle, die wirklich müde waren, waren in das andere Zimmer umgezogen.

»Aber was habt ihr die ganze Nacht gemacht?«, fragte Maja. Durchgemacht hatte sie das letzte Mal als Schülerin auf der Klassenfahrt nach Berlin. Und das nur, weil ihre damalige Clique fand, dass man endlich mal durchmachen müsste. Es war qualvoll und entsetzlich langweilig gewesen. Sie hatten einfach nur in ihrem Zimmer gehockt und sich unterhalten und wenn eine von ihnen im Sitzen eingenickt war, war sie von den anderen wachgerüttelt worden. Maja hatte danach für sich beschlossen, dass sie manche Erfahrungen nur ein Mal im Leben machen wollte.

»Erst haben wir Flaschendrehen mit Wahrheit oder Pflicht gespielt«, erzählte Eva und sah quicklebendig aus. »Das wurde aber irgendwann langweilig, weil die Pflichten immer dämlicher wurden und niemand mehr seine Pflicht erfüllten wollte. Leif wollte zum Beispiel, dass ich nackt um die Jugendherberge renne, also bitte … Dann haben wir uns auf YouTube berühmte Filmszenen angeguckt und nachgespielt. Und gegen Morgen haben wir bekannte Filme und Serien mit Chormitgliedern besetzt. Da waren wir aber schon ganz schön hinüber!«

»Ach ja?« Regina drehte sich interessiert zu Eva um. »Habt ihr für Maja und mich auch eine Rolle gefunden?«

»Die meisten Ideen hatten wir für Lissi, Theresa und Tristan«, antwortete Eva kichernd. »Theresa und Lissi wären super als Miranda Priestley und Emily Charlton in ›Der Teufel trägt Prada‹. Und Tristan könnte in einem Remake von ›Troja‹ die Hauptrolle spielen. Viel Macho, viele Muskeln, wenig Klamotten.« Sie kicherte noch lauter. »Aber du? Hm …«

»Ich finde, dass ich Bridget Jones ziemlich ähnlich bin«, sagte Maja. Sie hatte neulich mal wieder in den Film gezappt und sich voll und ganz mit der liebenswerten, trotteligen Heldin identifizieren können, die von Fettnapf zu Fettnapf stolperte und es zwar immer gut meinte, aber selten gut machte. Tristan wäre in diesem Fall logischerweise der windige, aber charmante Frauenheld Daniel Cleaver. Und Wilhelm in seiner ruhigen, ehrlichen Art wäre der perfekte Marc Darcy, der sie am Ende der Handlung in seine starken Arme ziehen und leidenschaftlich …

»Bridget Jones?« Eva sah Maja und Diana fragend an und unterbrach den Film, den Maja gerade in Gedanken abspulte. »Ach stimmt, der Film war ein echter Hit, oder? Meine Mutter schwärmt für Hugh Grant.«

»Es ist offiziell: Ich bin alt«, stellte Diana fest.

Marc Darcy, äh, Wilhelm betrat in diesem Moment den Probenraum und schmetterte ein klangvolles »Guten Morgen!« in die Runde. Ein etwas leiseres »Guten Morgen!«, versehen mit einem kleinen Lächeln, ging direkt an Maja. Sie hatten einander beim Frühstück heute verpasst und Maja spürte überrascht, wie sehr sie ihn seit gestern Abend vermisst hatte.

Die Chormitglieder unterbrachen ihre Gespräche. Die wenigen, die seine Ankunft noch nicht bemerkt hatten und munter weiterplauderten, wurden von Sandra zur Ordnung gerufen, die in die Hände klatschte.

Wie entspannt es bei uns auf einmal zugeht, dachte Maja. So ein Chorwochenende bringt einen wirklich weiter. All die Zeit, die man miteinander verbringt. Die Gespräche am Lagerfeuer. Die geteilten Leiden in Form von viel zu kleinen Betten oder Mahlzeiten auf Gefängnisküchenniveau.

Zum Frühstück hatte es unter anderem ein Porridge aus einem riesigen Suppenkessel gegeben, dass so zäh und fast kalt gewesen war und so scheußlich ausgesehen hatte, dass sie sich am Frühstückstisch vor Lachen gebogen hatten, als Diana sich allen Ernstes eine Schüssel davon geholt hatte.

Es war wieder wie zu Edeltrauts Zeiten, fand Maja. Der Chorleiter war wieder Teil des Chors und der ganze Chor war vertraut miteinander. Oder nein, eigentlich war es sogar besser als zu Edeltrauts Zeiten.

Weil da plötzlich dieser neue Ehrgeiz war, der alle Chormitglieder verband. Auf einmal wollten alle gemeinsam ihr Bestes geben. Weil Wilhelm das Beste von allen forderte. Und weil der Chor mit Wilhelm plötzlich etwas Wunderschönes erschaffen konnte – nämlich echte, ergreifende Musik.

Gegen Ende war das Wochenende viel zu schnell vorbei und auf einmal befanden sich alle auf der Rückfahrt.

»Gut, dass du Angst vor dem Vorsingen hattest«, sagte Diana im Auto zu Maja. »Egal, wie heruntergekommen diese Herberge war – die Proben waren toll. Was wir in diesen zwei Tagen geschafft haben, hätte ich nie für möglich gehalten. Ihr wisst, dass ich kein übermäßig emotionaler Mensch bin, aber eben, als wir zum Abschluss ›Africa‹ gesungen haben, hatte ich eine Gänsehaut.«

»Wenn ich das Probenwochenende nicht organisiert hätte, hätte es jemand anderes getan«, entgegnete Maja.

»Jemand anderes hätte vermutlich rumtelefoniert, festgestellt, dass alle vernünftigen Jugendherbergen im näheren Umkreis belegt sind, und die Sache abgeblasen. Jemand anderes hätte sich vielleicht gar nicht getraut, uns nach Niederfeldheim zu schleppen«, vermutete Diana.

»Dann hätten wir wohl einfach in der Uni geprobt.« Maja zuckte die Schultern.

»Und Lissi und Tristan wären noch dabei. Das wäre wahrlich kein Gewinn.« Diana schüttelte sich.

In diesem Punkt waren sich alle einig. Den Rest der Fahrt ließen sie das Wochenende Revue passieren und tauschten sich über die Neuigkeiten aus, die sie über einzelne Chormitglieder erfahren hatten.

Diana wusste, dass Eva endlich einen Studienplatz in Medizin ergattert hatte, nachdem sie in den letzten Jahren als Krankenschwester in der Uniklinik gearbeitet hatte. Birgit wusste, dass Leif und seine langjährige Freundin in Kürze Eltern wurden – »nicht geplant, aber hochwillkommen!«. Und Regina hatte sich beim Frühstück erstaunlich gut mit Theresa unterhalten und erfahren, dass diese lustige Theaterstücke für ihre Laienspielgruppe schrieb (»Vielleicht hat sie deshalb freiwillig Zeit mit Lissi verbracht«, bemerkte Diana dazu, »weil die ihr mit ihren Selbstinszenierungen ständig Stoff für ihre Komödien geliefert hat?«).

So verging die Fahrt mit angenehmen Plaudereien und schließlich hielten sie vor Reginas tadellosem Vorgarten. Nachdem Regina zwei Tage weggewesen war, lagen doch tatsächlich drei Blätter und ein kleiner Papierfetzen auf dem ansonsten makellosen grauen Pflaster der Einfahrt. Maja ahnte, dass die vier Störenfriede noch vor Tagesende in der Mülltonne landen würden. Regina bedankte sich bei ihnen allen überschwänglich für das schöne Wochenende und die angenehme Fahrt. »Für mich war es Urlaub pur! Eine Stunde habe ich noch, dann bringen meine Eltern die Kinder her. Bis dahin werde ich einfach mal gar nichts tun. Ich werde mir einfach nur einen Cappuccino kochen und mir meine Handy-Aufnahmen vom Wochenende anhören.«

Maja glaubte ihr kein Wort. Regina würde ihren Koffer auspacken und ihre dreckige Wäsche in die Waschmaschine verfrachten und alle Anrufe auf dem Anrufbeantworter erwidern, noch bevor eins ihrer Kinder auch nur die Nase zur Tür hereinstecke. Aber so war Regina eben.

Birgit brachten sie als Nächstes nach Hause. Sie wohnte seit Kurzem in einem citynahen, modernen Mietshaus mit weißer Sandsteinfassade. Ihre Wohnung war zwar winzig, verfügte dafür aber über Echtholzparkett, bodentiefe Fenster und ein wahnsinnig stylishes Bad. Birgit liebte ihr kleines Reich und konnte es kaum erwarten, dorthin zurückzukehren. »Mädels, es war ein tolles Abenteuer, aber jetzt höre ich meine Regendusche, meinen Kühlschrank und Netflix laut rufen! In genau dieser Reihenfolge. Macht's gut, ihr Süßen, wir sehen uns Donnerstag.« Sie feuerte noch eine Flut von Luftküsschen auf Diana und Maja ab und verschwand schließlich mit ihrem glänzenden, pinkfarbenen Köfferchen im Innern des Hauses.

Maja grinste. »Sie hat ganz schön gelitten, oder?«

Diana lachte. »Ja, das glaube ich auch, eigentlich liebt sie Luxus, ihren letzten Urlaub hat sie mit ihrer Freundin im Fünf-Sterne-Spa verbracht. Unglaublich, dass sie das Wochenende ohne Murren durchgestanden hat.«

»Sie ist eben eine gute Seele und komischerweise, obwohl sie so viel älter ist als wir, eine echte Freundin«, sagte Maja gerührt.

»Das ist sie. Aber jetzt erzähl mir alles über Wilhelm und dich. Ihr hab mehrfach Blicke getauscht, mit denen man ganze Eisberge hätte schmelzen können. Zum Beispiel gestern Abend auf der Wiese. Und heute Morgen in der Probe. Und eben, als sich alle voneinander verabschiedet haben. Also – was hab ich verpasst, während ich nur mit meiner eigenen Lovestory beschäftigt war? Sag bloß, du hast unseren staubtrockenen Dr. Heinrich verführt?« Dianas Gesicht brannte vor Neugier.

Also erzählte Maja Diana, was es zu erzählen gab. Nämlich praktisch nichts außer der simplen Tatsache, dass sie sich verliebt hatte und sich ziemlich sicher war, dass dieses Gefühl auf Gegenseitigkeit beruhte.

»Wie romantisch!«, freute sich Diana. »Da kann man mal wieder sehen, wie gut meine Instinkte sind, wenn es um Zwischenmenschliches geht.«

»Unschlagbar«, gab Maja zu. »Weit besser als meine zumindest. Ich habe ewig gebraucht, bis ich begriffen habe, dass Peter und du ein Paar seid.«

»Bei uns war es doch eigentlich einfach, oder nicht? Sind wir nicht seit Jahren dazu bestimmt? Man muss uns doch nur mal ansehen: Wir sind beide mittelgroß, mitteldick, eher mittelgut gekleidet und wenn Peter sich weiterhin weigert, zum Friseur zu gehen, haben wir in Kürze sogar dieselbe Frisur.«

Maja lachte auf. »Das kann man über Wilhelm und mich wirklich nicht sagen. Er ist riesig, ich bin klein, er ist blond, ich bin dunkel, er ist supermusikalisch, ich spiele nicht mal ein Instrument … Soll ich weitermachen?«

Inzwischen hatten sie Majas Mietshaus erreicht und Diana stellte den Motor ab. Sie sah Maja nachdenklich an. »Aber trotzdem verbindet euch etwas.«

Maja nickte. »Ich glaube sogar, dass uns eine Menge verbindet. Das, worauf es ankommt. Es ist noch viel zu früh, um so etwas auch nur zu denken, aber Diana … Möglicherweise gibt es *den Richtigen* ja doch.«

Maja rollte ihren Koffer ins Schlafzimmer und schlüpfte aus ihren Schuhen. Dann schob sie die Ärmel ihres dünnen Shirts hoch, griff nervös nach dem Telefon und packte an, was sie sich am vorigen Abend vorgenommen hatte: Sie rief ihre Mutter an.

Endlich.

Rita Müller meldete sich schon nach dem dritten Klingeln. »Ja bitte?«

Hastig brachte Maja den Satz heraus, der ihr schon seit einer halben Ewigkeit auf der Zunge lag: »Ich möchte mich bei dir entschuldigen.«

»Ja? Wer ist denn da?«, kam es von Rita.

Maja stutzte. »Ich bin es, Maja«, sagte sie. Und wiederholte etwas lauter: »Ich möchte mich bei dir entschuldigen.«

»Hallo Maja. Kein Grund so zu schreien«, sagte Rita. Sie klang erstaunlich gut gelaunt. »Warte mal, ich hab Larissa und Lennart gerade hier.« Halblaut hörte Maja sie sagen: »Bitteschön, ihr Schätze, hier habt ihr die Knete. Wenn ihr mich sucht, ich bin im Wohnzimmer.« Fröhliche Kinderstimmen bekundeten ihre Zustimmung und Maja hörte zwei Türen zufallen.

»So«, sagte Rita deutlich kühler. »Jetzt sind wir unter uns. Es wird auch Zeit, dass du anrufst. Du hast da neulich ganz schöne Brocken rausgehauen, meine Liebe.«

»Du auch«, hätte Maja am liebsten gesagt. Aber erstens würden sie so nicht weiterkommen und zweitens war das, was sie selbst gesagt hatte, eindeutig gemeiner gewesen. Also sagte sie stattdessen: »Ich weiß. Und dafür entschuldige ich mich.«

»Wofür genau?«, fragte Rita kühl.

Ihre Mutter wollte es ihr also schwer machen. Na gut, das hatte sie verdient. »Für alles«, erklärte Maja. »Egal, wie dumm unsere letzten beiden Treffen gelaufen sind: Du weißt doch hoffentlich ganz genau, dass ich dich nicht für eine schlechte Mutter halte. Ich hatte eine sehr schöne Kindheit und wenn ich je etwas anderes behauptet habe, dann nur, weil ich wütend auf dich war.«

»Sprich weiter«, sagte Rita, nicht mehr ganz so kühl.

»Und auch wenn ich nicht so furchtbar begeistert davon war, wie du deine Meinung kundgetan hast, muss ich leider zugeben, dass du in Bezug auf Tristan absolut richtiggelegen hast. Es sieht so aus, als hätte er die ganze Zeit eine Beziehung mit Lissi aus dem

Sopran gehabt.« Das zuzugeben, fiel Maja schwer. »Ich war wohl nur seine Nummer zwei.«

»Aha!«, kam es eindeutig selbstzufrieden, aber überhaupt nicht mehr kühl, aus dem Hörer. »Das wundert mich leider überhaupt nicht! Sag du noch mal etwas gegen Mutters Menschenkenntnis!«

»Mach ich nicht, mach ich nicht«, gelobte Maja.

»Ach mein armer Schatz!« Auf einmal war der Damm gebrochen. Rita klang wieder durch und durch wie eine besorgte Mutter. »Ich hätte gern falschgelegen. Bist du sehr unglücklich? Hat der Mistkerl dir das Herz gebrochen?«

»Nein, keine Sorge.«

»Wirklich nicht? Du hast ihn ganz schön angehimmelt.«

»Mag sein.« Das war Maja unangenehm, weil es leider ein Körnchen Wahrheit enthielt. »Aber eigentlich war mir die ganze Zeit klar, dass daraus nichts Ernsthaftes werden würde. Du bist nicht die einzige Frau in der Familie, die mit Menschenkenntnis ausgestattet ist. Ehrlich gesagt: Ich fand ihn einfach nur sexy.«

Rita Müller lachte. »Hättest du mir von vorneherein gesagt, dass es dir nur *darum* ging, wäre ich weit netter zu dem Knaben gewesen.«

»Zu dem Zeitpunkt wusste ich das selbst noch nicht.«

»Wahrscheinlich wolltest du es vor dir selbst nicht zugeben. Wenn es um Körperliches geht, warst du ja schon immer leicht verklemmt.«

Maja atmete tief durch und schwieg. Nur weil sie sich ab einem bestimmten Alter gern im Familienbad eingeschlossen hatte, wenn sie duschte, hielt ihre Mutter sie für verklemmt. Aber so war sie eben. Ein bisschen zu radikal in ihren Urteilen, ein bisschen zu ehrlich und manchmal ganz einfach taktlos. Ändern würde sie sich in diesem Leben wohl nicht mehr. Und vielleicht musste man sich im Umgang mit ihr in Gelassenheit üben und ihre manchmal arg pauschalen Urteile und ihre nie enden wollenden Erziehungsversuche mit Humor nehmen.

»Genau«, sagte Maja.

Rita fragte: »Ist jetzt, wo dieser Sonnyboy kein Thema mehr ist, also wieder alles in Ordnung zwischen uns?«

Maja atmete auf. »Ich denke doch.«

»Also besuchst du uns ab jetzt wieder in unserem Trödellager?«, fragte Rita.

Maja verzog schmerzhaft berührt das Gesicht. »Was ich über eure Wohnung gesagt habe, hätte ich nie sagen dürfen.«

Rita Müller lachte schallend auf. »Ach Schätzchen, was du über unsere Wohnung gesagt hast, entspricht absolut den Tatsachen! Unsere Wohnung ist vollgestopft und absolut nicht vorzeigbar! Aber weißt du was? Das ist mir piepegal. Denn dein Vater und ich fühlen uns zufällig sauwohl in unserem Saustall!«

Nachdem die Luft zwischen ihnen endlich bereinigt war, verabredeten sich Maja und ihre Mutter für das kommende Wochenende am See. Noch hatte kein Käufer angebissen und so lange ihnen der Wohnwagen noch gehörte, wollten sie ihn mit der Familie nutzen, erklärte Rita.

Kapitel 24

Maja verbrachte den restlichen Sonntagnachmittag faul auf ihrem Balkon, hörte Musik und las. Sie hätte sich eigentlich um ihren Haushalt kümmern oder wenigstens ihren Koffer auspacken müssen, aber da sie in den letzten beiden Nächten viel zu wenig geschlafen hatte, war sie zu kaputt für echte Aktivitäten.

Vielleicht war sie sogar zu kaputt zum Lesen, stellte sie wenig später fest. Sie erwischte sich zum x-ten Mal dabei, wie sie auf die Seiten starrte und statt zu lesen darüber nachgrübelte, warum der Wohnwagenverkauf sie so belastete. Was verlor sie denn? Die Zeiten, in denen sie ernsthaft Urlaub am See gemacht hatte, waren doch schon lange vorbei. Sicher, es war nett, wenn man sich sonntags mit der ganzen Sippe am See versammeln konnte, aber man konnte sich in Zukunft genauso gut in Axels und Sabrinas Garten zum Grillen treffen. Würden die Treffen denn durch den Ortswechsel so viel anders verlaufen? Sicher nicht.

Aber wenn der Wohnwagen verkauft wurde, stand wohl fest, dass Axel und Sabrina nie mehr ein Wochenende auf dem Campingplatz verbringen würden. Und dass Lennart und Larissa nie heimliche Partys am kleinen Strand feiern würden.

Und ihre eigenen Kinder erst recht nicht.

Ihre eigenen Kinder, die neuerdings recht lebhaft in ihrer Fantasie herumturnten und die komischerweise nicht nur sehr blond und blauäugig waren, sondern außerdem bemerkenswert kühl gucken konnten, wenn man mal mit ihnen schimpfte.

Was hatte sie neulich zu Heidi gesagt, als sie mit Reginas Nachwuchs bei Wohnwagen gewesen waren? »Das hier ist eindeutig der beste Ort für Kinder.« Aber für ihre eigenen Kinder würde sie wohl einen neuen »besten Ort« finden müssen.

Das Telefon brummte, auf dem Display stand »Wilhelm«. »Wie passend«, murmelte Maja.

Ein Strahlen breitete sich auf ihrem Gesicht aus und sie nahm ab. »Hallo Wilhelm.«

»Hallo Maja.« Er räusperte sich und machte eine kleine Pause. »Ich wollte mich nur mal melden.«

Majas Strahlen vertiefte sich. Er klang nervös. Ob es ihn beruhigen würde, wenn sie ihm erzählte, dass sie gerade über ihre gemeinsamen Kinder nachgedacht hatte und kurz davor gewesen war, ein Traumferienhaus für die beiden zu entwerfen? »Schön, dass du anrufst«, sagte sie.

Wilhelm räusperte sich schon wieder. »Wirklich? Passt es gerade? Oder musst du noch auspacken oder so?«

»Es passt super«, sagte Maja. »Ich liege faul auf dem Sofa herum. Und ausgepackt wird frühestens nach dem Abendessen.«

»Ich liege auch faul auf dem Sofa herum«, erzählte Wilhelm. »Ich höre mir die Aufnahmen von den Proben an und überlege mir, was ich vor dem Konzert noch erreichen will.«

»Lass mich raten – der ganze Chor atmet zu viel und du überlegst, ob es eine Möglichkeit gibt, uns alle beim Konzert intravenös mit flüssigem Sauerstoff zu versorgen und das Atmen damit ganz zu unterbinden.«

»Ich wäre begeistert, wenn das möglich wäre.« Wilhelm lachte. »Aber ihr atmet nur wenige Phrasen kaputt. Im Großen und Ganzen klingen die Aufnahmen schon sehr ordentlich.«

»Aber klingen sie nach einer Festanstellung für dich?«

»Möglich. Hoffentlich. Ich möchte nicht nächstes Jahr schon wieder die Uni wechseln.«

»Ich möchte auch nicht, dass du die Uni wechselst«, sagte Maja. »Ich möchte dich gern hierbehalten.«

Stille trat ein und Maja fragte sich schon ängstlich, ob ihre letzten Worte doch zu aufdringlich gewesen waren, als Wilhelm leise fragte: »Gehst du mit mir essen? Samstagabend?«

»Sehr, sehr gern!«, antwortete Maja ohne Umschweife. »Und wohin gehen wir?«

»Ich war neulich mit ein paar Kollegen in einem richtig netten, italienischen Restaurant. Soll ich dort für halb acht einen Tisch reservieren?«

Maja zögerte kurz. Ihr letztes Date in einem italienischen Restaurant war nicht allzu glücklich verlaufen. Aber das war wohl kein Grund, italienische Restaurants für den Rest ihres Lebens zu meiden. »Italienisch klingt gut«, sagte sie deshalb. »Treffen wir uns dort oder fahren wir gemeinsam?«

»Ich hole dich natürlich ab!«, beeilte sich Wilhelm zu sagen.

Maja musste schon wieder lächeln. Er war so altmodisch! »Gut. Dann erwarte ich dich am Samstagabend um viertel nach sieben? Und natürlich sehen wir uns am Donnerstag in der Probe.«

»... und tun mal wieder so, als würden wir nicht alle anderen im Raum für überflüssig halten«, stellte Wilhelm fest. Leise schob er hinterher: »Ich kann den Samstag kaum erwarten, weißt du?«

Maja lief ein kleiner, froher Schauer den Rücken hinunter. »Ich auch nicht«, hauchte sie.

Die Woche schleppte sich zäh dahin.

Maja vertrat weiterhin ihre Kollegin Maria und sie schaffte ihr Arbeitspensum nur mit Mühe und Not.

Die Kundentermine waren nicht das Problem. So lange ihr jemand gegenüber saß, war sie fast immer bei der Sache. Aber sobald sie alleine im Büro saß und Berichte oder E-Mails schreiben sollte, guckte sie Löcher in die Luft und träumte von Wilhelm.

Oder – und das war ihr wirklich peinlich! – sie tippte Dinge wie »Gesprächsthemen beim ersten Date« und »Woran erkenne ich, dass er wirklich mehr will?« in die Google-Leiste ein.

Wenn sie dann wieder einmal eine Viertelstunde lang in einem Forum voller Teenager versackt war, fragte sich Maja mitunter, wo sie eigentlich ihren Verstand gelassen hatte.

Nicht nur Majas Arbeit litt unter ihren romantischen Tagträumereien. Auch die wunderbare Ordnung, die sie vor gar nicht allzu langer Zeit mit Regina geschaffen hatte, löste sich Tag für Tag ein wenig mehr auf. Dieser Tage war es einfach nicht besonders wichtig, dass ein Flyer sofort in eine datierte Prospekthülle gesteckt und in den Flyerordner einsortiert wurde. Oder dass der Textmarker, den sie sich von Inge geliehen hatte, sofort wieder in Inges Büro zurückwanderte. Oder dass die benutzten Kaffeetassen nach jeder Tasse Kaffee in der Spülküche gespült wurden.

Vollkommen überflüssig, das Büro aufzuräumen, wenn man sich stattdessen ein romantisches Dinner mit einem aufregenden Mann ausmalen konnte.

Am Donnerstag war Maja so abwesend, dass sie um drei Uhr nachmittags ihren Rechner herunterfuhr und sich abmeldete. Sie hatte keine Termine mehr und in letzter Zeit sowieso zu viele Gleitzeitstunden angesammelt. Wem sollte es etwas nützen, wenn sie hier Löcher in die Luft starrte und überlegte, wie sie sich in der Probe nachher verhalten sollte?

Zu Hause bereitete sich Maja eine halbe Ewigkeit auf die Probe vor. Sie schminkte sich besonders sorgfältig, steckte ihre Haare drei Mal anders hoch, um sie schließlich doch offen zu tragen, und zog sich unzählige Male um, bis sie sich am Ende doch wieder für ihre Lieblingsjeans, Chucks und ein hellgraues T-Shirt entschied. Während sie in ihrer Wohnung herumrannte und ihre Tasche packte, begegnete ihr immer wieder ihr idiotisch breites Grinsen im Flurspiegel. Gleich würde sie Wilhelm wiedersehen. Sie konnte es kaum erwarten.

Kurz darauf wusste Maja wieder ganz genau, wie sich an ihrem zwölften Geburtstag gefühlt hatte. Sie hatte wie immer die Tage gezählt, bis es so weit war, hatte Geburtstagskerzen in ihren Schülerkalender gemalt, die sie nach und nach durchgestrichen hatte – und dann hatte sie nichts bekommen außer Axels altem Fahrrad und einem roten Wollmantel, den sie potthässlich fand und der außerdem kratzte.

Als Miriam den Raum betrat und verkündete, dass Wilhelm es heute wegen eines beruflichen Termins leider nicht zur Probe schaffen und sie ihn deshalb ausnahmsweise vertreten würde, zerplatzte Majas Vorfreude wie eine Seifenblase, genau wie damals.

»Vielleicht ist es besser so«, flüsterte Diana ihr zu, während der Chor Miriams Nachricht mit dem üblichen Aufbranden von Privatgesprächen verdaute. »Du hast dich tagelang gefragt, wie ihr das Knistern zwischen euch vor dem Chor verstecken sollt – das Problem ist jetzt ja wohl gelöst.«

»Das tröstet mich kein bisschen«, murrte Maja.

Miriam – heute im royalblauen, eng anliegendem Minikleid und in knallroten Pumps – forderte nicht weniger als Wilhelm. Sie brach die Stücke immer wieder ab, bis selbst Maja schließlich einsah, dass jeder sich konzentrieren musste, wenn der Chor je ein ganzes Lied durchsingen wollte. Anders als Wilhelm arbeitete Miriam vor allem stimmbildnerisch mit ihnen. Bei ihr durfte kein Ton gequetscht, brüchig oder hart klingen, sie wusste ganz genau, in welchen Phrasen es für welche Stimmen schwierig wurde und bot jede Menge Lösungen an, die oft in lustigen Gymnastikübungen bestanden.

Bei manchen Phrasen warfen sie imaginäre Bälle, manchmal machten sie beim Singen Kniebeugen oder sie liefen in einer Art Polonaise durch den Raum. Alles, damit die Töne besser saßen, freier schwebten, kurz: brillanter klangen. Es funktionierte. Sogar so gut, dass Maja schon beim zweiten Lied kaum noch an Wilhelm dachte, weil sie so fasziniert davon war, dass sie auf einmal mühelos ein hohes Es singen konnte.

Nach der Probe verschwand Regina nach Hause zu ihren Kindern und Diana zog Hand in Hand mit Peter ab. Maja und Birgit gingen gemeinsam mit einigen anderen Chormitgliedern zum Pilsbefall herüber.

Natürlich ging es am Stammtisch vor allem um die vergangene Probe. Nicht alle konnten mit Miriams Methoden etwas anfangen. Einige hatten das »Gezappel« zu albern gefunden, manche hatten zwar Spaß daran gehabt, aber stimmlich kaum Veränderungen gespürt. Birgit und Maja jedoch waren sich einig, dass sie gern öfter in den Genuss von Stimmbildungseinheiten à la Miriam kommen würden.

Als Maja wenig später zur Toilette ging und Miriam beim Händewaschen traf, schwärmte Maja ihr vor: »Für mich war das gerade ein echtes Erlebnis. Ich habe zum ersten Mal gespürt, was die richtige Technik für die Stimme tun kann. Das war eine tolle und interessante Probe!«

Miriam freute sich sichtlich über das Lob. »Danke. Mir hat es auch Spaß gemacht. Und es scheint etlichen Chormitgliedern gut gefallen zu haben. Vielleicht spreche ich mal mit Wilhelm darüber, ob ich regelmäßig etwas Stimmbildung mit euch machen kann.« Sie fischte einen Lippenstift aus ihrer Handtasche und zog sich sorgfältig die Lippen nach.

»Das wäre super!«, sagte Maja.

»Obwohl so ein bisschen Stimmbildung im Chor natürlich nie guten Einzelunterricht ersetzen kann.«

»Bestimmt nicht. Deshalb habe ich auch gerade darüber nachgedacht … Sag mal, gibst du auch Anfängerinnen wie mir Unterricht?«

»Manchmal schon, wenn ich sie gut leiden kann.« Miriam schmunzelte ihr zu.

»Ist das nicht langweilig für dich?«, fragte Maja, während sie sich die Hände mit zwei Papiertüchern abtrocknete.

»Nein, gar nicht. Gerade Anfänger entwickeln sich anfangs unheimlich schnell. Das hast du ja heute gespürt. Es macht Spaß, das zu begleiten.«

»Und was nimmst du für eine Stunde Unterricht?« Plötzlich war Maja ganz euphorisch.

»Offiziell? Oder bei Freunden?«

»Äh … Bei Menschen wie mir«, sagte Maja.

Miriam nannte einen moderaten Preis und sagte: »Wir kennen uns ja inzwischen ganz gut, oder?« Sie steckte den Lippenstift wieder weg und holte stattdessen einen Kamm hervor.

Maja nickte leicht verlegen. »Das könnte ich mir sogar leisten.«

»Na dann – willkommen an Bord. Ich rufe dich morgen mal an und wir machen ein paar Termine aus, ja?« Miriam, die Strähne für Strähne ihres dunklen Bobs durchkämmte, lächelte sie aus dem Spiegel an.

»Klar, gern!« Maja war begeistert. Gesangsunterricht. Sie. Die sie so lange davon überzeugt gewesen war, nicht singen zu können. Diana würde ihr zum endgültigen Abschied von unnötigen Sing-Komplexen gratulieren. Und Wilhelm? Der bestimmt auch, wenn sie ihm Samstag davon erzählte.

Zurück im Gastraum sah Maja eine vertraute Silhouette an der Theke stehen: Tristan war hier.

Sexy mit Gel verstrubbelte Haare. Sonnenbraune Haut mit interessanten, kleinen Lachfalten. Breite Schultern im engen T-Shirt. Ein Longdrinkglas mit einer klaren Flüssigkeit in der Hand. Tristan. Was machte der denn heute hier? Er wusste doch, dass alle heute hier waren. Hatte er etwa Sehnsucht nach dem Chor? Und gab es eigentlich keinen anderen Weg zurück zum Tisch als den, der genau an der Theke entlangführte?

Maja hoffte, dass sie sich ungesehen an Tristan vorbeimogeln könnte, aber natürlich drehte er sich genau im falschen Moment zu ihr um und knipste, als er sie sah, sein breitestes Lächeln an. »Maja, welch Glanz in dieser dunklen Hütte!«

»Hallo Tristan.« Maja blieb widerwillig stehen. Es gab viele Menschen, mit denen sie sich jetzt lieber unterhalten hätte. Fast alle anderen auf diesem Planeten nämlich. Ob Lissi wusste, dass er heute hier war?

»Du siehst toll aus!«, sagte Tristan und ließ seine Augen an ihr herauf und herunter wandern. Dann drehte er sich zu dem Mann um, mit dem er gekommen war. »Das hier ist Maja, eine talentierte Altistin aus meinem alten Chor. Und das hier ist Christian, ein Studienkollege, der unbedingt mal eine Kneipe sehen wollte, die ›Pilsbefall‹ heißt.«

»Höchst erfreut«, sagte Christian affig. Er streckte Maja die Hand entgegen und sie ergriff sie notgedrungen. »Tristan sagte, das hier wäre einer der beliebtesten Studi-Treffpunkte«, sagte Christian, ohne Majas Hand loszulassen. »Und schon läuft uns die erste Studentin in die Arme.«

Maja entriss ihm ihre Hand energisch. Sie war fast achtundzwanzig, wusste, dass sie auch ungefähr so aussah, und sie mochte keine dick aufgetragenen Komplimente. Schon mal gar nicht, wenn sie von Typen kamen, die sie gar nicht kannte. »Aber sicher«, sagte sie ironisch. »Ich hab gerade Abi gemacht und studiere ab Oktober Luft- und Raumfahrttechnik.«

Jetzt sah Christian erstaunt aus. »Im Ernst?«

Blödmann. Maja wandte sich wieder Tristan zu. Der lachte herzhaft. »Ich liebe deinen Humor, Maja! Trinkst du was mit uns? Oder kannst du deine Truppen nicht so lange allein lassen? Ich schwöre dir, mit uns hast du mehr Spaß!« Er legte seine Stirn gekonnt in Falten und sah ihr tief in die Augen.

Um ein Haar hätte sich Maja geschüttelt. Warum hatte sie eigentlich nie gemerkt, wie billig Tristans Verführungsmethoden waren? Und was trieb er hier? Glaubte er im Ernst, dass sie jetzt noch Interesse an ihm hatte? Er war mit Lissi zusammen. Und er wusste, dass sie das wusste. Hielt er sich für gänzlich unwiderstehlich?

Maja spürte Ärger in sich aufsteigen. »Ich bin sicher, dass ich dort drüben mehr Spaß habe«, sagte sie. »Und die Zeiten, in denen ich mit dir etwas trinken wollte, sind vorbei.« Sie drehte sich um und ging.

Im Gehen hörte sie Christian sagen: »Die hat dich eiskalt abserviert. Ein Punkt für mich, mein Alter.«

Führten die beiden etwa ein *Punktekonto* in Bezug auf Frauen? So etwas Hirnrissiges hätte sie selbst Tristan nicht zugetraut, obwohl sie für seine moralische Gesinnung noch nie die Hand ins Feuer gelegt hätte.

Arme Lissi, dachte Maja. Sie hatte es auf den Hauptpreis abgesehen und stattdessen die allergrößte Niete erwischt.

Obwohl Maja fast nicht mehr damit gerechnet hatte, wurde es Samstag. Nur noch wenige Stunden trennten sie von ihrer Verabredung mit Wilhelm. Um den Tag irgendwie rumzubringen – und natürlich auch für den Fall der Fälle! – räumte Maja endlich ihr Schlafzimmer auf. Und zwar allein. Erstens hatte Regina ihr ja nun ausführlich erklärt, wie man so eine Aktion anging, und zweitens war es doch wohl mehr als lächerlich, dass sie zwar Tag für Tag im Beruf durch gute Arbeit glänzte, aber nicht imstande sein sollte, einen Kleiderschrank durchzusortieren.

Gegen Abend war Maja einigermaßen zufrieden mit sich. Ihre Aufräumaktion hatte nicht nur ihre Nervosität und das Minutenzählen auf ein erträgliches Maß reduziert, sie hatte außerdem das Schlafzimmer wieder bewohnbar gemacht.

Na gut, sie hatte etwas mehr »sinnlose« Kleidungsstücke eingelagert, als sie sich vorgenommen hatte, nämlich zwei Unterbettkommoden und zwei Kunststoffboxen voll, die sie auf den Schrank gestellt hatte. Na gut, der Kleiderschrank sah absolut nicht aus wie von Regina eingeräumt, alles war immer noch etwas windschief und sehr bunt. Aber immerhin hatte sie fast vier große Müllsäcke gepackt und vorläufig in den Keller gebracht. In ihrem Kleiderschrank befanden sich jetzt nur noch Kleidungsstücke, die ihr wirklich passten und in einem einigermaßen guten Zustand waren.

Und anders als nach den Aufräumaktionen mit Regina fühlte sich das überarbeitete Zimmer nicht fremd an. Denn es war zwar ordentlich, aber immer noch gemütlich. Immer noch lagen Bücher herum, die Wände hingen voller Fotos und Plakate und die vielen Deko-Gegenstände im Raum hatte Maja nicht angerührt. Nur das Bett hatte sie frisch bezogen. Und um alle anderen Dinge würde sie sich ein anderes Mal kümmern. Vielleicht.

Maja grinste. Beim Anblick dieses Zimmers würde ihre Mutter bestimmt nicht besorgt fragen, was mit Maja nicht stimmte.

Und was würde Wilhelm sagen? Ihr Herz klopfte auf einmal fühlbar. Sie würde es herausfinden. Vielleicht sogar schon heute Abend.

In genau einer Stunde.

Maja war elf Minuten vor der vereinbarten Zeit fertig. Mit gepackter Handtasche tigerte sie in ihrer Wohnung herum, die Handy-Uhr und die Fenster zur Straße immer fest im Blick. Sollte sie schon mal hinaus vor das Haus gehen und Wilhelm dort erwarten? Oder wirkte das übereifrig? Was, wenn er zu spät kam? Dann stand sie womöglich stundenlang wie bestellt und nicht abgeholt vor dem Haus und die neugierige Frau Preilowski, die im Erdgeschoss wohnte und fast täglich ihre Fenster zur Straßenseite putzte, würde morgen im ganzen Haus erzählen, mit wem Maja verabredet gewesen war und was sie dabei angehabt hatte.

Nicht, dass ihr Outfit der Rede wert gewesen wäre. Maja sah fast aus wie am Donnerstag, nur dass sie statt des weißen T-Shirts ein hellblaues trug. Sie hatte lange überlegt, ob sie sich für Wilhelm so richtig aufbrezeln sollte, sich aber dagegen entschieden. In High Heels und im kurzen Kleid würde sie permanent ihren Rocksaum nach unten ziehen, weil sie sich nackt fühlte, und bestimmt würde sie stolpern, weil sie auf Absätzen sowieso nicht laufen konnte. Sie war schon in Jeans und Chucks nervös genug. Hoffentlich kam Wilhelm jetzt nicht im Anzug, dann würde sie sich total underdressed fühlen.

Oh Gottogott, bei einem ersten Date konnte so viel schiefgehen …

Sechs Minuten vor der vereinbarten Zeit tauchte auf der gegenüberliegenden Straßenseite ein großer, etwas schlaksiger Mann mit zurückgestrichenen blonden Haaren auf. Er trug Jeans und ein schwarzes, schmales Hemd. Maja, die gerade aus ihrem Schlafzimmerfenster hinausspähte, fiel ein Stein vom Herzen. Er war da, trug keine Krawatte und er kam nicht zu spät.

Wilhelm sah zu ihrem Mietshaus herüber, zögerte und zog sein Smartphone aus der Hosentasche. Er blickte darauf, sah noch einmal zu Majas Wohnung herüber und lehnte sich schließlich an die Ziegelwand des Supermarktes, wo er abermals auf sein Handy sah.

Er will noch nicht klingeln, weil er zu früh ist, erkannte Maja und lächelte gerührt. Ob sie das Fenster aufmachen und ihm winken sollte? Nein. Dann riefen sie sich womöglich noch irgendeinen

Schwachsinn quer über die Straße zu, das wäre ein Fest für Frau Preilowski. Außerdem sollte Wilhelm lieber nicht merken, dass sie hinter der Gardine lauerte. Sie wollte schließlich nicht aufdringlich wirken!

Am besten ging sie einfach raus und erlöste ihn von seinen Qualen.

Maja verließ das Haus, als Wilhelm ihr entgegenkam. Wahrscheinlich hatte er gerade beschlossen, dass er jetzt lange genug gewartet hatte. Und so standen sie auf dem kleinen Fußweg, der zur Haustür führte, etwas unvermittelt voreinander und lächelten einander unsicher an.

»Hallo Maja. Ich wollte gerade klingeln«, sagte Wilhelm überflüssigerweise.

»Hallo Wilhelm«, sagte Maja. »Und ich dachte, ich warte hier unten vor dem Haus auf dich.« Natürlich würde sie ihm nicht verraten, dass sie ihn schon die ganze Zeit beobachtet hatte.

»Wo hast du geparkt?«, erkundigte sich Maja.

»Um die Ecke, es sind nur ein paar Meter.« Wilhelm drehte sich um und ging vor ihr den Gartenweg entlang auf den Bürgersteig. Schweigend trotteten sie die Straße hinunter und sahen angestrengt geradeaus. Maja überlegte fieberhaft, wie sie ein normales Gespräch in Gang bringen sollte.

»Hast du gut hergefunden?«, versuchte sie es. »Du kennst dich hier doch bestimmt noch nicht aus.« Schwach, Maja. Ganz schwach.

»Das war mit Navi kein Problem«, sagte Wilhelm.

Wieder schwiegen sie. Blöde Navis, dachte Maja. Früher konnte man sich stundenlang darüber unterhalten, wie man zu einer fremden Adresse gefunden hatte. Man konnte erzählen, wo man falsch abgebogen war, wen man nach dem Weg gefragt hatte und was man auf seinen Irrfahrten Kurioses entdeckt hatte. Vorbei die Zeiten.

»Es ist hübsch hier«, sagte Wilhelm ein paar Schritte später. »Ich mag die hohen Bäume, die hier stehen. Und die vielen Altbauten. Das Viertel hat Atmosphäre.«

»Finde ich auch«, brachte Maja heraus. Was war eigentlich mit ihr los? Es war doch Wilhelm, der da neben ihr ging. Wilhelm, auf den sie sich seit Tagen gefreut hatte. Wilhelm, den sie auf der Wiese vor der Jugendherberge am liebsten geküsst hätte. Dem musste sie doch *irgendetwas* zu sagen haben? »Ich war total glücklich, als ich hier eine Wohnung gefunden habe«, fiel ihr immerhin ein.

»Aha.« Wenigstens war Wilhelm heute ähnlich kommunikationsgestört wie sie.

In unbehaglichem Schweigen erreichten sie Wilhelms Auto, einen silbernen, nicht mehr ganz neuen Golf. Während der Fahrt zum Restaurant quälten sie sich abwechselnd wenig geistreiche Bemerkungen zum Streckenverlauf ab.

»Ach, ich wusste gar nicht, dass hier gebaut wird.«

»Oh, hier gibt es ein Notengeschäft!«

»Dieser Parkplatz ist mir noch nie aufgefallen.«

Maja fand es grauenhaft und mit jedem missglückten Gesprächsversuch wurde die Stimmung noch ungemütlicher. Nach einer gefühlten Ewigkeit – in Wirklichkeit waren es keine zehn Minuten – stellte Wilhelm sein Auto auf dem großen Parkplatz am Markt ab.

»Bis zum ›La Luna‹ ist es nicht weit«, versicherte er, als sie ausgestiegen waren. »Wir laufen keine fünf Minuten.«

»Komisch, dass ich den Laden nicht kenne«, sagte Maja, froh, dass es jetzt endlich ein Thema gab, über das man sprechen konnte. »Ist der neu?«

»So neu sah es eigentlich nicht aus. Du bist bestimmt schon mal daran vorbeigekommen, es ist gleich hinter dem Park in dieser Gasse mit dem Kopfsteinpflaster.«

»Gasse mit dem Kopfsteinpflaster? Meinst du die Prinzengasse? Die, die zum Theater führt?«

»Genau! Die Prinzengasse!«, sagte Wilhelm. Er ging zum Parkscheinautomaten und warf ein paar Münzen ein, während Maja wie angewurzelt neben dem Auto stehen blieb und nicht wusste, ob sie lachen oder schreien sollte. Prinzengasse. La Luna. Die Sache war klar, ein Missverständnis so gut wie ausgeschlossen: Sie würde auch heute Abend im La Laguna landen. Wilhelm hatte sich den Namen einfach falsch gemerkt.

Sollte sie Wilhelm bitten, den Tisch abzusagen? Wollte sie hektisch nach einem anderen Restaurant suchen? An einem Samstagabend um halb acht in der Innenstadt? Blödsinn, beschloss Maja, es war doch nur ein einziger blöder Abend gewesen. Das Essen und die Atmosphäre im La Laguna waren toll.

Wilhelm kam mit dem Parkticket zurück und alle Gedanken an das La Laguna waren schlagartig wie weggewischt. Mein Date, dachte Maja stolz, und lächelte ihm entgegen. Wie sollte man diesen Anblick nicht genießen? Dieses markante Gesicht! Dieser lange, schlanke Körper!

Wilhelm beschleunigte seine Schritte und ging direkt auf sie zu. Sein gerade noch lächelndes Gesicht wurde ernster. Im Gehen steckte er das Parkticket in die hintere Hosentasche. Und dann stand er vor Maja und nahm ihre Hände. Sie roch Duschgel und Waschmittel und einen warmen Hauch von Mann und von einem Augenblick auf den anderen war alles einfach und klar und ihr war schwindelig vor Glück.

»Du siehst wunderschön aus«, raunte Wilhelm tief und ehe sie etwas erwidern oder auch nur denken konnte, lehnte sie an seinem Auto und seine Lippen lagen auf ihren.

Die ganze Sehnsucht der letzten Tage entlud sich in diesem ersten Kuss. Wilhelm und Maja küssten sich lange und immer hungriger und vergaßen die Welt um sich herum. Ihre Lippen und Zungen schienen füreinander gemacht zu sein und Maja wusste einfach, dass das auch für ihre Körper gelten würde. Ob sie sich das Essen einfach sparen sollten?

Irgendwann zischte eine Passantin laut: »Unmöglich! Auf offener Straße!«

Erst da wurde ihnen bewusst, was für eine Show sie boten. Lachend fuhren sie auseinander.

Danach war es, als hätte es nie auch nur den Hauch von Befangenheit zwischen ihnen gegeben. Sie hielten sich an den Händen und konnten nicht aufhören, einander anzulächeln.

»Ich kann nicht glauben, dass wir es endlich so weit gebracht haben!«, sagte Wilhelm. »Ich weiß ja nicht, wie es dir geht, aber ich träume schon seit einer halben Ewigkeit davon!«

»Wirklich? Seit wann genau?«, fragte Maja neugierig.

Wilhelm hob hilflos die Schultern. »Ich weiß nicht. Seit unserer ersten Probe? Seit unserer zweiten Probe? Seit den ersten Worten, die du an mich gerichtet hast? Ich hab dich gesehen und dich lachen gehört und gedacht – diese Frau, die willst du näher kennenlernen. Die ist warmherzig und lustig und ein bisschen anders als andere. Je mehr ich über dich erfahren habe, desto sicherer war ich mir. Und als ich erfahren habe, dass du nicht mit Tristan zusammen, sondern Single bist, war ich geradezu begeistert!«

Maja drückte überwältigt seine Hand. »Wenn ich das gewusst hätte! Du hast mich anfangs so nervös gemacht. Ich wäre niemals darauf gekommen, dass du mehr in mir sehen könntest, als eine ziemlich unfähige Chorsängerin. Ich dachte eigentlich immer, dass du perfekt zu Miriam passen würdest.«

Wilhelm lachte schallend. »Zu *Miriam*? Nein, danke. Wir verstehen uns gut, wir harmonieren musikalisch, aber wir wären ein grauenvolles Paar! Miriams Freund ist ein erfolgreicher Immobilienmakler. Er fährt Porsche, geht ins Solarium und ins Fitnessstudio und er lässt sich regelmäßig den ganzen Körper mit Wachs enthaaren, wie mir Miriam leider neulich nach einer halben Flasche Wein verraten hat.«

Wilhelm verzog das Gesicht und Maja lachte ebenfalls. »Ein Mann mit einem echten Luxuskörper also, ja, das passt zu ihr«, sagte sie. »Du hast recht. Vielleicht bist du bei mir doch besser aufgehoben.« Sie schmiegte sich kurz an seine Brust.

»Weil ich keinen Luxuskörper habe?«, murmelte Wilhelm in ihre Haare.

»Weil du genau den Körper hast, den ein Mann meiner Meinung nach haben sollte«, murmelte Maja.

Erst als sie sich küssend und turtelnd vom Parkplatz in den

Stadtpark vorgearbeitet hatten, fiel Maja das Missverständnis mit dem Restaurant wieder ein. »Kann es eigentlich sein, dass du mich ins La Laguna schleppst?«, erkundigte sie sich.

Wilhelm blieb kurz stehen, hielt ihre Hände und überlegte. »Jetzt, wo du es sagst ... Möglich, dass ich das verwechselt habe. Wäre das schlimm? Möchtest du lieber woanders hingehen?«

»Nein, nein. Das Essen da ist super, es ist nur so, dass ich erst neulich mit Tristan dort war. Es war ein grauenvoller Abend!«

»Mit Tristan? Also war da doch etwas zwischen euch?« Wilhelm runzelte missmutig die Stirn.

»Wir sind ein einziges Mal ausgegangen. Und haben gemerkt, dass uns nichts verbindet. Deshalb ist er auch mit Lissi zusammen und ich stehe hier mit dir.« Maja lächelte. »Lass uns nicht von den beiden reden. Lass uns lieber den Abend genießen.«

Wilhems Stirn glättete sich wieder. Er fragte: »Und das tun wir im La Laguna, wie geplant?«

Maja nickte. »Klar. Schaffen wir neue, schöne Erinnerungen an den Laden.«

Herr Marino begrüßte Maja wie eine alte, lange verschollene Bekannte

Er strahlte und rieb sich die Hände und betonte wieder und wieder, wie froh er sei, dass Maja sich mal wieder bei ihm blicken lasse, während er Wilhelm und sie zu einem schönen, ruhigen Zweiertisch an der Wand führte. Maja war sich sicher, dass er diese kleine Show für jeden Gast abzog, der sein Lokal mehr als einmal betrat. Trotzdem war es angenehm, in einem Restaurant so überschwänglich begrüßt zu werden. Man fühlte sich fast wie ein VIP.

Als Herr Marino gegangen war, behauptete Wilhelm, ein Blinder mit Krückstock könnte sehen, dass der arme Mann schwer in seine liebste Stammkundin, nämlich Maja, verknallt wäre. »Hast du nicht gesehen, wie hasserfüllt er mich gemustert hat? Hoffentlich fordert er mich nicht zum Duell in der Küche und zieht mir seine größte Lasagneform über den Schädel!« Sein gespielt besorgter Blick trieb Maja Lachtränen in die Augen.

»Keine Sorge, ich denke, er wird dir einfach nur in dein Getränk spucken«, tröstete sie ihn.

Nie hätte Maja gedacht, dass man mit Wilhelm so viel Spaß haben könnte, dass er so albern sein und sie so viel miteinander lachen würden! Es war, als wäre mit ihrem ersten Kuss eben ein Knoten in ihm geplatzt. Er wirkte so gelöst und heiter, wie sie ihn noch nie erlebt hatte.

Unter dem Tisch hielten sie sich an den Händen. Sie blätterten einhändig in ihren Speisekarten und tranken einhändig aus ihren Gläsern. Und von Zeit zu Zeit strich einer dem anderen mit einem Finger über die Handfläche oder bewegte den Daumen zart über die Handinnenfläche und den Schauer, den das jedes Mal auslöste, spürten sie beide.

Erst als das Essen kam, waren sie gezwungen, ihre Hände wenigstens dann voneinander zu lösen, wenn sich der Einsatz eines Messers gar nicht mehr vermeiden ließ. Maja merkte kaum, was sie aß, und sie hätte schwören können, dass es Wilhelm genauso ging.

Es war einfach perfekt. Der wunderbare Mann, der ihr gegenüber saß. Das Essen. Das Kerzenlicht. Die Gespräche und das leise Lachen der anderen Gäste. In das sich von Zeit zu Zeit ein etwas lauteres Lachen mischte, das die Geräuschkulisse vielleicht ein winziges bisschen störte. Ein etwas zu schrilles, etwas zu ausuferndes Frauenlachen.

Moment mal.

»Das kann doch einfach nicht wahr sein«, flüsterte Maja.

Wilhelm legte seine Gabel weg und sah sie an. »Ich kann auch kaum fassen, dass es wahr ist.«

Maja hörte kaum, was er sagte. Sie sah an ihm vorbei Richtung Theke und stöhnte leise. »Meine Mutter ist hier. Schon wieder.«

Kapitel 25

Von einem Moment auf den anderen verwandelte sich ihr traumhafter, perfekter Abend in einen weiteren Albtraumabend. Denn an der Theke marschierte nicht nur ihre Mutter vorbei, nein, das Restaurant füllte sich nach und nach mit ihrer ganzen verrückten Familie. Da war ihr Vater mit Heidi, da waren Tim und Ole. Und dahinter tobten Larissa und Lennart ins Restaurant, dicht gefolgt von Axel und Sabrina. Sie alle verschwanden nach und nach zu dem großen Tisch, an dem sie schon beim letzten Mal gesessen hatten.

Maja rieb sich die Augen und nahm erst jetzt Wilhelm wieder wahr, der sie halb besorgt, halb belustigt musterte. »Ich hatte gerade ein Déjà-vu«, erklärte sie. Sie fühlte sich auf einmal leicht benommen, was sowohl an dem Prosecco als auch an ihrer Familie liegen konnte. »Ich habe mir eingebildet, hier wäre gerade meine gesamte Familie hereinmarschiert. Was eigentlich nicht sein kann, denn ich habe sie schon beim letzten Mal getroffen, als ich mit Tristan hier war. Und das hat kein schönes Ende genommen, das sage ich dir!«

Wilhelm lachte nur und griff wieder nach ihrer Hand. »Schlechte Nachrichten: Ich bin mir ziemlich sicher, dass das kein Déjà-vu war. Ich habe mir die Familie auch angeguckt und sowohl die jüngere Frau als auch das kleine Mädchen sind dir wie aus dem Gesicht geschnitten.«

»Nicht wahr? Das waren meine Schwester Heidi und meine Nichte Larissa.« Maja war wenig begeistert. »Manche sagen, dass auch mein kleiner Bruder Tim mir ähnlich sieht.«

»Möglich, aber ich habe keine Ahnung, wer Tim ist.«

»Einer von den großen, breitschultrigen Kerlen. Der Hellere.«

»Nein, keine Chance. Da waren gerade so viele Leute …«

»Du lernst sie bestimmt früher kennen, als dir lieb ist!«, sagte Maja und verzog das Gesicht.

»Ich freue mich darauf«, behauptete Wilhelm sehr überzeugend. »Sollen wir nicht einfach rübergehen? Es kommt mir komisch vor, hier zu sitzen, wenn deine Familie nur ein paar Meter entfernt ist.«

Maja war hin- und hergerissen. Natürlich freute sie über Wilhelms Interesse an ihrer Familie. Aber sie hätte ihn so gern für sich gehabt! Wenigstens diesen einen Abend! Und auch wenn Wilhelm anders als Tristan war und sie sich inzwischen mit ihrer Mutter ausgesprochen hatte, wollte sie nicht riskieren, dass Rita Wilhelm durch eine unbedachte Taktlosigkeit verprellte.

»Vielleicht sollten wir uns einfach rausschleichen?«, schlug sie vor.

»Wirklich?« Wilhelms Begeisterung verschwand. »Klar. Ich verstehe, dass du noch ein bisschen warten möchtest, bevor du mich der ganzen Welt vorstellst. Entschuldige, ich wollte keinen Druck machen.«

»Nein! So ist das nicht gemeint!«, beeilte Maja sich zu sagen. »Ich möchte gern, dass du meine Familie kennenlernst. Aber ich hatte gehofft, dass dieser Abend uns allein gehört.«

Wilhelm strich mit seinem Zeigefinger langsam über ihren Handrücken. »Ich habe so eine Ahnung, dass noch viele Abende kommen könnten, die uns allein gehören. Meinst du nicht?«

Unter seinem Blick und seinem Streicheln schmolz Maja dahin wie Butter in der Sonne. War sie denn verrückt, so einen Mann *nicht* ihrer Familie vorstellen zu wollen? Sollte sie ihn nicht stolz absolut *jedem* vorstellen, den sie kannte? »Wilhelm liebt Maja« auf Plakatwände drucken lassen? Wollte sie denn nicht, dass ihre Eltern und Geschwister sahen, wie glücklich sie war? Weil sie endlich einen Mann gefunden hatte, der rundum wunderbar war?

»Okay«, sagte sie. »Was hältst du davon: Wir gehen nach dem Essen rüber zu meiner Familie und sagen kurz Hallo. Aber wenn meine Mutter dich ausfragt und meine Geschwister dich neugierig anstarren und mein Vater anzügliche Witze erzählt, weil er schon sein drittes Bier trinkt – dann sag nicht, ich hätte dich nicht gewarnt!«

Rita blickte als Erste in ihre Richtung.

Sie sprang auf, als sie Majas Blick begegnete, und lief ihr mit ausgebreiteten Armen entgegen. »Maja! Hast du unsere Nachricht also doch bekommen!«

»Nachricht? Welche Nachricht?«, wollte Maja wissen.

»Sehr lustig.« Ihre Mutter lachte und schloss sie in die Arme. Maja ließ sich bereitwillig drücken. Sie war genauso froh wie Rita, dass die Dinge endlich wieder im Lot waren.

»Oh – und du hast eine Begleitung mitgebracht«, stellte Rita fest, als sie sich voneinander gelöst hatten. Sie streckte Wilhelm die Hand entgegen. »Hallo, ich bin Rita.«

Wilhelm ergriff die angebotene Hand und schüttelte sie. »Hallo, ich bin Wilhelm. Schön, dich – euch! – kennenzulernen.«

Rita sah zwischen Maja und Wilhelm hin und her. »Ich freue mich auch. Seid ihr ein Paar, ihr beiden?«

Maja zuckte peinlich berührt zusammen – zu früh! Diese Frage kam viel zu früh! – aber Wilhelm nickte und sagte schlicht: »Ja, das sind wir.«

»Glückwunsch!«, trompetete Rita. »Schön jedenfalls, dass ihr es doch noch zu unserer spontanen, kleinen Feier geschafft habt. Nicht wahr, Bernd?« Sie tippte Majas Vater auf die Schulter.

Bernd stand ebenfalls auf und gab Maja ein Küsschen auf die Wange und Wilhelm die Hand. »Ganz prima!«, sagte er artig. »Wir dachten schon, wir müssten ohne unsere älteste Tochter anstoßen.«

Maja sah verwirrt in die Rund. »Feiern? Anstoßen? Was ist hier eigentlich los? Warum seid ihr hier und warum tut ihr so, als hättet ihr uns erwartet?«

Bernd sah ebenfalls verwirrt aus. »Hast du unsere Nachricht denn nicht bekommen? Du guckst doch sonst ständig auf dein Smartphone!«

»Nein, ich hab nichts bekommen.«

»Aber Rita hat dir doch heute Nachmittag …«

»Ich? Wieso ich?«, empörte sich Majas Mutter. »*Du* wolltest den Mädchen Bescheid sagen! Ich hab die Jungs informiert!«

»Ich hab nur gesagt, dass ich Heidi Bescheid gebe. Die musste ich doch sowieso anrufen, damit sie mir endlich meine Bohrmaschine zurückbringt.«

»Dann hast du Maja gar nicht geschrieben?«, empörte sich Rita.

»Natürlich nicht!«, sagte Bernd etwas lauter. »Ich dachte schließlich, das machst du! Wenn du nur *ein einziges Mal* klar formulieren könntest, was du von mir erwartest!«

»Das nützt mir gar nichts, weil du einfach *nie* richtig zuhörst!«

»Stopp, ihr beiden«, ging Maja dazwischen. Das fing ja gut an. »Ist doch egal. Ihr habt euch missverstanden. Und ich bin trotzdem hier, auch wenn wir schon gegessen haben, Wilhelm und ich. Alles ist bestens. Würde mir jetzt endlich jemand erklären, was hier gefeiert wird?«

Heidi sprang ein. »Mama und Papa haben Käufer für den Wohnwagen gefunden. Die wollen nicht nur den Wohnwagen kaufen, sondern das Gesamtpaket: Sie übernehmen die Parzelle, die Steinplatten, das Vorzelt, alles.« Heidi sah nicht aus, als würde sie sich darüber freuen.

Rita hingegen strahlte auf einmal wieder. »Und sie zahlen einen wirklich guten Preis! Der Anruf kam heute Nachmittag. Da haben wir beschlossen, dass wir zur Feier des Tages alle unsere Kinder zum Essen einladen. Schließlich sitzt das Geld jetzt wieder etwas lockerer.«

»Und wir sind so froh, dass wir jemanden gefunden haben, der unseren Platz genauso schätzt, wie wir das all die Jahre getan haben«, ergänzte Bernd und legte Rita den Arm um die Schultern. »Nächste Woche buchen wir unsere Florida-Reise. Ich kann es kaum erwarten!«

»Ich auch nicht!« Rita lehnte sich an ihn.

Ihre Eltern sahen stolz und hochzufrieden aus, fand Maja. Sie schienen es kein bisschen zu bereuen, dass ihr Camperleben vorerst beendet war. Im Gegenteil.

Maja hingegen spürte den inzwischen schon vertrauten Stich in der Magengegend. Jetzt war es wohl endgültig. Die fröhlichen Versammlungen am See gehörten der Vergangenheit an. Sie schluckte.

»Na, nun setzt euch erst mal«, bestimmte Majas Vater. »Auch wenn ihr schon gegessen habt, könnt ihr doch etwas mit uns trinken.«

»Sehr gern«, sagte Wilhelm und klang, als würde er das auch so meinen.

Maja fügte sich in ihr Schicksal. Wenn Wilhelm darauf bestand, sich ihrer Sippe auszuliefern, würde sie ihn nicht davon abhalten. Und wenn hier wirklich eine kleine Feier veranstaltet wurde, war es sicher richtig und wahrscheinlich sogar ganz schön, sich ein Weilchen dazuzusetzen. Sie hatte ihre Familie lange genug vermisst und war wirklich froh, alle wiederzusehen!

Eine Stunde später saßen sie immer noch im La Laguna. Wilhelm hatte bereits einiges über sich ergehen lassen müssen: Natürlich hatte Rita Müller es nicht lassen können und ihm jedes Detail über sein Leben aus der Nase gezogen. Wer bist du, was machst du beruflich, wo kommst du her, was machen deine Eltern, hast du Geschwister, und so weiter und so weiter. Maja wunderte sich fast, dass Rita nicht gefragt hatte, wie lange Wilhelm aufs Töpfchen gegangen war.

Er hatte jede ihrer Fragen mit bewundernswerter Ruhe beantwortet und Rita hatte immer öfter liebenswürdig gelächelt.

Irgendwann, als ihre Mutter kurz Richtung Waschraum verschwunden war, hatte Maja sich flüsternd für ihre Mutter entschuldigt. Er hatte nur gelacht und zurückgeflüstert: »Sie will eben wissen, mit wem sich ihre Tochter da eingelassen hat. Warte ab, bis du meine Mutter kennenlernst! Die schlägt Rita um Längen!«

Trotz Ritas Interview schien Wilhelm sich also wohlzufühlen. Er scherzte mit Larissa und Lennart, unterhielt sich entspannt mit den Erwachsenen und hielt unter dem Tisch Majas Hand die ganze Zeit fest in seiner. Und nichts an der ganzen Situation schien ihm irgendwie merkwürdig vorzukommen, sodass auch Maja sich schließlich entspannen konnte.

Und auch als alle beim Essen saßen und Lennart sich die Spaghetti mit Tomatensoße über Bauch und Beine kippte und dabei Wilhelm gleich mitbesudelte, lachte Wilhelm nur und sagte zu Lennart: »Ich glaube, meine Beine sind magnetisch. Beim Geburtstag meiner Tante neulich hat mir der Sohn meiner Cousine Schokoladentorte auf die Hose geklatscht. Es war übrigens dieselbe Hose, vielleicht ist die auch an allem schuld.« Lennart, der eben noch todunglücklich ausgesehen hatte, lachte. Und seine Eltern, Sabrina und Axel, lachten erleichtert mit. Und wieder hat der Kerl ein paar Herzen gewonnen, dachte Maja.

Wilhelm machte sich gemeinsam mit Axel und Lennart auf den Weg zum Waschraum, um in Sachen Hose zu retten, was zu retten war. Kaum waren die drei hinter der Tür zu den Toiletten verschwunden, brach ein kleiner Sturm am Tisch los.

»Der ist ja süß!«, quiekte Heidi. »Und das ist der gleiche Kerl, über den du dich immer so aufgeregt hast? Der trockene, total anstrengende Blödmann? Sag mal, Mädel, hattest du Wahrnehmungsstörungen?«

Ehe Maja antworten konnte, mischte sich schon Rita ein. »Nein, wirklich, Maja. Das ist ein ganz, ganz netter, bodenständiger Mann. Auch wenn er einen Doktortitel hat. Aber er lässt ja nichts raushängen. Man merkt, dass er das Herz am rechten Fleck hat!«

Maja überlegte, ob sie ihre Mutter darauf hinweisen sollte, dass eine Promotion den Charakter eines Menschen nicht in jedem Fall versaute. Aber das würde nur wieder zu einer fruchtlosen Diskussion führen. Also lächelte sie nur süß und sagte: »Danke, es bedeutet mir viel, dass ihr Wilhelm gutheißt.« Heidi kicherte, aber Rita entging die Ironie in Majas Stimme völlig.

Maja grinste in sich hinein. Es war endlich wieder alles beim Alten, wie schön! Vielleicht war es gar nicht so schlecht, dass Wilhelm die Restaurantnamen verwechselt hatte, sonst wären sie heute niemals hier gelandet.

Wilhelm kam zurück und Maja strahlte ihm entgegen. Heute

Abend war einfach *alles* richtig. Der Ort. Die Menschen um sie herum. Und vor allem der Mann an ihrer Seite, der statt Tomatensoßenflecken jetzt nasse Tomatensoßenflecken auf seiner Hose hatte und den das wundersamerweise kein bisschen störte. Alles passte zusammen. Und die Sorgen, die Maja sich sonst immer machte, waren weit weg.

Ja, auch ihre Hose hatte ein paar Tomatensoßenspritzer abbekommen, na und? Sollten die Leute doch sehen, dass sie gerade ein leckeres Abendessen verzehrt hatten.

Ja, ihre Mutter sprach zu laut und ihr Vater lachte zu laut, weil beide eindeutig ein Bier zu viel getrunken hatte – aber wen interessierte es? So waren sie eben, sollten sie sich doch amüsieren, schließlich war es ihr Abend.

Ja, die Kinder, die inzwischen aufgegessen hatten, rannten möglicherweise etwas zu schwungvoll zwischen dem Spielplatz draußen und dem Restaurant hin und her und eine ältere Dame im Eingangsbereich guckte säuerlich – was sollte es? Kinder waren nun mal Kinder und die ältere Dame fand vermutlich dauernd etwas, worüber sie sich ärgern konnte, irgendwie sah sie so aus.

Wilhelm an Majas Seite schien den Abend jedenfalls zu genießen und all diese Kleinigkeiten vollkommen in Ordnung zu finden und komischerweise konnte auch Maja die Dinge dadurch in einem anderen Licht betrachten. Zum hundertsten Mal an diesem Abend drückte sie seine warme, trockene Hand. Als er sie fragend ansah, lehnte sie sich zu ihm hinüber. »Danke, dass du mich gezwungen hast, mich hierher zu setzen«, flüsterte sie ihm zu.

»Danke, dass du sie mir doch noch vorgestellt hast«, flüsterte Wilhelm zurück. Sie konnte seinen Atem an ihrem Hals spüren und seinen Duft riechen. Und auf einmal fiel ihr wieder ein, wie sehr sie sich nach ihm gesehnt hatte.

»Sollen wir allmählich mal gehen?«, wisperte Maja. »Ich … Ich könnte dir noch einen Tee bei mir anbieten. Oder einen Kaffee …« Oder mich selbst auf einem frischen Bettlaken, dachte sie.

Wilhelm lachte tief und sehr zufrieden. »Tee oder Kaffee muss ich jetzt nicht mehr trinken, aber wenn du vielleicht eine Briefmarkensammlung hättest, die du mir zeigen könntest ...«, flüsterte er und sah ihr derart *hungrig* in die Augen, dass Maja ihn am liebsten sofort geküsst hätte.

»Wir gehen dann mal«, rief Maja einen Augenblick später in die Runde. »Wir sehen uns ja morgen. Zum letzten Mal am See.« Sie zog eine kleine, wehmütige Grimasse.

Majas Mutter stand auf. »Ihr wollt noch ein bisschen allein sein, was? Kann man auch verstehen.«

Maja umarmte ihre Mutter und war heilfroh, dass sie so unkompliziert aus der Familienzusammenkunft entlassen wurde. Aber Rita hatte nicht die Absicht, den interessanten Neuzugang so schnell aus ihren Fängen zu lassen. Zum Abschied schlug sie vor: »Weißt du was, Wilhelm? Komm doch morgen einfach mit! Dann können wir uns besser kennenlernen und du siehst, wo wir in den letzten Jahren unsere Freizeit verbracht haben. Was ist – hast du Lust?«

Natürlich nahm Wilhelm die Einladung an.

Kaum war das La Laguna außer Sichtweite, zog Wilhelm Maja in eine Mauerecke, die vom Licht der Straßenlaternen nicht erreicht wurde. Binnen Sekundenbruchteilen lagen ihre Lippen aufeinander und sie küssten sich so leidenschaftlich, als wären sie allein auf der Welt.

»Unglaublich, wie stimmungsvoll so eine Hofeinfahrt sein kann«, murmelte Wilhelm, nachdem sie sich schon eine ganze Weile geküsst hatten und sich ihre Münder für einen kurzen Moment voneinander lösten.

Maja sah sich in seiner Umarmung um. Rechts von ihnen stand eine Reihe von Mülltonnen, an der Mauer gegenüber prangte ein Graffiti, das »Fuck the system!« forderte. Sie lachte leise und schob ihre Hand, die in Wilhelms Nacken lag, in seine Haare. »Komischerweise könnte ich mir gerade auch keinen Ort vorstellen, an dem ich lieber wäre als hier.« Sie zog seinen Kopf zu sich herunter und schon küssten sie sich wieder.

Ich werde ihn nie mehr loslassen, dachte Maja, wie sollen wir es je zu mir nach Hause schaffen?

»Sieh an, sieh an!« Eine scharfe, weibliche Stimme durchdrang Majas Gedanken. »Das erklärt ja so einiges!«

»Da haben wir euch wohl erwischt!«, rief eine Maja nur zu gut bekannte männliche Stimme.

Tristan.

Und Lissi.

Maja drehte sich widerstrebend um. Ja, da standen sie Arm in Arm, beide schwer herausgeputzt und beide mit dem gleichen selbstzufriedenen Lächeln auf den Lippen. Sie sahen aus wie Barbie und Ken. Sehr attraktiv, sehr künstlich und irgendwie auch ein bisschen gruselig. Ein Traumpaar. Vielleicht auch ein Alptraumpaar.

»Schade«, raunte Wilhelm leise an Majas Ohr. Obwohl sie jetzt nebeneinander standen, ließ er ihre Hand nicht los.

»Hallo ihr beiden«, rang sich Maja ab. »Was macht ihr denn hier?«

»Hallo Wilhelm, hallo Maja«, sagte Lissi. »Die Frage ist doch vielmehr, was *ihr* hier in dieser dunklen Ecke macht!« Sie lachte gekünstelt. »Oh – und warum eure Hosen voller Tomatenflecken sind.« Sie lachte noch lauter.

»Tristan. Lissi.« Wilhelm nickte knapp. »Wir hatten eigentlich auf etwas Privatsphäre gehofft.« Obwohl sein Poloshirt und seine Haare von den Geschehnissen der letzten Viertelstunde hoffnungslos zerwühlt waren, hatte er sich verblüffend schnell in Dr. Wilhelm Heinrich verwandelt. Kühler Blick, kein Wort zu viel. Maja musterte ihn von der Seite und fand ihn sexy.

»Wenn ihr Privatsphäre braucht, solltet ihr euch vielleicht ein Zimmer nehmen«, zirpte Lissi. »Dann könntet ihr auch eure Hosen säubern.«

Tristan starrte Maja und Wilhelm an und Maja konnte den Ausdruck in seinem Gesicht nicht ganz deuten. Er war überrascht, sie hier mit Wilhelm zu sehen, aber da war noch etwas anderes. Wut vielleicht? Oder gar Eifersucht?

Niemand sprach, trotzdem blieben alle wie angewurzelt stehen. Die Atmosphäre war geladen. Unausgesprochenes lag in der Luft, sie alle hatten noch Rechnungen miteinander offen. Aber Maja wollte all die giftigen Gedanken weder hören noch aussprechen. Der Abend war zu schön. Sie versuchte, die Situation mit entspanntem Small Talk zu entschärfen und erzählte: »Wilhelm und ich waren gerade im ›La Laguna‹ essen. Wir haben meine Familie getroffen.«

Tristans stieß scharf Luft aus. »Deine Familie ist im La Laguna? Herrje, da wollte ich gerade mit Lissi hin.«

»Wirklich? In diese einfache Pizzeria?«, fragte Maja ironisch. Das mit dem entspannten Small Talk hatte sich dann wohl erledigt. Sie zuckte die Schultern. »Dann macht das mal. So spät am Abend sind genug Tische frei.«

»Man kann nicht in ein Restaurant gehen, wenn deine Familie da ist«, sagte Tristan und starrte Maja feindselig an. »Sie sind so laut, dass sie jedem die Stimmung verderben, der das Pech hat, in ihrer Nähe zu sitzen.«

»Sie sind wahrscheinlich eher an lebhafte Etablissements gewöhnt, oder? An Biergärten und Kneipen?«, steuerte Lissi bei. Seltsamerweise war Maja sich gar nicht mal sicher, dass sie es böse meinte. Kurz überlegte sie sogar, ob sie lachen sollte.

Tristan setzte noch einen drauf. »Majas Mutter hat aus unerfindlichen Gründen einen Hass auf jeden, der ein paar Euro mehr verdient als sie. Möglich, dass sie auf uns losgeht, wenn wir das La Laguna betreten, nur weil wir gut gekleidet sind.«

Er wollte sie verletzen, erkannte Maja. Nur weil er sie hier mit Wilhelm gesehen hatte und sie glücklich wirkte, wollte er sie verletzen. Deshalb machte er ihre Familie so runter. Was für ein Idiot!

Auf einmal wurde Maja wütend. »Hast du dir mal überlegt, dass sie nur deshalb so allergisch auf dich reagiert hat, weil du dich ihr gegenüber wie ein arroganter Arsch aufgeführt hast?«, fauchte sie.

Lissi trat einen Schritt von Tristan weg. »Moment mal, Tristan, woher kennst du eigentlich Majas Mutter? Hab ich was verpasst?«, wollte sie wissen.

Ach, merkte sie das jetzt erst? Maja klärte sie gern auf. »Tristan und ich hatten eine Verabredung«, sagte sie rundheraus. »Wir waren im La Laguna, haben aus Versehen meine Familie dort getroffen … Außerdem ist Tristan vor ein paar Wochen bei mir vorbeigekommen und wollte mit mir ins Bett, was ich abgelehnt habe. Als er mich am Donnerstag gefragt hat, ob ich noch mal mit ihm ausgehe, habe ich übrigens auch abgelehnt. Schließlich weiß ich seit dem Chorwochenende, dass ihr beide zusammen seid und außerdem …« Maja warf einen liebevollen Blick auf Wilhelm. »… habe ich längst jemanden gefunden, der wirklich zu mir passt.«

»Im Ernst, Tristan?« Lissis Gesicht war wutverzerrt. »Wir sind seit drei Monaten zusammen!«

Tristan sah zwischen Maja und Lissi hin und her und suchte fieberhaft nach Worten, mit der er die Wogen glätten konnte. Aber der Geistesblitz, den er gebraucht hätte, blieb aus. Lissi musste wissen, dass Maja die Wahrheit gesagt hatte.

Und so tat sie das einzig Vernünftige, das eine Frau in ihrer Situation tun konnte. Vor Majas und Wilhelms Augen holte sie aus und verpasste Tristan mit voller Wucht die heftigste, schallendste Ohrfeige, die Maja außerhalb eines Hollywood-Films je gesehen hatte.

Tristan heulte auf und ließ sich an der Mauer zu Boden gleiten, wo er seine Wange hielt und schrie: »Spinnst du jetzt völlig, du Irre? Ich zeige dich an!«

Lissi zeigte ihm den Mittelfinger und brüllte: »Mach doch! Dann behaupte ich einfach, dass ich in Notwehr gehandelt hab, als du mich vergewaltigen wolltest!«

»Das wagst du nicht!«, schrie Tristan.

»Probier's aus!«, keifte Lissi.

Wilhelm drückte Majas Hand und zog sie die Straße herunter, weg von dem keifenden Pärchen.

»Geht's dir gut?«, erkundigte er sich, als sie außer Hörweite waren. »Tristan hat ein paar ziemlich geschmacklose Dinge gesagt.«

Maja zuckte die Schultern. »Soll er meinetwegen. Seine gerechte Strafe hat er ja schon bekommen. Dafür, dass ich so ein friedliebender Mensch bin, hat mich diese Ohrfeige gerade erstaunlich gut unterhalten.«

Wilhelm lachte. »Ich gestehe: mich auch. Was für ein turbulenter Abend, oder? So viel ist passiert. Eine neue Liebe hat begonnen, eine andere geendet.«

Eine kleine Extra-Glückswelle durchströmte Majas Körper. Liebe. Er hatte gerade Liebe gesagt. »Hast du immer noch Interesse an meiner Briefmarkensammlung?«, fragte sie neckisch.

Wilhelm nickte. »Unbedingt!«

Jetzt war es Maja, die ihn weiterzog. »Dann lass uns schnell, sehr schnell zu mir gehen, bevor wir noch mehr Bekannte und Verwandte treffen!«

Kapitel 26

Am nächsten Tag fuhren sie mit Majas Polo hinaus zum See. Wilhelms Hand lag warm in Majas Nacken und er summte und sang etwas Fröhliches und Beschwingtes vor sich hin. Händel? Beethoven? Maja hatte keine Ahnung, aber es klang sehr vertraut.

Bilder der letzten Nacht und des heutigen Morgens erfüllten Majas Kopf und sorgten dafür, dass sich ein Dauerlächeln auf ihrem Gesicht eingenistet hatte. Sie hatten stundenlang geredet, sich geliebt und gelacht und eng aneinandergeschmiegt sogar ein bisschen geschlafen. Zum Duschen und Frühstücken waren sie kurz aufgestanden, dann aber doch wieder im Bett gelandet, bevor einer von ihnen eine Tasse Kaffee geleert hatte.

Eben, am späten Vormittag, hatten sie ein weiteres Mal geduscht – diesmal sicherheitshalber getrennt! – und es dann irgendwie unter Aufbietung all ihrer Willenskräfte in ihre Kleidung und danach in Majas Auto geschafft.

Alles war so harmonisch. Es fühlte sich an, als wäre es nie anders gewesen, als hätte es nie eine Zeit gegeben, in der sie kein Paar gewesen waren. Sie waren sich im Bad nie in die Quere gekommen, hatten gemeinsam Frühstück gemacht – Maja hatte den Tisch gedeckt und Rühreier gebraten, Wilhelm hatte derweil Kaffee und Toast produziert – und sogar die Verteilung der Zeitung hatte sich ganz von selbst ergeben. Wilhelm las als Erstes das Feuilleton, Maja den Wissenschaftsteil und sowohl der Sportteil als auch die Autobeilage wanderten ohne Umschweife ins Altpapier.

Heute sahen sie sogar gleichermaßen leicht verwahrlost aus, dachte Maja, und ihr Lächeln vertiefte sich etwas. Sie selbst trug ein leicht zerknittertes Sommerkleid, weil sie sich schon seit einer halben Ewigkeit nicht mehr um ihre Bügelwäsche gekümmert hatte, Wilhelm trug in Ermangelung von Alternativen seine zerknitterten Klamotten von gestern. Immerhin hatte er die Soßenflecken in der Hose an Majas Waschbecken mit Wasser und Seife fast entfernen können.

»Worüber amüsierst du dich so?«, wollte Wilhelm wissen, als er schon wieder einen Blick von Maja bemerkte.

»Du siehst so zerknautscht aus«, sagte Maja wahrheitsgemäß, »und so relaxed. Ganz und gar nicht wie Dr. Wilhelm Heinrich, der Mann mit den glatt gekämmten Haaren und dem zugeknöpften Poloshirt, der wütende Blicke in die Menge wirft, wenn jemand an der falschen Stelle atmet.«

Wilhelm lachte. »Ich hab ja auch gerade frei und muss keinen Fachbereichsleiter davon überzeugen, dass ich wahnsinnig kompetent, diszipliniert und zuverlässig bin. Im Moment muss ich nur dich davon überzeugen, dass ich wahnsinnig gut zu dir passe!«

»Aha!« Maja lachte auch. »Du passt dich also mit deinem Pennerlook also nur meinem üblichem Auftreten an.«

»Wie bitte?« Wilhelm sah aus, als könnte er ihr nicht ganz folgen. »Welchem üblichen Auftreten?«

»Naja …« Maja konzentrierte sich etwas verlegen auf die Straße. »Wir wissen doch beide, dass ich nicht zu den Frauen gehöre, die immer wie aus dem Ei gepellt herumlaufen wie Regina oder Miriam oder Lissi. Bei mir ist immer irgendwas schief und krumm oder zerknüllt oder fleckig.«

»Ich mag, dass du immer so aussiehst, als hättest du gerade etwas Schönes erlebt. Weil du meistens ein Lächeln zu allem trägst. Und Erlebnisse können nun mal Spuren hinterlassen. So wie bei mir heute.« Er deutete auf seine Hose und grinste breit. Dann wurde er auf einmal nachdenklich und sagte zögernd: »Deine Wohnung allerdings – die ist ganz anders als du, oder? So … äh … clean. Ehrlich gesagt hatte ich mir dich die ganze Zeit in einer kunterbunten Räuberhöhle vorgestellt. Wenn ich dich mit zu mir nehme, musst du beide Augen zudrücken, ich hab das Thema

Hausarbeit nicht halb so gut im Griff wie du. Ich hebe leider absolut alles auf, horte Unmengen von Noten und Büchern, stelle jede Ecke voll und ich scheine nie Zeit zum Aufräumen und Putzen zu haben.« Er seufzte. »Ich selbst halte es ganz gut in meinem Saustall aus, aber wenn Besuch kommt, hätte ich es manchmal doch gern anders.«

Maja prustete los. »Das ist ja unglaublich! Allmählich glaube ich, dass wir Seelenverwandte sind. Bis vor ein paar Wochen war meine Wohnung tatsächlich auch eine kunterbunte Räuberhöhle. Und genau wie du habe ich absolut alles aufgehoben und alle Ecken vollgestellt.«

»Und was ist dann passiert? Ist eine gute Fee vorbeigekommen und hat dir drei Wünsche geschenkt?«

»So ähnlich. Die gute Fee, die mir erschienen ist, heißt Regina und sie hat radikal mit mir entrümpelt. Etwas *zu* radikal, wie ich inzwischen erkannt habe.« Maja erzählte voller Stolz von der Großputzaktion von vor ein paar Wochen. Und dann erzählte sie noch etwas stolzer von ihrer eigenen, kleinen Entrümplungsaktion im Schlafzimmer, die noch gar nicht allzu lange zurück lag. »Ich suche gerade nach einem Ordnungszustand, mit dem ich gut leben kann«, gestand sie zum Schluss. »Ich glaube, allmählich finde ich ihn.«

Etwas später bogen sie in die von Obstbäumen gesäumte Straße ein, die zum Campingplatz führte und hielten schließlich vor der Schranke, die den Platz abschirmte. Normalerweise brauchte man einen Platzausweis, um hindurch fahren zu können. Aber Maja, die jeden, der hier arbeitete, seit Jahren kannte, musste nur die Scheibe des Beifahrerfensters herunterlassen und Richtung Rezeption winken, schon wurde die Schranke für sie geöffnet.

Sie fuhr an den Touristenplätzen vorbei, auf denen sich mit jedem Jahr neuere und teurere Wohnwagen und Reisemobile tummelten. Kinder spielten Ball, Erwachsene saßen auf Klappstühlen oder standen am Gasgrill, der Geruch von Mittagessen lag in der Luft.

Als sie die Dauercampingparzellen erreicht hatte, wurden die Wohnwagen, die es zu besichtigen gab, bedeutend älter. Die Bewohner der Parzellen ebenfalls.

Hier, in der Dauercampersiedlung, residierten viele ältere Ehepaare, manche von ihnen wohnten fast das ganze Jahr auf dem Platz. Hiltrud und Ulli zum Beispiel, die fast immer mit Ullis Schwester Lisbeth und deren Mann Rainer am Tisch saßen und Karten spielten. So auch heute. Maja winkte der Vierergruppe, als sie vorbeifuhr. Neben Hiltrud und Rainer stand der Wohnwagen der Familie Schmidt. Das alte Ehepaar Schmidt hatte ihn vor kurzem dem Sohn geschenkt, der jetzt oft mit seinen drei kleinen Kindern hier war. Heute allerdings war das Vorzelt geschlossen und der Parkplatz leer.

Maja bog in den geschotterten Weg ab, der zum Wohnwagen ihrer Eltern führte. Schon schimmerte der See am Ende des Weges durch die Bäume. »Ich kenne jeden Winkel auf diesem Platz«, sagte sie wehmütig zu Wilhelm. »Und auch wenn manches hier ein bisschen schäbig oder altmodisch aussieht – für mich ist dieser Platz ein kleines Paradies, an dem tausend schöne Erinnerungen hängen. Ich werde das alles furchtbar vermissen!«

Wilhelm legte seine Hand tröstend auf ihren Oberschenkel. »Aber du kannst doch weiterhin herkommen. Wir könnten von Zeit zu Zeit hier zelten, ich mache so was ganz gerne. Im Studium habe ich mir ein ordentliches Zelt angeschafft und mein Gaskocher müsste auch noch irgendwo sein.«

»Das ist nicht das Gleiche, das wirst du schon sehen«, murmelte Maja und lenkte das Auto an Mias und Alberts neuem Vorzelt vorbei um die Kurve zum Wohnwagen ihrer Eltern, wo sie hielt und den Motor abstellte. »So, wir sind da. Das hier ist der Wohnwagen meiner Eltern. Noch.« Sie verzog das Gesicht.

»Wow!« Wilhelm stieg aus und sah sich andächtig um. »Allmählich verstehe ich dich. Es ist wunderschön hier!«

»Ja. Unser Badesee hat Trinkwasserqualität. Und die Wälder sind Naturschutzgebiet, hier wird nie jemand bauen. Es gibt nur dreiundzwanzig Parzellen mit direkter Strandlage. Meine Eltern haben bloß deshalb eine ergattert, weil mein Vater für den damaligen Platzbetreiber damals günstig eine Heizung installiert hat. Die Nachbarn sind alle wahnsinnig nett und die Himbeerbüsche, die meine Eltern mit Mia und Albert gepflanzt haben, tragen seit letztem Jahr so üppig, dass man mit dem Ernten kaum noch hinterher kommt. Hoffentlich behalten die Käufer die Himbeerbüsche.« Den letzten Satz hatte sie sehr leise gesagt.

Wilhelm trat hinter sie und umschlang sie mit beiden Armen. »Das werden sie sicher!«, sagte er.

So standen sie eine Weile und sahen auf den See. Im vorderen Bereich planschten Familien im Wasser, im Hintergrund spiegelte sich der Wald in der Wasseroberfläche. »Wie wir früher«, sagte Maja. »Heidis und mein Zelt stand immer hier auf der Wiese.«

Hinter ihnen näherten sich zwei Autos. »Huhu!« und »Hallo, ihr zwei!«, schallte es fröhlich durch die heruntergelassenen Scheiben. Axel mit Sabrina, Lennart und Larissa und Majas Eltern mit Heidi parkten neben Majas Auto.

Nun gut. Maja straffte die Schultern. Sie würde diesen letzten Tag genießen. Und sich darauf konzentrieren, dass sie ihn nicht nur mit ihrer Familie, sondern auch noch mit dem besten aller Männer verbringen durfte.

Als auch Majas kleine Brüder eingetroffen waren, versammelte man sich um den großen Tisch. Majas Eltern servierten Kaffee, Saft und Blechkuchen vom Bäcker, Larissa und Lennart bauten wenige Meter vor dem Zelt eine Sandburg mit Wassergräben. Äußerlich war also alles wie immer. Aber der bevorstehende Verkauf lag wie eine graue Wolke über dem Tag und die Gespräche wollten nicht recht in Gang kommen.

Betretene Mienen bevölkerten den Tisch und unzählige Sätze begannen mit »Weißt du noch …«. Man erzählte von vergangenen Urlauben, ging alte, längst weggezogene Camping-Nachbarn durch, erinnerte einander an die schrägsten Touristen, die sie hier am See je getroffen hatten.

»Erinnert ihr euch an die beiden Frauen, die ihre siebzehn Meerschweinchen im Wohnwagen mitgenommen hatten?«

»Und dieses uralte Paar mit dem uralten Bulli, die nur in schwarzer Lederkluft rumliefen und an alle Kekse verteilt haben?«

»Und dann dieser eine Sommer, in dem Maja und Heidi unbedingt auf die Schnelle Portugiesisch lernen wollten! Nur, weil sie beide scharf auf die Söhne der portugiesischen Familie waren!«

»Wisst ihr noch, wie wir damals die große Zirkusshow geplant haben? Alle Kinder haben zusammen geprobt, auch die, die nur auf der Durchreise waren, und wir haben auf dem ganzen Platz Karten verkauft.«

»Und einmal, als Heidi und ich noch klein waren, hat es irrsinnig gestürmt. Uns ist mitten in der Nach unser Außenzelt weggeflogen. Wir sind klatschnass und eiskalt in den Wohnwagen geflüchtet. Und am nächsten Tag haben wir die Zeltplane aus der Kiefer dort befreit.«

Wilhelm saß neben Maja und hielt ihre Hand. Er nahm lebhaften Anteil an den erzählten Geschichten und fragte immer wieder nach Details, besonders, wenn es in den Geschichten um Maja ging.

Irgendwann, nachdem sich das Gespräch jenen glücklichen Sommern zugewandt hatte, in denen sie ein gebrauchtes, rotes Kanu am Wohnwagen gehabt hatten, fasste Wilhelm in Worte, was vermutlich alle ein wenig empfanden. »Ihr müsstet euch mal sehen, wenn ihr diese alten Geschichten erzählt. Ihr seht alle total begeistert aus! Warum wollt ihr die Parzelle noch mal aufgeben?«

Bernd seufzte in die darauffolgende Stille hinein. »Weil das alles hier Geld kostet, das wir nicht haben, wenn wir reisen wollen. Unsere Rente ist nicht üppig, wir müssen uns gut überlegen, was wir uns jetzt noch gönnen.«

»Diesen Wohnwagen hatten wir, damit unsere Kinder trotz Stadtwohnung auch im Grünen aufwachsen konnten. Aber jetzt hat sich unser Leben lange genug nur um unsere Kinder gedreht. Lange sind wir nicht mehr fit – jetzt müssen wir uns endlich mal um *uns* kümmern!«, setzte Rita hinterher und ihre Augen funkelten kämpferisch.

»Hey, Mum, niemand hat etwas dagegen!«, beschwichtigte Ole. »Ihr könnt wegen mir nach Timbuktu reisen. Wir sind alle erwachsen.«

»Absolut«, pflichtete Heidi ihm bei. »Aber wir dürfen es doch trotzdem traurig finden, wenn unser zweites Zuhause verkauft wird?«

»Na schön.« Rita nickte gnädig. »Wenn es euch egal wäre, wären Bernd und ich ja irgendwie auch beleidigt, nicht, Bernd?« Sie stupste ihn kräftig in die Seite und er lachte.

Wilhelm sah von Bernd und Rita hinüber zu Heidi, Axel und Ole und fragte: »Aber warum kauft nicht einer von euch Geschwistern den Wohnwagen und mietet diesen Platz hier einfach weiter, wenn ihr doch alle so sehr daran hängt?«

Heidi ergriff das Wort. »Wer von uns sollte das denn sein? Ja, wir hängen an all dem hier.« Sie machte eine ausladende Geste, die die ganze Gegend einschloss. »Aber keiner von uns ist so campingverrückt wie unsere Eltern. Wir alle fliegen gern in den Süden und wir mögen Hotels.«

»Ich mag durchaus auch mal Camping«, schränkte Maja ein. »Aber nicht nur.«

»Geht Sabrina und mir genauso. Ich glaube sowieso nicht, dass einer von uns sich den Wohnwagen leisten kann. Oder will.« Axel sah nachdenklich in die Runde. »Tim und Ole fallen sowieso raus, wir haben gerade erst das Haus gekauft, Maja ist zu selten hier, Heidi hat nie Geld …«

»Auf jeden Fall nicht genug für einen Wohnwagen«, pflichtete Heidi ihm bei.

Wilhelm sah in die Runde. »Und warum kauft ihr Geschwister den Wohnwagen dann nicht alle zusammen? Und nutzt ihn weiterhin abwechselnd oder gemeinsam, so wie ihr das schon immer gemacht habt? Wenn man so ein Dauercampingdomizil durch fünf teilt, müsste man sich das doch irgendwie leisten können, oder nicht?«

»Weil …« Maja verstummte und sah Wilhelm verblüfft an. Konnte das eine Lösung sein? Ein Fünftel Wohnwagen samt Unterhalt konnte sie locker stemmen. Und jedes fünfte Wochenende würde sie vielleicht auch raus an den See fahren wollen. Und sie konnte sich durchaus vorstellen, jeden fünften Urlaub hier zu verbringen.

Aber wollte sie wirklich *Dauercamperin* sein? Wenn auch nur Teilzeit-Dauercamperin? Egal, wie idyllisch Maja es auf dem Platz am See fand, da musste man ehrlich sein: Es gab kaum eine Urlaubsform, die ein noch mieseres Image hatte als Dauercamping. Beim Stichwort »Dauercamping« dachte ein Großteil der Bevölkerung an weiße und silberne Haare, an Badelatschen, Goldkettenträger und riesige Bierbäuche. An Zigaretten, Dackel, Gartenzwerge und Sat-Antennen.

Und ja. Das alles gab es auch auf dem Campingplatz am See.

Aber – so what? Ihre Familie hatte trotzdem eine tolle Zeit hier verbracht. Ihre Eltern hatten sich zum Glück noch nie für das Image von irgendetwas interessiert.

Teilzeit-Wohnwagenbesitzerin.

Erstaunlicherweise war der Gedanke gar nicht besonders abwegig.

Denn wenn sie eins in den letzten Wochen gemerkt hatte, dann das: Natürlich war sie eine eigenständige Persönlichkeit. Sie war erfolgreich im Job, sie ging gern in angesagte Bars, sie interessierte sich für Kunst und Kultur und sang gern im Unichor. Aber daneben steckte in ihr eben auch eine echte Müller und es hatte gar keinen Sinn, das zu leugnen. Eine warmherzige, humorvolle, kreative, kraushaarige, verfressene, chaotische, familienverbundene, durch und durch bodenständige und eben auch campingbegeisterte Müller.

Mit vielen Geschwistern, mit fantasievollen, lauten Eltern, mit einer Menge altem Zeugs in der Garage, an dem sie sehr hing und das sie so bald wie möglich zurück in ihre Wohnung räumen würde.

Warum sollte dieser kunterbunte Mensch nicht auch noch ein Fünftel von einem Wohnwagen besitzen?

Diana und Peter könnten öfter mit ihr rausfahren. Vielleicht Regina mit den Kindern.

Und Wilhelm natürlich. Sie könnten lange Spaziergänge machen. Sich wieder ein Kanu anschaffen. Und in ein, zwei Jahren hatten sie möglicherweise schon Nachwuchs dabei, der sich glücklich schätzen würde, wenn er hier im Sand herumrobben dürfte. Ein Lächeln breitete sich auf Majas Gesicht aus.

»Wisst ihr was?«, sagte sie und sah Wilhelm fest in die Augen. »Ich wäre dabei!«

Sechs Monate später

Wilhelm und Maja saßen in der Mittagspause nebeneinander auf einem Tisch im Probenraum, um sie herum standen und saßen etliche Chormitglieder. Die meisten hielten ein Stück Pizza in der Hand und bissen regelmäßig davon ab. Der Chor stand kurz vor dem Weihnachtskonzert und hatte sich zu einem Probensamstag in der Uni versammelt.

»Und so kam es, dass das Ehepaar Kirsch doch nicht in den Besitz einer Parzelle am See mit neuwertigem Wohnwagen und praktisch gepflastertem Vorplatz gelangte«, erzählte Wilhelm. »Ich habe den Verkauf mit meiner Idee vereitelt. Am nächsten Tag haben Majas Eltern und Geschwister einen Kaufvertrag aufgesetzt. Und seitdem sind Majas Eltern auf Weltreise und Maja und ich fahren ziemlich oft raus. Einer von unseren Nachbarn dort will mir beim nächsten Mal einen kleinen Angelkurs geben. Ich bin schon echt gespannt!«

»Ich hab euch eher für ein Glamour-Paar gehalten«, sagte Melissa, die erst nach der Sommerpause dem Chor beigetreten war. »Ich hätte nie gedacht, dass ihr campt!«

Wilhelm brach in schallendes Gelächter aus. »Glamour-Paar? Davon sind Maja und ich weit entfernt. Wie kommst du überhaupt darauf?«

»Naja«, Larissa spielte verlegen mit ihren langen Haaren. »Ich sehe euch immer noch beim Sommerkonzert vor mir, schätze ich. Als ihr ›The Time of My Life‹ gesungen habt. Du im Anzug mit Fliege, Maja im blassrosa Cocktailkleid, im Hintergrund der Chor … Ihr habt wie Stars ausgesehen.«

Maja lachte auf. »Ich hab mich aber ganz und gar nicht wie ein

Star gefühlt, das kannst du mir glauben! Ich stand vor diesen vielen Leuten und habe den Moment verflucht, in dem ich mich auf dieses Solo eingelassen habe! Nur, weil Miriam und Christian und unser ganzer dummer Chor es sooo romantisch fanden, hatten Wilhelm und ich plötzlich dieses Duett an der Backe!«

»Es *war* romantisch!«, insistierte Eva. »Wirklich, als ihr beide angefangen habt zu singen, hatte ich Tränen in den Augen. Und zwar nicht, das gebe ich zu, weil ihr Weltklasse-Sänger seid, sondern weil ihr so unglaublich verliebt ausgesehen habt!«

»Nein, eine Weltklasse-Sängerin bin ich wirklich nicht«, versicherte Maja. »Aber als wir angefangen haben zu singen, war mir das irgendwann egal. Da habe ich mich nur noch auf Wilhelm konzentriert.«

»Wahrscheinlich hat genau das euren Auftritt so eindrucksvoll gemacht!«, fand Melissa. »Überhaupt war das ganze Konzert toll! So toll, dass ich dann ja auch unbedingt in diesen Chor wollte!«

»Immerhin hat es für Wilhelms Festanstellung gereicht«, sagte Maja und schlang den Arm um Wilhelms Schultern.

Wilhelm lächelte. »Was ich persönlich sehr begrüße, denn sonst könnten wir nicht zusammenwohnen.«

»Seit wann wohnt ihr zusammen?«, erkundigte sich Peter. »Wilhelm hat doch immer noch seine Wohnung, oder nicht?«

Maja errötete etwas. »Schon, aber Wilhelms Wohnung ist eigentlich schon lange keine Wohnung mehr.«

Wilhelm sprang ihr bei. »Wir nutzen sie schon seit einer Weile eher als Lager. Wir haben irgendwann gemerkt, dass es unser Leben enorm entspannt, wenn wir einen Großteil unserer Sachen in meiner Wohnung lagern.« Tatsächlich hatten sie vieles von dem, was nach Majas Entrümpelungsaktion in der Garage gelandet war, in Wilhelms Wohnung gebracht. Dort standen sowieso immer noch seine nicht ausgepackten Umzugskisten.

»Ihr habt also im Moment eine Lagerwohnung und eine Vorzeigewohnung?«, wollte Eva wissen. »Ist ja lustig.«

Maja und Wilhelm sahen einander an. Maja sagte: »Ja, das könnte man so sagen. Auch wenn unsere Vorzeigewohnung nicht wirklich eine Vorzeigewohnung ist. Regina ist der Meinung, dass wir auch in unserer Vorzeigewohnung zu viel Zeug lagern.«

Regina lachte gutmütig. »So, wie es jetzt ist, passt es zu euch beiden, finde ich.«

»Möchte noch jemand was von der Margherita?«, erkundigte sich Diana. Sie stand am Pizzabuffet und schnitt sich noch ein Stück ab. »Ist allerdings so gut wie kalt.«

Maja überlegte. Sie hatte erst ein kleines Stück gegessen, ein paar Bissen passten durchaus noch in ihren Magen. »Ich nehme noch ein kleines Stück«, meldete sie sich. Sie stand auf und ging hinüber zu den aufgeschlagenen Pizzakartons. Diana überreichte ihr vorsichtig einen Streifen Pizza und eine Serviette und Maja balancierte beides zurück zu Wilhelm.

Kurz vor ihrem Ziel kullerte ihr eine leere Wasserflasche vor die Füße. Prompt trat Maja darauf, stolperte, fing sich so gerade noch ab – und drückte ihr Pizzastück vor Schreck mit der Soßenseite zuerst gegen ihren hellgrauen Pullover. Käse und Tomatensoße klebten überall an ihren Fingern und auf ihrem Pullover.

»Na, bravo«, murmelte Maja und bugsierte die Pizzatrümmer vorsichtig mit der Serviette auf den Tisch. Klar. Wenn so etwas jemandem passieren musste, passierte es ihr. Sie betrachtete die Flecken auf ihrem Bauch. Das konnte nur noch eine Waschmaschine retten.

Kurzentschlossen wischte sie auch ihre Finger an dem weichen Jerseystoff sauber. Sie sah sowieso aus, als hätte sie in der Küche geschuftet, auf die paar Flecken mehr kam es jetzt auch nicht mehr an.

»Schatz, du siehst wirklich zum Anbeißen aus«, rief Wilhelm ihr zu. Alle lachten.

Und Maja lachte mit.

ENDE